高中弟五天

想和你一起回家

魅麗文化　花火工作室

我只想人行2

尼古拉斯糖葫芦 著

江苏凤凰文艺出版社

图书在版编目（CIP）数据

我只想你.2 / 尼古拉斯糖葫芦著.-- 南京：江苏凤凰文艺出版社，2023.8
ISBN 978-7-5594-7281-6

Ⅰ.①我… Ⅱ.①尼… Ⅲ.①长篇小说-中国-当代 Ⅳ.① I247.5

中国版本图书馆CIP数据核字（2022）第209361号

我只想你.2

尼古拉斯糖葫芦 著

责任编辑	张　倩
出版统筹	曾英姿
特约编辑	黄　欢　江佩仪
装帧设计	黄　芸
出版发行	江苏凤凰文艺出版社
	南京市中央路165号，邮编：210009
网　　址	http://www.jswenyi.com
印　　刷	湖南天闻新华印务有限公司
开　　本	880mm×1230mm　1/32
印　　张	9.5
字　　数	292千字
版　　次	2023年8月第1版
印　　次	2023年8月第1次印刷
书　　号	ISBN 978-7-5594-7281-6
定　　价	46.80元

江苏凤凰文艺版图书凡印刷、装订错误，可向出版社调换，联系电话 025-83280257

目录

第一章 · 001
中国维和警察防暴队,谢辰青

第二章 · 027
军事记者,林昭昭

第三章 · 059
是我想要娶回家的女孩子

第四章 · 088
他说,他已经有主了

第五章 · 122
过来,男朋友抱抱

目录

第六章 · *150*
我是不是很乖

第七章 · *171*
我们私奔

第八章 · *209*
谢辰青的妻子，林昭昭

第九章 · *244*
林昭昭的丈夫，谢辰青

第十章 · *282*
年年有今日，岁岁有今"昭"

第一章
中国维和警察防暴队，谢辰青

"谢辰青。"

"到。"

林昭昭满腔的委屈决堤。

她抱着满怀的洋桔梗，瘦削的肩膀颤抖，手背挡住脸，眼泪断了线。

站在她面前中弹都没皱一下眉的人，脸上有了无措的情绪，不像二十二岁的武警中尉，更像十七岁的少年谢辰青。

林昭昭的眼泪越来越多，哭得停不下来，知道自己此刻肯定特别丑。

她不知道会遇见他，身上的白衬衫因长途奔波皱巴巴，脚上的白色帆布鞋还被过路的车溅上了泥水……对了，她还在哭，眼睛红肿得像个核桃。

见不到他的委屈、见到他的委屈和见到他自己却毫无形象可言的委屈，一瞬间交织在一起，在谢辰青走到她面前时齐齐爆发。

他伸手给她擦眼泪，顾不上拿纸巾，肌肤相贴的触感格外明显。她的脸颊滚烫，他的手指却很凉。

"不要哭了，好不好？"

"不好……"林昭昭哭得停不下来，"你怎……怎么都不回我信息？"

她的鼻音很重，因为打着哭嗝儿，话音断断续续："我打了那么多电话，我……我还发……发了那么多短信……那么多你都不回……"

我每天晚上都不敢睡觉，生怕错过你的信息。可她到底不忍心把这句话说给他听，于是拼命把委屈连同眼泪一起往肚子里咽。

谢辰青找到纸巾,捧起她的脸,微微弯下腰来。

他一点一点帮她把眼泪擦干净,对于除夕夜到这一刻的经历只字不提,只说:"都是我的错。"

兜头而来的委屈便有了短暂的停滞,她抽抽搭搭地问:"这两个月,你去哪儿了?"

她沾了眼泪的睫毛湿漉漉的,谢辰青的声音不自觉地软下来:"野外驻训。"

支队要借此一役清除毒枭K所有境内外勾结势力,本次军警联合扫毒行动消息全部封锁,他不能跟她透露半分。

"是什么任务,这么长……长的时间?"林昭昭仰着哭蒙的小脑袋瓜,见他不说话,又撇着嘴角可怜巴巴地自问自答,"是涉密不可以告诉我对吗?"

谢辰青轻轻地点头。

林昭昭的睫毛沾满湿气,又小心翼翼地看着他问:"不是……不是你故意不回对吗?"

谢辰青微愣,而后斩钉截铁地回答:"不是。"

他的话音刚落,便见她勾起的嘴角有了很浅的笑,如释重负一般小声说:"那就好。"

他平平安安毫发无伤,也不是故意不回她的信息,自己最担心的事情没有发生,那其他的就都不重要了。

谢辰青低垂的眉眼温柔得不像话,让她觉得,不管是她哭鼻子耍小朋友脾气,还是蹬鼻子上脸,恃宠而骄,无论怎样,他都会纵容她。

第一次时隔快半年没见面,再见面,还是这样的场景。

林昭昭有话想说,看了一眼谢辰青却说不出口,于是她又低下小脑袋,小小的鼻尖通红。

谢辰青压低视线,对上她的眼睛:"还想跟我说什么?"

这可是你问的。眼泪掉得太多,林昭昭觉得眼睛疼,头也是,可她还是拼命装出一副云淡风轻的样子。

"谢辰青,我都哭成这样了……"她倒背在身后的手指绞在一起,话说到最后已经听不见了,"我可以要个抱抱吗?"

她说完,不敢再抬头看他,又想知道他是怎样的表情。

只是当她抬起头时,脸颊有风拂过她耳侧的碎发,她只来得及看到他白皙的下巴和嘴角弯起的那一道弧线,弧度漂亮得让人心跳加速,疯狂心动。

下一秒,她真真实实地被他抱进怀里,脸颊贴在他挺括的淡绿色军衬上,那一瞬间她不敢呼吸,再呼吸,鼻尖都是他身上的薄荷香,清冽又熟悉。

她还闻到类似医院消毒水的味道,在她想要分辨时,夏天的风吹过,那层浅淡的药味便散了,变成不知名的花的香气。

谢辰青的下巴轻抵在她的头顶,刚刚好的身高差,昔日冷冰冰的声线压得很低:"哭成这样,让叔叔以为我欺负你。"

以为我欺负你,就不让你嫁给我了怎么办?

林昭昭吸吸鼻子,声音闷闷地从肩膀下方传来:"谢辰青,我身上这件衬衫,是从新闻现场穿回来的……"

"鞋,来的时候一辆车一下开过去,没减速,所以才弄脏的。

"脸,是因为真的哭了才这样,电视上那些哭得梨花带雨的大美女,都是假哭……"

谢辰青愣住,就算他这样的学霸,也不能很好地理解小女孩弯弯绕绕的小心思。

他嘴角轻抿,迟疑地开口:"昭昭,我没有听懂。"

"我的意思是,我本来……"林昭昭的声音更小了,"还挺好看的……"

林昭昭说完,贴在他军衬上的脸就更热了。

她听见带着气音的笑声,很轻,她都能想象大帅哥笑起来时弯弯的眼睛。只是脸热得不像话,她像只缩头的小鹌鹑,不敢抬头。

"我知道。"

他的怀抱松散又绅士,不该碰到的地方他没有碰到半分,只是手臂松散地环着她的肩。而这一刻,他伸手轻轻地摸了摸她的头发,是抱在怀里揉揉脑袋的架势。

"我们昭昭最好看了。"

林昭昭深吸一口气,彻底不再委屈。雨过天晴,阳光抚过她的眼角眉梢。

她缓缓从谢辰青怀里钻出来:"我去看看我爸。"

003

等走到父亲墓碑前，林昭昭突然心生疑惑：为什么谢辰青会在这儿？

谢辰青出生在C市，他出生之前，爸爸就在武警A城支队了。

他认识她的爸爸吗？再一想，肯定是因为爸爸是部队的前辈。支队记得父亲的祭日，所以特意让他前来送束花。

"谢辰青。"林昭昭蹲在那儿，小小的一团，说话时露出了兔牙。

"嗯？"

"你站远一点，"她伸出小手比画，"到那边有树的地方。"

谢辰青一脸茫然，表情空白的样子萌萌的，白净帅气还可爱。

"我要和我爸爸说悄悄话。"

"好。"

等谢辰青真的乖乖地站远了，林昭昭蹲在父亲的墓碑前，双手环着膝盖。大概是因为谢辰青在，有人陪着她，所以她第一次觉得难过可以忍受。

"爸爸，你看到我旁边那个男生了吗？

"他叫谢辰青，之前和您提过，跟您一样是武警。

"我真的好喜欢他。"

林昭昭语速缓慢，不似新闻采访的时候专业又严肃，也不像和谢辰青在一起的时候有些耍小孩子脾气，而是一副"我已经是个大孩子了，您不需要担心我"的姿态。

"您不要误会，我哭不是因为他欺负我，他没有欺负我。

"他对我很好很好。"

"爸。"林昭昭看着那双眼尾有皱纹、目光慈祥的眼睛，鼻腔酸涩。

她在冰冷的墓碑前，轻声告诉自己的父亲："我好想嫁给他啊。"

那天，谢辰青请假送林昭昭去高铁站，车窗外彩虹横跨A城两端。

人总是不知道知足。

在谢辰青最初上军校的时候，林昭昭希望能有他的短信和电话。后来能够每周六联系，她又想经常见到他人。

见到他人之后，她又想他一直待在自己身边，不要走。

不知不觉，她变得无比贪心。

可这一刻林昭昭发现，她全部的心愿，只有谢辰青长命百岁，无病无灾。

见不到面没有关系，没有短信也没有关系，甚至他不喜欢她都没有关系。

林昭昭隔着车窗朝谢辰青挥手，看着他轻轻弯了眼睛，用嘴型对她说："下次见。"

她打开手机，未接电话、未读短信一股脑涌入，全部来自他。

时间正是自己往 A 城走的时候，想必那个时候他从野外回来，刚发下来手机。

手指上划，屏幕里，谢辰青一条一条地回复了她所有的微信。

"谢辰青，我在音乐节现场，下次我们一起来好不好？"

"好。"

谢辰青归队时，长裤兜里多了一个正方形的小盒子，军校的津贴加上来部队之后的工资，全部用来买了它。

蒋沈的眼睛被闪了一下，震惊得说不出话。

他在谢辰青肩上拍了一把，见他剑眉微蹙瞬间反应过来："抱歉哥们儿，忘了你大病初愈……这儿的子弹孔，'顺拐'知道吗？"

"不知道。"谢辰青长睫低垂，把戒指和他的二等功奖章以及林昭昭的照片放在一起，再把探头探脑的蒋沈推到一旁，锁上柜子。

蒋沈又愧疚又难受，恨铁不成钢地问："这你都不告诉她？"

谢辰青冷淡地说："有什么好说的。"

蒋沈瞪大了眼问："那这钻戒……"

谢辰青轻声开口："等我从维和回来……"

这一年，国内将派出第十支赴 K 国的维和警察防暴队，维和期八个月。

在前往维和之前，所有报名人员要经过层层选拔以及三个月的"魔鬼训练"。

在最后那场被称为"死亡淘汰"的关键考核中，谢辰青毫无悬念地脱颖而出。

待十一月到来，他将武警装换成维和警服，远赴那片距离祖国一万公里的土地。

在出国执行维和任务之前，谢辰青回到老家 C 市，已经是秋末冬初。

林昭昭见到他,是在一个刚刚下班的寻常傍晚。

她刚从外地跑采访回来,整个人累得快要散架,嘴里小声哼着麦兜的主题曲"春风亲吻我像蛋蛋蛋挞",不标准的粤语,就只是苦中作乐,想逗自己笑。

当林昭昭看到路灯下那个瘦瘦高高的身影,觉得不敢相信,下意识地揉了揉眼睛。

没错,长成这样的极品帅哥,就只有姓谢的那位。

谢辰青好像刚打完一场篮球,洗过澡,身上是干净的黑色帽衫和长裤。他不穿军装的时候朝气蓬勃,看起来俊俏白皙。

离得近了,他身上沐浴露的薄荷味道清晰又好闻。

林昭昭的眼睛笑成弯弯的月牙儿,迫不及待地跑到他的面前:"你怎么回来啦?"

一见到他,她的疲惫一扫而光,还有些幸福得找不着北。

谢辰青低声开口:"来和你道别。"

林昭昭的笑意还挂在嘴角,小心翼翼地问:"你要去哪儿?"

路灯昏黄的光在他眼角眉梢晕染开,他轻声开口:"去东南亚附近,一个风景优美的小岛。"

谢辰青轻描淡写的背后,是战乱和疫病。

林昭昭不解地问:"为什么要去小岛?"

谢辰青温声解释:"协助当地警察办案。"

谢辰青见她面露疑惑,圆眼睛一眨不眨地盯着他,便揉揉她的头发:"就好像我高中和你结对子一样。"

学霸谢辰青忽悠人的时候,完全没有任何破绽,清冷的声线十分认真,林昭昭便信了,甚至觉得听起来很有意思。如果她能被单位外派,跟他一起去就好了。

林昭昭问道:"那你需要去多久?一个星期还是一个月?"

谢辰青薄唇轻启:"八个月。"

空气凝滞一瞬,静得落针可闻。

林昭昭看着他,手指攥紧又松开,最后深吸一口气。

就只是八个月,就当他还在他的A城支队,只是不能见面。

她固执地不眨眼睛,好像这样眼泪就掉不下来,眼眶却一点一点地红了："谢辰青，你一定要平安回来。"

可为什么，每一次呼吸，她鼻腔的酸涩就更重一分？

一只手轻轻扣住她的下巴，顺着那很轻很轻生怕弄疼她的力道，她仰起脸。

她绑的低马尾有些乱，已经微微散开，瓷白的脸颊、鼻尖和嘴唇都红了，眼睛里泪水满溢，显出让人心软的清透。

四目相对，谢辰青冷如白玉的脸在眼前放大，他的瞳孔里似有一汪深潭，让人不受控制地陷进去。

那个姿势，像是下一秒他就要吻下来。

谢辰青的眉眼五官，甚至是绯色嘴角那一道沟在眼前越来越清晰。

林昭昭发现小说里写的呼吸不畅、脑袋发麻都是真的。

他们距离太近，近到呼吸缠绕，她不敢呼吸，只能屏着气任由眼泪从眼眶往外流。

鼻尖快要相抵时，谢辰青微微退开。

他微凉的指尖落在她的睫毛上，轻轻带过她的眼角眉梢，视线重新变得清晰。那一刻，她对上那双漂亮的眼睛，目光干净，纯粹的黑白，一尘不染。

她不受控制地脸红心跳。

他刚才似乎是……想吻她，又好像只是她自作多情的错觉。

谢辰青垂眼看她，呼吸浅浅地落在她的额头："等我回来。"

他执行任务那么多次,第一次让她等,第一次说"等我回来"这四个字，以至于听起来，像一个还没来得及兑换的承诺，温柔而坚定。

林昭昭不知道这四个字背后，是他击毙毒枭后就买好的戒指。

她只是忍住眼泪笑着问："那有奖励吗？"

"谢某本人，"谢辰青的眉眼清隽，温柔地说，"任君处置。"

十一月初，天气渐凉，空气里多了烤地瓜的香甜味道。

林昭昭下班回家时，附中的学生们刚刚放学，蓝白色校服的少男少女，背着笨重的书包，在人群中悄悄看向某人。

那个时候，她也是这样明显吗？自以为藏得很好，其实旁观者一眼就能看出来。

飞机自上空飞过，航行灯闪烁，如同一颗划过的流星。

手机里，静悄悄地躺着谢辰青的告别短信："昭昭，明年见。"

这一天，三月份派出的第九支赴K国维和警察防暴队回国。

一队维和警察身着深色维和警服，头戴蓝色贝雷帽，他们的家人以及好友早就在机场等候多时。

迎接他们的是鲜花，是拥抱，是热泪盈眶，是走时咿呀学语如今已经可以叫爸爸的小小孩童。

与此同时，第十支维和警察防暴队蓄势待发。

他们其中，有孩子刚刚出生没来得及去看一眼的父亲，有趁着孩子熟睡悄悄离开家的母亲，有家人在维和中牺牲的烈士子女、如今踏上至亲生前的征程，更多的是长则几年短则一年没有回过家的武警边防官兵，亲人得知维和消息特意赶来机场见他们一面。

几年不见，亲人佝偻的腰背、斑白的头发和眼角的皱纹，比犯罪分子的利刃更能割伤人。入伍时、分配时的场景历历在目，在父母满是泪水的视线中，他们毅然决然地转身，眼眶同样通红且湿润。

谢辰青没有告诉家里，爷爷奶奶都到了安享晚年的年龄，不能再因为他担惊受怕了。

前往K国之前，他留下了信件，压在他的大檐帽正下方，事无巨细地交代了后事。

到了林昭昭，只有简短的一句话。

如果他能安然无恙地回来，送给她的便是求婚戒指。

如果不能，就只有这句话："林昭昭，一世平安。"

十几个小时后，飞机降落在K国国际机场。

谢辰青告诉林昭昭的那个东南亚附近风景优美的小岛并不存在，"动荡""贫穷""战乱"这样的字眼，在这里有着更为具象的解释。

就在这距离祖国一万公里的异国他乡，当清晨第一缕阳光照到维和警察阵营时，祖国的旗帜升起。

林昭昭的手机里不再有谢辰青的信息。

以前他们每次电话视频，她最怕他认认真真地看着她说"集合了""点名了""交手机了"……而如今，她连听到这样的字眼都是奢望。

谢辰青出发之前就给她打好了预防针，告诉她那里经济条件不发达，信号或许会时有时无。如果联系不到他，不要多想，他不会不回她信息，也不会出事。

她便很乖，只说"我等你回来"。

很奇怪，明明平时也不能见面，但是他在A城支队和在国外给她的感觉完全不一样。

谢辰青在A城支队，她心里是踏实的；可他一出国，她的心里突然变得很空。

当她看到好看的云，看到又圆的月亮，吃到好吃的食物，都会无可救药地想起他，而后拍照发到那个没有回音的对话框，附带一条——

"距离谢辰青回国还有二百四十天。"

"距离谢辰青回国还有二百三十天。"

············

不用上班的周六上午，林昭昭起了个大早。

蒋念慈去早市买菜回来，葱油饼的香气扑面而来："好不容易不加班，怎么不多睡一会儿？"

林昭昭笑着说："不知道为什么，就是睡不着。"

她心里闷闷的，可能因为天气不好。天气预报说C市马上就要迎来今年冬天的第一场冷空气，窗外狂风肆虐，云层很低。

林昭昭打开电视机，不知道从什么时候起，她不再沉迷综艺和美食，而是不自觉地换到军事节目。

比武、演习、缉毒、追凶，那些惊心动魄的画面，寻常百姓一辈子都不会见到，却是父亲和谢辰青的日常。

今天的纪实节目，主持人正在讲述一起缉毒案，这一刻节目已接近尾声。

"在此次军警联合扫毒行动中，潜逃七年的毒枭K某持枪拒捕，被边防支队的武警官兵当场击毙。据悉，该名武警官兵在此时已经中弹，但仍然一举击毙通缉犯……"

那个名字和内心深处最想念又最不能提起的人联系在一起，林昭昭看见奶奶手里的水杯掉在地上，发出一声脆响，玻璃碴儿和温水一起四下溅开。

林昭昭慌忙去清扫，手指在捡起细小的玻璃碴儿时不小心被刺破，十指连心血流不止。她轻轻攥起不让奶奶看到，只是忍不住想，这样擦破皮的疼痛尚且让人皱眉，那父亲中弹的时候呢？

画面切换，电视上切换了一段久远的纪实录像。

七年前的缉毒枪战第一次被公开，那个身中数弹倒下的身影即使打了马赛克，林昭昭也不可能认不出来。那是父亲生前最后的画面，她睁着眼睛，自虐般逼迫自己去看，眼泪肆虐。

视频到最后，天降大雨，穿军装的武警官兵抬棺，脱帽向林振的遗体三鞠躬。

"七年前的缉毒行动，武警边防支队的战士林振牺牲。如今案件侦破，毒枭K某在境内外的勾结势力已经被公安部门全面掌控，贩毒分子现已被全部缉拿归案……"

后来电视里还说了什么，林昭昭已经全部听不见了。

七年间，两千多个日日夜夜里，不管她开心还是不开心，都没有一个瞬间忘记她的爸爸妈妈。

林昭昭每次想起那个射杀她父亲的在逃毒枭，心里都感觉有一根刺越扎越深，心脏每次跳动都被扎得鲜血淋漓。

她总是忍不住想，爸爸牺牲的时候有多疼、多绝望，又有多不甘心。他闭上眼睛前耳边是枪战眼前是鲜血淋漓，连自己年迈的母亲、深爱的妻子和尚且年幼的女儿都没有见到。

"好了，不哭了，终于抓到了……"

蒋念慈的手颤抖着，枯枝一般遍布老年斑。她伸手去给林昭昭擦眼泪，却让林昭昭更心酸。

林昭昭紧紧地抱住自己的奶奶。

爸妈相继去世后，奶奶为她撑起了一整片天，她是什么时候变得这么瘦小的？

林昭昭泪流不止，哭到哽咽。

那个身负枪伤依旧击毙毒枭的人是武警支队的叔叔，父亲生前的战友吗？

周一，林昭昭到电视台上班。

单位领导在开会时提出："我想做一个缉毒警察林振的专题。"

林昭昭瞬间从"周一综合征"中清醒过来。

领导看向她："咱们有位同志在入职的时候说过一句话，'我们不应该因为他们默默无闻就忘记他们'，我当时听了觉得很受触动，因为这也是我一开始当记者的初衷。"

林昭昭攥紧手指。从高中到现在，她从未行使过烈士子女的特权。时至今日，领导、同事无一人知道她便是缉毒武警林振的女儿。

这次台里成立专门的工作组负责此次专题，林昭昭成为其中一员。到部队采访并非易事，各种报告、程序严谨复杂，最终得到允许。

从C市前往A城的飞机起飞，林昭昭从拱形的小窗往外看去，云层柔软，阳光鲜活。

这一天终于到来，毒枭被击毙，她亲自作父亲的报道。

四个小时后，林昭昭一行人抵达武警A城支队营区门口。

营区的武警官兵正在列队跑五公里，整齐划一的"一、二、三、四"震破苍穹，她脑海中蓦地浮现儿时的画面。

母亲随军时，她也曾从家属院的楼上看爸爸和叔叔们跑步。有时候，她还要背着自己的小熊玩偶，学他们负重。

如今，她的生命里又多了一个很重要的人。他在父亲生前战斗过的地方，像他们一样，武装负重，步枪射击，一声集合令下，便奔赴最前线。

如果她也能加入他们，那该多好。

林昭昭拨通电视台领导给她的座机号码，电话接通，她自我介绍道："李队长，您好。"

电话那边停顿几秒，林昭昭误以为是手机信号出了问题，又轻轻"喂"了一声。

武警支队队长李锐接到电话时，正在营区的陈列室。在他面前的是林振和他的合影，那时他们刚刚从军校毕业，第一次缉毒立了二等功。合影的时候，两个傻小子对着镜头板着脸憨笑。

林振闭上眼睛以前的最后一句话是："我有个女儿，才刚上高一。"

电话铃声响起，一个温和的女孩儿声音传来："李队长，您好，我是C市电视台新闻记者林昭昭。"

电话挂断，穿军装的人向着营区门口大步走来。

站岗的小伙子神经紧绷,迅速敬了一个标准的军礼。

不怒而威的支队长,此时也只是和蔼的长辈模样:"昭昭。"

林昭昭笑了,眼睛瞬间红了:"李锐叔叔。"

他们上次见面,还是在父亲的遗体告别仪式上。

林昭昭登记身份,提交各种手续,丝毫不敢马虎,之后才跟着李锐往营区走。

李锐问:"奶奶身体还好吗?"

林昭昭点头说:"她岁数大了,不喜欢去医院,但是我每年都会带她体检。"

李锐欣慰地笑道:"真是个好孩子。"

"那个人被抓到了,你已经知道了对吗?"李锐敛了表情。

林昭昭"嗯"了一声:"天网恢恢,疏而不漏。"

林昭昭跟随李锐来到营区的陈列室,看到父亲的照片,她深吸一口气,不让自己带上任何情绪。

谢辰青在身边的时候,她总像个委屈的小朋友,一想哭鼻子就让他哄,不知道是什么时候被他惯出这么个坏习惯……可是谢辰青不在的时候,她是新闻记者林昭昭,比任何人都坚强。

摄像大哥调试好摄像镜头,李锐介绍林振的生平。

从林振军校时的出色表现,到他毕业时提出到祖国最需要的地方去,从抗洪抢险到抗震救灾,再到他生前最后一次执行任务——军警联合扫毒。

林昭昭眼前一帧一帧地还原父亲生前的画面,无数次眼泪上涌,又硬生生地压下去。

"时隔七年,毒枭K再次卷土重来。今年除夕夜,我们例行边防检查,从一辆轿车里搜到一袋白色粉末。当时我们的侦查员推断,这是一起跨国贩毒案件,和毒枭K脱不了干系。之后,我们武警支队联合公安禁毒、刑侦部门召开多次作战会议,直至五月份收网。"

李锐说话的时候语气平缓,但是每个字都很有分量。

林昭昭知道,这些平静字眼的背后,是枪林弹雨,险象环生,生死一线。

她问出此次采访的最后一个问题:"毒枭K是被我们的武警战士击毙的,对吗?当时他已经身负枪伤。"

"对,这名武警战士军校毕业刚一年,是我们支队的一名排长,非常优秀。"李锐看向林昭昭，"之前总队通知记者要来采访，我们的同志在整理林振的生平资料时发现，这名武警战士是当年C市地震的幸存者，而当年把他从废墟里救出来的人，正是林振。"

摄像大哥做了个"哇"的嘴型。

这不就是"长大后我就成了你"吗？你没有抓到的毒枭，我将他绳之以法，缉拿归案。饶是见过再多大场面，他也还是起了一身鸡皮疙瘩。

林昭昭大脑一片空白说不出话，李锐拿出一份十一年前的报纸。

当她的视线落在某处，眼睛定住，强忍一天的眼泪不受控制地流了出来。

那张像素模糊的照片里，穿迷彩服的父亲蹲在一旁，看向自己面前的小男孩。

十来岁的孩童脸上身上全是泥土和血污，紧紧地抿着嘴唇，黑白分明的眼睛茫然地看向镜头，鬼门关前走了一遭，似乎都不会哭了。

在他怀里，还有一个比他更小的孩子，被打了马赛克。可视线轻易就能穿透那层马赛克，看到那血肉模糊且触目惊心的现实。

照片下方，黑体标注：C市7.0级大地震中幸免的谢辰青，和他死去的弟弟。

感觉林昭昭的情绪不对，在场知道她是林振女儿的，只有李锐。

李锐当机立断安排其他记者去参观营区，或者先去部队食堂就餐。

陈列室里，就只剩下他和林昭昭。

在父亲去世之后，林昭昭从未有过这么难过的时候，好像快要无法呼吸，回忆兜头而来，层层叠叠地压在胸口，让她喘不过气来。过往的画面仿佛不受控制，在眼前一帧一帧地慢速回放。

去年秋天N市地震，她在灾区看到谢辰青。

他英俊冷白的脸上全是血污，指尖磨烂，作训服早已看不出颜色。

他身上脏不敢抱她，只把下巴抵在她的肩侧，说："林昭昭记者，给我抱抱。"

不知道他几天几夜没有休息，垂着头坐在废墟上就睡着了。

当他看到她，叫了好几声"昭昭"，生怕她是假的。

那个时候，她只是傻兮兮地捧出一个小面包，祝他生日快乐。

这一刻想起来，那个时候的谢辰青该有多难过。

明明他自己有那么多的心酸和苦楚，却把她的情绪和烦恼认认真真地放在心上。

是她迟钝，是她一直以来什么都不知道，是她仗着他对她好，为所欲为地当一个小朋友。

她从来没有认真地问过他：谢辰青，你过得好不好？你是不是很难过？

林昭昭蹲下身，把脸埋进手臂，有个清润干净的声音在心底慢慢回响——

"只要林昭昭想，谢某万死不辞。"

高中的时候，他是不是就想好了——

读军校，毕业考核拿学员旅第一，毕业分配选择武警A城支队，到缉毒一线。

当年他拿到IMO满分金牌，原本可以保送去最好的大学学数学，放弃保送也是因为这个吗？

林昭昭的衬衫袖子湿了一片，原来心疼真的可以有如实质。

那些不为人知的时间、地点，谢辰青做过的事情，一点一点地在脑海里变清晰。

他失联的两个月，并不是什么野外集训，更不是不回她信息，而是参加联合扫毒。

上次在墓地，她闻到的浅淡的消毒水味，或许根本就不是错觉。想必那个时候他大病初愈，第一件事便是去看望她的父亲。

林昭昭的眼睛肿得像核桃，问李锐："叔叔，他当时中弹，是不是伤得特别严重？"

李锐叹了口气，递纸巾给她："他当时是要掩护我们的一名战友，被毒贩击中背部，住院之后情况很不乐观，差不多到鬼门关走了一趟。"

"在此之前，他就被毒贩在肩膀上砍了一刀，那一刀如果偏移一寸，后果完全不堪设想。"

谢辰青一个人揣着所有的秘密负重前行，没有透露给她一星半点，就像是《湄公河行动》里那句台词说的：你之所以看不见黑暗，是因为无数勇敢的人把黑暗挡在了你看不见的地方。

而谢辰青，就是那个帮她挡住所有黑暗的人。

林昭昭蹲在那儿缩成一团，哭得停不下来，堂堂一个武警支队的支队长在旁边，老父亲似的给她递纸巾。

　　李锐并不知道她认识谢辰青，以为林昭昭只是想到了林振。

　　他不知道怎么哄哭鼻子的小孩儿，就想着说点喜气的开心的话："你先别哭，你先听叔叔跟你说。"

　　林昭昭便抬起头，红眼小兔子似的，打着小哭嗝儿点头道："好。"

　　"这个谢辰青呢，跟你同岁，军校毕业。

　　"个子得有一米八八，长得比电视上那些男明星好看多了，见到真人你就知道了。"

　　林昭昭的眼泪挂在脸上，迷迷瞪瞪睁着一双圆眼睛，看起来又可怜又可爱。

　　她一边抹着眼泪，一边撇着嘴角说："我……我知道啊，您跟我说这个干吗？"

　　"你知道什么你知道，你就只知道背着小熊跟我们跑五公里。"

　　林昭昭破涕为笑。

　　李锐被她跟她爹一样傻了吧唧慢半拍的小脑袋瓜子愁坏了，像个掏心掏肺的老父亲，本着肥水不流外人田的原则循循善诱："之前我就跟他提过，说我好朋友的女儿在 C 市电视台工作，问他有没有意向认识一下。"

　　林昭昭的大脑已经明显缺氧，没有思考能力："哎？"

　　"你不知道这小伙子在我们这儿有多受欢迎，万一哪天支队来个军民共建组织个联谊，铁定要被小姑娘抢了。"李锐神神秘秘地压低声音说道，"所以叔叔给你预定了，他说等缉毒案破了，有意向跟你认识认识。"

　　林昭昭慢了不止半拍的小脑袋瓜，这才开始慢吞吞地运转。她想起去年中秋节那天，谢辰青说队长给他介绍女朋友了。

　　"长得好看吗？"

　　"嗯。"

　　"个子高吗？"

　　"不高，但是刚刚好。"

　　他声音带笑，她却掉进醋坛子里，甚至还气鼓鼓地挂断电话。

　　"叔叔，他现在在哪儿？"

"在国外执行任务。"

李锐心想,这下林昭昭应该能高兴一点点了吧?

他们营区武警官兵上千人,谢辰青大概是年轻人里最出挑的了。却见小姑娘刚才硬生生憋回去的眼泪,此时此刻更加汹涌。

他挠头,这下是真不知道该怎么办了。

林昭昭在工作时间强打起精神,却在空闲下来的间隙,整个人跟丢了魂一样。

午饭时间,他们一行人被安排到部队食堂就餐。

一个虎头虎脑的小伙子,盯着林昭昭看了好几眼。

他戳了戳自己旁边呆头呆脑的那位:"你觉不觉得这个来采访的记者有些眼熟?"

"呆头呆脑":"感觉好像在哪儿见过。"

"虎头虎脑":"啊!我想起来了!"

他们俩迈着整齐的步子跑到林昭昭面前:"林昭昭记者!我们认识你!"

林昭昭指着自己,迷茫地问道:"认识我吗?"

"虎头虎脑"笑道:"我们谢排长柜子里有张照片,就是你!可惜排长现在不在家。"

林昭昭更加蒙了,缓了一下才反应过来谢辰青军校毕业后是中尉、副连,在部队是排长。

她问:"什么样的照片?"

"呆头呆脑"回答:"那会儿你还是短头发,穿校服,他站在旁边。"

谢辰青军校报到前的高三毕业典礼,他剪了寸头,她剪了短发,邹瑜喊他们,两个人回头的瞬间被相机定格。

那张照片,林昭昭也有,一直存在家中的相册里。

谢辰青一直带着这张照片吗?

林昭昭低下头,眼泪吧嗒吧嗒地掉进碗里。她大口大口地吃饭,连带着酸涩和难过一起咽下去。

同事们对此毫无察觉,见林昭昭眼睛发红,也只以为是她共情能力太强。毕竟跑灾难现场的时候,林昭昭总是泪点最低的那一个。

两天后,林昭昭告别李锐,坐上了返程飞机。此行和她一起出差的还有一个大学校友赵凡。

当初大四面试,两个人在考场外匆匆打了声招呼。林昭昭记得她不是因为同校同专业,而是因为赵凡在军训闭幕式那天当着所有连队的面,跑过去要谢辰青的联系方式。

两个人位子靠在一起,赵凡率先开启话题:"林昭昭,你还记得谢辰青当年带过咱们那级军训吗?"

林昭昭点点头。

"没想到这么巧,我们这次来的就是谢教官所在的部队,也没想到他还有这样一段经历。"

酸涩上涌,林昭昭的眼睫密密地垂下来,没有说话。

"当初我还去要过他的微信,但是蒋沈教官说他已经有喜欢的人了。"

林昭昭这下终于有反应了:"他有喜欢的人?"

赵凡:"对啊,也不知道结婚了没有?"

她回忆了一下,告诉林昭昭:"当时蒋沈的原话是,'你们谢教官,每周发手机就打一个电话,打完电话就自己在那儿低着头抿着嘴笑,不是喜欢是什么?'"

"当时谢教官就在旁边,冷着他那张冰山脸,算是默认。"

风机穿过万米高空,林昭昭偏过头去泪流满面。

林昭昭接到谢辰青的电话,是在这一年的最后一天。

窗外寒风肆虐,室内温暖如春,林昭昭窝在客厅的小沙发上,面前摊着一本相册。

照片里有爸爸妈妈、爷爷奶奶,有正在换牙的她,还有身穿蓝白校服、刚剪了寸头的谢辰青。

天边一轮冷月寂静无言,让她蓦地想起第一次和谢辰青一起跨年,放飞的孔明灯上写着:年年有今日,岁岁有今昭。

谢辰青现在在干什么呢?会不会也有这样一个瞬间突然想起她?

就在这时,麦兜的铃声响起,林昭昭看到那个已经很久都没出现过的名字,手机没拿稳直接从手里滑了出去。

她慌忙从地上捡起来,按下接听键的一瞬间,脑中一片空白。

她有太多的话想说,太多的情绪难以名状,最后却只是轻声喊出他的名字:"谢辰青。"

电话那头人声嘈杂，谢辰青干净的声音清晰地传来："嗯。"

林昭昭怀里抱着小抱枕，手指揪住一角："现在的季节，南半球是不是特别热？"

谢辰青散漫地说道："还好，空调开得很低。"

在他周围的防暴队队员瞪大了眼睛，仿佛听到什么世纪大笑话，不可思议地看向他。

维和警察防暴队谢辰青，那侧脸好看得像是画出来的，只是没想到顶着这么一张人间绝色脸，却在这儿坑蒙拐骗小姑娘。

空调？温度低？这一刻的气温已经逼近四十摄氏度，跟高温比起来更可怕的，是防不胜防的蚊虫和稍有不慎就会感染的疟疾。

林昭昭又问："吃得还好吗？"

谢辰青平直的嘴角慢慢有了笑容："嗯，跟在部队的时候差不多。"

防暴队队员们再次被谢辰青满嘴跑火车的能力刷新了三观。

想当年，他们的炊事班精益求精，在深山老林都有闲情逸致炒糖色。而现在，早饭西红柿，午饭土豆，晚饭西红柿炒土豆，脸都快变成红黄相间，除了冷白皮的谢辰青。

他们发挥传统种菜技能，自己垦荒种的小青菜，不知道啥时候才能吃上。

"那边的人怎么样，英语交流可以吗？"

谢辰青的声音干净，偏冷偏少年，语气漫不经心："民风淳朴，很热情。"

蒋沈刚喝到嘴里的水，毫不夸张地扑哧一下喷出来，喷了旁边的人一脸。

谢辰青的目光扫过，嘴角轻轻地勾了一下。

他们这群人缉毒、防爆，端着枪行走边境线，枕戈待旦地活在危险的最前沿。但刚来的时候听着跟公鸡打鸣一样频繁的枪声，依旧十分不习惯，不过后来也就慢慢习以为常了。

在国内听鞭炮，会分辨一下是二踢脚、麻雷子还是大地红，他们在这儿听枪声也会分辨一下，这枪是大口径的还是小口径的，有奖竞猜，苦中作乐。

"你呢，过得好不好？"谢辰青的声音里带着淡淡的，关心小朋友一般的温柔，落在耳边。

林昭昭裹着小毯子，在沙发角落里缩成一团，手环着膝盖。她偏过头，手指擦过眼睛，指尖湿润。

她过得不好，一点儿都不好。

她想他想得要命，每分每秒脑袋里都有一个叫谢辰青的人。

她半夜经常会惊醒，梦见他中弹、梦见他被砍刀砍伤肩膀，还会梦见他被压在地震的废墟下面，不管她怎么努力都掀不起那面坍塌的墙……

良久的沉默，静到彼此呼吸都清晰，他柔声问她："怎么不说话了？"

想念、难过、心疼在听见他声音的时刻，全部交织在一起。

林昭昭深呼吸，确定自己不会让谢辰青听出哭腔，才慢慢地绕开"过得好不好"这个话题。

"谢辰青。"

"嗯。"

"我爸爸的朋友给我介绍男朋友了。"

电话那头的人呼吸一滞，林昭昭的嘴角轻轻勾起。

他问："长得好看吗？"

林昭昭点头，虽然他看不见："嗯。"

谢辰青又问："个子高吗？"

"嗯，很高，"林昭昭笑眯眯地说，"腿还特别长。"

电话那头的人直接沉默了。

她记得那个时候自己找了理由挂断电话，武警中尉谢辰青的定力果然比自己好了一大截。

"谢辰青，你怎么不说话了？你不是也被介绍女朋友了吗？就没有什么建议吗？"

谢辰青轻咳一声，像个傲娇的小学生："比我高吗？比我好看吗？"

片刻后，他又小心翼翼地低声补充："我的腿也长。"

窗外的圆月亮落了雪，林昭昭忍不住想象他说这句话时的表情。他肯定垂着长长的睫毛，像个可爱的小男孩，让人心都快化掉。

可是，她只能听见他的声音，却见不到他人。

她的视线只好落在面前摊开的相册上，蓝白校服的少年干净温柔，平直的嘴角带有十七岁的青涩。

电视上，这一年的跨年晚会拉开序幕。

一个不认识的歌手正在唱那首很老的粤语歌《约定》，歌词莫名应景：剪影的你轮廓太好看，凝住眼泪才敢细看……

林昭昭蓦地想起她回C市的第一天，谢辰青去火车站接她，出租车上放的就是这首歌。

可是他人已经不在身边。

"谢辰青，他比不上你。"林昭昭弯弯的眼睛里有泪光闪烁。

她脸颊紧贴着电话，轻声说："快点回来吧……我都想你了。"

好半天，谢辰青才低声回答："知道了。"

他的声音温柔，似乎还有很浅淡的笑意，她甚至能想象他嘴角轻轻勾起一点的样子。

林昭昭的脸突然开始发热，后知后觉的害羞来势汹汹。

蒋念慈端着水果到客厅时，客厅沙发上不知道是坐是卧还是趴着一团不明生物，"不明生物"的脑袋被小花毯子蒙住，隐隐约约能分辨出那是个人。

毯子里密不透风，林昭昭的脸烫得像个小火炉。

她好不容易说话这么直白，谢辰青就只回句"知道了"？

他应该是喜欢她的吧？难道现在不喜欢了？应该不能，毕竟他身边都没有什么女孩子。

谢辰青那边很安静，似乎是从营房出来了，隔着听筒，他的呼吸落在她的耳边，很清晰，林昭昭的耳朵和心尖一起发麻。

最后，还是谢辰青先开口："要去夜间巡逻了。"

"竟然还要夜间巡逻？那你挂电话吧……"她话音里撒娇和不舍的情绪明显，说出口以后自己才发现。

谢辰青轻笑一声："领导先挂。"

手机屏幕暗下去，谢辰青背靠巡逻的白色装甲车，低着头。

他站在那儿，月亮的清辉笼着他挺拔如修竹的身影，深色的维和警服穿在他身上显得格外冷淡禁欲。

蒋沈一只手一个西红柿，猜想谢辰青肯定是在那里思考人生。

因为在这贫穷动荡战乱频发的国家，你会忍不住同情难民的遭遇。可是等他走近了，才发现这哥们儿低着头，竟然在那儿笑。

"你笑什么？西红柿吃多了找不着北了？"

谢辰青眼睛微弯，上扬的嘴角轻轻地抿回平直的线。

他不笑的时候，看上去冷淡严肃，笑的时候的确有点"祸水"的意思，难怪家属院，还有那些文职的小姑娘见到他就走不动道儿。

有时候小女生觉得帅的，他们男生未必会觉得帅。但是谢辰青不一样，他们偶尔私底下议论，也觉得这哥们儿五官和身高完全挑不出毛病。

他的枪法一绝，人品更不用说，看着冷冷淡淡，关键时刻会为你挡子弹。大家都说如果自家有个妹妹，铁定要让他当妹夫。

然而就这么个冷冷淡淡的极品帅哥，此刻在炮火连天尘土飞扬的K国，大晚上的一个人背靠着装甲车低着头笑。

蒋沈小心翼翼地问："你到底在笑什么？你这样我好害怕，真的。"

谢辰青不光在笑，那双漂亮的眼睛还弯着。

面前的蒋沈单身狗一个，谢辰青本不忍心说，但是对上他那求知若渴的眼神，他抿了抿嘴唇，一字一字地说道："昭昭她……说想我了。"

那清冷的声线，那干净的咬字，竟然带几分毫不违和的甜。

异国他乡，距离祖国一万公里。

谢辰青失眠了，将手臂垫在脑后，听时针又走过一格。

耳边各种声音混杂，战友鼾声四起，蚊子不光嗡嗡嗡还带着登革热病毒，气温接近四十摄氏度用水都困难，也没有任何降温设备。

他闭上眼睛，却想到剪头发会哭的小姑娘在他读军校那年陪他剪的短发。

那张照片，就放在他武警警官证里，紧贴着他的证件照。

蓝白校服，笑眼弯弯，是十七岁的林昭昭。

元旦过后，缉毒警察林振的专题播出了，名字是《行走在刀尖上的无名英雄》。

当画面切换到林振中弹牺牲，切换到林振牺牲哭成孩子的战友，切换到林振的遗体告别仪式、年迈的老人和年幼的孩子互相扶持……无数人为之动容。

原以为那些枪林弹雨的画面只能在电影里看到，却不想竟是现实。

采访的最后，温柔安静的女记者看向镜头："和平年代，依然有这样一群人，枪林弹雨生死一线，却不能为人所知。

"希望有一天，祖国的每一寸土地都干干净净。

"每一位行走在刀尖的缉毒警察都能平安回家。"

每一个字，都是在她转学回来的那节语文课上，谢辰青亲口所说。

只不过那个时候，他缅怀的是她的父亲，而如今她想念的除了父亲，还多了一个他。

在林昭昭读大学的 F 城，有一家圣诞装饰的餐厅，因为经营不善，马上就要关店了。

店中央有一棵很大的圣诞树，树上挂满少男少女曾经虔诚写下的许愿卡片。

店主不忍心将它们草草处理，尽自己所能地联系他们的主人返还，但是收效甚微。

最让她动容的，是手边的这两张。

一张用乖巧可爱的小学生字体写着：愿林昭昭嫁给谢辰青。

而旁边的那张写着：不要让林昭昭愿望成真，如果那个人不是谢辰青。

只不过这行字被划掉了，变成另外一句话：可是，如果她喜欢他，那祝她和他白头到老。

餐厅的电视里，正在播放缉毒警察专题。

哭得双眼通红的小服务员叫住自己老板："老板，那个女记者也叫林昭昭，会不会是她？"

元旦之后，春节临近。

等林昭昭从外地出差回来，已经是大年三十的傍晚。

她到家的时候，谢辰青的伯父伯母也在，送来不少老家特产。

谢辰青的小外甥仰着脑袋认真地说："昭昭姐姐，我好想你呀！"

"姐姐也想你！"林昭昭捏捏他肉嘟嘟的小脸。

"昭昭找男朋友没有？"谢辰青的伯父问。

谢辰青的伯母搭话："这还用问，我们昭昭这么优秀，追的人肯定特别多。"

林昭昭抿着嘴笑，乖巧无害。

被人问有没有男朋友的时候，被人介绍相亲对象的时候，甚至是被身边男生表白的时候，她总会不可避免地想起谢辰青。

她在年少时遇见他，这辈子都没办法再去喜欢别人。

谢辰青的伯母亲昵地拉过林昭昭的手臂："昭昭，如果你还没有男朋友的话，你觉得我们家谢辰青怎么样？"

林昭昭一蒙，脸瞬间就红了。蒋念慈笑眯眯地说道："我看小谢就很不错，军校毕业，武警中尉。"

"是吧？等他执行任务回来，就给我们谢辰青当女朋友啊，就这么定了！"

"谢谢伯母看得起我……"林昭昭呆头呆脑的，话都说不顺溜了，求救一般看向谢辰青的小外甥，"姐姐带你去买烤地瓜，吃吗？"

"嗯！"

两个小学生手牵手快步离开现场，买完烤地瓜，他们俩一大一小，一人占一架秋千。

林昭昭脚在地上一蹬，秋千慢悠悠地晃起来。

"昭昭姐姐，"小团子鼓着腮给烤地瓜人工降温，"你还不是我的小舅妈吗？"

林昭昭忍俊不禁："我得先是你小舅舅的女朋友，才能是你的小舅妈呀。"

你小舅舅现在看不见也摸不着，当你小舅妈真的遥遥无期。

林昭昭咬着烤地瓜，心中有些郁闷，可更多的是想见他。就连他的家人偶尔提起他的名字，都会让她心跳加速，想看到他。

"我小舅舅真是不太行。"童言无忌，小团子皱着小眉毛，一脸惆怅。

"嗯？"

"昭昭姐姐，你还记得吗？那年去游乐场的时候我和我舅舅吵架，那个时候我还很小。

"我说我像喜欢奥特曼一样喜欢你，可舅舅说你是她的，不准我喜欢。"

你是他的。林昭昭是谢辰青的。

林昭昭的脸瞬间比烤地瓜还要烫："他真这么说的？"

"啊！"见自己的记忆力遭到质疑，小团子从秋千上跳下来，跑到林昭昭面前站定。

他板起脸，扬起下巴，模仿谢辰青居高临下的冷淡样子，一字一字地把谢辰青说过的话重复给林昭昭听："她是舅舅的，不准你喜欢。"

倘若说他击毙毒枭是因为父亲在地震那年救了他，那他带在身上的照片、蒋沈说他有喜欢的人以及他向小团子宣示主权，好像都指向一件事——谢辰青喜欢林昭昭。

除夕夜，烟花一遍一遍地照亮夜空。

圆滚滚的饺子出锅，氤氲的热气扑面而来，年夜饭上桌。

距离谢辰青上次打电话已经过去五十天，而距离他回国还有一百三十天。

八点一到，这一年的春晚拉开帷幕，林昭昭发出去的拜年短信没有回音。

她现在给谢辰青发信息随意了很多，甚至有些像恃宠而骄的小朋友。

昨天她发的是："最近还好吗？我想看看你。"

"你不让我看看，我怎么知道你是不是比我相亲对象好看、个子高、腿还长？"

"我都快忘记你长什么样子啦！"

除了第一句，其他都是在撒谎，那明明是刻在她梦境里的人，怎么可能忘记？

今天发的是："新年快乐，长命百岁。"

她不知道谢辰青现在在哪儿，在做些什么，有没有和战友一起吃饺子，在异国他乡挂上大红灯笼，隔着不知道多少个小时的时差，一起热热闹闹过一个年。

晚会红红火火，林昭昭偎依在奶奶身边，笑得像个不倒翁。

蒋念慈看她弯起的眼睛和小兔牙，忍不住想，明年自己的孙女会不会就不跟自己一起过年了呢？

春晚过半，电视上开始拜年环节。

各个国家大使馆的外交官齐喊出"新年好"，来自海、陆、空等军兵种的解放军齐齐敬礼，来自排爆、反恐、缉毒、救灾一线的武警官兵抱着钢枪意气风发。

而就在这时,电视画面切到了那片林昭昭从不曾见过的土地。

屏幕里,是带"UN(联合国)"字样的白色装甲车和简易搭建的房屋,正中央的国旗迎风飘扬。

实时连线的画面,最右边清晰地标注:第十支驻K国维和警察防暴队。

一队维和警察,身着深色维和警服,头戴蓝盔,整齐列队。他们的胸口位置是抢眼的国旗,怀里是黑色的步枪。

那么多人,她一眼就看到他,眉眼五官的细节,和她魂牵梦绕的那个人,一模一样。

画面切至近景,他们依次站到镜头前,给远在祖国的父母妻儿拜年。

"爸、妈,对不起,这是我第五个没有陪您过的春节……"

"亲爱的女儿,妈妈是趁你睡着离开的,妈妈怕你一哭,就走不了啦。"

"老婆,我在这儿一切都好!吃嘛嘛香!你多保重,不要惦记我!"

这些经过联合国层层选拔的精英,来自武警边防部队,这一刻站在维护和平的最前沿,面对的是暴徒、动乱、枪战,每一分每一秒神经都不能松懈,稍有不慎就要和死亡对峙。

而就是这样一支铁血队伍,当他们站在镜头前,也不过是谁家的儿子、女儿、丈夫、妻子,又或者是父亲、母亲。

热热闹闹的新年,于他们而言,与亲人的"团聚"只有这短短几分钟,单是发出"爸、妈"这两个字的音节,他们就已经哽咽。

直到这个瞬间,林昭昭才知道,谢辰青之前说的风景优美的小岛,是她只在新闻里看过的战乱频发的K国。

想必,空调、不比部队差的伙食、淳朴的民风,都是他怕她担心不得不编出来的谎话。

蒋念慈心疼得不行,就算她没去过K国,也知道那个地方有多危险。

"难怪最近都见不到呢,这孩子怎么跑到那么远的地方去啦?"

"小谢可真是上相,比刚才那些男明星还要漂亮。"

林昭昭点头,眼泪缓慢地浸染视线。她赶紧擦干眼泪,一分一秒都不舍得错过有他的画面。

记者采访到谢辰青,那双漂亮凛冽的眼睛看向镜头,清透的目光穿过一万公里的距离,几百个白昼黑夜的思念,再次对上她的视线。

年轻英俊的冷面警官轻笑着开口:"看见我了吗?"

在全国观众面前,他说了没头没尾的一句话。只有林昭昭知道,这句话,是对她那句"我想看看你"的回应。

谢辰青看向镜头,薄唇牵起漂亮的弧度,每一个字都是在说给她听:"我也想你。"

第二章
军事记者，林昭昭

"最近还好吗？我想看看你。"

"看见我了吗？"

"快点回来吧……我都想你了。"

"我也想你。"

维和警察防暴队的镜头不过短短三分钟，却和春晚的明星穿搭以及顶级流量一起上了热搜。

"这才是最可爱的天团啊！"

"那个高高瘦瘦、长长的睫毛、眼角有颗泪痣的维和警察好帅啊！"

"果然帅哥都上交国家了吗？"

"他说的是'我也想你'，分分钟脑补他在祖国有一个可可爱爱的小女朋友，前一句话肯定是'我想你了'。"

"男朋友长成这样换谁谁不想？"

"这也太浪漫了，出国维和见不到面，却当着全国观众的面说'我也想你'。"

"军人的终极浪漫。"

"好羡慕那个女生！"

"从此小说男主都有脸了！"

"这是我们的军训教官！真人更帅！就是带我们军训的时候超高冷的！"

"知情人士表示，这哥们儿已经名草有主了。"

邹瑜的微信发过来:"采访一下啊,林昭昭记者,当着全国观众的面被表白是一种怎样的体验?"

与此同时,还有大学室友温宁的问候:"宝贝,谢教官那句'我也想你'是对谁讲的呀?"

紧接着,这俩人就跟串通好了一样,给林昭昭表演尖叫鸡土拨鼠二重奏:"啊啊啊——这样的男朋友我也要,呜呜呜!"

此时此刻,被全国年轻女观众羡慕的林昭昭记者,全然不见半分跑新闻现场的冷静淡定。

室内暖气充足,她呼吸不畅,心脏快要从嗓子眼里蹦出来。

谢辰青清冷好听的声音好像就在耳边,轻轻地贴着她的耳朵划过,说"我也想你"。

热热闹闹的除夕夜,烟花在夜空炸裂,也在她的脑海炸裂。

就连蒋念慈都笑眯眯地逗她:"小谢想谁了呀?不会是我们家昭昭吧?"

林昭昭那张脸比春晚的背景颜色还要红火,她害羞,却又压不住嘴角的笑容,最后索性把矜持和不好意思都丢到一旁,露出可可爱爱的小兔牙:"好像是我!"

蒋念慈笑得皱纹都舒展开来,林昭昭攥着小拳头对奶奶说:"奶奶,等他回来,我要跟他表白!"

她跟奶奶说完,又统一回复邹瑜和温宁:"等他回来,我要跟他表白!"

温宁:"呜呜呜——我等这一天真的太久了!"

邹瑜:"决定好了吗?找个异地男朋友,可跟养只手机宠物没有区别……"

"手机宠物"这个词,突然就触动了林昭昭的某一小段回忆。

那个时候谢辰青上大一,有一天莫名其妙地问她:"林昭昭,你想不想养一只手机宠物?"

她当时傻兮兮地问他,手机宠物有什么好养的?此刻她的心脏怦怦怦地跳快,震得胸腔生疼。

林昭昭低头打字:"邹瑜,上大一那会儿,谢辰青问我想不想养一只手机宠物,你说这是什么意思?"

邹瑜："上军校的人问你要不要养手机宠物，那不就是问你想不想找一个当兵的异地男朋友？"

林昭昭定定地看着那行字，好半天都没有说出一个字。她的心酸到发疼，无形中被一只手钳制住。

他是有多少身不由己和心酸苦楚，才让他表白都不敢说一句"我喜欢你"？

他只会把耳机递给她说一句"你仔细听"，听不到便算了；只敢问一句"你想不想养一只手机宠物"，她不给答案，他也不会追究。

等时过境迁，尘埃落定，她再回头去看，才发现那字字句句都是喜欢，只有他自己知道。

等谢辰青回来，她一定要告诉他向日葵的花语，她还要厚着脸皮跟他要好多好多个抱抱。

见不到谢辰青的时候，林昭昭总想看到他的人。

可当她在连线画面里看到他，想念来势汹汹，她又想他面对面地站在自己面前。

她想看到他说话时眼尾弯起、嘴角轻扬的细节，想闻到他身上淡而清冽、干干净净的洗衣粉味道。

她还想要他抱，想他下巴抵在她的肩上，手臂轻轻环过她的肩膀，还要小心翼翼生怕碰到不该碰的地方。

林昭昭每天都在掰着手指数谢辰青回国的日子，每天守着国际新闻，从电视上收集他们的点点滴滴，而后自己拼凑出他险象环生的日常。

"在K国贫民区，维和警察营救人质二十七名。"

"此次平暴任务一百余名匪徒交出武器……"

"维和警察防暴队谢辰青。"

元宵节那天，林昭昭吃的是奶奶放糖桂花煮的小圆子，香甜软糯。

晚饭后，祖孙俩一起去看了花灯。林昭昭挎着奶奶的胳膊，慢慢悠悠地走在深冬的街上。

"奶奶，"她小声撒娇，"我觉得好幸福呀。"

蒋念慈看她开心，自己也开心："嗯，看出来了，嘴角都咧到耳朵根了。"

而在距离她们一万公里的 K 国，防暴队的晚餐是土豆、硬得难以下咽的烤面包，还有一锅加了老干妈炖得看不出国籍的蔬菜汤。

没有煤气更没有天然气，他们用的是一种简易的酒精炉子，祖国的泡面火腿肠是奢侈品，也已经吃不上。

蒋沈夹起一块土豆："兄弟，你看这土豆长得像不像元宵？"

谢辰青淡淡地瞥他一眼："我看你像个元宵。"

林昭昭回到家已经是晚上九点，放在餐厅桌子上的手机显示有未接来电。

她看到那个名字，瞬间笑得像朵太阳花，小白牙咬着嘴唇跑回房间。

她蹬掉拖鞋扑到床上，身体陷进软绵绵的被子里，心也是，变得又软又轻。

电话拨过去，三秒就被接起来。

"谢辰青，元宵节快乐！"

"嗯，元宵节快乐。"

上次打电话，是在 12 月 31 日。

上次看到他，是除夕夜的视频连线。

林昭昭好像有很多话，可是不知道从哪儿说起。在她忐忑脸红心跳的时候，她又蓦地想起——谢辰青好像喜欢她。

耳边是他的声音和浅浅的呼吸，这一切突然就有了实感，她心里甜得冒泡泡。

"最近你的小岛还好吗？"

"嗯。"

林昭昭听到他的声音，把脸埋进枕头，咬住的嘴角自顾自地上扬，她的脸很热。

她突然就不知道下一句话应该说什么，又觉得这样听听他的呼吸也很好。

在脸热到爆炸之前，林昭昭从床上坐起来，她的头发乱糟糟的，像个刚起床的小孩。

"谢辰青，聊不下去了，你太高冷了。"

电话那边安静了一下，谢辰青轻声开口："我不高冷。"

这时，路过的蒋沈白眼差点翻到后脑勺，谢辰青是在讲冷笑话吗？

这个世界上有比冰山说"我不高冷"更可笑的吗?

军校第一年,他们去传媒大学带军训以前,他甚至以为这位谢姓帅哥的面部肌肉有点疾病。

谢辰青咬字清晰,语气乖巧无害,认真得不行。

林昭昭一不小心被萌得肝颤,如果他在她面前,她很可能会忍不住抱上去。

"林昭昭。"

"嗯?"

他低声问她:"你跟你的相亲对象有联系吗?"

林昭昭对着空气无声地笑起来,语气轻快地回道:"有啊!"

这不是正在联系呢吗?她不光联系他,她还好喜欢好喜欢他!

"那你除夕看春晚了吗?"

谢辰青冷淡的声线放得很轻,话音有着少年人才会有的小心翼翼。

林昭昭心里甜得要命,故意逗他:"春晚怎么了?"

谢辰青拿着手机不说话,好半天才低声说:"你说,忘记我长什么样子。

"不知道到底是我好看还是你相亲对象好看。

"所以,我上电视了。"

此时,路过的蒋沈瞪大了眼睛,并抛了个西红柿给谢辰青。

他发誓,除了武警宣誓,这是第一次听这个人一口气说这么多话。

军校第一年,蒋沈不光以为谢辰青面部肌肉有点疾病,甚至还怀疑他声带也有点疾病。

这位谢姓帅哥是在吃醋吗?怎么一吃醋就从酷哥变成甜豆啦!

林昭昭被萌得打滚,把手机拿远了些,在床上扑腾着笑得像个小傻子。

"那你采访的时候说什么了?"此时此刻的她,简直像个循循善诱的坏蛋。

"说我也想你。"

电话距离耳朵太近,像谢辰青在耳边轻声低语,林昭昭不自觉地捏了捏发烫的耳朵。

"想谁?想你的相亲对象?"

电话那头,他的声音干净又带有磁性,一字一字咬字清晰:"谢辰青想林昭昭。"

林昭昭此时脸红得像个大西瓜,把头埋在抱枕里,声音又小又闷:"林昭昭也想谢辰青。"

说完,便听见他笑了,很轻很轻的一声。她的小心脏在那一瞬间如冰激凌一般融化了,软软甜甜。

初春,这一年的武警部队军队文职发布招考公告。军队文职是军队的组成部分,但不属于现役。

林昭昭的视线从上往下扫过职位表,手里的鼠标顿住,发出一声脆响。

武警A省总队招聘军事记者,要求专业为新闻传播学大类。

林昭昭点开职位详情,岗位没有要求男生,工作地点在A城,正是谢辰青的部队驻地。

等谢辰青回国,她不想再一次次地面对分别和随时失去他的可能。她想和他朝朝暮暮,岁岁年年,直至白发苍苍的生命尽头。

虽然,八字还没有一撇,他们俩连个正式表白都没有。

林昭昭合上笔记本,迫不及待地跑到奶奶身边。

蒋念慈年纪大了,灯下的斑斑白发看得林昭昭鼻子蓦地一酸。

"奶奶!"

"怎么了?"

林昭昭抿起嘴唇:"如果我说,我想辞去电视台的工作,去找谢辰青,您会觉得我不懂事吗?"

蒋念慈洗菜的手一顿,林昭昭的心提到嗓子眼。

"奶奶睡不着的时候想过,小谢那孩子闷不吭声地做了那么多,我们能为人家做点什么呢?

"奶奶当然支持你了,但是你先得跟奶奶说说,你打算怎么去找他?在A城重新找工作吗?"

林昭昭松了口气,尾音已经开始雀跃上扬:"今年军队文职招聘开始啦!您记得吗,阅兵的时候穿孔雀蓝的就是文职方队!"

"他们不是现役,考上以后也是朝九晚五上下班,武警A省总队正好在招聘记者呢!"

"我之前是新闻记者,如果我考上了,就是部队的军事记者,以后拍的、采访的都是谢辰青这群人。"

蒋念慈认认真真地听着,她的宝贝小孙女,眼睛圆圆的、亮亮的,小兔牙洁白,有时候看着还像小时候的模样。

只是她已经二十三岁,已经有心上人了,她的心上人是一个很优秀的男孩子。

林昭昭不可能一直陪在她这个老人家身边,她也不想成为孙女的负累。

好半晌,蒋念慈开口:"只要我们昭昭想考,就一定能考得上!"

林昭昭笑眯眯的,她不知道自己能不能行,但是她必须得行。她抱着笔记本电脑跑开,开始认真地筛选岗位。

蒋念慈嘴角的笑容还在,目光却已经暗淡下去。

分别好像比她想的早了一些,她以为,她的昭昭直到嫁人才会离开她。这些年来的烈属抚恤金,她一分钱没有动过,宁可自己去打工养家。还有小孙女上大学时做兼职打给她的钱,她全部好好地存起来了。

就是想着哪天林昭昭结婚嫁人,她这个当奶奶的需要给她添置像样的嫁妆,不能让人看不起。

需要添置些什么呢?买车还是交房子首付?

她都没好好照顾过林昭昭,都没让自己的小孙女跟着自己过几天好日子。蒋念慈想着想着,突然觉得眼睛湿润了。

就在这时,林昭昭又趿拉着拖鞋跑过来。

蒋念慈赶紧背过身去:"奶奶给你切水果吃。"

林昭昭穿着一身毛茸茸的睡衣,写字用的签字笔放在鼻子下方、嘴唇上方那个位置,嘟着嘴用嘴巴接着,正皱着眉头思考人生。

"奶奶,如果我考上了,你可以跟我一起去 A 城吗?"

林昭昭知道自己的要求有些过分。蒋念慈在 C 市活了一辈子,她的老友街坊邻里都在这儿,让她在本该安享晚年的年纪再跟着自己换个城市生活,这是不孝。

可是她没有办法,她既没办法恃宠而骄,安心接受谢辰青对她所有的好,也没法不管不顾地奔向谢辰青,把自己最后的至亲独自留下。

蒋念慈一愣:"你想奶奶去吗?"

林昭昭"啊"了一声:"当然,如果您不去,我就不报名啦!"

"您不会以为……"她看着奶奶红红的眼睛,鼻子一酸,"不会以为我要把您一个人丢下吧?"

"昭昭在哪儿,奶奶就去哪儿。"

蒋念慈从书房的抽屉里拿出一张银行卡,遍布老年斑的手抹过眼角。

"这些年来,所有的抚恤金和攒下的钱都存在这张卡里,够我们去A城买一个小房子了。

"奶奶也想去看看你爸爸待了二十多年的地方……"

军队文职的考试对于林昭昭来说并不容易,虽然她大学时专业课扎实,但是笔试内容涵盖政治、经济、国防知识等方方面面,很多题型都是第一次见。

武警A省总队记者岗位只招一个人,有千军万马过独木桥的意思,但是她没有辞职备考。

她需要电视台那份微薄的薪水养家,倘若考不上又没了工作,她就得喝西北风了。她喝西北风没关系,但是奶奶不可以。

林昭昭的工作依旧很忙。

那些从新闻现场回到家的半夜,那些睡了几个小时又强打起精神开始看书的凌晨,那些别人都在小憩聊八卦喝奶茶的午休,她刷题的笔不停。

当全身上下所有的细胞都在叫嚣"累死了"的时刻,她会点开谢辰青军校的宣传片,点开除夕夜他那个短短几秒的镜头,谢姓帅哥那张脸美色惑人比咖啡有用太多。

如果她成功地考到武警A省总队,成为一名军事记者,那她和谢辰青就不用异地了。

她的镜头要记录的将是他们"魔鬼周"野外训练、冰天雪地武装越野和抗震救灾冲在一线……或许还可以和他一起站在维和的最前线,让这个世界看到他们。

她不能让她的男孩自己走完所有的路、吃完所有的苦,而自己停留在原地,不付出任何努力。

林昭昭打了个哈欠,泡上一杯新的咖啡,继续刷题。

她还没有告诉谢辰青自己在备考,想等考上了,穿上和他一样的迷彩服,挂着相机大大方方地站到他面前。

在某个挑灯夜战的晚上,林昭昭接到一个陌生来电。

"您好，请问您是林昭昭吗？"

"我是。"

"您好，请问两年前的圣诞节，您是否在我们餐厅就餐？和您一起来的男生，是否叫谢辰青？"

林昭昭反应了一下："对，请问您是？"

电话那头，女孩的声音含笑："小店经营不善，马上就要倒闭了，这棵圣诞树上的卡片我们不知该如何保管……正好在看新闻的时候，看到了您的节目《行走在刀尖上的无名英雄》。"

林昭昭惊讶又惊喜："卡片还在吗？谢辰青的也在吗？"

店主应声回答："都在呢，您加我的微信给我个地址，我给您寄过去。"

林昭昭说道："麻烦您，快递到付就好！"

微信好友通过，林昭昭编辑地址和感谢的话发给店家，没有任何缓冲，店家拍的卡片照片先发了过来。

那个瞬间，旧时光兜头而来，让林昭昭一下子回到大四那年的圣诞节。

她好像以一个第三人的旁观视角，看少女在少年身边探头探脑。

"一起许个愿吧，谢辰青同学。"

"你要写什么？"

"不告诉你。"

"可是我都告诉你了呀，我写的是要脱单。"

"那我也不告诉你。"

"小气鬼！"

"嗯……"

两张许愿卡片摆在一起，穿越时间和空间的距离，完好无损地呈现在她的面前。

一张上面写着：愿林昭昭嫁给谢辰青。

另一张上面写着：不要让林昭昭愿望成真，如果那个人不是谢辰青。

每个字都像是钝掉的刀刃，轻轻缓缓地割在她的心上。只是这行字被谢辰青划掉，取而代之的是下面那句。

那一瞬间，刀刃陡然换了方向，直直地刺穿她的心脏。

可是，如果她喜欢他，那祝她和他白头到老。

军队文职笔试的前一天。

灯光晕染开温暖的色调,坐在书桌前的女孩眉眼柔软。

林昭昭的面前是已经快翻烂了的《新闻学概论》和《传播学教程》,笔记本上密密麻麻的知识点被她用不同颜色的笔做了标记。

她刷过的真题厚厚的一摞,各种颜色的便笺贴得层层叠叠,在她低头写字时几乎要将她淹没。

这样巨大的工作量,如果不是亲眼看到,没有人会相信是出自天天加班跑现场的新闻记者之手。

林昭昭所有的学习时间,挤占压缩的都是她的休息时间,虽然过程很难,但是她从未想过放弃。

电话响起时,林昭昭整理知识点的思维导图刚画了一半。

"您有快递,麻烦签收。"

那薄薄的快递信封,林昭昭不用猜都知道是什么。

谢辰青新训第一次射击的子弹壳、军训时传过的小字条、用全部津贴买给她的裙子和生日礼物,都被她整整齐齐地放在衣柜单独的小格子里。

这一刻,林昭昭又小心翼翼地放进去一张很重要的卡片。

她不敢去想谢辰青写那句话时是怎样的心情,不敢去想谢辰青是怎样小心翼翼地喜欢了她这么多年。

她抱着膝盖蹲在柜子前,定定地看着他的字迹,心脏酸到发疼。

翌日六点,闹钟响起时,林昭昭已经在洗漱。

镜子里的女孩干干净净的一张脸,脸颊有肉,稚气未消,眼神温柔而坚定。

蒋念慈已经做好早饭,林昭昭面前的盘子里,被奶奶认认真真地摆上一根油条和两个鸡蛋。

林昭昭笑嘻嘻地说:"奶奶,笔试满分是两百分!"

蒋念慈赶紧又递过去一根:"那你吃两根!"

林昭昭脆生生地应了:"好嘞!"

她的准考证、身份证都带好了,笔是高考那天谢辰青送给她的那一支。

坐在前往考场的公交车上,林昭昭倚着车窗,想起高考那天送她去考场的少年。

"是我数学竞赛时用过的,从初赛到省赛,再到最后的 IMO。

"我把我所有的运气,如果我曾经有过的话,都分给我面前这个哭鼻子的小朋友。"

跟一般考试不同的是,军队文职考点的好多工作人员都是武警。那身军装自带疏离感,冷淡严肃,帅得不像话。

女孩子们小声议论:"穿军装的男孩子好帅啊!"

"你记不记得春晚上那个维和警察,有泪痣那个?好像就是武警!"

"我一定要考上!说不定就能见到他了呢!"

考试铃声响起,林昭昭打开笔盖。

她人生中最为重要的考试,从高考到电视台的笔试,都有谢辰青来接她。

这次她不用他来接,她会自己一步一步地走向他。

K 国的清晨六点,气温已经逼近四十摄氏度。

维和警察防暴队营区,国旗迎风飘扬。

任务区局势动荡不安,平暴任务频繁如一日三餐。

防暴队队员被要求二十四小时配备枪支,谢辰青睡觉的枕头下都压着一把手枪。

这里没有单人宿舍,只有用集装箱改造的房屋,三五个人住一间。

如果是出去长时间巡逻,他们就只能在废弃的学校或者医院席地而睡。

高温算不上什么,可怕的是带着登革热病毒还能传播疟疾的蚊虫。

硬邦邦的烤面包、蔬菜汤和让人闻之变色的西红柿土豆刚上桌,他们就接到紧急命令:K 国南部发生武装暴动,需要他们前去平暴。

谢辰青个子高瘦,那身深色维和警服衬得他皮肤冷白如玉。他的头上戴着蓝色钢盔,警服外面套着防弹背心,最后,他低头整理枪支、子弹、手铐。

武装直升机低空盘旋轰鸣作响,带起飞扬的尘土,耳边爆炸声、枪声、暴徒怒吼声和武装镇压声四起。武装暴力团伙都是亡命徒,根本不管你是维和军人还是维和警察。

防暴队不仅要平复暴乱，还要疏散群众，保护一不小心就会被牵涉其中的难民。

那些衣衫褴褛的孩童，瘦得像竹竿一般，手里挎着篮子到处贩卖当地食物。

他们随时随地都有可能饿昏过去，又或者被不长眼的子弹射中。这样的年纪，在和平地区或许还在父母跟前撒娇。

军队的文职考试，上午是公共科目，下午是专业科目。

交卷的那一刻，林昭昭的心慢慢落回肚子里，然而依旧忐忑。但是，就算这次不行，她也不会放弃。

到家时，蒋念慈正在看国际新闻："快来昭昭，那个端着枪的高个子是小谢吧？"

林昭昭顾不上换鞋子和衣服，跑到电视机前。

那是她只在外国电影里看过的动荡画面，武装暴徒和荷枪实弹的维和警察针锋相对。

谢辰青端枪的侧影冷峻禁欲，而他正低着头，在和一个黑皮肤小朋友说些什么。

从侧面看过去，他嘴角弯起一道漂亮的弧度，摊开的手心里是一把大白兔奶糖。

他最后在小朋友头顶揉了一把，转身跳上带"UN"字样的白色装甲车。

一只手里是冷淡严肃的步枪，另一只手却在给小朋友分糖，温柔干净得让人心动。

此时新闻结束，电视机下方出现一行字："K国南部发生武装暴动，维和警察防暴队圆满完成平暴任务。"

翌日，谢辰青执行空中巡逻任务归来时，防暴队营区多了一个七八岁的小男孩，正是昨天发生暴乱时差点被子弹击中的那个。

在此之前，他曾经追着他们的装甲车跑，想要从他们倒下的垃圾堆里找出能吃的食物。

像他这样的难民营小朋友数不胜数，并不是个例。

后来谢辰青日间去巡逻的时候，总会在警服口袋里放几颗糖。

高温天气让糖果变得黏腻，但在那些孩子眼里依旧是难得的美味。

谢辰青从直升机上下来，小男孩跑上前，背上还背着一个比他更小的小孩。

他昨天分给他的糖果，此时此刻在那个更小的小男孩手里。

兄弟俩一样的黑皮肤，一样的衣衫褴褛，一样的目光清澈明亮。

他把弟弟放下来，从自己倒卖食物赚钱的小篮子里拿出一个黑乎乎的不明物体。

那是用当地的一种植物做成的食品，他献宝一样捧到谢辰青面前："Eat（吃）！"

那东西蒋沈认识，他们根本吃不惯，甚至吃了还会产生"水土不服"。

更主要的是，谢辰青虽然平时闷声不吭没什么少爷做派，但其实十分爱干净。

难民营的小孩子，用水都困难，更别提卫生状况了。

谢辰青蹲下身接过来，几口吃掉。

小男孩见他吃了，开心极了，眼睛亮亮地看向他。

谢辰青摸摸他的脑袋，用中文一字一字告诉他："好吃。"

小男孩听不懂中文，大大的眼睛里透着迷茫。

谢辰青笑着扬眉，竖起大拇指给他看。

这下小男孩懂了，和谢辰青挥手告别。

他走出营区，背着弟弟继续去卖东西赚钱。

此后，他便成了谢辰青的"忘年交"，分走了谢辰青所有的泡面和零食存货。

谢辰青只知道他叫"Deng（登）"，母亲死于地震，父亲在一次暴乱中被枪打死，家里只剩他和弟弟。

天气渐暖，拂过脸颊的风温柔，林昭昭接到了面试通知。

候考室里空气稀薄，身边的人都是对手，不免有些剑拔弩张的意味。

如果面试顺利过关，她就能和谢辰青穿一样颜色的武警迷彩服。

林昭昭结束面试，带上门走出考场，成绩会在本岗位所有人面试结束后统一公布。

她攥起的手心里都是汗。

此时此刻的一万公里外，K 国南部监狱发生暴动，防暴队接到任务迅速出动，他们到时，几百名犯人手持铁棍、砍刀，场面一度失控。

一名暴徒趁着混乱，手握砍刀突出重围，面目狰狞可怖。

谢辰青顶着枪林弹雨，当即拔出手枪朝他手里的砍刀开了一枪。砍刀掉到地上，暴徒对上那双凛冽得没有一丝温度的黑色瞳孔。

考官公布成绩，林昭昭笔试和面试均是第一。她迫不及待地跑回家，像第一次拿到奖状的小学生。

蒋念慈做了一大桌子菜，都是林昭昭爱吃的，庆祝新的开始，亦是告别旧的过去。

老旧的居民楼，空气里的细小浮尘都被时光染了颜色，木质的家具上尽是岁月的痕迹。

这里迎接过她的诞生，也目送过父亲母亲的离开。如今，她和奶奶也要跟它说再见。

春末，林昭昭收拾好所有行李，和奶奶一起坐上前往 A 城的飞机。

那里的冬天没有雪，但是有谢辰青。

夜幕降临，近万公里外的祖国已经陷入深度睡眠。

K 国的防暴队营区依旧灯火通明，二十四小时有人警戒。

谢辰青夜间巡逻归来，Deng 坐在营区门口，弟弟偎依在他身边睡得香甜。

七八岁的年纪，在和平地区，会无忧无虑地背着书包叽叽喳喳地走在上学的路上。

谢辰青蹲下来，用手指关节敲他的脑袋。

Deng 已经会一点点中文，都是谢辰青和蒋沈教他的："你好！"

这次，他给谢辰青带来的是一种在当地象征吉祥的雕刻工艺品，脏兮兮的，已经不能分辨出原本的颜色。

Deng 内心忐忑而小心翼翼，生怕被他嫌弃一般，把工艺品捧到谢辰青面前。

谢辰青接过来，放到警服口袋里："谢谢。"

小男孩听不懂，他解释："谢谢，是'Thank you'的意思。"

那让国际重刑犯都颤抖的一双眼,哪还有平时半分的冷漠凛冽。

谢辰青起身准备去营区给 Deng 找食物,猝不及防地动山摇。

房屋轰然倒塌,残垣断壁漫天飞尘,世界末日一般,谢辰青瞳孔紧缩。

在墙壁倒在身上的前一刻,Deng 身体先于意识一步,把睡梦中的弟弟护到怀里抱着。

下一个瞬间,他看到了黑发黑瞳的维和警察。

他身上有浅淡干净的味道,维和警服的胸口位置是一面国旗,本该倒在他身上的墙壁废墟重重地压在他的肩上。

视野陷入一片黑暗,谢辰青没来得及看的手机里静静地躺着一条语音信息。

他的女孩声音雀跃:"谢辰青!我换工作啦!"

林昭昭看着天上那轮圆月,眼睛里藏着小星星:"现在先不告诉你,等你回来就知道了!"

文职入职,军训一个月。

林昭昭穿上那身和谢辰青一样的武警迷彩服,自豪感油然而生。

体能、队列、早操、内务,都是岗前训练科目,只要想到谢辰青也是这样过来的,甚至更苦,林昭昭就一点怨言都没有。

军训时,他们的手机会收起来,晚上下发。一天军训结束,林昭昭全身酸痛,伸手捶腿捶背。

和她同一个寝室的小姑娘正在跟男朋友撒娇。

林昭昭戳开谢辰青的对话框,聊天记录还停留在她发出去的语音上。

维和地区几乎没有信号,谢辰青的电话也只会在固定的时间打来。只是这次,她心里闷得喘不过气来,总有些说不出的不太好的预感。

晚上,新闻准时播放,一条新闻让林昭昭几乎忘了呼吸:"K 国发生 7.0 级地震。"

那个瞬间强烈的窒息感兜头袭来,只有眼前的画面惊心动魄,如同被人掩住口鼻扔进深海。

林昭昭攥了攥手指强定心神,将电话拨给李锐。

电话那头,李锐声音哑着:"现在人员伤亡情况还不明朗。"

林昭昭整晚没睡,睁着眼睛看黑漆漆的天花板,一滴眼泪都没掉。

只是第二天军训走队列时,她一不小心顺拐了,怎么都顺不回来。

恍惚之间,她好像看到谢辰青穿一身迷彩作训服,抱着手臂站在树荫下,笑着看她。

"右侧第一个女生,顺拐顺得不错。"

她站在文职的队列中,泪水瞬间模糊了视线。

李锐的电话拨回来,是在三天后。

"驻K国维和警察防暴队,没有一人伤亡。

"只是地震发生的前七十二个小时,他们要尽可能从废墟下救出更多的被困难民。"

文职军训结束的那天,林昭昭抱着花和相机来到父亲的墓碑前。

父亲的黑白照片摆在那儿,好像穿过长长的时空隧道,安静无言地看着她。

他身上是武警的常服,她身上是武警的迷彩,她特意穿来给爸爸看。

林昭昭像个得了小红花向家长求表扬的小孩子,在父亲墓碑前坐下来。

还是那张清秀白皙的小脸,可就是有哪里不一样了。她黑白分明的瞳孔温柔坚定,肩背挺直,像是永远都不会被压弯。

"爸,我考上武警部队的文职了,现在是一名军事记者。

"我穿这身衣服好不好看呀?"

父亲看着她,没有回音,林昭昭努力地勾起嘴角笑。

如果爸爸现在还在,她大概会拉着他去拍一张合影。

父女俩穿一样的迷彩,妈妈和奶奶穿漂漂亮亮的裙子。可是,永永远远没有机会了。

"以后我和奶奶住在A城,和你还有妈妈见面就很简单啦。

"我们买了一个小小的房子,九十多平方米,用这些年来攒下的抚恤金……"

在她出生时,父亲给她一个家。如今父亲牺牲了,她的家还是他给的,只不过换了一种形式。

林昭昭鼻腔酸涩难忍,但她不想在爸爸面前哭,不想他担心。

"爸,这次我来,还想告诉您,我要出一趟远门。

"是一次特别的采访任务,可能有一点危险,但是我一点儿都不怕。

"如果不顺利,我们一家三口就可以见面啦……"

她一个人嘟嘟囔囔说这么多,像小时候一样,只不过那个时候,有笑眯眯地听她说话的爸爸妈妈。而此刻墓园寂静,只有风吹过树叶,沙沙作响。

林昭昭深吸一口气,抿起的嘴唇颤抖,最后眼泪还是没有忍住。

"可是我很贪心,我想让您保佑我。

"我不舍得离开奶奶……

"我还……还想和谢辰青岁岁年年。"

她站起身,弯腰擦干净照片上的尘埃。

"爸,等我从K国回来,带谢辰青一起来见您。"

林昭昭从墓园回到家时,奶奶的午饭已经做好了。

一个月不见,蒋念慈摸摸她的脸,眼睛里满是心疼。

"瘦了,是不是很累?"

林昭昭笑着说:"还好,部队的伙食可好啦,都是自助!"

碗里是她最喜欢的红糖小圆子,她小口小口地吃着:"奶奶,我这个月可能要出个差。"

"去哪儿呀?"蒋念慈停下筷子。

"一个风景优美的小岛,民风淳朴,很热情。"林昭昭莞尔,"我去长长见识,开开眼界!"

当初谢辰青这样告诉她,如今,她又这样告诉奶奶。

小孙女睫毛轻轻颤抖着,蒋念慈避开她的眼神,点点头说好。

下午,林昭昭提着没拆开的行李箱,再次出了家门。

门带上的一瞬间,蒋念慈在菩萨像前跪下。

她年纪大了,又瘦,跪也跪不稳了。

她看着林昭昭长大的,怎么可能分辨不出她在说实话,还是怕她担心在说谎。

"黄土埋到脖子了,我只求我的小孙女长命百岁,求您老人家保佑。"

当晚飞机如同流星,划过谢辰青曾经飞过的航线。

翌日，飞机抵达距离祖国近一万公里的 K 国。

维和警察 2× 周年，林昭昭入职以来的第一个工作任务就是赴 K 国采访。

与她同行的，一个是军人出身的记者大哥，一个是多次赴维和前线的记者姐姐。

一下飞机，尘土飞扬扑面而来。

地震过后，满目残垣断壁，坍塌的房屋下面有迎风飘扬的半截衣服。孩童目光麻木，难民衣衫褴褛，耳边是不绝于耳的怒吼声和隐隐约约的枪声。

最真实的维和生活，就这样没有任何缓冲地暴露在她的视野里。这样的画面，身处和平年代的林昭昭无法想象也无从感知，她像是来到了另外一个世界。

那辆负责巡逻的带"UN"字样的白色装甲车旁，站着持枪的维和警察。

那个人清瘦且白，个子很高。他不穿警服不配枪的时候，如锦绣丛里走出来的公子哥一个，骨子里透着矜贵与斯文。

而此时此刻的他，头戴蓝色钢盔，身着深色维和警服，胸口佩戴着红色五星国旗，冷淡严肃。

似有察觉，他回头看过来。林昭昭对上一双清澈干净的眼，轻而易举，夺走她的全部神魂。

那一刻，她突然有落泪的冲动。

残阳如血，炮火连天的异国他乡，谢辰青好像从她梦境里一步一步走到了面前。

远道而来的林昭昭背着相机，落落大方地向他伸手。

"军事记者，林昭昭。"

谢辰青回握。

"维和警察防暴队，谢辰青。"

如血残阳在天边晕染开来，在距离祖国近万公里的战乱频发的 K 国，谢辰青握住她的手。

林昭昭笑得弯弯的眼睛里有泪："好久不见。"

没来得及摘的耳机里，歌词很应景，是他高考结束那天给她听的：这是我一生中最勇敢的瞬间，远在世界尽头的你站在我面前……

谢辰青眉目清朗，浓密眼睫下是温柔干净的笑意："好久不见。"

两百天没见，再见面只有匆匆两分钟。

防暴队接到联合抓捕行动指令，一队装甲车、警车匆匆赶往任务区。

同行记者大哥赵宽已经不知道第多少次来维和前线，他叫住林昭昭和另一个记者张瑞："我们先去防暴队营区。"

气温四十摄氏度，烈日炎炎，营区搭建的房屋构造简单，白色墙体上印着大大的"UN"字样。

林昭昭在险象环生的异国他乡，看着高高飘扬的国旗，险些热泪盈眶。

这一刻，她才觉得，她真的来到了谢辰青的世界。

日间巡逻的蒋沈刚好回来："赵哥！张姐！你们怎么来啦？"

赵宽和张瑞他都认识，武警总队的军事记者经常下连队，跟拍他们的"魔鬼周"又或者是抗震救灾。说是记者，其实过得跟他们一样苦。

他们跑，他们追，他们练，他们拍，经常尘土飞扬，黄沙漫天吃一嘴灰。

当蒋沈的目光落到后面那个笑出一对小兔牙的女孩身上，他一下子愣住，一边往她身边走一边揉了揉眼睛："'顺拐'？！你怎么来了！你是来探亲的吗？"

林昭昭挺直小身板，得意地说道："蒋沈教官，我考上文职啦，现在和张瑞姐姐一样。"

张瑞年龄得有林昭昭妈妈那么大，她笑着看了林昭昭一眼："没错。"

蒋沈的眼珠子快要瞪出来："为了谢辰青？"

话一出口，在场另外三位都是一愣，蒋沈才发觉自己说话有些过于直白。

毕竟谢辰青那么矜持含蓄的一个人，暗恋人家那么多年都不开口，现在被自己一不小心直接戳穿了。

他有些忐忑地看向林昭昭，却听小姑娘脆生生地应了："嗯，为了谢辰青。"没有半点犹豫，她说完有些不好意思地抿了抿嘴唇，白皙的脸颊微微泛红。

K国南部地区局势紧张，盘踞着无数非法武装势力及犯罪团伙，抢劫械斗、贩毒凶杀、人质劫持案件屡见不鲜。因此，这里的维和警察被要求全天配备枪支。

防暴队接到联合抓捕指令抵达任务区,暴徒悍然盘踞当地警察局,正在和当地军警正面交火。被绑架扣押的人质手无缚鸡之力,正在用听不懂的语言哭喊,混杂在枪战声中更显悲痛。

谢辰青在被挟持的人质里,看到一张熟悉的男孩面孔。

男孩没有哭,紧紧地抱着怀里的弟弟,因为害怕而全身发抖。

武装直升机在头顶盘旋,身边是不同肤色不同制服的军人、特警以及维和部队。

就在这时,Deng转头对上他的目光,那双眼睛明亮,他用嘴型冲着谢辰青喊:"你好!"

谢辰青神情凛然,侧脸是冷峻的白。他顶着枪林弹雨,没有丝毫犹豫地架起手里的步枪。

维和警察营区,为招待远道而来的军事记者,防暴队队员特地给他们摘了当初垦荒种下的小白菜。

饭后,张瑞和赵宽有其他采访任务,蒋沈带着林昭昭参观营区。

"首先要跟你强调的是,天黑之后不准外出,不管是一个人还是和别人一起。

"二是这里的蚊虫带有登革热病毒,疟疾也很容易得,防蚊虫药水记得每天涂抹。

"三是这里的水不能直接喝,营区每天会定量发放,省着点用。"

林昭昭一条一条地记下:"谢谢蒋沈教官提醒,这些我在来之前就做好功课啦,我有心理准备的。"

"很厉害啊,顺拐同学!"蒋沈由衷地赞叹。

林昭昭莞尔:"给我介绍一下你们的维和生活吧,这是我来的主要工作任务。"

"从哪儿说起比较好呢?"蒋沈挠头,目光触及林昭昭身后的装甲车,突然来了灵感。

"我们的巡逻有日间和夜间,有时候根据巡逻地点条件不同,还会空中巡逻。空中巡逻坐直升机,目标点盘旋侦查。"

"长途巡逻的时候比较惨一些,没什么吃的喝的,干面包一啃一嘴渣。"蒋沈是个阳光开朗的大男孩,好像突然想起什么,又强调道,"你可别直接写'一啃一嘴渣'啊,就写……干面包'酥脆可口'吧。"

林昭昭笑弯了眼睛:"空中巡逻是直升机,那平时巡逻是怎样的呢?"

蒋沈扬抬下巴,示意林昭昭看身后:"在你身后的呢,就是我们平时巡逻的装甲车。"

想起谢辰青跟他"秀恩爱"的那一幕,蒋沈走到白色装甲车前,表情很严肃:"你身后这辆装甲车,看起来普通,其实大有来头。"

深夜,联合抓捕任务结束,装甲车在崎岖不平的森林路面行驶。

此次任务,维和警察防暴队与当地军警、维和部队协同作战,作为前锋临危不惧地顶着炮火前进,几百名武装分子交出武器,一百余名人质安然无恙。

另外,谢辰青分出一包水果干和两袋巧克力,总算止住了小朋友的哭声。

他嘴角平直,有些心疼,因为那都是林昭昭买给他的,来 K 国之后都没舍得吃。

地震时,他的腿被钢筋划破,伤口遇到高温天气发炎了,在和非法武装分子近身搏斗时被狠踹了一脚,现在痛感明显。

谢辰青闭上眼睛,这才有时间想一想他在 K 国国际机场见到的女孩儿。

她背着相机,落落大方地向他自我介绍:军事记者,林昭昭。

那天他帮 Deng 挡住了坍塌的墙壁,随行军医给他简单包扎,Deng 不知道从哪儿给他摘了一朵向日葵,谢辰青扬眉收下。

年轻的军医不过三十岁,是个留短发的姐姐辈。她笑道:"小谢,追你的女孩子是不是很多?"

谢辰青:"没有。"

自始至终,他身边的女孩子只有林昭昭。

军医微微惊讶:"那你肯定也没给女孩送过花。"

谢辰青想起什么,嘴角挂着浅淡的笑意:"但是收过一束向日葵。"

军医的视线扫过他泛红的耳郭,问道:"那你知道向日葵的花语是什么吗?"

谢辰青微愣,一双眼睛清澈见底:"是什么?"

"向日葵呢，适合送暗恋的人。"军医一字一字地告诉他，"送你向日葵的女孩子，很可能是喜欢你。"

此时此刻的林昭昭，眼睛看向装甲车前的蒋沈，满是好奇。
蒋沈告诉她面前这辆装甲车大有来头，但她实在看不出有什么不同。
她忍不住发问："这一辆和其他的比起来，有什么不一样吗？"
蒋沈清了清嗓子："我们维和警察阵营有个帅哥，姓谢，想必林昭昭记者也认识。

"元旦前一天，月黑风高夜，谢姓帅哥自己一个人，背靠着这辆装甲车，低着头笑。
"林昭昭记者，你知道他为什么笑吗？"
蒋沈话音未落，远远地看见那个由远及近的瘦高身影。
谢辰青荷枪实弹，清俊的轮廓棱角分明，冷淡严肃到极致。
蒋沈怕自己再不说就没有机会了，于是他一口气说完，连气都来不及喘："当时谢辰青就是靠着这辆装甲车自己一个人低着头笑着跟我说林昭昭想他了……"
他说完便一溜烟跑掉，跑到一半又回过头来大声喊："剩下的让我们谢辰青跟你说吧，他对你一定知无不言，言无不尽！"
林昭昭的耳朵滚烫，有种回到学生时代被人开玩笑起哄的不好意思。
她忍不住想，谢辰青是怎样一个人低着头笑，又是用怎样的语气告诉蒋沈，她想他……
就在这时，旁边医务室的军医冲着营区门口喊："小谢，你给我过来换药！上次伤口发炎都烂掉了，你忘了？"
林昭昭呼吸一顿，一回头正好撞进他黑白分明的眼睛里。维和警服穿在他身上，依旧清冷出尘不沾半点人间烟火气。
"等我一会儿。"错身而过时，他手指轻轻地碰了碰她的后脑勺。
见不到他的那七个月，好像都没有这一天过得慢。
这一刻，他竟然又要她等，林昭昭已经心神不宁地等了一天，这会儿怎么可能听话。
她同手同脚地走着，迷迷瞪瞪像条小尾巴，跟着谢辰青走进搭建得很简易的医务室。

军医自然不知道林昭昭和谢辰青的关系，恨铁不成钢地说道："林昭昭记者，给他来个特写，这就是我们最不要命的一名防暴队队员！地震时腿伤得走不了路，现在都已经快烂了。"

林昭昭皱着眉头像是要被吓哭了，谢辰青眉眼微弯，无声地安抚。

灯光明亮，夜晚寂静，时隔两百个日夜，跨越近万公里距离。

看见他本人，她片刻都舍不得移开眼睛。

林昭昭的视线顺着谢辰青的眉骨下滑，到鼻梁，再到略显清瘦的下巴。

蓝色钢盔放到桌子上，防弹衣脱下来，谢辰青将长裤卷起，露出一道触目惊心的伤痕。

林昭昭的鼻子瞬间就酸了。

军医拿出消炎药、镊子和棉签，伤口因为高温有些溃烂，他受伤时鲜血淋漓的画面轻易在脑海里还原。

她的视线从伤口上移到他冷如白玉的侧脸，谢辰青好看的剑眉蹙起，额头有汗，唇线平直不带任何温度。

军医没好气地说道："你也知道疼？知道疼就长长记性！"她给谢辰青换完药就被人叫走了。

医务室里，就只剩坐在凳子上的半个伤员谢辰青，和蹲在他腿边端详伤口长势的林昭昭。

林昭昭抱着膝盖蹲在谢辰青身边，好多话突然就说不出口了。

谢辰青垂眸看着她，林昭昭的长发扎起，穿着简单的橄榄绿短袖和迷彩作训服长裤，肩背纤薄。

这身衣服他也有，是武警部队统一配备。多看她一秒，自己好像都是赚了。

他指尖轻轻地触碰她的长发："文职军训苦不苦？"

谢辰青是真的把她当小朋友，竟然和奶奶问一样的话。

林昭昭摇摇头，下巴轻轻地蹭过他的膝盖，声音很小，软软糯糯的："我走队列还有跑步的时候，想到你也是这样过来的，就一点儿都不觉得苦了。"

谢辰青嘴角有很浅的弧度："为什么要考文职？"

林昭昭蹲在那儿，手环过膝盖，像某种可怜兮兮的小动物："我想看看我爸爸战斗过的地方。"

更是因为你,我再也不想和你一次又一次分开了。

她低头,看他小腿上那样长的一道伤口,从膝盖到脚踝,暗红色痕迹盘踞在他冷白的皮肤上,血肉模糊,无比狰狞。

那些见到他的开心,被心疼一点一点地抵消。她知道,地震这道伤对他来说或许不算什么。

他的肩膀曾经被毒贩砍伤,如果偏移一寸她就见不到他了。

他的后背曾经被毒枭K的子弹击中,是医生把他从鬼门关硬生生地救了回来。

她不知道他昏迷了多久,也不知道他是怎样自己住院,自己照顾自己。

他受伤那么多次,没有一次告诉过她。

换了她,恐怕要仗着自己受伤,好好地跟他撒撒娇,让他来关心一下自己。

如果那次缉毒,还有这次地震,他回不来。

她收到大四圣诞节那年他写的卡片,看他祝自己和别人白头到老,又会是怎样的场景?

林昭昭垂着脑袋,下巴抵在手臂上,眼泪滴答滴答地落下来。

她想说,谢辰青,我都知道了。

她想说,谢辰青,我真的很喜欢你。

她想说,谢辰青,我从来没有想过嫁给别人。

可是她现在一开口,就会被他发现她在哭。

她不想被他发现。

谢辰青骨节分明的手指轻轻地抬起她的下巴,她顺着他手指的力道抬头。

两个人的目光相撞的一瞬间,林昭昭猝不及防地跌进他眼里那个温柔干净的旋涡。

她湿润的睫毛轻颤,眼圈和鼻尖一样红,拼命咬着嘴唇,不让自己哭出声音。可是眼泪有自己的想法,她忍不住。忍不住就不忍了,可以吗?

"谢辰青。"

"到。"

他真实地在自己面前,而不是在梦里、在中弹、在废墟下。

林昭昭想笑,可是眼泪先掉下来。她像个受了委屈的小朋友,张开手臂,带着哭腔说:"抱。"

谢辰青站起身,提着她的手臂往上,她被他俯身从地上捞起来。

下个瞬间,林昭昭跌进自己无比想念的怀抱,手臂环过他的脖颈,紧紧的。

他被她带得弯下腰,又或者是方便她抱,自己乖巧无害地俯身。

眼泪肆虐,林昭昭把头埋在他温热清冽的颈窝,小声地抽抽搭搭:"因为,想见你。"

林昭昭怕他听不明白,又打着哭嗝儿补充:"考文职,是因为想见你。"

谢辰青微愣,肩颈处一片湿润,寂静的空气里,只能听到她拼命平复情绪的轻微呼吸声。

怀里人带着哭腔的字音,落进他的每一寸神经、每一寸血管以及每一寸皮肤。

炮火连天的异国他乡,无边黑夜动荡不安,危险潜伏,也柔情万丈。

他想起她送给自己的向日葵。

谢辰青平直的嘴角慢慢弯起一道漂亮的弧度,带几分少年感的甜。

那双让国际重刑犯都要颤抖的眼睛,垂眸看向心上人时,目光清澈柔软,像他少年时一样。

林昭昭因为谢辰青长久的沉默,手指不自觉地攥紧他警服的肩章。

直到察觉他微微低头靠近,呼吸扫过脸颊与耳际,不可忽视的温热缱绻氤氲开来。

她忍不住缩了缩脖子,他寸头的发茬刺在她手背上,有些痒,她揪住他警服的手指关节泛白。

谢辰青的薄唇在距离她耳朵一指的位置堪堪停住,偏过头时,高挺的鼻梁轻抵在她的耳侧。

肌肤相贴触感清晰,她紧张到不敢喘气。

他就在嘀嗒的雨声里轻轻地抱住她,在她耳边低声说话。话音里有淡淡的疲惫,但她听得出来,还有很柔很温柔的笑声。

"林昭昭记者,你是来扰乱军心的吗?"

谢辰青偏头,林昭昭蹭得有些乱的长发已经快要散开,发丝很软,贴在他的颈窝,是清甜的柑橘蜂蜜味。

想见他考文职的是她,跟他说要抱的也是她,现在把脑袋埋在他怀里,无论如何不肯抬头的也是她。

谢辰青下巴抵在林昭昭的肩侧,低垂着眼睫笑了。

微微的气音落在耳边,林昭昭的耳朵滚烫,在灯下红了个透彻。

他每个字音都咬得清晰,贴着耳道划过,心在他清润的声线里发颤。

她把脸埋在谢辰青维和警服的胸口位置,害羞得抬不起来。

那个瞬间,林昭昭莫名想到了谢辰青的小外甥。

她以前超级羡慕他能跟谢辰青撒娇,还能被谢辰青抱,谢辰青还会温温柔柔地对着他笑。

但是现在,她一点儿也不羡慕了。

她踮着脚,大半个身体的重量都压在他肩上,脸还是烫,但是嘴角慢慢有了一丝笑意。

她现在抱着的,是她喜欢了那么多年的人,鼻尖都是他身上的味道,清浅地环绕。

危机四伏的雨夜也变得静谧,雨声时大时小,直到滴滴答答地落在地面上,瞬间被高温蒸发。

"林昭昭记者,我们现在要去夜间巡逻了。"

谢辰青抱着她的手,最后落在她的后脑勺,轻轻地揉了揉,就好像把小朋友抱在怀里哄的架势。

"好……"林昭昭慢慢地松开手,退回原地的瞬间,耳朵轻轻地蹭过他的脸。

谢姓帅哥那张冷冷淡淡的俊脸其实很软,皮肤好得不像话。

刚才的难过和委屈,还有想念全部混在一起,她要他抱抱,还哭着告诉他考文职是因为想见他。

现在她的心情一点一点平复了,红成番茄的脸颊没有任何遮挡地曝光在灯下。

林昭昭低垂着乱糟糟的小脑袋,突然有点不敢看谢辰青的眼睛。

只是没想到先等来他帮她擦眼睛的手指,他语气中透着无奈:"小哭包。"

林昭昭不敢相信地瞪眼,板起脸认真地说道:"小哭包敢跑到这里来吗?"

她难得有些小孩脾气,哭过的小鼻音软软糯糯的,谢辰青忍俊不禁。

谢辰青笑着看她，清冷声线中充满宠溺："我们昭昭记者最厉害了。"

K国的深夜，一场大雨过后，抬头是皎洁的圆月。

维和警察防暴队营区，防暴队队员头戴蓝盔，身着防弹衣，整装待发，即将进行这一天的夜间巡逻。

谢辰青低头验枪，瘦直的手指骨节干净，手背乃至小臂的青筋明显。当那双修长漂亮的手落在步枪上，拉下枪栓时，视觉冲击强烈到极致，带着禁欲的美感。

林昭昭第一次近距离听见步枪拉栓及扣动扳机的响声，耳朵和心脏一起震颤，但是她不害怕，血液跟着沸腾。

让她心情不能平复的是，赵宽决定此次夜间巡逻随行："我们当记者拍摄采访，肯定不能在集装箱改的铁皮房子里闭门造车，全凭想象。"

他在维和前线的报道经验丰富，很快就穿好防弹衣，戴好头盔。

防弹衣比想象中重得多，林昭昭第一次接触，难免有些笨手笨脚。眼看大家都穿好了，她像个慌乱的小朋友，嘴唇紧张兮兮地抿成一条线。

"林昭昭记者，"谢辰青验枪完毕，淡声喊她，"过来。"

他不知道已经看她多久，眼里有促狭的笑意，像在看一个笨手笨脚的小孩子玩过家家。

林昭昭费力地抱着装备，乖乖地站到他面前。

全副武装的谢辰青帅得人招架不住，尤其是蓝盔下的那双眼睛，比星星亮，比利刃凛冽。

他是什么时候从一个斯文清俊的美少年，长成这个禁欲冷淡的武警警官的？

"伸手。"

林昭昭回神，"哦"了一声，乖乖地张开手臂，像是撒娇要抱。

谢辰青弯腰，手臂绕到她身后，俯身靠近的瞬间，呼吸落在她的耳际，像是回抱她。

在她脸红心跳的瞬间，防弹衣被套上，双肩立刻有了沉甸甸的重量。

林昭昭仰起头问："我们高中背的书包是不是也就这么重？"

谢辰青扬眉回答："加上步枪，几十公斤，可能比书包还要重些。"

林昭昭眼中的惊讶明显，只是就这么一小会儿，身上已经开始冒汗。

她抬头去看四十摄氏度高温天气里全副武装的谢辰青，他穿着维和警服的长袖长裤，脚蹬黑色作战靴，防弹衣再加上头盔严丝合缝，手里还要端着枪，应对随时可能发生的危险。

林昭昭被谢辰青哄好的委屈又有折返的趋势。

他到底在她不知道的时间、地点，一个人吃了多少苦，才能如此云淡风轻？

头顶落下浅浅的阴影，她耳侧的碎发被他顺到耳后，再帮她戴上蓝色头盔。

谢辰青低头，对上林昭昭明亮柔软只看着他的眼睛，心疼的情绪明显。

他的警服扣到第一颗扣子，领口上方喉结上下滑动，线条清晰凌厉。

如果此时此刻是在和平地带，他会毫不犹豫地捏着她的下巴吻下去。

一声口令之下，防暴队队员列队奔向装甲车。

林昭昭跟谢辰青和蒋沈一辆车，她拿出录音笔和笔记本，进入工作状态。但是车子发动以后，她忍不住扒着防弹玻璃车窗往外看。

头盔太沉，林昭昭用两只手抬着，探头探脑看了一会儿，便规规矩矩地坐好。

录音笔打开，小笔记本在腿上摊开，林昭昭在好奇宝宝和军事记者之间无缝切换。

她清了清嗓子，严肃地问道："谢警官，请问你们平时执行任务都开装甲车吗？"

那冷不丁绷起的小脸差点把谢辰青萌坏。

他嘴角勾起一点，淡声开口："现在就我们防暴队用车情况，向领导作简要汇报。"

每次挂电话，她让他先挂，谢辰青都会低声回一句"领导先挂"。

"领导"二字明明是个尊称，可是从他嘴里说出来，莫名就有些宠溺。

林昭昭不自觉地捏了捏发热的耳朵。

两个小时后，装甲车抵达此次巡逻任务点 A 城。

防弹玻璃车窗外，夜幕下的 A 城只剩一个可怖狰狞的轮廓。

这里是 K 国恶性案件最高发的区域，空气里硝烟弥漫。

巡逻道路坑洼不平，装甲车一个小时大概只能行进十几公里，两边漆黑茂密的丛林时不时响起枪声，危险犹如暗处潜伏的猛兽。

耳边突然传来类似爆炸的声响，林昭昭瞬间紧绷神经，声音颤抖："是什么声音？"

"枪声。"谢辰青神色一凛。

第一次面对枪林弹雨，林昭昭强装镇定。

谢辰青的对讲机里传来指令，当即和蒋沈跳下装甲车，赶往枪声传来处。

夜幕下，高而清瘦的身影挺拔，犹如利剑出鞘。

林昭昭的心跟着紧紧地揪起，久久回头直至看不见。

森林深处，一名中年男子躺在血泊之中，血流不止。开枪的匪徒已不知所终，有围观群众用当地语言指向一栋废弃的二层小楼。

谢辰青借着夜色隐蔽，手里的枪当机立断拉栓上膛，悄然逼近匪徒的藏身之处。

子弹擦着他的脸颊飞过，打碎玻璃的声响在耳后炸开，也暴露了匪徒的位置。

林昭昭打开笔记本，在黑得透不进光的装甲车里，敲下她来K国的第一行字。

耳边枪声不断，她手指有些发抖，轻轻攥了攥，而后落到键盘上。

眼前的黑暗渐渐散去，变成鱼肚白，当她为新闻稿敲上句点时，手都是颤抖的。

坐在装甲车驾驶座上的队员告诉她："这都还不算什么，大规模的枪战你还没见过。"

林昭昭抿了抿嘴唇，有些颤抖，被她用牙齿咬住。而就在这时，装甲车的防弹玻璃被轻轻地敲响。

林昭昭惊魂未定地转过头，对上清晨第一束阳光，也对上谢辰青含笑的眼。

枪林弹雨的深夜隐去，天光大亮。

这天正好是6月1日，国际儿童节。

驻K国第十支维和警察防暴队任务期限只剩一个月，将于次月回国。

装甲车回到营区，高温天气里林昭昭穿着长袖长裤加防弹衣，此刻全身已经湿透。她简单地洗了个澡，换了一身干净的作训服。

早饭是防暴队自己垦荒种的菜，有小白菜、茄子、土豆，看起来很丰盛。

夜间巡逻、平暴归来的防暴队队员热热闹闹地坐了一大桌，林昭昭笑眯眯地贡献出自己人工搬运来的老干妈、泡面以及火腿肠，气氛立刻沸腾了。

大家对她印象很好，小姑娘看着白白净净一小点儿，虽然话不多还容易害羞，但是不娇气也不矫情。

饭后，蒋沈往一辆越野车后备厢搬运粮食、零食、儿童绘本，一箱一箱，一队随行军医上了另外一辆车。

谢辰青叫住林昭昭："带你出去走走。"

蒋沈开车，副驾驶座上是另一名队员，谢辰青和林昭昭坐在后座。

林昭昭本以为，夜幕下的 K 国最为面目可怖，可越野车碾过坑坑洼洼的泥泞小道，穿过贫民窟和闹市区，道路两边都是衣衫褴褛的难民、目光悲凉的老人以及皮包骨的孩童……

前所未有的悲凉挤占恐惧，堵得她胸口闷闷的。

一个小时后，越野车在 K 国的孤儿院门口停下。

见到车辆，小朋友们立刻跑着跳着围了上来。

有个面黄肌瘦的小男孩，瘦得只剩一把骨头。他的背上背着自己的弟弟，走在最后面也走得最慢，轻易看得林昭昭很心酸。

谢辰青给她拉开车门，她扶着他的手腕跳下越野车。

小男孩已经走到他身边，仰着脑袋喊谢辰青："你好！"

林昭昭惊喜地说："他会说中文。"

谢辰青笑着摸摸他的头："你好，Deng。"

军医为孤儿院的小朋友免费义诊，谢辰青、蒋沈他们给检查完身体的小朋友分发零食和绘本。

全副武装的谢辰青，那将近一米八八的身高极具压迫感，俊脸冷淡白皙。只是当他蹲下来仰起头和小孩子说话，深黑的瞳孔色泽温润，睫毛有跳跃的光点，侧脸线条无端变得柔和。

有稚嫩的童声用当地语言掺杂着英语喊道："我长大也要当维和警察！"

他笑着说："欢迎你加入我们的队伍。"

有小男孩围过来，因为语言不通不知如何表达感谢，便搂着他的脖子飞快地抱一下。

紧接着，林昭昭便发现他耳朵红了，有些无措地看向她，特别可爱。

能端枪守护一方安宁，更能小心翼翼地守护小朋友稚嫩的梦想。这是她的谢辰青。

越来越多的小孩子在义诊之后围到防暴队队员身边，他们看起来很熟悉，似是忘年交。

即使这一年三百六十五天里，每天都有枪战、危险、饥饿，但是起码在儿童节这天，他们可以在这群大哥哥大姐姐的保护下，肆无忌惮地当一会儿小朋友，哪怕只有一小会儿。

愿温暖和平，与你们同在。

林昭昭拿起手里的相机，聚焦这来之不易的温馨场面。

返程路上，连夜追凶的谢辰青抱着枪闭上眼睛。

他坐在她的左侧，侧脸是清俊的轮廓，在熹微的晨光里，好看得像是画出来的。

狼毫一样的剑眉、浓密的睫毛、挺直的鼻梁……她的视线隔着空气描摹，最后落在他绯色的嘴唇和下巴上冒出的淡青胡楂上。

就在这时，谢辰青睁开眼睛。

林昭昭赶紧转过头，像做错事的小学生一般。心跳陡然不规律地跳快几拍，比她在枪林弹雨里写新闻稿的时候还要紧张一百倍。

车上还有其他人，他只用嘴型说话："在看我？"

林昭昭面红耳赤，而后读出他的唇语："我没不让你看。"

她摸摸鼻尖，差点忘了，他喜欢她来着，可不是想看就看吗？

林昭昭的长发绑成丸子头，额头上没有遮挡，鼻尖挺翘，嘴唇饱满，明眸皓齿。

本想她不必吃一点他吃过的苦，她却不远万里追随他而来。谢辰青心疼她，又觉得骄傲，这是他的林昭昭。

"林昭昭。"

"嗯？"

谢辰青抬手揉她的脑袋："儿童节快乐。"

林昭昭仰着脸笑道："马上就二十三岁了！"

谢辰青扬眉："比我小。"

他用气音说话，亲昵如同耳语，被越野车前进的声音掩盖。

"好吧，"林昭昭笑眯眯地蹭鼻子上脸，"有礼物吗？"

孤儿院的小朋友有绘本和好吃的呢！站在他们中间的谢辰青温柔得不像话，以至于她都有一点点羡慕了。

林昭昭眼神明亮地问："武警叔叔，我也要礼物！"

她白而纤细的手，掌心纹路干净，伸向坐在她左边的谢辰青。

虽是前往孤儿院看望小朋友，但谢辰青依旧二十四小时配备枪支。

他的手搭在黑色步枪上，骨节分明，干干净净，冷白手背上青筋明显，漂亮又禁欲。

而就在这时，他搭在枪上的手缓慢地落在她摊开的掌心。

他清白修长的手抬高，对准她的手，指尖相触，是比拥抱更加直接的肌肤相贴。

越野车内气温上升，变得暧昧缱绻，全身血液上涌，林昭昭的心扑通扑通，久久震颤。

她的心已经顶在嗓子眼儿，不敢大口喘气。谢辰青的掌心覆下来，和她的掌心相贴。

高温天气里，他掌心干燥，甚至偏凉，冷白如上好玉石，体温缓慢渗透，似乎有电流传遍她的全身。

每分每秒的时间流逝，屏住呼吸发出的细微声响，都变得清晰可闻。

她不知道谢辰青曾在高考结束的暑假，走在她身后，影子触碰到她的指尖。

只是想起大二那年他来带军训，她蹲在篮球场边，轻轻钩住他手指的影子。

而在这九死一生的异国他乡，心跳声比枪声更响。

谢辰青修长的手指缓缓错进林昭昭的指缝间，终于和他的女孩十指相扣。

第三章
是我想要娶回家的女孩子

她问谢辰青要儿童节礼物，他眉眼低垂牵着她的手，就很像在说，儿童节礼物是他。

在她暗恋他的那几年里，他们见一面都是奢侈。以至于她每次见到他眼睛都不想眨，每一分每一秒都珍贵得要命。

当她见到他，就想离他近一些，近了还蹬鼻子上脸要抱抱。

而这一刻，林昭昭发现自己显然高估了自己脸皮的厚度。

当谢辰青和她十指相扣，她一双眼睛不敢再看他，甚至有些羡慕小乌龟有个壳子，可以随时把脑袋缩进去。

她的脸颊在四十摄氏度的高温里热得不像话，头晕目眩的感觉像极了中暑。

警用越野车在崎岖不平的路面颠簸行驶，耳边时有枪声，视野从荒芜沙地到难民营再到闹市区，路边一双双或悲凉或麻木或戒备的眼睛隔着车窗看过来。

驾驶座上的蒋沈时不时活跃气氛和林昭昭聊天："顺拐，你们这次来待多久？"

林昭昭被谢辰青十指相扣的那只手一动也不敢动，心怦怦地跳快，好像一开口说话就会跳出来："应该会和你们一起回国。"

"那岂不是要在这儿待一个月的时间？"

"嗯……差不多。"

蒋沈从后视镜里看谢辰青冷淡的眉眼，心说：活该你单身，活该你娶不到媳妇儿,这"顺拐"都挨你旁边坐了,你还一副冷冷淡淡的样子。

他活脱脱为自家兄弟操碎了心,在后视镜里和谢辰青视线交汇:"林昭昭记者,给你介绍一下,坐在你左边的这位,就是我们防暴队的狙击手。"

狙击手?好帅啊……看他对小朋友温柔又耐心的样子,她还以为他是爱心公益大使呢。

难怪她来的这一天里,他枪不离身,人在枪在。

"前面那个红绿灯是这个国家唯一一个红绿灯,这片辖区也是K国最繁华的地段。至于有多繁华,我们狙击手最了解了。每次执行任务他都要占据制高点的狙击位,看得最远也最全面。"

"谢辰青,快给我们林昭昭记者讲讲啊。"

林昭昭不迟钝,听得出蒋沈是在着急。

只是,在蒋沈看不到的地方,谢辰青和她十指相扣。

腕骨清瘦干净,手背的青筋禁欲又性感,是一双男人的手。

她脸红心跳到无法思考,而与她形成鲜明对比的,是谢姓帅哥清冷出尘的一张脸,云淡风轻地接过话茬。

那声线清冷而干净,语气冷漠严肃,如同在开联合作战会议:"这是K国最繁华的一条街道。"

林昭昭以为他要介绍风土人情、当地特产之类,却不想他继续说道:"上次我们巡逻经过,八个小时时间里,遇到抢劫案十一起、凶杀案三起。"

"都在同一天发生?"

"都在同一天发生。"

他扣着她的手放在自己的膝盖上。

手背贴着他的警服长裤,透过那层硬而挺括的布料,能感受到他坚硬的骨骼和温热的体温。

掌心相贴,她指缝间他修长的手指骨节分明,存在感过于强烈,林昭昭偏过头去看车窗外。

街头反暴力、反虐待的标语随处可见,和国内街道眼花缭乱的广告牌大相径庭。

一切都在无声地诉说,繁华热闹的表象下,潜伏着无法预料的危险。

可是,即使是她努力分散注意力,心跳声都比汽车引擎的声音更响。

林昭昭渐渐有些心猿意马,视线从他眼尾勾人魂魄的泪痣,再到微微勾起的漂亮嘴角。

就在这时,他牵着她手的手指微微用了些力气,林昭昭的心跳在那一秒之内飙升到了极限。

她抿了抿嘴唇,用眼神询问他怎么了。

谢辰青扬眉,眼睛弯弯的,睫毛长长的,好看得惹人犯罪。

他压低声音,颇为正经地问她:"林昭昭记者,你听清我说什么了吗?"

林昭昭整个人都被撩傻了,瓷白的小脸上一瞬间表情变得丰富多彩。

她一开始是害羞不敢看人,紧接着是"你是不是故意的",到最后是控诉他明明是罪魁祸首,此刻却在恶人先告状。

她气鼓鼓的样子可爱得有些过分,谢辰青勾起嘴角。

在明晃晃的日光下,他清俊的侧脸显出有些病态的苍白。因为平暴任务、械斗案件以及夜间巡逻,加之这一天的孤儿院之行,他已经四十多个小时没有合眼了。

他的肩背依旧挺直如剑,眼睛却慢慢地闭上,垂落的睫毛格外柔软。

牵她的手时,他嘴角扬起的那一道弧度,直直地击在她心上。

回到营区,是当地上午时间十点,一行人回到营房。

说是营房,也不过是集装箱改造的蒸笼,白色的铁皮上刷着"UN"字样。

林昭昭走过时,看到一个一个的小孔:"这是?"

谢辰青说道:"子弹射穿的。"

她赶紧拿小笔记本记下来,一点细节都不肯放过。

她的额头被钢盔压出红色的印迹,谢辰青轻轻地碰了一下:"不去睡一会儿吗?"

"我在来的飞机上睡了很久,"林昭昭乖巧地看着他,"你去睡吧。"

谢辰青"嗯"了一声,错身而过时摸了摸她的脑袋。

林昭昭这里瞧瞧那里看看,手拿相机不停地拍照,还在蒋沈的带领下参观了营区的小菜园。

"K国是热带气候,又穷,当地群众也不想着好好吃饭,好好种菜。"蒋沈给林昭昭展示他们种的卷心菜和土豆,"所以我们每支来这儿维和的防暴队,都会自己垦荒种菜。"

营区的荒地被开垦出来，在盛夏时节已经是一片绿意盎然。

这群防暴队的小伙子简直就是把祖传的种菜技能和刻在DNA（脱氧核糖核酸）里的本事，在异国他乡发挥到了极致。

"那平时吃饭都是自给自足吗？"

"差不多，晚饭轮流做，每个人都厨艺大增，还经常有外国警察前来蹭饭。"

林昭昭调试镜头，对准那些浇水、择菜、拔草的身影，对准他们浸着汗水的笑脸，对准那一片绿色里不能更新鲜的蔬菜瓜果。

维和生活不只有枪林弹雨，也有这样温馨可爱的颜色，来自我们最可爱的人。

林昭昭脖颈上挂着相机，绕着小菜园走了一圈，在角落的位置看到一抹明亮的黄色。

"好小的向日葵啊！"她十分讶异，蹲下来给它拍了个特写，湛蓝天空下的花朵鲜活明亮。

"你们还种花？"

可可爱爱的向日葵，栽在和它一样迷你可爱的彩色花盆里，简直就是菜园里的颜值担当。

蒋沈咧着嘴笑："你猜那是谁种的？"

林昭昭茫然地说："我猜不到。"

蒋沈也不说破，只是轻描淡写道："谢辰青亲自去买的种子，又亲自去买的花盆。

"每次巡逻、出任务回来，他都要在旁边蹲着看一会儿。

"这可是谢辰青的宝贝，我们碰一下都不行。"

昏昏欲睡的午后两点，林昭昭终于犯困了。

她和张瑞以及军医姐姐住一间屋子，她们年龄稍长，对她很照顾。

敲门声响起时，她跑过去开门。

谢辰青站在门口，大概是睡醒之后洗了澡，身上的薄荷味清新，眼角眉梢还湿漉漉的。他抱了满怀蚊帐和防蚊虫叮咬的喷雾，照顾小孩子一样事无巨细，给她讲解用法。

林昭昭笑眯眯地接过来，还没来得及说话，尖锐的集合哨音便响彻营区上方。

谢辰青神色一冷,迅速奔向那一片摆放整齐的狙击枪,瞄准镜装好,拉栓上膛仔细查验。

头盔、防弹衣几十公斤的重量压在身上,他个高腿长,迅速跳上装甲车。

昨天巡逻的 A 城发生了大规模炮火冲突,前往任务区的道路被匪徒设置大量路障,不时有子弹击中防弹玻璃以及装甲车车身,仿佛下一秒就要擦过太阳穴。

抵达任务区后,谢辰青根据指令迅速占据制高点架起狙击枪,将瞄准镜里整场武装械斗尽收眼底。

他眯起眼睛,瞄准某处,冷白的手指扣压扳机。

几十米外暴徒手里的爆炸物,被他干净利落的点射击断引线,再无伤人的可能性。

那样远的距离,那样准的精度,犯罪分子那双狰狞可怖的眼睛看向狙击位,尽是不敢相信。

蒋沈遥遥给他竖了个大拇指,心说,谢辰青真是不讲武德。他竟然用他那能开瓶盖、钉钉子、灭蜡烛的射击精度,吓唬眼前头脑简单的武装团伙老大。

林昭昭在 K 国亲身体会到什么叫热带气候,以及地理书上的"夏季炎热干燥"是怎样一种体验。

她一躺下,长发沾到枕头,几分钟内全部汗湿,携带登革热病毒的蚊虫在耳边嗡嗡嗡,枪声时不时响起,频繁如除夕夜炸开的烟花爆竹。

林昭昭睡不着,在黑暗里举高自己的手臂,借着月色看清自己的手指,想到谢辰青用扣压扳机的手牵她的手。

来到 K 国之后,她从见不到他的想念情绪里挣脱出来,又跌入更深的恐惧之中。

这一刻,她满心想着圆满完成采访纪实任务。

谢辰青执行任务归来,已经是晚上十二点。

听到装甲车轰隆隆的声音,从防暴队营房里跑出来一个小姑娘。她身上穿的短袖中裤,是武警部队的衣服。

干热晚风里的硝烟味散去,变成清甜的水果香。

她跑到他面前，落落大方地和从车上下来的同事问好打招呼，怀里还抱着一盆小小的向日葵。

谢辰青有些讶异，片刻后，轻轻地笑了。那是他两个月前小心翼翼栽下来的。

地震时，Deng抱着一朵向日葵来看他。之后巡逻时，他在当地集市上发现有向日葵的种子卖。

送给林昭昭的，必须是最好的。

后来他走遍整个集市，从一位奶奶手里买下这个小小的花盆。

他亲手把向日葵栽好，按时浇水，摆放在小菜园的一角，想在回国时送给林昭昭。

光想着要回国见她，他就执行任何任务都不敢死。

向日葵很可爱，但远不及抱着它的女孩子。

林昭昭跟谢辰青所有的战友同事问好之后，视线终于可以落到谢辰青的身上。

她不用说，他也知道她有话对自己说，安安静静地靠着白色的装甲车，怀里抱着头盔和步枪，支着地的腿配着警服长裤和作战靴显得更长。

"怎么还不睡？"他在战友们一步三回头的目光以及蒋沈挤眉弄眼的嬉笑里，低声开口。

林昭昭紧张或者害羞时会倒背着手，现在她抱着小小的盆栽，显然不能这样。

"在等你回来。"

谢辰青看她抿起嘴唇时嘴角细微的弧度，心软得一塌糊涂。

他笑着靠在装甲车上，连轴转四十多个小时，中间只枕着枪声睡了三四个小时，此时生理以及心理均已到达极限。可是看到她的一瞬间，冷冷的月光也变得柔情万丈。

"怀里是什么？"谢辰青眉梢微抬，明知故问。

"向日葵！"林昭昭低头看那袖珍可爱的花朵，喜欢都在眼角眉梢和上扬的尾音里。

"是不是超级可爱？我还是第一次见这么小的。"说着，她还伸手戳了戳，生怕弄坏一丁点，只是轻轻地摸了一下花瓣。

"比不上你。"谢辰青的嗓音冷冽而干净，落在耳边。

林昭昭感觉瞬间就麻了，指尖不受控制地一抖。

夜里的风热得明显，吹过她的脸颊，那片肌肤紧接着就变了颜色。

再开口，她的声音已经小得快要听不见："你的同事们说这是谢辰青的宝贝，我问他们为什么是宝贝，他们不说，让我来问你。"

一盆向日葵怎么就是他的宝贝了呢？他的宝贝难道不应该姓林名昭昭吗？

林昭昭对自己感到很无奈，无奈自己竟然在吃一盆花的醋。她的眼神过于清透，以至于任何情绪都无处遁形。

谢辰青直起身子走到她面前，原本拎在手里的狙击枪立在一旁，手撑膝盖俯身与她平视。

他好像瘦了些，下颌线清晰，那双她最喜欢的眼睛，对准瞄准镜时漂亮到不近人情，让人不敢轻易觊觎。可当他垂眸看她，就好像又从冷淡禁欲的狙击手，回到了少年时期。

谢辰青的目光一寸一寸地描摹过林昭昭的眼角眉梢，漆黑的瞳孔甚至有些湿漉漉的。

这样近的距离，林昭昭的心不受控制地轻轻颤抖，呼吸纠缠让她不敢喘气。

耳边，谢辰青每个咬字都极为认真："因为我要把它带回去，送给我的心上人。"

林昭昭的眼睛都忘了眨，无论如何也没有想到会是这个答案。她又想起蒋沈说的，这是谢辰青亲自买的种子，又亲自买的花盆。

每次执行任务回来，他都会蹲在这盆小小的向日葵面前。

原来，是为了送给她。

这个冷淡禁欲的狙击手，是不是甜得太犯规了？

林昭昭的脸皮薄得吹弹可破，还是害羞，又想笑。

她双手环着那盆小小的向日葵，花朵上方弯弯的眼睛十分明亮。

"早些休息。"谢辰青直起身，眉眼含笑地看着她，他猜她肯定明白自己的意思。

林昭昭笑出可可爱爱的小兔牙，心照不宣的喜欢让她整个人如同飘浮在云朵上。对上他温柔的视线，她乖巧地点头，抱着向日葵走开了。

走远了，她回头，见谢辰青还站在原地。她抱着明黄色花朵，倒退着走路:"晚安。"

谢辰青扬眉,枪林弹雨在这一瞬间全部远去:"嗯,晚安。"

当晚,林昭昭听着枪声,谢辰青枕着他的手枪,一夜无梦到天亮。

翌日,林昭昭五点就起床了。

洗漱之前,她打开笔记本,再次修改第一份新闻稿件,并检查了语病与错别字,然后发回单位。

她抱着洗漱用品走到水池旁边,把刷牙的杯子放在水龙头下接水。

破旧的自来水管道似乎被什么东西堵了,一打开就发出轰隆隆的声响。紧接着黄褐色的水冲出来,携带着泥沙和不知名的昆虫。

她站在那儿不知该如何是好,直到一双修长漂亮的手拿过她刷牙的杯子,把脏水倒掉。

谢辰青穿着短袖和中裤,白皙高挑的寸头帅哥一个。他拧开一瓶矿泉水,帮她把杯子冲干净。

"营区饮用水一天发三瓶。"他倒了纯净水递给她。

林昭昭接过来:"那洗漱洗澡的话……"

谢辰青长睫低垂:"没办法。"

林昭昭此刻用来刷牙的水,就是谢辰青每天的三瓶水之一。

所以在她漱完嘴里的泡沫、他又要倒纯净水给她洗脸的时候,林昭昭摇了摇头。

她打开水龙头,等泥沙和虫子都冲走了,才往脸上撩水,连洗面奶都不敢用,就怕冲不干净。

他都可以,那她也没什么不行。

"我用这个水洗脸没关系的,我不用你喝的水。"

谢辰青唇线平直,眼神很软,像在看一个默默忍受委屈的小朋友。

林昭昭用搭在脖颈上的毛巾擦干净脸:"你们今天有什么任务呀?"

他们一行三人不远万里来到K国,为了写出好的新闻稿件,拍摄到第一手的维和影像,自然需要在不影响他们执行任务的前提下,尽可能多地参与到他们的工作日常中,正所谓"嵌入式采访"。

"今天去难民营收缴刀具枪械。"

直到维和任务结束,林昭昭每天发的三瓶水都会留出一瓶。她不拆开,只是悄悄放到谢辰青执行任务的装甲车上。

她是个记者，只能动笔。他却荷枪实弹，全副武装地站在维护和平的前沿。

她能做的不多，心意微小，但那是干干净净的真心。

K国在战争过后，民间遗留了大量枪支弹药。

虽然有私藏枪支没收及罚款的规定，但是非法武装势力猖獗，形势动荡不安，枪支依旧不能有效地规范起来。

所以维和警察防暴队的一项日常任务，就是去难民营挨家挨户地搜缴枪支弹药。

林昭昭戴着头盔，穿着防弹衣，全副武装，认认真真，一丝不苟，手里比谢辰青少一把狙击步枪，却多一台GoPro（运动相机）。

她抬头刚好对上他看过来的视线，干干净净含着笑，像在看笨手笨脚的小朋友。

她鼓了鼓腮，决定看在向日葵的面子上不和他计较。

之前去孤儿院的车远远地经过难民营，这一天是真真正正地踏上了这片土地。

临时搭建的房屋短暂收留战争后无家可归的人，所过之处砂石裸露，垃圾遍地，空气里是腐烂和硝烟混杂的味道，衣不蔽体的小孩随处可见，看向他们的眼神或戒备或麻木或悲凉。

谢辰青端着枪，下颌线紧绷："林昭昭记者。"

"嗯？"

"不要离开我的视线范围。"

抵达任务区的谢辰青，一张俊脸在暴烈的日光中白到病态，与之形成鲜明对比的乌黑剑眉和漆黑的瞳孔，却显出让人无法招架的禁欲和诱惑。

他像是从古堡里走出来的吸血鬼，俊美无俦，年轻英俊，定睛看着你就能让你跟着他走。

林昭昭乖巧地点头。

有七八岁的孩童被家暴，伤痕触目惊心。

按下快门的瞬间，林昭昭的眼眶就湿润了。

她从自己外套口袋里找出几块糖果和真空包装的压缩饼干，蹲下来递给孩子,直到走出好远,还频频回头。

当地犯罪分子对警察的态度并不友好,甚至经常故意挑衅,子弹击穿营房、射到车窗玻璃上都是常有的事情,危险程度比她来之前想象的有过之而无不及。

"所以我们的枪一直处于拉栓上膛的状态。"谢辰青淡声说道。

走到一处泥泞坑洼,谢辰青轻而易举地迈过去。

林昭昭站在原地,用她的小短腿衡量,迈出步子的一瞬间被他用手臂环过抱了起来。

他一只手端枪,一只手环过她的腰,单手把人抱起来又放到地上。

单身狗蒋沈迈着六亲不认的步伐路过:"难怪谢辰青引体向上那么厉害,原来是为'顺拐'练的啊。"

林昭昭压了压脑袋上的头盔,红着小脸抱着脑袋权当听不见。

说是难民营,其实都是简单搭建的帐篷,连个门锁都没有。

林昭昭抱着相机,跟在谢辰青身后进入一户家中,才发现门锁对于他们或许并没有太大用处。

"为什么这么贫穷,还有那么多抢劫案件?"

谢辰青下巴轻扬,示意她看角落里那床毯子和门口那双似乎从垃圾堆里捡出来的拖鞋:"这些都可以成为被抢劫的对象。"

他们来到一处居民家中,谢辰青好像看到了什么,突然脸色一变,蒋沈立刻心知肚明。

谢辰青低声叫林昭昭:"门口那个小朋友,你看到了吗?"

一个女孩抱着自己的妹妹,正怯生生地看着她。

"你去给她送几块糖果。"

林昭昭没反应过来,谢辰青又轻声催促:"快去。"

"好。"她刚走出去,令人胆寒的枪声就在身后响起,耳膜为之一震,林昭昭猛地回头看。

匪徒的手臂被谢辰青当机立断钳制弯折,他手里黑洞洞的枪口斜斜地指向谢辰青。子弹擦着他的耳侧飞过,击中了旁边一棵高大的热带树木。

随后,他们从他家搜出三支枪,子弹不计其数,除此之外还有手榴弹。

难怪谢辰青第一反应是把自己支开了。

如果说缉毒警察是行走在刀尖之上,那维和警察就是穿梭在枪林弹雨里。

"生死一线"这样的字眼，在这贫穷动荡的异国他乡，有了更直接的体现。

回到营区后，林昭昭打开电脑，开始写此行的第二份新闻稿件。

她身上很痒，以为是蚊虫叮咬，忍不住一边敲键盘一边挠，最后分不清是痒多一些还是疼多一些。但是稿件必须在今天发回单位。

等邮件显示发送成功，林昭昭已经昏昏沉沉，找到体温计一测，竟然有三十八度。

"是疟疾吗？"她有些害怕，问为自己诊断的军医姐姐。

"不是，"军医安抚道，"是水土不服。"

"那就好。"林昭昭松了口气，乖乖地把医生开的药吃下去。

和她住一间屋子的军医前去义诊，张瑞则去新的目的地采访。

她的眼皮像是被人摁住一般睁不开，闭上眼睛却因为高温睡不着，长发黏在枕头上全是汗。

她听见开门关门的声音，以为是军医姐姐忘了带东西，身体的不适让她没有半点力气。

身边有人坐了下来，紧接着，有轻轻拂过脸颊的风。

她很费力地把眼睛睁开一条缝，看到谢辰青低垂的眼睫和紧绷的下颌线。他的手里是一本军事杂志，在她旁边一下一下地扇着。

她嘴巴里药的苦味一点一点消失，燥热的空气里有了浅淡的薄荷香。

林昭昭轻轻勾起嘴角："谢辰青。"

"嗯。"

"你下午不去巡逻吗？"

"晚上去。"

他坐在她的床边，可凳子太矮，两条长腿一条曲起一条伸直，一只手搭在她枕头旁边，一只手给她轻轻地扇风。

林昭昭的小脑袋瓜烧得迷迷糊糊，已经没有余力思考他已经有很多个小时没有休息。

她只是觉得，有谢辰青在身边真好啊……

谢辰青垂眸看林昭昭红得不正常的脸颊，嘴角平直，像是不会笑。

之前蒋沈说，虽然谢辰青以一己之力绝了全支队战友的桃花，喜欢他的小姑娘能在四百米障碍场绕一圈，但是没有一个敢真的上前追他。

那个时候林昭昭觉得蒋沈说得太夸张，此刻看到不笑的谢辰青，她算是相信他说的是真的了。

她的声音软得不像话："我没事的，医生姐姐说一两天就好了。"

从她的角度看过去，他喉结清晰凌厉，嘴唇一点弧度都没有，比面对国际重刑犯的时候还要严肃。

她知道他是在心疼，可是她不想他难得闲下来还要担心自己。

谢辰青记得自己刚来时水土不服的体验，那种长时间持续的感觉比枪伤好不了多少。

他无所谓，但是林昭昭不可以。

就在这时，他搭在她枕头旁边的手，被她小心翼翼地碰了一下。

林昭昭侧躺着面向他，眼睛闭着，睫毛纤长卷翘。

她细白的手指慢慢靠近他，他的小拇指便被轻轻地钩住，而后是无名指。

林昭昭庆幸自己在发烧，即使脸红也不会太明显，想牵手，也想让他不要绷着脸。

她轻轻地攥着谢辰青的两根手指，心满意足地埋头进枕头的嘴角上扬。

就在这时，谢辰青修长的手指微动，轻轻地挣开。

林昭昭一僵，撇了撇嘴。手都不给牵吗？那天主动牵她手的人不是他吗？

下一秒，他干燥的掌心覆在她的手背上，温度比发烧的她低太多，像玉石。他修长的手指挤占在她的指缝间，是掌心贴手背的十指相扣。

眼前一片黑暗，身边是最能让她安心的人，林昭昭的意识慢慢抽离，困意来袭。

谢辰青眉眼低垂，看着身边的女孩子，恍惚觉得像是又回到两个人同桌的高三。

那些临近高考的燥热的午后，他一只手撑着脑袋看漫画，一只手拿着杂志给睡着的她扇风。

不想被她发现，在她睁开眼睛前他就会把手收回来。

这些年来，他们见面的次数屈指可数，每次都以倒计时为起点，以后视镜里她哭红的眼睛为终。

不知不觉已经过了这么久。

她好像和高中时期比起来没有变化,还是这么瘦小。

暮色四合,夜间巡逻马上要集合了,谢辰青垂眼看两个人牵在一起的手。

他松开手,迟疑几秒后又落在她的手背上,像个面对心上人的幼稚小男孩,冷白的手指轻轻地划了两下,在睡着的林昭昭手背上画了一颗小心心。

林昭昭水土不服的症状在三天之后得以缓解。

她起了个大早,这一天的营区好像格外热闹。

白皮肤的外国警察肩上扛着一袋面包,热情地招呼蒋沈:"老铁你好帅!"

蒋沈和他击掌:"你也很帅!"

林昭昭走到谢辰青身后,扯了一下他的袖子:"他们中文这么好的吗?"

看到她,谢辰青眼里有清润的笑:"好些了吗?"

林昭昭大力点头,想起什么,耳朵突然就红了,心说:你画的那个小心心简直就是特效药。

"蒋沈告诉他们,'你好帅'是'How are you'的意思。"

林昭昭扑哧一声笑出来:"'你也很帅'就是'I'm fine'呗!"

来的几个A国警察对维和警察的种菜技能叹为观止,对于特色食物更是情有独钟,对于老干妈的存在更是震撼得不得了,隔三岔五就打着促进两国友好交流的旗号,扛着面包来蹭饭。

"Hi!"金发碧眼的外国警察不知什么时候走到林昭昭面前。

林昭昭礼貌地颔首,这个自来熟的外国警察还想说点什么,只觉得一道目光如利剑一般从女孩肩后刺过来。他抬头,刚好对上维和警察那双冷若霜雪的眼睛,于是打了声招呼便走开了。

营区建在空旷的荒地上,场地射击、跑步训练绰绰有余。

饭后,人高马大的A国警察问:"我们来一场射击比赛怎么样?"

他在上一届世界军警狙击手锦标赛中表现优异,最终却输给了这里的武警。此时来到他们的营区,他不可能放过比武的机会。

蒋沈看热闹不嫌事儿大："好啊，我们最年轻的狙击手在这儿呢。谢辰青，陪他玩玩。"

面前三十米处杂草丛生，A国警察便在杂草上面绑了两根细细的棉绳，用子弹击断则为胜。

蒋沈嘴巴呈现"O"形，血液直直地往脑袋上冲："你们外国人可真会玩！"

一群不同肤色的外国警察围过来，A国警察率先开始。

此时有风，杂草随风晃动，他第一枪虽然擦过棉绳但是绳子没有断，第二枪一举击断棉绳，在场所有人对他竖起大拇指。

蒋沈皇帝不急太监急，在谢辰青耳边絮絮叨叨："哥们儿，这次你可是代表国家颜面，老大说了，如果你赢了，要求随便提。比如一周不用你做晚饭、奖你一瓶老干妈，或者泡面火腿肠豪华套餐。"

两根棉绳重新在三十米外的杂草上系好，谢辰青视线扫过，手肘撑地，卧姿据枪。

狙击步枪架起，他从托枪的手指到平直肩颈再到逆天的长腿，每个细节和每道线条都正中林昭昭的红心。

好帅啊……林昭昭在他旁边蹲下来，借GoPro的镜头肆无忌惮地看他漂亮冷峻的侧脸。

"现在我们看到的呢，就是我们最年轻的狙击手，谢警官。让我们来采访一下他。"

"谢警官，紧张吗？"

她有板有眼的样子过分可爱，谢辰青嘴角轻勾："不紧张。"

那个瞬间，蒋沈简直想钻到装甲车底下。明明他们俩也没亲没抱没怎么着，但是那气场就是让蒋沈觉得狗粮拍在了脸上。

他以前以为谢辰青不会笑，以至于对他上头的小姑娘那么多，被他冷冷扫一眼也就冷静下来，知难而退了。而在"顺拐"面前的这个，不光会笑，还笑得特别好看。

林昭昭不戴眼镜，视力在同事里算好的。此时，她也只能在影影绰绰的杂草里，勉强辨别出那根黑色的细绳。这要被子弹击断的话，得是个什么逆天的难度？

"如果赢了这场友谊赛，你想要什么？"

谢辰青没有看她,瞄准射击的侧脸清俊,淡声开口:"我想要什么,林昭昭记者不知道吗?"

他修长漂亮的手扣压着黑色扳机,就连青色的血管都充满禁欲的美感。

谢辰青预备,林昭昭退开。

第一次面对这样的紧张场面,她的心怦怦直跳,相机都差点拿不稳。

武警部队狙击手训练,用眼数大米、针穿黄豆提高耐力精度,枪口负重提高据枪稳固性,此时化为一声刺破苍穹的枪响。

子弹飞出,林昭昭屏住呼吸,第一根细绳应声而断。

在所有人呼吸一滞、喘第二口气之前,第二根细绳紧接着断掉,没有一丝偏差。

年轻英俊的狙击手脸上冷冷淡淡,就连那枪响都好像是漫不经心的。

在场所有人都不敢大喘气,而后爆发热烈的掌声,谢辰青视若无睹地站起身走向她,手里还拎着一把狙击枪。

还是那双漂亮清澈的眼睛,只是,在射击场上时和平时完全不一样。

他显然还没从刚才全神贯注的射击状态里走出来,黑漆漆的眼睛里带着浓到化不开的攻击性和占有欲。

那是一个狙击手看向目标的眼神,可偏偏还带几分少年看心上人的虔诚。

"你刚才问我想要什么,"他看着她,一字一字说道,"我要你。"

谢辰青逆光而站,瞳孔浓重如墨,远去的枪声依旧在脑海里回响。

可他缓缓说出口的"我要你"这三个字,杀伤力远比狙击枪大得多,近距离在耳边炸开。林昭昭的意识变成碎片,脑袋彻底空白。

谢辰青只是垂眼看她,身形高挑清瘦,为她挡住所有阳光和视线。

林昭昭变得轻飘飘的,像太阳下缓缓化开的棉花糖。她抿了抿嘴唇,那个"好"字就在嗓子眼……

可是她说不出口,甚至不敢抬头看他。

谢辰青垂眸,林昭昭卷翘的睫毛轻轻颤抖。

她身后的菜园角落里,有一株迎向阳光的小小向日葵,鲜活明亮,却远不及她。

她害羞的时候,会需要开启一个新话题,借由不停地说话来让自己冷静。而此时此刻,她好像是被自己吓到了。

谢辰青轻声开口:"国际军警狙击锦标赛,在下个月。"

林昭昭害羞的情绪终于找到小小的突破口,垂在身侧攥着GoPro的手心里全是汗,鼻音很软:"难吗?"

谢辰青简明扼要地说:"有一点。"

林昭昭因为父亲,多多少少了解过一点。

世界军警狙击锦标赛,届时,十几个参赛国家会派出本国军警当中的顶尖狙击手。

谢辰青跟他们比起来实在太年轻,到这个月,他也才军校毕业两年。

他说"有一点",那应该就是很难。

林昭昭仰起脸,目光清澈不掺杂质:"但是我相信你可以。"

谢辰青脸上慢慢有了笑意。

急促的集合哨声响起,他揉揉她的脑袋,跑向装甲车。

林昭昭抿紧嘴唇,心道:就算你不赢,我也会答应你的啊。

维和任务进入最后一个月。

这支经由联合国选拔的精英队伍藏龙卧虎,每个人穿上防爆衣,戴上头盔之后,神情都严肃得要命。

但是马上要回到祖国怀抱的喜悦,在他们比往常响亮的答到声里,在他们忍不住上扬的嘴角弧线中,在他们轻快到忍不住想要蹦起来的步伐里,无所遁形。

这群荷枪实弹的防暴队队员,看起来像是一群等待周五放学的高中生。明明内心已经欢呼雀跃得要命,但还是要维持表面的不动声色。

营区物资库存告急,需要派人前去采购。马上临近端午,大家甚至还蠢蠢欲动想在异国他乡包粽子。

到K国后将近一个星期的时间,林昭昭对它的认识局限于难民营、贫民窟、危机四伏的热带丛林,以及只有当地人自制面包和鱼干的集市。

以至于说到去采购,她毫无逛街的兴奋感,而是浓浓的不安。

只要谢辰青在,林昭昭就小尾巴似的跟在他身边:"要去哪儿买呀?"

谢辰青:"三十公里外的K国首都,那里有超市,或许会有空运来的糯米。"

难得不用巡逻的休息日，他没有穿防弹衣，身上是宽松的白色短袖、黑色长裤、黑色运动鞋，那一米八八的身高身材比例绝佳，优越的冷白皮是真的晒不黑。

这样看着，干净白皙，清绝得让人移不开眼睛，简直像从哪个大学校园里走出的校草。如果他没有拿起一把手枪拉栓上膛的话。

本来这趟物资采购应该是蒋沈去的，但是他有意让谢辰青带林昭昭出去转转。

他在背地里跟谢辰青说：小姑娘不远万里追着你来，天天净跟着坐装甲车听枪战担惊受怕的，就没过几天正常日子。

谢辰青不知道的是，林昭昭并不觉得这样的日子苦，只要能天天看到他，就都是好日子。

"我们怎么去呢？"林昭昭穿着简简单单的白色T恤和浅蓝色牛仔裤，清新如沾着露水的小青柑。

"越野车。"

总算不是装甲车了，装甲车看着威风，但是车顶很矮，坐着一点儿都不舒服。

林昭昭歪着小脑袋，笑问面前持枪的武警警官："你是保镖吗？这样看起来像保镖。"

白衣黑裤，冷淡严肃。

谢辰青那双冷白修长的手，轻轻掂了掂那把黑色手枪，笑着扬眉："是公主大人的带刀侍卫。"

林昭昭的心猛地一颤。

谢辰青把枪放进裤兜里，拉开越野车副驾驶座的车门："公主大人，请上车。"

越野车在坑洼不平的路面行驶，原本一个小时的车程，硬是花了两个多小时才到。

路边泥泞里翻车时有发生，也就不难想象为什么出国前的维和警察"死亡考核"里，有一项是特殊路面驾驶。

慢慢地，泥泞土路变成柏油马路，眼前呈现和维和任务区完全不同的景象。

谢辰青解开安全带，绕到林昭昭这一侧帮她拉开车门时，眼前倏然闪过一道刺眼的白光。他的瞳孔骤然紧缩,那是常年枕戈待旦、枪林弹雨练就的敏感。

车窗内,林昭昭对上他冷下来的眼,迷迷瞪瞪不明所以。在她回神之前,耳边一声脆响,谢辰青帮她开车门的手直接给越野车上了锁,而他转身大步走进超市。

谢辰青高高瘦瘦,双手抄兜进了商店,步子不急不缓。那双漆黑明亮的眼好像自带瞄准镜的十字线,漫不经心地扫过目标物。

越是贫穷落后的地区,犯人的作案手法越是趋近原始。三名劫匪分工有序,一个人竖在门口放风,一个人拿大号行李袋搜刮钱物,而剩下那个把刀抵在老板的脖子上。

利刃紧贴在颤抖的皮肤上,一不留神都要触到血液汩汩流动的血管。

每个月都有维和警察防暴队的警官来这里购买日用品。进店的高个子寸头男人肩背挺直,职业特征明显,老板一眼便看出他是军人,眼里求救意味明显。

林昭昭被锁了车门,眼睁睁地看着谢辰青走进那家商店。原本斜斜靠在门边的黑人紧随其后,再也没有出来。

脊背发凉,四十摄氏度的高温天气里她每个毛孔都泛起冷意,身体先于意识大力地去推车门。然而警用越野车车门被反锁上,她的一切努力都是徒劳的。

她下车之后又能做些什么呢?让谢辰青一边对抗抢劫犯一边保护她吗?

林昭昭急得想哭,在哭之前,她当机立断拨打了蒋沈的电话。

蒋沈十秒之内挂断电话,表示他会报警,当地警察局马上会派人前来。

她的眼睛一眨不眨地盯着超市门口,眼眶发热发酸,却没有任何办法。

谢辰青拿了几袋巧克力和几袋水果干,径直走到柜台的收银处:"老板,付钱。"

挟持老板的劫匪转过身,林昭昭看到他手里的刀,而对面的谢辰青视若无睹,剪影清俊,单手抄在裤兜里,不带任何表情。

林昭昭知道,他手里有上好膛的枪。

"您身后的酒,给我拿一瓶。"

挟持人质的抢劫犯不知道他在说什么,另外两个人也只当他是来买东西的外地游客。

"你自己过来拿。"老板颤颤巍巍的,说话直打哆嗦。

林昭昭看到谢辰青径直走向持刀的抢劫犯,心瞬间冲到嗓子眼无法呼吸,手指扒着车窗,关节泛白。

谢辰青走向劫匪身后的烟酒柜,朝着其中一瓶白酒伸出手——下一个瞬间,他手臂猛地换了方向,伸向劫匪拿着砍刀的手臂。那动作快得肉眼无法看清,一个干净利落的过肩摔之后,谢辰青直接压颈别肘把人摁在地上。

前后不过五秒时间,另外两个劫匪觉出不对劲往前冲,脚步猛地一顿,正对上维和警察手里黑洞洞的枪口。

此时此刻,蒋沈拨打的报警电话起了作用,当地警察也已经赶到了。

整个过程惊心动魄,稍有偏差,那明晃晃的砍刀就要擦上他的脸颊。而目睹全程的林昭昭坐在防弹的警用越野车里,毫发无伤,比任何人都安全。

老板百般感谢谢辰青。

谢辰青偏过头时对上林昭昭惊魂未定的视线,隔着车窗和几米的距离,她眼里的恐惧明显,像是下一秒就要哭出来,想小朋友又被吓坏了。

谢辰青照着购物清单飞快地买好糯米、牛奶、鸡蛋、各种泡面和辣椒酱,拎着两个巨大无比的塑料袋走向后备厢。关好后备厢,他走近她,拉开她身侧的车门。

"刚才……"林昭昭声线不稳,极力平复呼吸和心跳。

谢辰青眼尾微弯,云淡风轻地说:"如果林昭昭记者要写新闻稿件,可以写——商店老板遇到抢劫,此时有一位热心的谢先生路过。"

他有意逗她笑,但是她真的笑不出来。

她刚来一个星期,已经积累了写不完的新闻素材。她不敢想象,在这之前的七个月,他是如何度过的。

林昭昭唇瓣紧抿,脸色苍白,攥着手机的手还在发抖。

谢辰青帮她顺了顺脸侧的长发:"旁边有一条民俗街,要不要下来看看?"

他干干净净的声音里,哄人的意味明显。

好半天,林昭昭才深吸一口气,软着声音开口:"好吧,那我们去看看……"

维和防暴队的警用越野车比寻常的家用轿车高太多，林昭昭扶着车门刚要跳下去。

谢辰青站在副驾驶座的门边，把手递给她。

异国他乡的街头，往来人群不同肤色，而她的心上人眉眼含笑地看着她。

"来吧，公主大人。"

林昭昭脸上终于有了很浅的笑，手轻轻地落在他的手掌里，从越野车上一跃而下。

他们一起穿过狭窄的巷子，之后视野慢慢变得开阔。

天空看起来很低，似乎触手可及，是让人心情很好的湛蓝色调。

与难民营简易搭建的帐篷不同，道路两旁的白色房屋上画着色彩斑斓的画，墙角处有小小的摊点，民众在卖自制的当地特色食物。

杧果随处可见，又大又甜，见林昭昭两眼发光，谢辰青立刻付钱。

她探头探脑，好奇心重，像个长不大的小孩子，此时又在手工艺品摊点前驻足。

摊主是个头发花白的奶奶，面容慈祥。

林昭昭面前是各种手工雕刻的小物件，颜色鲜活大胆，浪漫得有些过分。

有一对小小的木质钥匙扣，一个是太阳形状，一个是向日葵形状。

林昭昭蹲下身，很欣喜地拿起来。

老奶奶笑眯眯地看着她，而后开口问谢辰青。

K国官方语言是法语，谢辰青弯着眼睛看林昭昭，用法语回老奶奶的问题。

他的音色清澈，干净有磁性，好听得不像话。

"喜欢这个？"

"嗯！"林昭昭脸有些红，回过头仰起脸看他，"买了我们一人一个好不好？"

谢辰青目光柔软，轻轻地点头。

小太阳给谢辰青，向日葵林昭昭自己留下。

"林昭昭，你懂法语吗？"

热意突然就从颧骨开始扩散，林昭昭眼睫低垂："仅限于'bonjour（你好，早上好）'这样。"

谢辰青一张俊脸云淡风轻，"嗯"了一声。

在脸颊变得滚烫以前，林昭昭想要转移话题，于是故作镇定又磕磕绊绊地开口："我发现你们狙击手心理素质真的是这个。"

她竖起大拇指，伸到谢辰青眼皮子底下。

谢辰青微愣，白净帅气还无辜："何以见得？"

"就比如深更半夜巡逻，遇到火并的武装分子，又或者，像刚才，也不知道超市里有多少抢劫犯你就冲进去。你有没有想过，万一他们人很多又或者都有枪呢？"

谢辰青："这些就是心理素质好吗？"

"还有……"林昭昭怀里抱着杧果，抱杧果的手指上钩着向日葵钥匙链。她抿了抿嘴唇，接下来的话有些难说出口。

谢辰青："还有什么？"

"你……你牵我手的时候，胆子也很大……"

她碰一下他的手都快要疯掉，他直接十指相扣，这不是狙击手的绝佳心理素质又是什么？！

林昭昭绷起小脸认真极了，就好像要给他讲高考数学卷的最后一道大题，说完以后，眼睛就看天看地看怀里的杧果，不再看他。

在异国街头，黑发黑瞳的帅哥失笑。对上林昭昭看过来的视线，谢辰青扬起的嘴唇轻抿："就这些？"

"还有你跟人比完射击说的话，"谢辰青笑的时候能勾人魂魄，林昭昭吞了口口水，"说那样的话，你也不会脸红，但是我会……"

她拿手蹭了蹭滚烫的脸颊，目光清透认真："所以，冷静是你们狙击手的特长吗？"

谢辰青垂眸说道："也有例外。"

林昭昭不敢相信地问："嗯，有吗？"

谢辰青语气很软："当你在我面前的时候。"

他说完，又轻声补充："心跳比射击的时候快。"

林昭昭还是害羞，但是眼睛亮亮的，一眨不眨地看着他："真的？"

谢辰青眉眼低垂，似乎很无奈，往前走了一步："那你听听看。"

在她毫无防备的情况下,他修长的手指落在她的后脑勺,轻轻地把她的头摁到自己怀里。

他的体温渗透那层柔软的棉布落在她的脸颊,浅淡而干净的味道笼罩下来。

她的耳朵贴在他胸口的位置,耳边的心跳声一下又一下,无比清晰。

林昭昭手指不自觉地紧紧揪住谢辰青的T恤下摆,为快要站不稳的自己找一个支点。

她的头埋在心上人怀里,在冷冽的薄荷味道里,一点一点地红透。

其实,她说谎了,因为害羞。

她懂法语,从老奶奶问向谢辰青的第一句话开始,她都听得明白。

老奶奶问:"这么可爱的人,是你的妻子还是女朋友?"

谢辰青的音色很清透,低声说话时温温柔柔的,带着笑。

"都不是。是我想要娶回家的女孩子。"

他的个子好高,下巴刚好轻抵在她的头顶。

根本算不上是拥抱,毕竟谢辰青只是将手指扣在她的后脑勺,把她按在自己胸口,却是一个刚好契合的姿势,像两块拼图,他们本就不该分离。

脸侧是一个年轻狙击手最不设防的一处位置,隔着嶙峋骨骼就是他蓬勃跳动的心脏。

鼻尖清寒的气息,让酷暑也远离。

明明两个人的年龄差距只有九个月,可是很多时候林昭昭都觉得谢辰青看她时总带着些长辈看小孩子的纵容,笑着看她胡闹、撒娇,而后一点一点地妥善照顾好她所有的小情绪。

可是刚才,他嘴角平直,青涩一如少年时,说自己也会心跳很快,又让她觉得,不过还是个单纯青涩的小男孩……而这样的谢辰青,只有她一个人知道。

心照不宣的默契让林昭昭猜测,谢辰青或许也和自己一样,在等回到祖国怀抱的那一天。

如果不是在K国,而是在国内就好了。

那么在紧贴他心跳的这一刻,即使一瞬间白头,好像也不会有遗憾。

六月中旬，驻 K 国第十支维和警察防暴队执行最后一次长途巡逻任务，行程跨越 K 国恶性案件频发的南部四区，为期七天七夜。赵宽作为唯一一名男性记者随行。

"长途巡逻的主要目的是什么呢？"

林昭昭抱着小本子站在谢辰青面前，胡萝卜形状的圆珠笔往下巴上一戳，吧嗒一声脆响后笔尖冒出来，她开始记录采访的关键词。

年轻的狙击手正在验枪，侧脸清绝："震慑犯罪团伙。"

狙击枪子弹上膛呈现战备状态，林昭昭在"谢警官答"四个字后面悄悄画了一颗小心心。

谢辰青看见林昭昭一边写字一边勾起嘴角笑，微微欠身，漫不经心地开口："工作时间开小差啊，林昭昭记者。"

林昭昭脊背一僵，抬起头时额头轻轻蹭过他的下巴，近距离跌入他促狭意味明显的眼睛里。

她赶紧敛了表情，正色道："那去这么久吃什么呀？"

谢辰青直起身，背靠装甲车，支地的两条长腿在警裤包裹下长得完全不科学。

谢辰青："中餐、西餐都有。"

林昭昭惊喜地说："这么好？"

谢辰青："泡面和压缩饼干，带了好多。"

林昭昭轻叹一口气，收起采访的纸和笔："你好好照顾自己。"

"知道。"他简明扼要地回答。

一周的时间说长不长说短不短，但是最近她天天都能看到他，或是晨光熹微的早晨，或是巡逻回来的深夜，以至于一时之间短暂的分别都难以忍受。

集合前几分钟，谢辰青揉揉她的头发："等我回来。"

林昭昭乖巧地点头，却攥着他袖子一角，难得有些小孩子脾气，不想松开。

下一个瞬间，她的手被他轻轻攥住，肌肤短暂相贴几秒钟，而后谢辰青错身而过。脸侧一阵风拂过，年轻的狙击手背影清隽挺拔。

夜色正浓，国旗迎风飘扬，一队防暴队员跑向一辆辆白色带"UN"字样的装甲车。

林昭昭远远地看着车队开出营区，直至看不见。

谢辰青不在，林昭昭跟着蒋沈他们来到当地一所小学开展助学活动。

他们到的时候，当地的小朋友正在操场上踢足球。只不过操场尘土飞扬，足球则是路边捡来的矿泉水瓶子，每个人脸上有很干净的笑。

她见到 Deng，谢辰青的忘年交，忍不住去猜想此时此刻的谢辰青在做什么。

林昭昭接到他的电话，是在三天后的晚上十一点。林昭昭咖啡的劲儿还没过，正瞪圆了一双眼睛飞快地打字改稿件。

麦兜的铃声响起，她赶紧接起来，生怕下一秒就没了信号。

"谢辰青，你还好吗？"和大学一样的开场白。

谢辰青此时在路过的一家废弃学校。长途巡逻没有住处，他们每人发一顶蚊帐防蚊虫和疟疾，没有床板就直接睡在地上，没有任何降温设备。

至于食物，中西合璧，压缩饼干就着泡面，泡面用一种特制的酒精炉子煮开。

这三天以来，解救人质、平复暴乱和匪徒枪战，暴雨让装甲车寸步难行。

连轴转七十多个小时，在靠近 K 国首都的位置手机突然有了信号，他便赶紧打电话给她。

谢辰青背靠墙坐着，两条长腿一条曲起一条伸直，耳边似乎还有枪声和爆炸声混响。

直到女孩的声音隔着听筒传过来，在燥热的夏夜有沁人心脾的凉意。

他能想象她说话时眼尾弯下去的弧度和轻轻勾起的嘴角，感觉时间不再难熬。

谢辰青回答："还好。"

他好像很累，干净的声音中倦意明显。

是夜下过一场暴雨，气温尚未来得及回升。

雨夜静谧，他隔着听筒的呼吸落在她耳边，一时之间两个人都没有再说话。

"林昭昭。"

"嗯？"

谢辰青停顿几秒，低声问她："你有没有想我？"

那声线依旧冷而静，却带着面对喜欢的女孩时才会有的小心翼翼，似乎有所期待却又在极力克制，以至于轻易便让林昭昭的心软成一片。

坐在简易书桌前的林昭昭，把头埋进手臂，像个刚从炭火炉子里拿出来的烤地瓜，甜而软糯。

"有没有？"他催促道，像是在撒娇，鼻音明显。

林昭昭趴在桌子上，声音很闷，到最后已经小得听不见："那你想我了吗？"

"嗯。"谢辰青没有一秒犹豫，单这一个字的音节，咬得认真且清晰。

林昭昭看着桌子上那盆小小的向日葵，小声地说："我也想你……"

在谢辰青长途巡逻回来之前，端午节先一步到来。

谢家少爷当真大手笔，林昭昭看着那一盆一盆的糯米，简直怀疑他把人家超市搬空了。

于是这天，在迎风飘扬的国旗之下，这片土地上黑头发黄皮肤的警察，人手一个小马扎，面前摆着一盆糯米和一盆粽叶。

那双昔日瞄准射击，一枪击毙一个匪徒的手彻底不听使唤；那双能从茫茫人海识别犯罪分子，能从火龙果、菠萝里发现毒品的眼睛彻底失灵。而与他们形成鲜明对比的是，炊事班的同志"术业有专攻"，两三下就包好一个形状讨喜的粽子，而他们要么撒了米，要么粽子不成形，直接怀疑人生。

驻K国维和的各国警队长期配合作战，早就建立了深厚友谊。端午节营区热热闹闹地包了粽子，也大大方方地给他们发了邀请函，请他们下班的时候过来尝一尝传统美食。

林昭昭又见到那个金发碧眼的狙击锦标赛冠军，蒋沈说他叫David（大卫）。

David自带自来熟属性，穿梭于包粽子大军中间，像是来视察工作的领导，最后在林昭昭面前驻足。

林昭昭笑着说了句"Hi"，继续跟着炊事班的同事学包粽子。

她长发扎成松散的丸子头，五官没有任何遮挡，也没有穿武警的作训服，是自己的明黄衬衫和水洗蓝牛仔裤，那沾了水的翠绿的颜色衬得她的手指更白皙。

David用英语和她交流，林昭昭英翻中之后，脑袋里有一个小小的翻译腔自动响起：“美丽可爱的女士，热烈邀请你来我们国家。”

美丽可爱的林昭昭同学最近和张瑞走得太近，说话的口音不知不觉地跑偏到玉米地。她就用那软糯的声线跟人称兄道弟：“谢谢老铁，不了不了。”

"为什么不呢？"David是和谢辰青完全不一样的蓝绿色瞳孔，"我们国家富有、自由，有世界上最美的极光……"

林昭昭心说：就算你把你们国家吹出一朵花来，我也不去，因为没有谢辰青。

她只能一边摆手一边道谢，希望他会察言观色，快点离开自己身边。

七天七夜的巡逻结束，这一百六十八个小时里，所有人枕戈待旦，生死仅在一线之间。

谢辰青拎着枪跳下装甲车，见林昭昭之前先去洗了个澡，又把胡子刮干净。

他身上是宽松的白衣黑裤，少年气蓬勃。

谢辰青来到炊事班，只见满满当当一屋子人，各种肤色，各种语言，各种口音。

其实在维和之前的"死亡淘汰"里，防暴队队员首先就过了英语关。但来到这里以后，才发现自己知识储备的匮乏。

那个时候的他们还太年轻，英语听力只听过英音、美音，并不知道这个世界上的英语，其实还有咖喱味、寿司味……对比之下，他们这些"老干妈"口味的，可以说是字正腔圆了。

谢辰青远远地看见那抹亮色，穿过人群走向她。

有一起执行过任务的外国警察和他打招呼，他回以礼貌的问候，是低沉清冷的英音。

他走近了，才发现林昭昭正和David笑眯眯地聊天。

她的脸颊有肉，侧面看过去有些圆鼓鼓，还有些小朋友才会有的天真感。

David说："不来我们国家看看，将会是你人生中最大的遗憾。"

林昭昭说："哥们儿，我急着回国呢。"

David说："回国？"

林昭昭："你是不知道，我爸的朋友给我介绍了一个帅哥，个高腿长，白净帅气，头脑顶尖，我急着回国相亲，找男朋友结婚的。"

他们两个人鸡同鸭讲了半天，林昭昭口干舌燥，手里的粽子却没个正形。

头顶落下浅浅的阴影，入目的白色短袖一尘不染，干干净净，往上，他白皙脖颈上喉结清晰。

林昭昭没有任何心理准备，正对上谢辰青冷淡的眼。

这就很尴尬了……

谢辰青听见了吗？他又听到了多少？

林昭昭乖巧地坐直，像个做错事的小朋友。

"相亲？"谢辰青垂眼，似笑非笑地看她。

从她坐在小马扎上的角度看过去，他说话时喉结轻轻滑动。林昭昭脸上烧起一片红，他弯腰拉住她的手腕走到外面。

背后是蓝白的营房，身前是钢铁巨兽装甲车，刚好把两个人的身影挡得严严实实。

林昭昭才从刚才的"社死"状态中回过神，她仰起小脑袋，眼里的欣喜不加掩饰："你什么时候回来的呀？"

谢辰青瞬间心软，只是薄唇抿成一线，不带任何表情地睨着她："在你说你相亲对象白净帅气之前。"

林昭昭摸摸鼻尖，偷偷看他白皙的下巴和清俊的五官，心说："白净帅气"这个词用来形容他还是不够贴切，最贴切的，应该是苏轼写的那句"公子只应见画"。

而她眼里有着明亮的笑意，落在谢辰青眼里，就全然变了味。

说起相亲对象就这么开心，好像还很喜欢。谢辰青那张俊脸上的神色又冷了几分。

"谢辰青。"

"嗯。"

年轻英俊的狙击手，不笑的时候冰冻三尺。他清冷地站在那儿，有如热带气候里一股突如其来的强冷空气。

林昭昭倒背着手,向前走近一步。她的白色板鞋鞋头,一不小心轻轻地触碰到他的黑色运动鞋。

清新的小青柑味道,鲜活干净的笑意,还有衬得她皮肤雪白的明亮颜色,都让谢辰青想据为己有。

林昭昭歪着脑袋看他,落下几绺碎发在耳际,更显温柔:"你是吃醋了吗?"

"林昭昭,"谢辰青漆黑的瞳孔湿漉漉的,看向她,"你跟我都那样……"

他的含蓄,让头脑简单的林昭昭一时半会儿没反应过来,眼神清澈如小鹿:"我和你……哪样?"

谢辰青垂在身侧的手,有长年累月射击训练留下的茧子。

这一刻,他的手握住她的手腕,温度偏冷,枪茧粗粝,落在她的手背上,而后缓缓下滑直到十指相扣。

"这样。"十指相扣。

林昭昭全身的血液开始往脸上涌,让她的脸红得不掺杂色。

她对上谢辰青直白且占有欲明显的眼睛,更是招架不住,气都不会喘了……

下一个瞬间,谢辰青握住她的手微微施力。

她顺着那股朝向他的力道,猝不及防地扑到他身上,跌进他气息清冽干净的怀里。

"还有这样。"抱抱,很多很多次。

"所以,不准去相亲了,知道吗?"

谢辰青的声音冷淡,偏偏还带几分少年面对心上人时,那种近乎虔诚的认真和小心翼翼。

他垂着长长的睫毛,安安静静地等待她的答案,显得乖巧无害。

林昭昭心软得不行,简直想把全世界都捧给他。

她点头如捣蒜,像个轻薄美少年还不负责的大坏蛋,开始信誓旦旦地给出承诺:"不去了,不去了,长得再好看都不去了,我不骗你……"

她绷起的小脸严肃又认真,可爱得一塌糊涂。

谢辰青的眼尾终于轻轻地弯下去。

他实在长了一双过分温柔干净的眼,定定地看人的时候尤其致命。

当那目光一寸一寸沿着她的眼角眉梢下落到嘴角,林昭昭脸红心跳,目光无处可躲,好像快要无法呼吸。

　　而谢辰青就着抱她的姿势微微俯身,鼻息悉数落在她额头上。

　　"让我看看这是哪个小坏蛋。

　　"抱了人还想不负责。"

第四章
他说，他已经有主了

他当真压低视线，认真地看着她。

那双近在咫尺的眼干净极了，微微弯着，简直要把人溺毙在里面。

喜欢一个人，好像不自觉就想离他近一点。

看不到他的时候会委屈，会想要不远万里地奔向他。

在看到他受伤的时候会想要抱抱他，在自己生病不舒服的时候会想要牵他的手。

可是真的像现在这样，手被他牵着，靠在他的怀里，周身都是他刚洗过澡的清冽味道，林昭昭感觉呼吸不畅，连气都不敢喘，像个任人欺负的小可怜。

以前也没发现谢姓帅哥这么容易吃醋啊，刚才说不准再去相亲，简直就像是在撒娇。

谢辰青根本不知道，她那个相亲对象就是他。

等他们回了国，她肯定要经常跑到武警A城支队采访，到时候在李锐叔叔的眼皮子底下见面，不知道会是怎样一番场景……

"还笑。"谢辰青开口，低头又靠近些，呼吸慢慢地缠绕在一起，理不清。

原本就热烈的空气升温，紧贴在脸颊。

他修长的手指扣着她的，让她躲都没有地方躲，只能硬着头皮迎上他的目光，一双眸子水润。

"以后不准再提他。"

他看着她的眼睛,认真地开口,像在嘱咐第一天上学的小学生。

林昭昭点点头,抿紧嘴唇显得乖巧,弧度很甜。

面前这个冷淡的狙击手,好像一吃醋就变成小男孩。他看着她,又补充道:"离那个外国警察也远一些。"

林昭昭终于忍不住,顾不上害羞笑起来,眉眼甜甜地弯起:"遵命,长官!"

如今,军队的宣传方式不再局限于纸媒和军网,而是不断地推陈出新。

有时候在年轻人喜欢的视频网站,也能刷到很多由官方上传的或搞笑或温情的军人视频。

这些视频让人们不经意间发现,原来这些保家卫国的共和国军人,其实也不过是些可可爱爱的男孩子。

今天机会难得,大家打算剪一期视频上传到官方账号,给大家看看维和防暴队营区的端午节。

林昭昭的摄像机里已经积累了很多视频资料。

这其中,有扛着面包来交换粽子的外国警察,开口就是一口咖喱味英语,自带艺能感;有一线缉毒,让毒贩闻风丧胆的武警战士,包粽子的时候却宛如小脑出现了偏差;当然,还有动作整齐划一,粽子包得又好又快的炊事班战士,甜粽、咸粽都是分分钟的事儿。

在哄好吃醋的谢辰青以后,林昭昭又投入工作当中。

她和赵宽、张瑞,三台单反同时开工,三百六十度无死角地记录异国他乡的端午节。

到了采访环节,林昭昭先从熟人下手。她走到蒋沈旁边:"蒋沈教官,看镜头啦!"

蒋沈偶像包袱比装甲车还重,他其实是阳光帅气类型的,奈何人总是大大咧咧的。

林昭昭问:"距离回国还有半个月,你回国后的第一件事是做什么呢?"

蒋沈愁肠百结,肝肠寸断:"那可太多了!维和之前,我爸妈给我介绍了一个相亲对象,聊了几次我就失联了,这次回去都不知道人家姑娘结婚了没有。"

林昭昭笑眯眯地说:"那祝你好运!"

谢辰青的视线不由自主地落在那个明黄色的身影上。

林昭昭记者一键切换工作状态,温柔冷静,他却想起她在他怀里羞红了脸的样子。

即使营房内吵吵嚷嚷,但她清甜的声音依旧很好辨认:"这位警官,请问你回国后的第一件事是做什么呢?"

"休假回家见我爸妈,我一直没有跟他们说实话是来维和,怕他们提心吊胆睡不着觉。"

"我估计我儿子都快不认识我了,所以第一件事是哄孩子。"

"老婆在家辛苦了,做啥事儿都是一个人,所以我保守估计回国后可能要先跪榴梿吧……"

张瑞手里的相机镜头对准防暴队最年轻的狙击手:"谢排长,能不能跟我们说说,你回国后的第一件事是做什么?"

纵使张瑞采访过那么多人,此刻还是不得不感叹,镜头里这个小伙子真好看。

她已经能想象日后视频上传,铁定又会有一群小姑娘会在弹幕里疯狂喊"老公"。

谢辰青黑沉漂亮的眼睛看向镜头,那是张瑞第一次看到他笑。

冷冷淡淡的冰山帅哥,面上覆盖的薄冰融化,显出原本温柔清隽的样子。

他目光清澈,勾起的嘴角意外地带有几分青涩:"和我喜欢的女孩儿,好好谈场恋爱。"

防暴队员们手忙脚乱地包好的粽子,在一个小时之后端上桌。

动筷之前,林昭昭拍了特写,打算后期给每个粽子都加上卖萌的小表情,正所谓"严肃活泼"。

大家动筷以后,她依旧没闲着,素材够多,后期剪辑的余地才大。

镜头里每一张年轻的面孔,都正在被一万公里外的亲人想念,她必须拍出他们最真实最可爱的样子,呈现到他们的家人面前。

视频拍摄停下的几秒钟时间里,林昭昭低头审视相机里的画面。

这时,有只修长白皙的手剥开粽子,递到她嘴边,剔透的糯米带着粽叶的香气,令人食指大动。

她微微惊讶，对上他干干净净的一双眼。

营房里热热闹闹，没有人注意到这个不起眼的角落。

林昭昭也不扭捏，笑着低头，就着谢辰青的手咬了一口，脸颊鼓起一个可可爱爱的球。

"有几个镜头没有拍好，还得重新来一遍。"林昭昭看向那个谢辰青亲手剥的粽子，"我一会儿结束了再吃。"

从事自己热爱的工作，拍摄自己热爱的群体，她一点儿都不觉得累。

谢辰青低头咬下去，糯米香甜软糯，是林昭昭咬过的地方。

除例行的日间、夜间巡逻，难得没有紧急任务通知。

林昭昭忙完坐下吃饭时，午饭时间已过，大家吃得差不多已经离开了餐桌。

餐桌旁边只有一个清瘦挺拔的背影，那个人肩膀平直，肩胛处骨骼明显，是谢辰青。

"你也还没吃饭吗？"林昭昭把相机放在一旁，坐下来。

"想等你一起。"他自然而然地帮她递过碗筷。

林昭昭一整个上午都跑来跑去的，已经饿得前胸贴后背，累到完全没力气："你都没吃吗？"

谢辰青嘴角平直，长睫低垂，没有看她："吃了半个粽子。"

"我也就吃了你喂过来的那半……"话说到一半，林昭昭猛地住嘴。

她吃了半个，他也吃半个，那岂不是间接那个什么了？那两个字让她脸颊不受控制地发热。

谢辰青没有继续这个话题，表现得云淡风轻。

他架狙击枪的一双手拿起她的相机："这个怎么用？"

总算是自己擅长的领域，林昭昭给他演示。

她那台单反不算大，还很轻便，所以演示的时候就靠得近了些，两个人的脑袋凑到了一起。

她的发丝很软，有柑橘的甜味，蹭过他的额角。

林昭昭传道授业解惑："菜单在这儿，你看一眼就能明白。这个是自动对焦点选择，这个是照片风格选择……"

"记住了。"谢辰青示意她继续吃饭，自己在旁边玩她的相机。

他那双拿枪的手过分漂亮，拿相机的时候格外赏心悦目。

当镜头对准那个脸颊鼓鼓、小考拉啃树叶一般的女孩子，镜头后那双冷冽的眼睛里有笑意慢慢化开。

林昭昭咀嚼食物的牙齿一顿，谢辰青好像是在拍她……

她吃东西的速度立刻慢了下来，小口小口地细嚼慢咽，如假包换的小小淑女。

她的吃相应该没有太差吧？镜头离得这么近，撑在脸上会有毛孔吗？

来这儿以后别说护肤了，就连镜子都没有正儿八经地照过几次。

林昭昭最终按捺不住内心的好奇，擦干净手伸到谢辰青面前："给我看看你拍的照片呀。"

谢辰青乖巧地把相机递给她，睫毛长而柔软，眼睛明亮，那样认真无害的眼神，哪还有半分平常示人的冷淡。

林昭昭蓦地想起在军犬基地看到的大狗狗，执行任务时威风凛凛，但是在训导员面前，撒娇耍赖无所不用其极，完全就是大狼狗变小奶狗。

可当她目光落在他刚才拍的照片上，嘴角一僵，撇了下去。

维和警察防暴队狙击手谢辰青，速射、缉毒都不含糊，犯罪分子眼里的尖兵利刃。却不料，这哥们儿拍照完全有自己的一套技巧。

光线很诡异，她的脸又黄又白。

角度很特殊，她约等于无的双下巴叠了好几层。

构图很精巧，满屏都是她的大脸，甚至一个镜头都装不下……堪称教科书级别的直男拍摄手法。

"谢辰青。"

"嗯。"

谢姓帅哥堪称绝色的一张脸，眼睛看向她时，似乎还有些小心翼翼的期待。

林昭昭把相机抱在怀里，语气无奈："你拍照拍成这样，以后会找不到女朋友的。"

网上不是有好多吐槽男朋友直男审美、直男摄影的帖子吗？谢辰青比起他们来当真有过之而无不及。

虽然，他那唇红齿白的漂亮长相能让人原谅所有，但是林昭昭身份证上的照片都没有这么丑过。

"哪样？"谢辰青微愣，偏过身子朝向她，看自己刚才拍的照片，表情很迷茫。

镜头里的林昭昭，脸上有肉，很显稚气，睫毛弯而卷翘，让她看起来像个小朋友，嘴巴里塞得鼓鼓的，可可爱爱的小仓鼠一样，以至于他很想隔着屏幕捏一捏她的脸。

他不知道自己到底是有多喜欢她，才会一看到她就想笑。

那张清俊的脸近距离靠在自己的肩侧，林昭昭感觉呼吸有一瞬间的不自然。

距离实在太近了，他怀里清寒的味道落了她满身。她微微偏头，嘴唇就要落在他的脸颊。

当她的目光沿着高挺的鼻梁往下，看到他嘴角漂漂亮亮扬起的那道弧度，将表情敛起，奶凶奶凶地问他："还笑……你是不是也在嘲笑我丑？"

谢辰青嘴角回归平直，认真地说道："没有。"

林昭昭不信，小脸绷得很圆，手掌心朝上伸到谢辰青面前："相机给我，我要删掉。"

谢辰青眼睛微微睁大："不可以。"

林昭昭撇了撇嘴，直接扑上去抢。谢辰青一愣，而后站起身。

坐着的时候其实还好，但是他一站起来，那身高悬殊一下子就展现出来。

谢辰青那一米八八的身高自带压迫感，她才一米六出头，在他面前简直如同一颗蹦蹦跳跳的豆子。

不光如此，他还把相机高举到头顶，嘴角轻扬，看起来像个调戏小姑娘的公子哥。

想到自己新鲜出炉的丑照都在里面，林昭昭小同学立马蹦起来伸手去抢——

只是，她又要跳起来又要伸手去拿相机，踮起的脚站不稳，打了个滑。

谢辰青稍微一后退，她直接失去平衡，直直地向前扑过去……

在林昭昭摔倒前的零点零几秒，谢辰青眼明手快地接住她，她下巴磕在他胸口的位置，直接扑进他的怀里。

四目相对，空气在一瞬间静止了。

谢辰青单手松散地搂着她的腰，防止她摔跤。

空气变得暧昧缱绻。

"我笑,不是因为不好看。"

那张只应见画的俊脸近在眼前,谢辰青的目光比月色清绝,认认真真地看着她。

扑进他怀里的林昭昭微微一仰头,入目便是他轻轻滑动的喉结以及因为她揪住他的衣服下摆,还有衣领被轻扯开而露出的半截锁骨,是禁欲与勾人两种截然不同的气质。

视线被灼烧,让她不敢再看,只是小声问:"那是因为什么笑的?"

他笑得那么好看,那么纯良无害,简直让人想要藏在家里谁都不给看……

谢辰青低头,看她蹙起的眉毛和慢慢变红的脸颊,明明很害羞可还是没有退出他的怀抱,任由他轻轻地抱着。

声音不自觉放轻,他的语气平静又温柔,好像在说一件自然得不能再自然的事情。

"笑,是因为喜欢。"

喜欢照片里的女孩子,以至于看到她就很想笑。

林昭昭迷迷瞪瞪的小脑袋瓜不停地运转,却因为"喜欢"二字瞬间宕机,思绪迟缓到无法思考,只是在停止流动的时间里呆呆地看着他。

谢辰青微弯的眼尾弧度显出无奈,像是对她束手无策,认命一般低下头,距离骤然缩短。

湿漉漉的眼睛里蕴着光,带着一种让人心软的虔诚和委屈,林昭昭的心跳久久发颤。

"所以该怎样拍照,你教我好不好?

"我不想找不到女朋友。"

年轻冷淡的狙击手,把他最不设防的一面展现在她面前,如同被驯服的狼,心甘情愿露出软乎乎的肚皮给你摸着玩……

林昭昭想起高三时,因为太好奇他的头发是不是像看起来那么软,每天都蠢蠢欲动地想要揉一把……而谢辰青只是红着耳朵弯下腰来,说"给你摸"。

她踮起的脚落回去,心却提到了嗓子眼儿,忍住脸红心跳,对上他清朗的眉目。

他有好看的睫毛，泪痣是浅淡的褐色，漆黑的瞳孔深处，有一个缩小版迷迷瞪瞪的她。

林昭昭被谢辰青用这样柔软而干净的眼神看着，还轻轻地搂在怀里，完全招架不住。

谢辰青根本不是想让她教他拍照，而是想让她心跳过快，一键升天！

谢辰青微微欠身，扶着林昭昭站稳，搂在她腰后的手收回去。

林昭昭颤抖的睫毛如蝴蝶轻振的翅膀一般，不见半点采访时的冷静自如。

她倒背在身后的手指绞在一起，一双眸子水润："那我待会儿剪视频，你要不要来看？"

谢辰青回答："好。"

林昭昭借了防暴队营区一间简易搭建的办公室，抱着电脑和相机一堆设备放到书桌，而后把大家拍的视频导到笔记本电脑里。

谢辰青抽了把椅子，拉到她斜后方的位置，不远不近。

谢姓帅哥高中时很喜欢半坐半靠在课桌旁，两条腿长且直，并不算特别规矩。而现在，他将椅子倒着放，瘦瘦高高地跨坐着，手臂搭在椅子背上，下巴抵在手臂上，姿势闲散随意。

一双眼干净明亮，不穿军装警服，不配枪支弹药，是他这个年纪的大男孩模样。

他喜欢的人全神贯注地盯着屏幕，而他只看她。

林昭昭记者工作时，小脸绷着，严肃又认真，谢辰青想起她第一天上幼儿园时也是这样的表情。

屏幕里粽子出锅，林昭昭给每一个都精挑细选地加了小表情，兴奋的、惊喜的、委屈大哭的，画面瞬间变得可爱起来。

背景音乐她选了《你笑起来真好看》，音乐欢快，节奏明朗，刚好衬着那一张张或害羞或开朗或不苟言笑的年轻脸庞。

她嘴角不自觉地弯起，小声哼歌。

"你有被采访到吗？"工作间隙，她突然转过头，正好对上谢辰青的眼睛。

谢辰青表情微动，片刻后轻声回应："有。"

林昭昭瞬间充满干劲，期待感飙升到峰值。他会说些什么呢？她好像猜不到。

但是林昭昭并不着急知道,她把这当成好好工作的奖励,当成一颗等着她敲开的彩蛋。

"蒋沈教官还是很上相的,你看!"林昭昭对着屏幕感叹,没有得到回应,她回头。

谢辰青抬起眼皮。

林昭昭笑得眼睛弯弯,下巴抵在椅子背上的他,看起来好像一只大狗狗哦,怎么可可爱爱的……

"还好。"谢辰青淡声说。

"不是的,"林昭昭认真地给他分析,"蒋沈教官其实很好看,放在地方大学起码是个班草级别吧?我第一次发现他竟然还有卧蚕啊!"

她不禁思考,自己身边有没有适合蒋沈的女孩子呢?如果家里给他介绍的相亲对象真的因为维和任务凉了,他心里得多难过。

"卧蚕?"

林昭昭手里的鼠标点击暂停,光标移动到蒋沈眼睛下方的位置:"这儿就叫卧蚕。"

谢辰青冷冷地看了一眼,认真地说道:"我觉得那是眼袋。"

林昭昭:"呃……"

就在这时,她的后脑勺被修长的手指扣住,顺着他掌心的力道,她的脸被带着转向他。

"我也有,"他低头靠近她,"不信你看。"

谢辰青其实长了一双过分温柔多情的眼,奈何被那一身军人气质压制,平时瞧不出有多勾人。但是只要他一笑,那精致微弯的弧线一直到眼尾而后上扬,漂亮到灼眼。

近距离与他对视,林昭昭坚持不到三秒,便缩了缩脖子变成一只小鹌鹑。

谢姓帅哥近距离美颜暴击还不算完,他还冷着一张吃醋的俊脸,用那种非常幼稚的小男孩语气说话……

这谁扛得住?除了扛不住,她简直想抱着他亲一口!

她的视线下滑,是他挺直鼻梁下漂亮的唇形,薄而清晰。

美色惑人,林昭昭快要疯掉。她赶紧移开眼睛,深呼吸。

纵使她跑过抗震救灾新闻现场,在炮火连天的枪战现场写过新闻稿,此时此刻也有些招架不住。

"好啦,我知道了……"她小声说,"我要继续工作了。"

屏幕上。

"谢排长,能不能跟我们说说,你回国第一件要做的事是什么?"

林昭昭等待的时刻终于来临,不自觉地屏住呼吸,眼睛一眨不眨。

谢辰青想起自己说了什么,勾起嘴角,手肘撑在椅子背上,俊脸微微偏着,埋进掌心。

他真的不上相,但不上相也好看得一塌糊涂,骨相优越,眉骨乃至鼻梁都完美,一双如被冰雪浸过的眼透亮,直视镜头时摄人心神。

他不笑,就已经让人移不开视线。

下一秒,他嘴角缓缓勾起,林昭昭的脑海里好像有烟花"砰"的一声炸开。

镜头里年轻英俊的狙击手清朗眉目,含笑道:"和我喜欢的女孩儿,好好谈场恋爱。"

而他要谈恋爱的女孩儿本人,此时迷迷瞪瞪像只静止的小兔子。

林昭昭点击鼠标的掌心有些冒汗,咬着下嘴唇,一时之间不知道该说什么。或者说,他什么都说不出来了。

如果谢辰青没在她身后就好了,她可能会把脸埋进掌心偷偷笑个够,又或者在屋子里蹦蹦跳跳几圈,任由甜甜的粉红色泡泡把她淹没。

可是,谢辰青在。

她这一刻心跳的速度,很需要去找军医姐姐看看心脏有没有跳出毛病来。

等她找回一点意识,突然很想把谢辰青的镜头切掉,自己保存起来,每天醒眼看一遍睡前再看一遍,不传到网上,不给任何人看。

可是,她是一名专业记者,不能把自己的情绪带到工作里。更何况,谢辰青的爷爷奶奶肯定也很想看看他。

林昭昭那张白皙可爱的小脸藏不住任何情绪,谢辰青就看着她的表情从最开始的震惊、害羞,慢慢变成纠结,小眉头皱着,嘴巴紧紧地抿着,若有所思又幽幽怨怨,看了他一眼又一眼。

他问:"怎么了?"

林昭昭磕磕绊绊地小声说："传到网上，肯定会有很多小姑娘喊你老公……"

谢辰青微愣："什么？"

林昭昭转过身来，和他面对面："上次那个除夕拜年就是，她们把你的镜头截出来瞬间上了热搜，全在评论里喊老公，还有人要你的联系方式。"

"所以，你不开心了吗？"他柔声问她。

林昭昭："有一点……"

谢辰青哑然失笑，伸手揉她的脑袋："她们叫老公，我又不会答应。"

林昭昭刚才还耷拉着的小脑袋，瞬间抬起来。

她找了一个最可爱的表情图"贴贴"移到谢辰青的脸上，他那张冷若霜雪的俊脸瞬间显出奇异的反差萌。

这还不算完，林昭昭还给加了粉红色的泡泡特效，旁边一行字："防暴队狙击手谢辰青。"

谢辰青就看着林昭昭不停地点击鼠标，然后自己脸上多了一只黏黏糊糊的小团子，正抱着他的脸，软乎乎地蹭。

谢辰青难得茫然："这个是什么？"

"奖励！"林昭昭成就感爆棚，"太可爱了，贴贴！"

谢辰青抿着嘴唇，片刻后低声问："只有我有吗？"

他一双漂亮眼睛定定地看人的时候有些湿漉漉的，像一只小心翼翼地撒娇的大型犬。

林昭昭笑得眼睛弯弯："嗯，只有小谢有！"

视频制作花了一个通宵，林昭昭剪辑、配字幕、增加特效，不错过每一个可爱的瞬间。

视频发回宣传文化中心，她得到修改意见，是在早饭后。

"补拍几个你们记者的镜头，这段时间你们也辛苦了！"

夜间巡逻的装甲车驶进营区，随行的军事记者赵宽从车上下来。

他们记者既要在视频里出现，又不能抢了防暴队的风头，所以林昭昭只拍静态照片。

镜头里的赵宽额头被头盔压出印子，衣服在高温天气里早已经湿透，裤腿乃至作战靴上满是干掉的污泥。从采访者变成被采访者，他有些不好意思地挠了挠头。

异国他乡的湛蓝天空下，国旗迎风招展，而他一只手拿蓝色钢盔，一只手拎着相机，相机就是他的武器。

张瑞的照片取景地选在难民营的学校，一群黑人小朋友围着她，而她笑着教他们英语。

至于自己，林昭昭把相机交给了谢辰青。

谢辰青一身深色维和警服，此时此刻，眼睛对准的不是狙击枪的瞄准镜，而是相机镜头。

镜头里，绿色的小菜园为背景，穿白色衬衫和蓝色牛仔裤的小姑娘怀里抱着一盆向日葵。

他平直的嘴角慢慢有笑意化开。

林昭昭歪着小脑袋："你笑什么呀？"

相机挡住他的清朗眉目，只露出白皙的下巴，以至于嘴角勾起的那一点勾格外显眼。

听见她问话，他手里的相机微微往下，便露出一双睫毛浓密笑得弯弯的眼。

"奶奶给你吃什么长大的？"

"嗯？"向日葵上方，林昭昭迷迷瞪瞪地回答，"你是想说我胖，还是想说我矮？"

谢辰青抿着嘴唇，眼神软得像在看小朋友："想说你怎么这么可爱。"

林昭昭笑起来，比她怀里的向日葵更加鲜活明朗。

谢辰青用扣压扳机的手指按下快门。

"好了吗？"

"嗯。"

林昭昭便迫不及待地跑到他身前："不会又拍成上次那样吧？"

她站在他的对面，因为抱着向日葵空不出手，踮起脚探头探脑。

"呀！不错嘛，小谢同志，水平见长！"

谢辰青身上有刚洗完澡的清新味道，柠檬或者小青柑，干干净净的少年感。

他语气平静如高中时给她讲数学题："是你笑得好看。"

林昭昭的心被重重地击了一下。

"你的照片也要传吗？"他轻声问她。

林昭昭点点头："就在视频最后出现零点几秒吧。"

谢辰青抿唇说道："那会不会有好多人在弹幕里喊女朋友？"

这句话，跟她小声抱怨的"肯定会有很多小姑娘喊你老公"有异曲同工之妙。

林昭昭心里甜甜的，说话也是："我不会答应的。"

谢辰青微微弯下腰来，她从仰着头看他，变成能够与他平视。

因为拍照，她蓬松柔软的长发散着，落在肩背和胸前，风一吹，轻轻地黏在脸上。

谢辰青撩起她脸侧的长发，顺到耳后。

林昭昭不敢喘气，怕谢辰青发现她的紧张，手里的向日葵就快要抱不稳……

他微翘起来的睫毛很黑，垂眼看她，两个人之间的空气变得暧昧缱绻。

眼前的一切都像慢动作，她看到谢辰青的眼睛弯下去，嘴角上扬，泪痣近在咫尺。

他低头靠近她的脸颊，无可挑剔的五官在眼前放大，她的睫毛好像都要扫在他冷白的皮肤上。

下一秒，他左边的脸颊贴上她的右脸。

冷白如玉的脸上没有任何瑕疵，贴着她滚烫的脸颊，心脏快要跳出胸膛，呼吸害羞又慌张。

两个人的脸庞微微分开，林昭昭对上一双清澈如水的眼睛。

她的脸比任何时候都要红和热，像是在太阳下暴晒的大西瓜，刚才她还以为他要亲她……

谢辰青轻轻摸摸她的头，弯弯的眼睛里笑意未散："太可爱了，贴贴。"

昨天剪辑他的镜头的时候，她给他在视频里加了个"贴贴"的表情图，他问是什么意思，她解释："太可爱了，贴贴。"

没想到谢姓帅哥那拿 IMO 金牌的智商举一反三的能力不是盖的，竟然用在她身上了——只不过贴过来的不是虚拟的表情图，而是他自己那张俊脸。

他贴过来的那一小下，不过几秒，却让她全身如过电，脚底下好像不是营区的砂石土地，而是软绵绵的云层，头晕目眩到几乎站不稳。

谢辰青微微欠身，眉梢嘴角无一不温柔。见她害羞，他安抚小朋友一样揉了揉她的脑袋。

所以这个总以冷淡示人的狙击手，不会是个小甜豆变的吧？

林昭昭心里有两个Q版的自己，正在激烈交战。

其中一个，垂在身侧的两只小手攥成拳，瞪大眼睛红着脸在喊："'贴贴'不是这样用的啊，喂！"

另外一个脸鼓成小金鱼："可我就是喜欢和他'贴贴'！我不想纠正他！下次还要贴贴！"

然后她无地奈发现，第二个小人威风凛凛地占据上风。

林昭昭低头，再低头，直至把她的脸藏在向日葵后面。

这时，来菜园摘西红柿的蒋沈路过："都要吃午饭了，你们俩杵这儿干吗呢？"

谢辰青抬起眼皮，蒋沈原本跟耍杂技似的扔西红柿，这下手里的动作一僵。

狙击手的眼神真的太吓人了，那漆黑的瞳孔里就跟自带瞄准镜十字线似的。

蒋沈身上一凉，感觉自己像个目标物，被谢辰青瞄准了。

"你看我干吗？"蒋沈扬着下巴问。

谢辰青冷淡地抬头，没有半分刚才看"顺拐"的温柔宠溺。

蒋沈斗胆问道："还老盯着我的脸看！我今天是不是帅了一点？我用了防晒霜！"

谢辰青轻哂，错身而过时拍拍他的肩膀："你眼袋好大。"

蒋沈一愣，和林昭昭面面相觑。

半分钟后，他才想起来反驳，抻着脖子在谢辰青身后喊："胡说八道！哥这是卧蚕！卧蚕你懂吗，你个文盲！"

林昭昭默默地捂脸，这是什么幼稚小学生斗嘴场面……

林昭昭把修改完毕的视频发回宣传文化中心，视频审核后，同时上传武警总队官微和视频号。

视频开头的配乐是 *Rise-Epic Music*（崛起－史诗音乐），震撼恢宏的纯音乐，配合维和警察防暴队的日常。

湛蓝的天空下，是蓝白色的营房，是带"UN"字样的装甲车、越野车。

头戴蓝色钢盔、身着黑色防弹衣的维和警察整齐列队，验枪，跳上装甲车。

紧接着画面切换，是枪战，是平暴，是解救人质，是在地震里为儿童挡开坍塌的废墟……

弹幕密密麻麻地闪过——

"没有当过兵的人生是不完整的！"

"开头就把我帅哭了。"

"再来'亿'遍！"

"出国维和是要经过死亡淘汰的，可以说这里面的每一个单挑出来都是精英。"

"向维和警察防暴队致敬！"

就在这时，枪林弹雨的画面远去，屏幕上只剩下一行字："异国他乡的端午节。"

画风陡然一变，配乐变成轻快的《你笑起来真好看》。随之而来的，还有一屋子高高大大的防暴队队员。他们人高马大地坐在小凳子上，面对着粽叶和糯米集体怀疑人生。

合格的粽子都是相似的，不合格的粽子却各有各的丑态，要么漏米，要么形状不对，要么还没来得及捆起来就已经散开……

"笨手笨脚包粽子的样子也太可爱了！"

"那个震惊的小眼神儿，哈哈……"

"呜呜呜——我宣布我就是那个粽子！"

"永远不会塌房的最强男团，要身高有身高，要学历有学历，要颜值有颜值。"

"这才是最可爱的人！"

"前方高能！有极品帅哥出没！"

画面一转，切换为记者采访："这位警官，请问你回国之后第一件要做的事是什么呢？"

视频里的狙击手神色冷淡，冷若霜雪的冰山帅哥一个。

听到采访问题的那一刻，他垂眼思考片刻，再看向镜头时，眼里便有了温柔的笑意。

"和我喜欢的女孩儿，好好谈场恋爱。"

弹幕瞬间炸开——

"被帅哭是一种怎样的体验？就是现在的我！"

"啊啊啊——老公……"

"喊老公的消停一下吧，长成这样怎么可能没有女朋友？！"

"这个帅哥就是除夕夜拜年视频里那个！呜呜呜——那个时候是'我也想你'，现在就要回国谈恋爱了……"

"军恋好甜。"

"分分钟脑补一部'清冷军官和他的小娇妻'二十万字言情小说……"

"我酸了，我人没了，我打仗都没受过这么重的伤。"

视频结尾，驻K国采访的军事记者总共有三秒的画面。

"这是哪个电视台的记者？"

"军事记者，可能是军人出身，也可能是军队文职。"

"好酷的职业！"

"最后那个抱向日葵的妹子好好看。"

"兔牙小甜妹，爱了爱了……"

"我单方面宣布这是我女朋友了！"

最后，暗下来的画面里有这样一段话——

"从初冬到盛夏，我们已经在K国度过近八个月的时间。在距离祖国一万公里的异国他乡，在枕戈待旦的两百多个日日夜夜里，在维护世界和平的最前沿，第十支驻K国维和警察防暴队不辱使命，向世界彰显军人的使命与担当。"

下午，营区接到通知：辖区内A城街头出现一名被子弹击毙的男子，凶手在逃，请维和警察防暴队协助辖区警局，缉拿犯罪分子归案。

被击毙的男子衣衫褴褛，一只脚穿着鞋，另外一只脚没有。而经过询问案发现场民众，防暴队了解到他被杀的原因：为自己快要饿死的孩子偷了一块面包。

至死，他的手里还紧紧地捏着一把碎掉的面包渣。

防暴队迅速出动，前往他生前所居住的难民营搜集证据。

晚饭后，林昭昭刚洗完头发洗完澡，竟意外地接到了奶奶的电话。难得信号满格，她头发都顾不上擦，便在营房门口的空地上坐下来。

蒋念慈的声音温暖慈祥，透过听筒传来："昭昭，你在那儿还好吗？"

想家的情绪在那一瞬间泛滥，林昭昭小声开口："我很好，奶奶，您呢？"

电话那头顿了一下，蒋念慈的声音里有了极力抑制的哭腔，七十多岁的老人像个委委屈屈的孩子："奶奶当然很好……奶奶又不用在打仗的地方报道……"

听见奶奶哭，林昭昭的眼眶瞬间就红了："奶奶，您都知道了？"

林昭昭本以为自己瞒得很好，没有任何电视连线镜头，就只在官方上传的视频里短暂地露脸……奶奶年纪大了，应该不会看到才是。

"我让对门家的小孙子帮我关注了你们的微信、微博还有视频号……奶奶每天都看，看能不能找到你，今天可算看见了……

"瘦了啊……怎么瘦了……"

林昭昭把脸埋进掌心，将手机拿远，紧紧地捂住麦克风的位置，低声的啜泣变成拼命压制的哭声。

"奶奶每天都求菩萨，保佑你平平安安，也保佑小谢平平安安。"

在她风里来雨里去淌过洪水现场、亲历过滑坡泥石流、在抗震救灾现场做着一场又一场报道时，电视机前的老人揪着心，一遍又一遍在心里求着神佛，保佑她的小孙女安然无恙长命百岁。

林昭昭泪如雨下。

"奶奶，我很快就会回国了，您再等等我……"

"好，奶奶做好吃的等我们昭昭回来。"

电话挂断，林昭昭把头埋进手臂，瘦削的肩膀轻颤，抑制不住的哭声混在时有时无的枪响里，渐渐被淹没。

不知道过了多久，她听见装甲车轰隆隆地开进营区。于是她赶紧擦干眼泪站起身来。

全副武装的谢辰青轮廓清俊，走近了，身上隐隐有枪支弹药的味道。

他垂眸，对上她目光躲闪的眼睛。

"发生什么事了吗？"

林昭昭拿手擦眼角，仰起小脸："没什么，就是想我奶奶了。"

两个人坐在营区的台阶上，抬头便是深蓝的夜幕，低得触手可及，仿佛能摘到星星。

"我奶奶是个特别特别坚强的人，我爸爸走了以后，抚恤金她一分钱都没有动。

"有一次,我放学以后和邹瑜去逛夜市,碰见她在摆地摊,卖一堆手工编织的物件,一个六块,两个十块,旁边还立着一块纸板贴着付款码……"

"我就走到她旁边,然后……"林昭昭吸了吸鼻子,"她看到有邹瑜在,装不认识我,喊我同学……"

"我奶奶从来没有当着我的面掉过眼泪,但是刚才跟我打电话,她哭了……"

谢辰青低头,林昭昭勉强冲着他笑。

可是那笑容都还没成形,她的嘴唇就颤抖起来,终于还是忍不住,眼泪大颗大颗地往外冒。

如果不是他执行维和任务,她也不用不远万里跑来这里。

谢辰青沾了满身硝烟尘土,不敢抱她,只能拿纸巾帮她擦干睫毛上和眼角的泪水。

林昭昭哭得头疼,闭着眼睛仰起脸接受大帅哥的照顾。

林昭昭睁开眼,看他的眼神认真,一点嫌弃都没有。

人家女孩子在喜欢的人面前,都是可可爱爱、光鲜亮丽的,就她,哭哭哭,天天就知道哭。

电视剧里的大美女,哭的时候明眸皓齿,梨花带雨,但是她哭的时候,眼睛肿鼻子红,一点儿也不好看。

谢辰青早晚会被自己哭跑吧?

今天的视频同时上传官微和视频号,视频号点赞最多的弹幕是"这声老公我先喊为敬",而官微点赞最多评论是"求小哥哥的联系方式"。

这下得有多少漂亮小姑娘虎视眈眈地盯着他……

部队文职、家属院的女孩子还有领导家的亲戚亲闺女,要搞到他的联系方式其实就分分钟的事儿。

林昭昭绷着小脸,脸上的表情从可怜兮兮到委屈巴巴再到幽幽怨怨。

谢辰青轻声问她:"好些了吗?"

林昭昭点头如小鸡啄米,不光不想哭,还想去化个全妆!

他微弯的眼睛无奈,带有安抚小朋友的宠溺意味,轻轻地揉揉她的脑袋。

"谢辰青。"

"在。"

"今天视频上传,你又又又火了。"

视频上传全网热议的时候,防暴队正在贫民窟搜集杀人犯,子弹击到装甲车,枪响轰隆。说出来恐怕她会担心,他只垂眼看,安静地听着,没有说话。

"你知道吗?好多人在喊老公,还有好多人要你的联系方式……"

她的小脸纠结成一团,他嘴角轻轻地扬起,笑时眼尾延伸出上扬的弧线,看人时像有钩子,照着心尖挠过来。

林昭昭底气不足,鼻音明显:"你笑什么?你不会又嘲笑我是小哭包吧?"

谢辰青剑眉微扬,修长的手指捏上她的脸颊,嗓音里带笑:"我看是个小醋包。"

他站起身,为哄哭鼻子的她,身上那四十多斤的钢盔、防弹衣和狙击枪都没来得及往下拆。

月光勾勒出他冷淡颀长的身影,谢辰青伸手拉她起来:"早些休息。"

"等你睡醒了睁开眼睛,离回国就又近了一天。"

清冷的声线温柔,当真是在和哭鼻子小朋友打交道。

半夜,林昭昭躺在坚硬的床板上,耳边是时不时响起的枪声。

她吃醋吃得很明显吗?他竟然都看出来了。

这倒是没什么,以前她哭他都会抱抱她的!可他今天没有抱!她都仰着小脸等着了……

这个发现让林昭昭重重地叹了一口气,翻来覆去睡不着。

她拿起手机看时间,手机难得有一格信号,某个大帅哥的短信就在这时艰难地挤进她手机里。

谢辰青:"睡了吗?"

林昭昭坐起身,信息在她紧张兮兮的心跳声中发送成功。

林昭昭:"没有!"

谢辰青:"那方便出来吗?"

林昭昭身上是橄榄绿短袖和黑色中裤,文职军训前部队统一配发的。

她怕他等,连衣服都没换,轻手轻脚地出了宿舍门。

谢辰青站在月光下,身上是和她一样的衣服。

只不过他白皙清瘦,手臂和小腿都有干净的肌肉线条,更显修长。

此时此刻的营区一片寂静,只有哨位还有队员扛着枪在站岗。

林昭昭用气音说话:"叫我出来干吗?"

谢辰青垂眸:"怕你不听话,又一个人哭鼻子。"

"原来没有,"他俯下身认认真真地看她,把手覆在她的发顶按了按,"看来是长大了。"

他就连浓密低垂的睫毛都带了宠溺,林昭昭心里那些乱七八糟的小想法全部不见了。

她弯着没有消肿的眼睛,笑着露出小兔牙:"就因为这个?"

谢辰青身上有刚洗过澡的沐浴露的味道,近看,眼角眉梢都还没擦干水。

他温声解释:"刚才身上太脏了。"

林昭昭:"嗯?"

下一秒,他走近一步,手臂松散地环过她的肩膀,把她搂进怀里。

有些燥热的晚风拂过鼻尖,带着他身上好闻的味道。

林昭昭蓦地想起他说,她在他面前时,他的心会跳快。

耳边,他的心跳声十分明显。他的手在她背后拍了拍,动作轻柔,哄人的意味明显。

"我洗过澡了,"谢辰青下巴轻抵在她的肩侧,声音和呼吸一起落在耳边,"补你一个抱抱。"

语气有些乖,轻易便让人心软。

林昭昭眉眼甜甜地弯起,把脸埋在他怀里,声音轻轻的:"我知道啦……"

因为睡前的小插曲,林昭昭从睡不着变成彻底失眠,满脑子都是谢辰青温柔说话的声音,鼻尖上他留下的味道久久不散。

她索性又拿起手机,手机界面切换,她打开A省武警总队微博,戴上耳机,想再看看视频里的他。

似看到什么,林昭昭的目光定住。

一分钟前,A省武警总队官微刚刚发布一条微博,像是不堪其扰,

107

不得已而为之。

@A省武警总队:"今天我们收到大量的私信,说想要某位武警战士的联系方式。就在刚才,我们收到了一万公里外我们狙击手回复的信息。他说,他已经有主了。"

官博的评论瞬间炸裂,意料之外又情理之中,满屏"柠檬"的表情。

谢姓帅哥一张脸清绝出尘,维和警服穿在身上,荷枪实弹自带禁欲感。

可就是这样一位冷淡严肃的年轻警官,几次在视频里出现,都是关于他的"她"。

从"我也想你"到"和我喜欢的女孩儿,好好谈场恋爱",再到全网热议时毫不犹豫给出回应"已经有主",一碗"军队狗粮"让全网酸成"柠檬精"。

"能被男神喜欢的是什么样的小姑娘,啊啊啊!"

"他女朋友大概是上辈子拯救了银河系!"

"我慕了!"

"本来我还觉得他和视频最后那个军事记者很般配呢!"

"啊啊啊——我也觉得!原来我不是一个人!完全就是清冷军官和兔牙甜妹!"

林昭昭用手背蹭蹭脸,脸颊已经滚烫,像奶奶煮的红糖小圆子。

手机锁屏之前,她把这条微博截图保存好。可截图之后她又有些不满意。

如果能看看谢辰青发给总队的原话,又或者是听他亲口说就好了。

手机屏幕暗下去,深夜的营房透不进半点月光,可是那句"他已经有主"了还在循环播放。

每个字音都像一朵小小的烟花,在眼里、脑袋里、心里炸开,让夜空一瞬间亮如白昼。

她哭过的眼睛酸疼,脑袋也不算清明,耳边时不时有枪声响起。

渐渐地,她也能心平气和,苦中作乐,判断这枪是大口径的还是小口径的。

而这一切,都丝毫不影响她暴雨转晴的心情。

她的小情绪,即使不说出来,也都被谢辰青不动声色地照顾得很好。

她纠结他为什么没有抱抱她,他洗干净换了衣服就来找她,周身都是湿漉漉的沐浴液的味道，连头发都没擦干。

她纠结好多好多小姑娘觊觎他，他便在她不知道的时间和地点给总队回了信息，宣示自己的归属权。

林昭昭把脸埋进枕头，如刚出炉的棉花糖一般，又软又热又甜。

距离回国还有十几天，这十几天可不可以嗖的一下飞过去呢？

不过，过得慢一点其实也是可以的。

只要在剩下的日子里，所有人出任务都可以平平安安地归来。

翌日五点半，林昭昭起床。

她借手机屏幕看自己的眼睛，不出所料，肿得像个核桃。忽然想起那年高三转学回来，大家在教室里议论她的烈士遗属身份。

谢辰青去校医院买冰袋："拿去敷眼睛，不然人家还以为我欺负小朋友。"

回头看过去，这几年来每一天都没有虚度，每一天都离他更近一点。

林昭昭洗漱完换好衣服，出门迎面撞上要去吃早饭的谢姓帅哥，这个让她失眠的罪魁祸首。

"早啊。"她刚睡醒，鼻音很软。

谢辰青说："早。"

林昭昭不想让他看到自己哭肿的眼睛，于是把脑袋低了一点，又低了一点……那一瞬间她无比羡慕小乌龟有个壳，害羞或者不好意思的时候，可以把脑袋缩进去躲一躲。

他走近，地上两个人的影子重叠在一起。

她微微抬头，他维和警服胸口有鲜艳的国旗。他的手指关节很凉，似乎也刚洗漱完，轻轻捏着她的下巴往上抬。

谢辰青低头，认认真真地看她的眼睛："还没消肿。"

他的呼吸浅浅落在她的额头上，热意好像在一路扩散，林昭昭感觉耳朵尖发烫。

谢辰青温声问："没睡好吗？"

林昭昭眨眨眼，心说，昨天她看到那条微博，翻来覆去一整个晚上也没告诉他呀。

她虽然是鹅蛋脸型，但是脸圆润有肉，不免显得可爱稚气："你怎么知道的?"

谢辰青俯身与她平视,浓密的眼睫下,眼角微弯:"都变成小熊猫了。"

"嗯?"林昭昭的思绪慢半拍,"眼袋很明显吗?"

谢辰青直起身子,点点头。

"还不都怪你,你非大晚上……"话说到一半,才意识到自己说了些什么,林昭昭紧紧抿住嘴唇。

"你看到了。"他问。

谢辰青的眼神很软,干净得不含一丝杂质,甚至有些少年人才会有的小心翼翼。

林昭昭背在身后的手指轻轻地绞在一起:"哦?看到什么?"

他便解释:"总队联系我,说有很多人想要我的联系方式。"

林昭昭无辜地说道:"然后呢?你给了吗?"

他低垂的眉眼乖巧无害,认真地告诉她:"我说,我有主了。"

听到他本人说,还是和看文字不太一样!林昭昭的心狂跳,最后也只慢吞吞地"哦"了一声。

她咬住下嘴唇的小兔牙洁白,眼睛变成甜软的月牙。

谢辰青可真是太好骗啦!

林昭昭比他矮二十多厘米,脸上的细微表情都尽收眼底。

谢辰青话音刚落,如愿以偿地看见她微微勾起嘴角,有了浅浅的弧度。

他忍着笑看她,漆黑的瞳孔深处满是温柔。

她明明看到了,还要装没有,非要听他亲口说出来不可。

她真是长不大了。

临近回国,所有人的雀跃溢于言表,但这支经过部队、联合国、枪战层层考验的队伍,每个人的神经依旧绷得很紧。危险存在于每一刻,或许下一秒,子弹就会贴着脸颊飞过。

这是在太平盛世只能从电影或电视剧里看到的画面,他们却在切切实实地亲身经历着。

"辖区内爆发大规模武装团伙械斗,请求支援!五分钟后出发!"

常年战乱纷争使得此地局势动荡,人们法律意识淡薄,单是盘踞的非法武装势力就有七八股。

大规模的械斗,导火索很可能只是年轻人之间发生了口角,口角演变为打架。

防暴队赶到案发地时，难民营的帐篷正在熊熊燃烧，和如血残阳融为一体。耳边是哭喊是怒吼是绵延不断的枪声，两方人马正在激烈地交战。

警察局的车被砸烂，受伤的警察奄奄一息地靠在一旁。

愤怒的武装分子手中的枪换了方向，子弹一发一发飞向他们的装甲车，枪响如同在脑内炸裂，是在向他们发出警告——不要插手。

场面一度失控，前来的除了维和警察防暴队，还有当地警察、特警，以及A国维和警察。

当夜幕降临，难民营没有枪声再响起。此次平暴任务结束，所有人松了一口气。

A国的维和警察和维和警察防暴队握手告别，随后走向他们自己的越野车。

晚饭吃些什么好呢？不如扛着面包去营区换老干妈！

引擎发动，爆炸声轰然响起。刹那之间，夜幕亮如白昼。气浪热量席卷而来，高速弹片四处流窜，A国的越野车顷刻之间变成直指苍穹的火焰。

耳边只有一声暴喝："趴下！"

当晚，装甲车驶回营区，所有人面色凝重。

他们一刻不停，在营区门口凿四角钉，加固营区防护，哨位一队队员站岗，实时观测，如有情况，立即汇报。

半夜十二点，宿舍窗外响起激烈的枪声。

笔记本电脑没电，林昭昭只能用纸和笔，子弹击到集装箱铁皮改造的宿舍。那声音可怖，和在射击场上听完全不同，冷意顺着脊背肆意攀爬。

她攥了攥手指，落在纸上的笔尖轻颤，左手指甲已经陷入掌心。

"6月20日深夜，距离此次维和任务结束还有十天。K国A城爆发大规模械斗，非法武装分子打击报复，并于凌晨12点11分突袭防暴队营区，而这样的情形已经不是第一次。

"在过去的这八个月时间里，这支平均年龄不到三十岁的防暴队，平均每天工作十六个小时，每晚枕着手枪，听着枪声入眠……

"与此同时，他们远在国内的亲人又在经历什么呢？父母久病床前，无儿女陪伴；妻子待产分娩，见不到丈夫的影子；儿女咿呀学语，却始终不会喊一声爸爸;学校开家长会,老师无奈发问'你的家长怎么又没来'。"

子弹随时都要击穿营房的夜晚,林昭昭每写一个字,都会在心里求一句平安。

那个瞬间,她突然明白奶奶为什么信佛了。

当枪声全部远去,林昭昭也为她的新闻稿件画上句点。

门被叩响,一打开,扑面而来硝烟的味道。

谢辰青全副武装,手里还持着一把步枪,显然还没从刚才的枪战状态中缓过来。

昔日温温柔柔看她的眼睛,此时瞳孔漆黑透不进半点月光。

他声音有些哑,低声问她:"还好吗?"

林昭昭点头,话说出口才发现自己的声音有些颤抖:"有没有受伤?"

谢辰青摇头,又补充道:"无一伤亡。"

林昭昭一眨不眨地看着他,谢辰青放下手里的枪,动作很轻地揉揉她的脑袋:"摸摸毛,吓不着。"

他以为她被吓坏了,其实她是心疼他,心和眼睛一瞬间就酸了。

从昨天中午十二点到今天四点,他已经精神高度紧张,十六个小时没有合眼。这一刻却像在安抚小朋友一样,哄着她。

林昭昭努力勾起嘴角,小声问他:"去睡一会儿好不好?"

谢辰青拎起他的枪,嘴唇微抿:"其实我每次开枪的时候,都不想开。"

林昭昭心里的酸涩更重。她的谢辰青,是那么温柔的一个人。

是连日来过得太过开心,又或者说,是他把她照顾得太好,以至于她忘了这仍是战乱频发的K国,血与火、生与死的考验时时存在。

她看不见,只因为他挡在前面,正如这个炮火连天的夜晚。

那一刻,林昭昭也很想求神明庇佑,庇佑这支年轻的队伍平平安安。

当七月到来时,他们一个不少,一起在祖国的国土上降落。

三天后,距离回国只剩一周时间。

很奇怪,越是临近回国,林昭昭心里却越来越不安。

她猜测,可能是离家太久,幸福来得太突然,一时半会儿不能很好地适应。

今天的营区很热闹，满院子的小朋友，军医和防暴队队员正在进行最后一次义诊和捐助。

如果不是亲眼见到，很难想象，这个世界上还有一个地方贫困至此。果腹尚且不能保证，战乱尚且不能避免，谈何教育？

林昭昭原本是在拍照，镜头里是孩子们清澈明亮的眼睛和与之形成鲜明对比的破烂衣服。还有相当一部分，他们甚至没有鞋子而光脚在地上走着，脚底是泥沙和各种被划烂的伤痕。

她当即放下相机跑回房间，打开自己的行李箱，辣椒酱、压缩饼干、泡面、水果干抱了满怀。

想到这个牌子的水果干谢辰青喜欢吃，她抿着嘴唇犹豫了一下，算了，谢辰青可以回国再吃。

她抱着所有零食存货出来时，谢辰青正在教小朋友防身术。

那个小朋友林昭昭也认识，叫 Deng。

说是教他防身术，倒不如说是在逗小朋友玩，Deng 在阳光下咯咯地笑着。

林昭昭把食物都分了出去，Deng 分到一包肉脯和一包水果干，先给自己的弟弟。

她一眨不眨地看着，睫毛慢慢地湿润了。

"自己还没长大，竟然在这儿照顾小朋友了。"

林昭昭蹭了蹭鼻尖："我马上就二十三岁了。"

谢辰青剑眉微扬。

林昭昭吸了吸鼻子："你是怎么认识这么多小朋友的？"

谢辰青："他们会追着我们的车，从倾倒的垃圾里找食物。后来，我们主动去分食物，缉拿犯罪分子的时候，他们也会为我们带路。"

他漂亮通透的眼睛安静地看着自己，目光很软很温柔，轻易便看得人心猿意马。

林昭昭把手倒背在身后，手指轻轻绞在一起，思绪不禁从小朋友们身上拐了个弯。

"武警叔叔，我也不会打架，你都没有教过我。"

谢辰青一双黑眸沉沉，嘴角难得带了笑，淡声说道："你用不到。"

林昭昭迷茫地问："为什么我用不到？"

谢辰青一身深色的维和警服，肩膀宽而平直，窄瘦的腰部线条被腰带扎得十分清晰。

而此时，他正在低头帮 Deng 的弟弟拆开零食包装袋，浓密的睫毛上似有光点在跳跃，看起来很软。

林昭昭不依不饶，可爱爱的小脑袋瓜径直探到他的眼皮子底下："谢辰青，你偏心！"

谢辰青冷不丁被萌到，微微抿着嘴唇，听她的控诉。

连小朋友的醋都吃的林昭昭同学，此时此刻嘟嘟囔囔："你教他们防身术不教我！我也不会！我也很想学呀！"

明明在枪战的深夜写新闻稿，冷静得像个大人，这会儿却又像是没长大的孩子。

见他不说话，她也不说话，甚至还背过身去。

谢辰青失笑。

他把她的身子转过来，朝向自己，压低了上身和她平视。

熹微的晨光里，谢辰青冷白如玉的脸庞清绝又温柔，好看得……让人没有一点脾气。

而此刻，他笑着看她的眼睛，像在看一个不开心的小朋友，放轻声音柔声问她："你以后跟我，还要学防身术干吗？"

面对谢辰青，林昭昭记者那临危不乱的小脑袋瓜总是反应迟钝。

他剑眉乌黑锋利，鼻梁挺直，在阳光暴晒下微微反光，皮肤显出白瓷一般的冷白。

这句话的意思是——以后有我保护你，所以防身术你用不到。

嘴角有自己的想法想要上翘，被林昭昭紧紧地绷住，以至于那张小小的鹅蛋脸都鼓了起来。

她刚才吃的飞醋全部不见，甚至还想蹦蹦跳跳地在营区跑几圈。但是她得矜持，维持她的小淑女形象。

谢姓帅哥那双狙击手的眼睛看人十分精准，有句话他说得很对，她可能真的从"小哭包"变成了"小醋包"。

"以后跟我"这四个字太让人招架不住，她快在他干干净净的目光中融化了。

"还学吗？"

谢辰青嗓音里带着逗小孩的笑意，垂眼看着林昭昭。

刚才，她对他的称呼从"武警叔叔"到连名带姓，不开心的时候也过分可爱。

"我又仔细想了一下，"林昭昭仰起头，语气软糯又认真，"还是不学了吧。我很笨的，你教我半天可能我也学不会。"

有大帅哥保护，谁还要学怎么打架？以后就老老实实跟在他身后，当个小废物好了！

端午节上传的视频，让这支精英队伍走进了大众的视野。

原来在太平盛世，在不为人知的时间和地点，还有这样一群人在枪林弹雨里冲锋陷阵。

很多网友表示："这是当代年轻人当之无愧的偶像。"

更有大批刚参加完高考的高三学生纷纷留言——

"我要上军校！"

"警校等我！"

而谢辰青母校武警××大学重新转发当年学校拍摄的宣传片："欢迎报考我校！"

蹭热度蹭得相当可爱。

敬佩之余，网友开始"血书求后续"，私信官博更新第二期视频。

宣传文化中心联系赵宽，问在第十支防暴队回国前，能不能再剪辑一期维和日常，主题由自己定。

赵宽征求张瑞与林昭昭的意见，这里面林昭昭年纪最小，她乖巧地听前辈的意见，并表示如果再拍摄，她还可以承担剪辑和后期工作。

三个人意见达成一致，就是本期视频的主题迟迟没有定下来。

来到K国之后，军事记者一直坚持"嵌入式采访"，所有画面都是冒着枪林弹雨亲自拍摄，枪战和暴乱场面真实且震撼。但如果这样的画面太多，未免过于严肃，少了人情味儿，就和纪录片差不多了。

林昭昭苦思冥想第二期视频的主题，而此时的维和警察防暴队进入一级战备状态。

K国此时局势动荡，人口聚集使得骚乱和冲突比平时更加频繁。

例行巡逻之前，蒋沈接到电话。

电话接通的那一刻，他开心得像个孩子。

"爷爷！"

"好孩子，我是奶奶。"

"奶奶，您和爷爷身体还好吗？今年过年我一定回去，不是，我下下个星期就休假回家！"

电话那边顿了一下，蒋沈有些疑惑："没信号了吗？"

"孩子，你爷爷马上就要进手术室了，他最惦记的就是你……

"他怕自己出不来，想再听听你的声音……

"他现在已经不能说话了。"

蒋沈耳边，爷爷的呼吸声微弱。

天真蓝啊，蓝得像是在老家。

爷爷坐在门口的青石板上，膝盖上是一堆竹条。

他用糨糊、宣纸、竹条，亲手给他扎了一个风筝。

老人家将风筝献宝一样递给他，可是它太沉了根本飞不起来，被他摔到地上，气急败坏地走开……

电话挂断，蒋沈一言不发。他穿防爆衣、戴头盔、验枪，上装甲车，四十多斤的设备，他几乎感觉不到重量。

这一天真的有四十多摄氏度吗？为什么骨头缝都在发冷？

任务归来的深夜，蒋沈手机里静静地躺着一条短信："你爷爷走了。"

第二期视频的主题敲定，就是——我想对你说。

视频里，是他们最真实的样子，荷枪实弹，满身尘土，在硝烟里摸爬滚打，拼出生路。

维和警服湿透，头盔把额头压出红痕，晒伤的手臂黝黑，每一道蜿蜒的伤痕背后，都是触目惊心的画面。

"立正！稍息！"

防暴队队员看向镜头，给远在国内的父母妻儿留言。

蒋沈的肩膀耷拉下去，手里拎着蓝色钢盔："爷爷，对不起啊，小时候不懂事，摔坏了您亲手扎的风筝……"他的话未说完，几次哽咽，退出镜头范围。

林昭昭潸然泪下。

其他人依次出列。

"爸，妈，我想你们了！"

"儿子，上次见面你叫我叔叔，爸爸很难过。但是爸爸不怪你，是爸爸对不起你。"

"老婆……辛苦了，和女儿在家好好的，我马上就回来了。"

林昭昭鼻音很重："请问谢警官，您有什么要说的吗？"

镜头里的冷面警官年轻英俊，看向的不是镜头，而是她。

她的心跳突然变得很快。

只是此时紧急集合的哨音响彻夜空。

刚执行任务回来，二十多个小时没有合眼的防暴队队员，再次顶着炮火赶往任务区。

临近归国，每名防暴队队员依旧枕戈待旦，坚守在自己的岗位上。

回国前五天，营区接到联合国指令：以维和警察防暴队为先锋，缉拿非法武装分子归案。

这是第十支驻 K 国维和警察防暴队的最后一次任务。

与此同时，林昭昭接到通知，需要在当地时间早晨六点进行新闻连线三分钟。

四点，谢辰青荷枪实弹，全副武装，手里的狙击枪拉栓上膛。

林昭昭换了白衬衫、黑色西装裤，长发扎成简单的低马尾，又被谢辰青穿上一层防弹衣。

"注意安全。"

"嗯！你也是！"

谢辰青揉揉她的脑袋，然后错身而过，背影清瘦，让人舍不得移开眼睛。

此次营区派出装甲车三辆，作为狙击手，谢辰青有任务在身，需乘坐前面那辆。

"林昭昭。"天刚蒙蒙亮，他的眉眼隐在无边的黑暗中，只看得见清俊的轮廓。

"上次采访，你问我想说什么。

"我想对我喜欢的女孩儿说，等我回国娶她。"

他跳上装甲车，车门关闭后驶出营区，犹如一把利剑出鞘，所向披靡。

非法武装分子根据地 A 城 X 区是 K 国最危险的地区。

因为居住在这里的民众不是流离失所的难民,而是非法武装分子,隐藏枪支弹药无数。

装甲车发动轰隆作响,车顶压在脑袋上方。防弹玻璃透不进半点月光,伸手不见五指的压抑感让人神经紧绷,危险潜伏在每一分每一秒中。

在他们向爆发骚乱的A城行进的道路上,非法武装团伙已经在道路上设置路障,使得装甲车无法前行。这无疑是向联合国维和警察、维和部队发出挑衅信号。

装甲车虽然有排障铲,但是面对熊熊燃烧的废弃轮胎和破旧家具,依旧需要防暴队队员下车进行人工清理路障。

四名手持步枪的维和警察占据装甲车四角,其他人迅速跑到道路中间清理障碍物。

两个小时后,装甲车抵达抓捕任务地点。

林昭昭的耳机内传来信号,视频连线接通。

"各位观众朋友,大家好,我是军事记者林昭昭。现在我们所在的位置是K国,联合国最危险的任务区之一。"

就在此时,一阵密集的枪声大力撞击耳膜,犹如直接对着耳道开了一枪又一枪。

这便是谢辰青每天要面对的,他不害怕,她也不害怕。

镜头前的女孩儿面不改色,声线缓和:"在我身后,第十支维和警察防暴队已经抵达任务区,联合联合国维和部队以及当地警察,正在对非法武装犯罪团伙实施抓捕。"

这是她第一次置身枪林弹雨之中。

之前的任务,她若需要拍摄画面,如无必要,谢辰青从不让她下装甲车。

林昭昭像是走进一部战争电影,地震的残垣断壁无人清理,废弃的墙壁、屋顶后面时不时伸出一支黑洞洞的枪口,紧接着就是一阵密集的枪声……

被挟持的人质目光惊恐,有头发斑白的老人,有五六岁的孩童,还有怯生生看向她的女孩子。林昭昭心下骇然,这里依旧如同原始社会,人命如草芥。

该区域与难民营仅几十米之隔,无辜的民众对炮火冲突避无可避,目光麻木又苍凉。

有白发苍苍的爷爷正在垃圾堆里找寻食物,炮火就在此时寸寸逼近。半块长了斑点的面包被他当成宝物,狼吞虎咽地吃起来。

林昭昭瞳孔骤缩的那零点零几秒,一名黑衣维和警察自高处扑了上去。

他摁着无辜的难民匍匐在地,同时从后腰掏出手枪,单手扣动扳机,朝着某处连开三枪。

眼前的一切都变成慢动作,空气里的细小尘埃飘飘荡荡,迸发的鲜血缓缓浸透了视网膜。

视网膜上晕染开大片的红,像是无边黑夜里开出了罂粟花。

四十摄氏度的高温天气,林昭昭如坠冰窟,整个人瞬间冷透。

耳边的声音好远又好温柔:"想对我喜欢的女孩儿说,等我回国娶她。"

耳机里,主持人的声音穿过一万公里的距离:"林昭昭记者,能听见我说话吗?"

面对镜头一向冷静淡定的军事记者,此时红着眼眶,为三分钟的视频连线作结束语:"在此次联合抓捕行动中,有一名警察为掩护难民身负枪伤,仍一举击毙匪徒。"

被血染红的警官证里放了一张女孩的照片,蓝白校服,笑眼弯弯,是十七岁的她。

画面切断,林昭昭站在炮火连天的废墟中,泪如雨下。

他叫谢辰青,年仅二十三岁,是我的心上人。

联合抓捕行动圆满结束,K国A城最大的武装团伙被一举摧毁,两百余名匪徒交出武器,搜缴枪支三百多把、子弹近万颗,此外还有手榴弹,不计其数。

危害当地治安的毒瘤就此被铲除,是维和警察防暴队送出去的送别礼物。

虽然当地局势依旧动荡不安,但是在第十支防暴队回国之时,第十一支防暴队将就此接过接力棒,踏上维和征程。

谢辰青被转到K国首都治疗,当地医疗水平落后,手术由随行军医亲自主刀。

医生从他的后腰取出子弹一枚，待渡过危险期，回国之后，他将转入当地的武警医院治疗。

日历终于翻到北京时间七月的第一天。
当清晨第一缕阳光落在防暴队营区，国旗在异国他乡的土地升起。
国歌奏响，所有人庄严肃穆地向国旗敬礼。
K国当地时间上午九点，维和警察防暴队营区。
联合国驻K国特派团，向第十支驻K国维和警察防暴队全体队员授予联合国"和平勋章"。
联合国工作人员亲自将勋章佩戴到每一个人的警服上。
谢辰青白皙清瘦，当他隔着人群看向她时，眼里有清润的笑。他的目光很软，像少年时那样。
林昭昭说不清心疼、感动、酸涩还有回国的兴奋究竟哪一样更多，只知道在按下相机快门的一瞬间，眼泪也顺着脸颊滑落。
前来送行的，除了联合国和K国工作人员、各个国家的维和警察，还有当地难民营的民众。
他们抱在怀里的香蕉、面包，是家中唯一的财产。
Deng牵着弟弟，怯生生地站在所有人身后。
谢辰青走到他的身边，蹲了下来。
虽语言不通，但这个小小的孩童也明白，此后一别，怕是这辈子都不会再见了。
是这个黑发黑瞳的别国警察把他从废墟中救出来，给了他从小到大从未体验过的温柔。
"谢谢！"腔调并不标准的汉语，Deng明亮的眼睛里闪着泪光。
谢辰青脸色苍白，笑着摸摸他的脑袋，用法语说："和弟弟一起好好长大。"
他额角有冷汗，嘴唇没有任何血色，林昭昭想提醒他腰上有枪伤，最后还是没有上前打扰。
第二期视频的最后一个镜头就此定格，是过去八个月里他们守卫的难民营民众，和佩戴联合国和平勋章的他们。
维和警察防暴队的专机，在K国国际机场缓缓地滑行起飞。

林昭昭的座位靠窗，怀里抱着一棵鲜活明朗的向日葵，谢辰青坐在她的右手边。

天空被暴雨洗过，阳光穿过云层，机窗外，防暴队营区变成蓝白色调的渺小的点。

迎风飘扬的国旗静默地送别他们回到祖国的怀抱，迎接下一支防暴队到来。

飞机升至万米高空，穿过云层万里，从日落到黎明，再到熹微的晨光暖暖地落在眼皮。

联合国的办公楼、K国的贫民窟、难民营、孤儿院、枪林弹雨、废墟残垣，全部远去。

湛湛的青空之下，是九百六十万平方公里的祖国国土。

群山逶迤，长河蜿蜒，"寸寸山河寸寸金"。

飞过国境线的一瞬间，林昭昭险些热泪盈眶。

苍穹之下是她的祖国，近在咫尺的是她的心上人。

谢辰青左手置于膝盖上，掌心朝上。

他掌心纹路干净，手指瘦直，有明显的枪茧。

两年前的今天，他的毕业典礼上，她笑着送他向日葵。

两年后的今天，他们一起经历枪林弹雨，生死一线。

当防暴队专机自万米高空降落在祖国国土上，林昭昭将自己的手放到谢辰青的掌心，被他十指相扣。

眼泪忍不住，索性不再忍。

"谢辰青，你知道向日葵的花语是什么吗？"

"知道。"

"是什么？"

六年前，他想表白，无法开口。

六年后，尘埃落定，凯旋回国。

"是——林昭昭，我喜欢你。"

第五章
过来，男朋友抱抱

第二期视频，在回国后的当天深夜上传至网络——我想对你说。

视频初始一片黑暗，让人想起透不进半点月光的装甲车，黑得没有杂色。

Really Slow Motion 的 *The Promise*（《承诺》）响起。

防暴队队员的声音，年轻而坚定——

"我叫蒋沈。"

"赵延一。"

"张锐。"

"陈铮。"

…………

"当兵十年，这是我第二次执行维和任务。"

"当兵五年。"

"三年。"

"军校毕业刚两年。"

"我来自武警边防。"

"从事禁毒。"

"排爆。"

"狙击手。"

…………

"是父母的儿子。"

"是一名妻子。"

"是我女儿的爸爸。"

"是个不孝的孙子……"

画面明亮起来，一张张照片在眼前缓缓地划过。

是其乐融融的全家福，是头戴学士帽的军校毕业照。

是母亲送别入伍在火车站红了的眼睛，是父亲背后身去偷偷擦干的眼泪，是稚嫩孩童不谙世事的明亮笑脸。

是一线缉毒排爆落下的满身伤，是魔鬼周训练时双手被捆扔进水里，是抗震救灾时背着老人孩子走在洪水中、冲出余震。

一百多张年轻坚毅的面孔，最后，凝聚为一张照片——他们穿上维和警服、头戴蓝色贝雷帽，迈上维和征程。

飞机在北京时间的11月1日飞过祖国上空。

镜头转换，是一万公里外的K国。

维和防暴队营区国旗高高升起，所有人面向国旗庄严敬礼。

"不管我们叫什么、来自哪里。

"此时此刻，我们有一个共同的名字。

"第十支驻K国维和警察防暴队。"

与此同时，配乐切换成了Two Steps From Hell（地狱咫尺）的 *Victory*（《凯旋》）。

视频呈现与刚才的温馨场景截然不同的废墟残垣，枪林弹雨。

防暴队队员头戴钢盔，身着防弹衣，手里是狙击步枪，子弹上膛，装甲车驶出营区。大国长剑所向披靡，劈向频发的暴乱、械斗与冲突。

地震发生时，他们用血肉之躯为孩童挡开坍塌的废墟；暴乱发生时，他们顶着炮火置生死于不顾，疏散难民营群众；械斗发生时，他们枪林弹雨，九死一生与武装分子近身搏斗……

画面淡去，只剩这样几行字——

"当他们枕戈待旦，守在维护世界和平的最前沿，他们远在国内的亲人正在经历什么呢？"

"八个月的维和征程，他们当中，有人永远地失去了爷爷；有人没见到病床上父亲的最后一面；有人女儿出生；有人一次又一次缺席孩子的家长会；有人刚刚结婚，连蜜月都没来得及陪新婚妻子度过……"

"此时此刻,一万公里外的你,想对亲人说什么呢?"

全副武装的防暴队队员,列队站到镜头前——

"爷爷,对不起啊,小时候不懂事,摔碎您亲手扎的风筝……"

"爸、妈,我想你们了!"

"儿子,上次见面你叫我叔叔,爸爸很难过。但是爸爸不怪你,是爸爸对不起你。"

"老婆……辛苦了,和女儿在家好好的,我马上就回来。"

八个月,两百多个日日夜夜后,枪炮声远去。

清晨的阳光落在这片战乱后的土地上,祖国的国旗升起。

他们昂首挺胸,整齐列队,庄严肃穆地向国旗敬礼,一如他们刚到来时一样。

联合国颁发的"和平勋章"佩戴在每一个人胸前,紧贴警服胸口的国旗。

在K国最后的画面,是前来送行的多国维和人员、政府官员和难民营群众。

受伤的谢辰青伸手覆在Deng的头上,告诉他要和弟弟一起好好长大。

当飞机穿过层云万里,飞过十几个小时的时差,镜头里,是祖国的长河落日与巍峨高山,九百六十万平方公里的土地。

视频结尾不再有背景音乐。

人来人往的机场,白发苍苍的老人等待着他的儿女,孩童抱着玩具等待着她的爸妈,新婚妻子等待着她的丈夫。

身穿维和警服的他们列队,走向阔别八个月的亲人。

"我想对你说——"

"当脱下维和警服换上军装。"

"我们依然在你们看不到的地方保护你们。"

林昭昭合上笔记本,病房里很安静,只有输液的滴答声。

病床上的人年轻而英俊,睫毛浓密如鸦羽一般覆着,嘴唇没有任何血色,是她刚刚交往一天的男朋友。

昨天回国之后,谢辰青回武警支队,她回宣传文化中心。

随后,他转入武警医院治疗,她想在这儿陪床,他不让,让她回家休息。

今天林昭昭下班之后,一刻不停地冲回家煮病号饭。

只是没想到，一进门她鞋还没换，奶奶就直接往她怀里塞了两个保温食盒。

"红糖小圆子是你的，"蒋念慈笑眯眯地说，"另一个是清淡的白粥和蔬菜，是小谢的，你们俩一起吃吧。"

"哇！谢谢奶奶！"林昭昭弯着眼睛，"对不起啊，回来也没能好好陪您……"

蒋念慈握着她的手，掌心温暖干燥："不急这一会儿，小谢还在住院呢。等出院静养的时候，你请他到咱们家住，奶奶天天给他做好吃的！"

林昭昭赶到医院时，谢姓帅哥正在睡觉。

好像还是第一次看他这样睡着的样子，长睫毛、高鼻梁、乖巧貌美。

她百无聊赖，下巴抵在床沿，看着他清俊的侧脸。

明明在K国也每天见面，却好像有很久没有仔细地看看他。

喜欢了这么多年的人，突然变成自己的男朋友，她今天上班的时候，一边担心他，一边又很没出息地忍不住笑了。

谢辰青左手手背的青色血管上扎着针，右手搭在床沿。

她的手缓缓移动，轻轻地攥住他修长的手指，冷白如玉，关节干净，硌在她的掌心。

她的脸变得很烫，嘴角轻轻地勾起。

但是这个样子会不会太不矜持了？像个趁大帅哥睡着时占便宜的坏蛋。

林昭昭的手指动了动，依依不舍地松开。

谢辰青在K国枕戈待旦两百多个日夜，在林昭昭碰到他指尖的那一刻就已经醒了过来。

手指被她握住又松开，而后放回原来的位置，小姑娘坐在他旁边幽幽地叹气。

他刚要睁开眼睛，她又靠近，抬高他的手腕，把自己的手放到他的掌心下。

做完这一切的林昭昭藏起了小心思。

等谢辰青醒了问起来，自己就可以说，是他睡得迷迷糊糊来牵她的手。

她没有办法，只好给他牵。

男女朋友之间，除了牵手和抱抱，是不是还要亲亲？

谢辰青听见凳子轻抬，落在一旁，久违的柑橘味道拂过鼻腔。

她的发丝很软，落在他敞开一颗扣子的病号服领口，扫过他的锁骨，呼吸越来越近。

"输液是不是该换了？"

病房门被大力推开，弯下腰的林昭昭猛地站直："好像还有一点点。"

做坏事被抓包的小学生，手垂在身体两边，杵在病床旁边，目送护士离开。

等她低头，谢辰青已经睁开了眼睛。

脸颊的热度疯狂升高且有向全身蔓延的趋势，偷亲失败的林昭昭就像一只蒸熟的虾。

她摸摸鼻尖，声音又细又软："你想躺一会儿还是坐一下？"

谢辰青说："坐一会儿。"

她帮他把病床调高，自己搬了凳子在他边上坐下来："你今天一个人都做什么了呀？"

谢辰青靠在床边，被松垮的病号服一衬，更显英俊病弱。

"没有做什么。"

林昭昭问："就一直待在病房里？"

"嗯，"谢辰青轻声说，"一直在等你来。"

"要不……我明天请假在这儿陪你吧。"林昭昭将下巴抵在病床床沿，仰着脑袋看他，"我今天上班其实也老走神。"

"不用，"他顺手揉揉她的脑袋，眼里有干净温柔的笑，"累不累？"

在K国一个月，每天见面其实也说不上几句话。

危险随时都有可能到来，也没有说话的心情。

怎么考的文职、平时的工作是怎样的，她还没跟他说过呢。

林昭昭刚才偷亲失败的害羞退去，开始把她攒了好久好久的话一股脑全倒出来。

"我不是刚入职没多久就出国了嘛，回单位以后听说，我们以后也要进行体能训练。"

她扬着下巴，眉眼之间满是小小的得意，让那张小脸看起来鲜活又生动。

"不过仔细想想，体能训练是很有必要的。等以后你们拉练的时候，我跟着你们，万一连个相机都扛不动该多丢人啊。"

林昭昭好像想到什么，眼睛一亮，语气甜甜地说道："等你出院，带我去跑跑步，搞搞体能训练吧！"

谢辰青剑眉微扬，远离纷争战火，终于可以安静地看她。

病房内没有开灯，窗外是大片的落日。

病床要比她的凳子高，暖调光影里，她长发柔软，脸颊的细小绒毛清晰可见。

林昭昭嘟嘟囔囔停不下来："你大病初愈，在一旁指导一下就好啦，看着我跑就行。"

谢辰青美色惑人，垂着眼看她不说话，弯起的眼尾弧度温柔又纵容。

她倒背着手靠近，可可爱爱的小脸直接凑到他眼皮子底下："说话呀，谢教官？"

出国太久，人差点长在装甲车上，乍一回单位，林昭昭很担心自己体能跟不上。

谢辰青嘴唇微抿："可是我不想教你这个。"

林昭昭闻言，小脸一皱："可你不是我教官吗？大二的时候，我们军训不是你带的吗？"

谢辰青垂眸，看她因为不满微微鼓起的脸颊，目光清透，明眸皓齿。

是他，刚刚在一起一天的女朋友。

林昭昭还在想让谢辰青指导指导她跑三公里呢，他修长的手指已经扣住她的手腕，往自己的方向轻轻一带。她整个人不受控制地扑进他怀里，重量全部压在他的胸口。

清苦的药味和薄荷香混在一起，萦绕鼻尖，她的脸瞬间烧了起来。

还在说正事儿呢，怎么就抱在一起啦？

她一只手腕被他攥着，另一只手撑在他身边柔软的棉被上。她使不上力气，只能窝在他的怀里。

林昭昭头皮发麻，还要担心他腰上的伤，不敢靠得太近，咕哝道："你身上有伤……"

声音已经被热意炙烤得很软，人也是。

谢姓帅哥一张俊脸清冷出尘，低头说话时，呼吸落在她的额头："还能抱你，不算严重。"

她的心跳变得越来越快，必须借着说话让自己冷静。

可距离实在太近，一抬头正对他半敞不敞的领口，皮肤白到晃眼，锁骨清晰。

林昭昭憋了半天，也只憋出干巴巴的一句："你想干吗？"

谢辰青的指尖就在她的手腕处，手指偏凉，枪茧的触感分明，手腕处皮肤薄而透，而他正轻轻地摩挲她一下比一下重的脉搏。

窸窸窣窣的电流，顺着那处蹿遍全身，她的脑袋轻抵在他的胸口，害羞到快要融化。

"我睡着的时候，你想干吗？"

清冷的声音贴着耳侧划过，语气与说正事无异，似乎还很无辜，却撩得她耳朵通红。

林昭昭咽了口口水，因为屏住呼吸胸腔好像要在下一秒爆炸。她的头埋在他的怀里，不敢看她喜欢的那双眼睛。

"怎么跑三公里，让部队教你。"

谢辰青低头靠近，高挺的鼻梁抵着她的轻轻地蹭了蹭。

空气不断升温，继而停止流动，变得暧昧。他别开头，呼吸悉数落在她的唇缝，低声蛊惑道："谢教官教你点别的。"

呼吸纠缠，林昭昭不敢喘气，按在棉被上的手紧紧地揪住那层柔软的布料。她好像快要窒息，意识在落针可闻的寂静中慢慢地抽离。

谢辰青的眼睛好漂亮，近距离看，他的瞳孔好像初冬的深潭，干净凛冽，而那长长的睫毛，好像下一秒就要扫到她的脸颊。

谢辰青扣住她手腕的手指下滑和她十指相扣，他脸上浅浅的影子一点一点落在她的脸颊。

林昭昭意识到他要做什么，慢慢地闭上眼睛，每一秒都被拉长十倍，变得可感知，心脏已经快跳爆炸。

他高挺的鼻梁轻抵在她的脸侧，呼吸也是，脸颊有湿润的触感，软得不可思议。

她的手指也紧紧地攥着他的，可依旧于事无补，紧张害羞到极限。

时间仿佛被按下暂停键，热意在那一瞬间四处扩散，心跟着软成一片。

相贴的脸庞分开，林昭昭睫毛轻颤，对上他干净柔软的目光。

就只是亲亲脸，就只是几秒钟。可是，是她喜欢了这么多年的人。

谢辰青见她害羞,把她抱过来。

他一只手还在输液,另一只手松开她的手,把她轻轻地按在怀里。

林昭昭的手臂环过他窄瘦的腰,绷带的触感明显,他的体温和心跳渗透病号服的布料,落在她的脸侧。

全心全意的依赖,无法言说的喜欢。

"谢辰青。"

"嗯。"

林昭昭手指轻轻地绞着他病号服下摆的一角:"你下次再亲我……"

她话一出口,才觉出来不对劲。她这都说了些什么呀!怎么刚亲了,就扯到下次了!

林昭昭小声地问:"你还想吗?"

谢辰青喉结轻轻滑动,片刻后,红着耳朵"嗯"了一声。

她下巴抵在他的胸口,头只抬起一点点,眉眼柔软微弯,脸颊通红:"那请你先提前打个报告。"

说完,她不敢再看他的表情,迅速缩进他怀里,像是小乌龟缩回自己的壳子里。

谢辰青问:"打个报告?"

林昭昭懊恼得声音都快要融化:"让我有个心理准备!"

心跳加速成刚才那样真的太可怕了,就跟要爆炸一样……

"记住了。"他声音含笑,静静地抱着她,带着对小孩子的纵容。

她不用看他,都知道他肯定弯着眼睛,笑得特别好看。

这给了她很大勇气,于是她继续说道:"我还没说完呢。"

"领导还有什么指示?"他轻声问。

林昭昭紧紧地闭着眼睛,含糊不清的嗓音在他胸口的位置响起:"不要下午亲,要早上亲。"

"下午亲……晚上肯定会失眠,就比如今天。"

"可是我明天还要早起上班的……"

怀里的人尾音软糯又委屈,当真可爱得要命。

谢辰青低头看着她毛茸茸的发顶,破天荒地笑了。

他揉揉她的头发,像是安抚,宠溺的意味明显:"微臣领旨。"

叮嘱完这一切,林昭昭又在谢辰青的怀里蹭了蹭,头发都乱了。

她担心他的伤,虽然大帅哥超级好抱,还想再抱一小会儿,但还是乖乖地松了手。

林昭昭在旁边站直,然后把病床上的小桌子立起来。

她低头从帆布包里拿饭盒的时候,简直想把脑袋埋进去藏一会儿……

因为谢辰青一直在看她,眉眼微微弯着,他到底知不知道自己笑着看人的时候非常勾魂啊。

林昭昭硬着头皮把保温饭盒打开,一人一小盒。

她吃她的红糖小圆子,脸的肤质和那软软甜甜的糯米团很像。

谢辰青乖乖地喝粥,身上的病号服没有军装硬挺,松垮地穿在身上,肩宽腰窄。

他握着白瓷勺的手指白皙修长,嘴唇湿润有一层浅浅的水光,秀色可餐,美色惑人。

那漂亮的唇形,不可避免地让林昭昭想到刚才谢辰青抱着她亲她的脸。

"林昭昭。"

"嗯?"

她迷迷瞪瞪地仰起脑袋,小兔牙不自觉地咬着唇瓣。

谢辰青轻揉了一下鼻梁:"下次来,帮我带米和针线。"

"好,"林昭昭一脸茫然,但还是一口答应下来,"可是你要这些干吗?"

"在这儿没有枪,只能穿大米。"

"哦!"林昭昭想起来了,"我从军网上读过前辈们写的新闻稿,你们狙击手训练精度和耐心,要用针穿大米、穿黄豆,还有数大米,是不是一边数旁边还有战友故意捣乱?"

谢辰青笑着点头:"功课做得不少,林昭昭记者。"

被谢辰青表扬,林昭昭乐得笑弯了眼睛。

谢辰青温声叮嘱:"回家记得帮我谢谢奶奶。"

一直到回家时间,林昭昭走向自行车棚取她的小自行车,都还是同手同脚的。

晚上躺在自己的小床上,她不出意外地失眠,被自己成功地诅咒。

半梦半醒中,谢辰青温温柔柔靠近的眉眼十分清晰。

翌日五点，闹钟响起没几秒，林昭昭便打着哈欠走出房间。

奶奶还没醒，她轻手轻脚地把电饭煲按下煮饭键，转身进了洗手间。

她早上九点上班，七点时已经出现在武警医院。

陪谢辰青吃过早饭，她从帆布包里拿出装好的大米和针线："我去上班啦！"

谢辰青揉揉她的脑袋："路上注意安全。"

林昭昭一走，单人病房瞬间安静下来。

谢辰青把饭盒洗干净、沥水、擦干，放到旁边的柜子上。

病床上的桌子支起来，放着一捧大米，那双昔日扣压狙击步枪扳机的手正在穿针引线。

针落在小到很难拿稳的米粒上，扎出一个洞，位置却没找准，大米裂开。

重来。

他长而浓密的睫毛低垂，侧脸从鼻梁到下巴的线条清冷。

这位年轻英俊的冷面狙击手，从没在这样的时刻走过神。

可是他这一天想的，是她在自己怀里羞红的脸。

等他把面前的米都穿好，他女朋友是不是就会来看他了？

这一天过得格外漫长。

张瑞问："林昭昭，回国这么开心吗？"

林昭昭从办公桌上抬起头："很明显吗？"

张瑞："看你自己在那儿傻乐，跟姐说说，什么事儿这么开心？"

林昭昭抿起嘴唇笑了。

下午五点下班，没有接到加班通知，林昭昭骑着明黄色的自行车像一艘小火箭，嗖的一下从单位大院冲出去。

到家时，蒋念慈照例已经准备好晚饭："西红柿盖浇饭是你的，玉米排骨汤是小谢的。"

回国之后，林昭昭医院、单位、家三点一线，来去匆匆，好像一直没找到时间好好坐下来和奶奶说说话。

林昭昭心里愧疚，蒋念慈一眼便看穿她在想什么。

她把便当袋子放到林昭昭手里,笑眯眯地催促道:"快去陪你的小男朋友吧,别耽误了奶奶去跳广场舞。"

林昭昭来到病房门口时,病房门开了一道缝。

谢辰青身边站着外穿白大褂、内穿军衬的医生,医生正在给他伤口清创。

身上的病号服脱下来,他腰上的纱布上还有斑斑血迹。更触目惊心的,是他肩上那一道蜿蜒的暗红刀伤,从肩颈蔓延到胸肌。背上那道更加狰狞,想必那里曾经取出过一颗子弹。

除此之外,深深浅浅颜色不一的伤口不计其数。

医生拿着锋利的器具,对准他新添的、稍有溃烂的枪伤伤口,把烂掉的肉一点一点地剔除。

猝不及防,林昭昭的心像是被匕首的刀刃戳了一下又一下,钝刀割肉,痛到心悸。

她咬着嘴唇,看他额角疼出了冷汗,视线不自觉地模糊。

K国贫穷动荡,谢辰青的手术虽是军医亲自做的,但是术后护理不到位。

那里的气温逾四十摄氏度,没有空调的情况下根本无法保持伤口干燥。再加上他没怎么休息,紧接着就是十几个小时的长途飞行。回来之后又想去武警支队报个到,转来住院的时候伤口长势完全不容乐观。

中年军医走到病房门口,看到一个红着眼睛像小兔子的女孩儿。

女孩儿怀里紧紧抱着送饭的饭盒,像是已经哭过,还扯着嘴角跟他笑:"谢谢医生。"

他点点头,错身而过。

谢辰青正低头扣病号服的纽扣,锁骨平直,胸口皮肤大片暴露在空气中,肌肉线条明晰禁欲。

他看到她的瞬间,眉眼间立刻有了干净温柔的笑意。

林昭昭心酸得不行,把小桌子立起来,把饭菜一样一样摆上去,然后在他的对面坐下来。

林昭昭的视线扫过他穿好的一串大米:"你今天就在干这个吗?"

谢辰青的脸色还是很苍白,看起来英俊又病弱:"嗯。"

他一个人住院,身边一个人都没有,而他的战友此时在训练场厮杀,又或是在一线缉毒，林昭昭心里更难过了。

"谢辰青，我今天晚上不走了。"

谢辰青微愣，语气缓和地劝她："我没严重到需要陪护。"

林昭昭脑袋摇得像个拨浪鼓，完全不听他的话："可我就是想陪在你旁边。"

单人病房，并没有给陪护的家属多放一张床。

林昭昭一开始想的是，她坐椅子上，在他旁边趴着睡就可以。

谢辰青直接拍了拍身边的位置，一张俊脸云淡风轻，她的脸却瞬间爆红。

他无奈地说："脸红什么？上来。"

林昭昭睁大眼睛，气都喘不顺，攥着小拳头据理力争："我没有脸红！"

谢辰青失笑，脑袋枕着手臂，好整以暇地看着她，一副听之任之的样子。

林昭昭同手同脚地走到病床旁边，甚至怀疑谢辰青在看她笑话，但是又没有证据！

她们文职上班需要穿部队的衣服，所以她在上下班的路上会穿自己的衣服，到单位再换下来。

她身上，奶白色的棉T恤外搭米灰针织衫，同色系淡色长裙及至脚踝。

林昭昭把针织衫脱下来，叠好之后放到旁边的凳子上，长发扎成低马尾，犹豫了一下，没有解开。

她慢吞吞地蹬掉鞋子，穿着衣服躺到他旁边，规规矩矩地占据病床一小半位置，一动也不敢动。

"我关灯了。"

"好……"

灯关上的瞬间，黑暗让气氛变得无限暧昧，在身边位置下陷的瞬间到达极致。

她听得清他清浅的呼吸声，谢辰青是不是也能听见她一声比一声重的心跳声？

他就在她伸手就能碰到的距离，病床是有多宽呢？一米还是一米二？

林昭昭悄悄地转过身，面向他。

谢辰青垂眸，眼睛适应骤然的黑暗之后，能看清林昭昭黑白分明的眼睛，正一眨不眨地看他。

没有遮挡的额头，微微有些凌乱的长发，挺翘鼻尖下是圆润的唇瓣。

想亲，但是她说，只可以早上亲不可以晚上亲，因为会失眠。

谢辰青修长的手指抚过她的眼睛，微微抿唇："闭眼，睡觉。"

像是他当教官时，冷冷淡淡地下命令。

怎么可能睡得着……林昭昭仰面平躺，听钟表的指针，一格一格慢慢悠悠地走过。

在一起的第二天，没有牵手，也没有抱抱，都躺在一张病床上了，也没有亲亲。

没有亲亲，可能是因为她昨天说的话？

不知道过了多久，谢辰青已经睡着了，林昭昭想拿手机看一眼时间。

病床是有小轮子的那种，她动了一下，病床也动了一下，谢辰青瞬间睁开眼睛。

那双漂亮的眼睛没有聚焦，像是有一层浅浅的雾。

"地震了吗？"他清润的声线还带着没睡醒的喑哑，几乎是下意识地说出口。

林昭昭微微愣住，伸手按开床头灯，再开口，就带了很重的鼻音："没有地震，是我，林昭昭。"

"对不起，把你吵醒了。"林昭昭鼻腔酸涩，低着头，像个做错事的小朋友，一瞬间被愧疚淹没。

透过他清绝的眉眼，好像看见了时空隧道另外一端，那个唯一生还的小男孩。

满身满脸都是血，至亲的、自己的，他不敢哭，也哭不出来，呆呆地站在废墟中。

紧绷的身体放松下来，谢辰青低头，下巴轻轻地蹭了蹭她的额头："没关系。"

隔夜的胡子，刺刺的、痒痒的，却在这样的时刻，显出温和的依赖。

"一直是这样吗？"林昭昭抬起头，鼻尖微微红着，看起来像只可怜兮兮的小动物，"每天都睡不好？有一点点声音就会醒？"

这是地震后遗症。到底是多深重的阴影，才能持续十余年，稍有动静，就让他以为是地震。

难怪高中大多数时间,他要么撑着脑袋看漫画,要么撑着脑袋打瞌睡,像是永远都睡不醒。

她竟然一直不知道,谢辰青也从来没有告诉她,即使是他刚毕业时,他们在灾区相遇。

所以,他到底一个人闷不吭声地承受了多少痛苦?

谢辰青那双眼睛聚了焦,显出摄人心魄的纯黑,湿漉漉地看着她:"闭上眼睛是地震。"

林昭昭睫毛湿润,鼻尖通红,不敢再抬头。

谢辰青伸手抱她,她把脸埋进他干净清冽的怀里。

病号服的胸口位置一点一点地湿了,怀里的人清瘦的肩膀在颤抖着。

他修长白皙的手指轻轻带过她的眼角、睫毛,低声哄她:"后来就好了,闭上眼睛是你。"

闭上眼睛是地震。

后来就好了,闭上眼睛是你。

林昭昭的心里像有根针刺了进去,轻轻地戳着,一下又一下,和指针一格一格走过的声音重合,心脏稍一跳动就是绵密的刺痛。

谢辰青低头,林昭昭眼睫湿润,散乱的长发黏在耳侧,还是小,又容易哭,一掉眼泪就像个委委屈屈的小朋友。

可是细想,高中之后,林昭昭从不会因为她自己的事情掉眼泪,每次哭,罪魁祸首都是他。

而就在这时,她的手绕到他身后,小大人一样,一下一下轻轻地拍着,像在哄小朋友睡觉。

"谢辰青。"

"嗯。"

"好好睡吧,我在这儿呢。"

女孩的声音很软,谢辰青闭上眼睛。

月光晕染在他冷白的脸颊上,剑眉漆黑锋利,垂落的睫毛浓密柔软。

意识下沉,不再是无边的黑暗。

翌日清晨,阳光暖暖地落在眼皮上,耳边是窗外蝉鸣。

林昭昭打了个惬意的哈欠，意识慢慢回笼，身边有人睡过的痕迹，薄被上是消毒水的味道，混着清冽的薄荷香。

　　医院、谢辰青、一张床，几个关键词串连一起，最后变成他抱着她睡的画面。

　　独立卫生间的水声戛然而止，门被轻轻地打开。

　　刚出浴的美人，哦不对，是刚出浴的谢辰青眼角眉梢湿漉漉的，正擦着头发出来。

　　慌乱之下，林昭昭紧紧地闭上眼睛，视野里一片黑暗，其余的感官都变得清晰。

　　干净清冽的沐浴露味道越来越浓，脚步声在离她很近的地方戛然而止。

　　他俯下身，她脸侧的枕头下陷，头顶落下浅浅的阴影，他身上的味道铺天盖地。

　　林昭昭屏住呼吸，一动不敢动，庆幸脸上盖着薄被，他看不到她脸红……可就在这时，脸上一凉，薄被被他修长的手指钩下来。

　　"晚上不可以亲，现在可以吗？"谢辰青用气音说话，是当真不知道她在装睡。

　　他的呼吸落在她的脸颊，她藏在薄被下面的手指紧紧地揪住床单。

　　他是真的要亲她对吧？

　　救命！她真的快要喘不过气来了，谁来救救她……还要装睡又要等着他亲，林昭昭整个人都快傻掉了。

　　谢辰青沾过冷水的指尖很凉，轻轻地拂开她额前的碎发。柔软湿润的触感落在她的额头，带着珍而重之的温柔。

　　林昭昭的心跳变得很快，像在跳跳糖里起舞，噼里啪啦。可是和喜欢的人肌肤相贴，又觉得很甜。

　　谢辰青起身，对上一张红通通的小脸，和一双清透的眼睛。

　　他微微一愣，想她是什么时候醒过来的，却先听见她软着声音说"早"。

　　"早。"他笑着揉揉她的脑袋。

　　林昭昭坐起来，看起来跟平时无异，最多有些迷迷瞪瞪。其实脑袋因为刚才的亲吻，混混沌沌变成糨糊，已经没有思考能力。

　　"谢辰青。"

"嗯。"他坐在她身边擦头发。

林昭昭紧张兮兮地问:"你昨天睡着了吗?我后来有没有又把你吵醒,但是我自己不知道?"

谢辰青笑着说:"托你的福,一觉到天亮。"

林昭昭的眼睛瞬间就亮了:"那我今天晚上还要来!"

谢辰青无奈,修长的手指在她脸上捏了一下:"不可以。"

林昭昭撇了撇嘴角,她可喜欢睡在他旁边了。

难道他不是吗?那他干吗亲她?难道因为她睡觉不老实吗?

林昭昭想到什么,薄被下的两条腿曲起,把脸往膝盖里埋:"那以后结婚了可怎么办呀?也要分房间睡吗?"

话一出口,谢辰青微微一愣,表情有一瞬间空白。

林昭昭看到他轻滑的喉结,线条凌厉又清晰。

谢辰青垂眼,林昭昭咬着下嘴唇,一脸天真,黑白分明的眼睛一眨不眨地看着他,像高三他给她讲数学题她听不懂的时候。

那表情,像是真的想知道。

"结婚以后当然不了,"在她反应过来之前,谢辰青又道,"你再赖床上班就要迟到了。"

林昭昭猛地惊醒,嗖的一下,小火箭一般冲进洗手间。

谢辰青在病床上坐下来,脖颈上搭着毛巾。

他嘴角平直,神色清冷如常,只是冷白的耳际一点一点地红了。

后来的时间,林昭昭被剥夺了夜间陪护的特权。

不管她怎么保证自己会一动不动,谢辰青都没有答应。

林昭昭把原因归结为自己在谢辰青会睡不好,作为一个温柔体贴的小女朋友,她乖乖地听话。

于是,她送早饭的时间越来越早,从医院离开的时间越来越晚。

谢辰青不放心,但是腿长在她身上,拿她毫无办法,只是会在她晚上打车离开的时候一直保持通话。

一周后,谢辰青提前办理了出院手续。

林昭昭不知道,门铃响起时,她刚吃过晚饭,正在厨房洗碗。

"会是谁呀?我最近也没有什么快递。"

她打开门,门口站着一寸头帅哥,皮肤白皙,高鼻梁,白衣黑裤,又高又瘦。

"你怎么不在医院好好待着?"林昭昭十分惊讶,赶忙把他拉进来。

谢辰青剑眉微扬,压低声音说话时乖巧无害:"医生说可以出院了。"

他把手背在身后,林昭昭闻到清新的沾着露水的味道,探头探脑去看,眼睛瞬间就亮起来。

比看到帅哥更开心的是什么呢?大概是看到她喜欢的大帅哥还抱着花!

就在这时,蒋念慈从厨房迎出来:"昭昭,是家里来人了吗?"

她手里还拿着锅铲,身上系着围裙,见是谢辰青,又是开心又是心疼,最后眼圈都红了。

想说的太多,从林振再到昭昭,面前这个男孩子因为她们家吃了太多的苦。

"跟奶奶说说,现在伤都好了吗?"

谢辰青住院的时候,不光是林昭昭,蒋念慈也去看过很多次。

她怕自己打扰了他休息,每次都来去匆匆,但一颗心终归是放不下。

谢辰青点头,斯文清俊,又招人喜欢:"多亏奶奶煲的汤。"

蒋念慈说:"不许跟奶奶客气。"

谢辰青把手里的花递给林昭昭,林昭昭仰起瓷白的小脸:"怎么是两束?"

谢辰青笑着揉揉她的头发:"还有奶奶的。"

他如愿以偿地看到林昭昭抿起嘴唇笑,开开心心地接过去:"我去找个花瓶!"

蒋念慈笑得皱纹都舒展开来,有生之年竟然从孙女婿这里收到了花!

"奶奶出趟门,昭昭,你给小谢倒杯水!"

"好!"

康乃馨、洋桔梗,清浅的花香沾着露水,新鲜得像是刚刚摘下来。

林昭昭抱着花一刻也不舍得放下,拿了两个简单的透明玻璃瓶放到茶几上,而他人在茶几旁边的地毯上坐下来。

月光从窗外透进来,落了她一身。

她穿着米白色针织衫和淡绿色长裙,散在身后的长发微微卷曲。

"你出院以后就要回部队了吗？"

谢辰青："嗯，明天下午归队。"

林昭昭把花插好，站起身走到他旁边："那你今天晚上住哪儿？"

谢辰青说："酒店。"

林昭昭当即就不乐意了，板着脸教育他："有女朋友还住酒店像什么话，奶奶要是知道我让你住酒店，肯定要说我没有礼貌。"

就在这时，蒋念慈从外面进来，林昭昭软着声音告状："奶奶，他要去住酒店。"

"住酒店像什么样子，家里还有一间客房，又有干净的被褥，奶奶今天刚刚晒过。"蒋念慈把手里的购物袋放到茶几上，林昭昭一看，里面是牙膏、牙刷各种日用品。

谢辰青眉眼微弯："奶奶，给您添麻烦了。"

林昭昭在一旁歪着脑袋看自己的男朋友。

谢姓帅哥安安静静说话的时候当真招人喜欢，乖得让人想在他脸上亲一口。

蒋念慈："哪里的话。"

儿子林振去世后的很多年里，她经常梦见他。

梦里，他满身是血，被人用黑洞洞的枪口抵着。

后来毒枭被击毙，她再梦见他，她的儿子穿着一身干干净净的军装，胸口戴着大红花，是他刚入伍的那身。

在梦里，他帮她把坏掉的灯泡修好，煤气罐也换了，把家里打扫得干干净净。

最后他站在门口，说，妈，我要走了。

不知道是她日有所思夜有所梦，还是他真的灵魂得到安息。所以想起谢辰青，蒋念慈总是感激，又心疼，分不出哪个多一些。

她不知该如何还他人情，只能竭尽所能，好好对人家孩子。

翌日，清晨四点，窗外还是没有一点天亮的苗头。

林昭昭早早醒来，睁着一双圆眼睛，定定地看着天花板。

一想到这一刻谢辰青跟她只有一墙之隔，她就毫无睡意，索性起床。

她刷牙洗脸，长发散着落在后背胸前，身上是白色带向日葵图案的睡裙，偏保守的款式，长度到膝盖以下。

隔壁的门没有锁，门把手冰凉，让她发热的小脑袋瓜瞬间清醒，稍一转动，门就被打开了。

地上铺着厚厚的地毯，林昭昭没穿鞋子走在上面，不会发出声音。

谢辰青枕着手臂侧躺，房间里的夜灯灯光昏黄，晕染在他的额头和挺直的鼻梁上。

她坐在地毯上时，刚刚好能和他平视。

这一天，谢辰青就要回部队了。

从她六月到K国，枪林弹雨里他们都没有分开，以至于这一刻的分别让她分外难过。

林昭昭手抱着膝盖，右手攥着左手手腕。

片刻后，她上半身往前探了探，嘴唇印在他的侧脸，浅尝辄止了一小下。

相贴的脸颊分开，谢辰青的脸往浅灰色薄被里轻轻压了压，乌黑的剑眉锋利清晰。

他闭着的眼睛温温柔柔地弯下来，睫毛浓密，弧度特别让人心动，声音里带着刚睡醒的鼻音，笑意清晰。

"我要告诉奶奶。她的宝贝昭昭偷亲我。"

他闭着眼睛，笑着说话，宠溺意味明显。

林昭昭的害羞和心动都来势汹汹，又听见他问："不困吗？"

"睡不着。"林昭昭老实巴交地回答，软糯的小脸通红。

谢辰青笑得弯弯的眼睛明亮，让出半边床的位置："如果奶奶早上看到你从我房间出去，会不会觉得我很坏？"

"为什么要觉得你坏？"林昭昭想不明白，只是开开心心地躺到谢辰青身边。

"坏就坏吧，"谢辰青的手臂隔着被子环过她，声音在她脑袋上方响起，"把我女朋友哄睡要紧。"

"女朋友"这三个字，突然就拨动了林昭昭脑袋里的哪一根弦。

她仰起头对上那双澄净明亮的眼，即使现在在一起，被他安安静静地看着，依旧觉得招架不住。

她还是觉得，谢辰青是她男朋友这件事非常难以置信，以至于想起来就很想笑。

谢辰青垂眸,怀里的她肩膀轻颤。

他十分紧张,却见她手指指缝错开,一双圆眼睛笑得弯弯的,竟然是在偷笑。

他下巴轻轻地蹭她的额头:"笑什么?"

林昭昭声音闷闷的:"只是突然想起来,追你的人真的好多啊。"

"还好去了军校,又去了部队……可喜欢你的人还是很多。"

谢辰青轻轻挑眉,这样看着依旧纯情貌美:"我不记得了。"

林昭昭说:"反正就是很难追。"

谢辰青失笑:"难追不也是你的了?"

他的手指下滑落在她的脸侧,轻轻地摩挲,温柔又亲昵,如愿以偿地看见她嘴角浮现浅淡的笑,眼睛弯下去。

脸颊的温度不断升高,林昭昭打了个哈欠,依旧不想睡觉。

"谢辰青。"

"嗯。"

她好奇宝宝一样窝在他怀里,眼睛扑闪扑闪。

"如果我追你,要怎么追,成功率才能高一点点?

"是直接一点还是含蓄一点,文静一点还是话多一点?"

她长而卷曲的长发落在他的脖颈、锁骨、胸前,是柑橘蜂蜜的味道。

谢辰青喉结轻轻地滑动,低头看她,眸子黑而澄净,像漂亮的黑色玻璃球。

林昭昭见他不说话,盯着他的眼睛一眨不眨,手指攥着他短袖的腰侧位置,轻轻晃了一下。

林昭昭越说越没底气,谢辰青成绩优秀,长得又帅气。而比较起来,她完全不起眼,能跟他在一起,说不定就只是近水楼台。

"算了,我收回,我突然不想知道了。"

她乖乖地做了个嘴上贴封条的动作,委屈巴巴又可怜兮兮,却对上他弯下来的眼睛。

他笑着看她,目光很软,像在看一个别别扭扭不开心的小朋友。

"还笑!"林昭昭气呼呼地伸手去捏他的脸。

他温柔地把她抱进怀里,低头亲了亲她的额头。林昭昭小脸一红,瞬间噤声。

她侧脸贴在他的胸口,他的心跳声落在她的耳边。

"如果是昭昭,大概动动手指就可以了。"

在一起的时间总是过得很快,像他印在她额头上的吻,稍纵即逝。

周日下午,谢辰青回到他的武警A城支队。

翌日周一,林昭昭照常上班,纸、笔、相机变成生活的全部,一切回归到原本的轨迹。

从K国回到祖国的怀抱,"和平来之不易"不再是一句空话。

耳边蝉鸣取代枪声阵阵,枪林弹雨、射在集装箱铁皮上的子弹再也不见痕迹,办公室宽敞明亮,冷气很足,再也不用提防传播疟疾、带着登革热病毒的蚊虫。

"军事记者"这四个字,不再是军网上的文章,也不只是杂志里的画面,开始随着工作深入慢慢变得具体。

除了到K国这样的维和前线,林昭昭的日常是到部队或者下基层。武警战士训练、排爆、缉毒、冲在抗震救灾一线,而她要做的,便是用手里的镜头和笔,记录这群最可爱的人。

初到基层采访,那些年轻战士难免会想:这么一个个子小、年纪又小的小姑娘,能行吗?

一天下来,她灰头土脸地扛着重重的相机,却半个累字都不喊,半声气都不会叹,还能笑眯眯地跟所有人聊天,听他们讲部队的日常。

她眉眼间毫无倦色,是真的不觉得乏味,也不觉得辛苦。

当林昭昭的手指被砂石划伤,膝盖不小心擦破,腿像是灌了铅,实在跟不上职业军人拉练的步伐……林昭昭只要一想到爸爸,想到谢辰青,就觉得他们可以,那她也必须可以,不能给他们丢脸。

谢辰青回到了部队,虽然不至于音信全无,却也基本差不多。

这下林昭昭真的相信,找一个军人男朋友,当真和手机里养一只电子宠物无异。

只要纪律允许,他会发信息过来,告诉她训练了、点名了、集合了,偶尔有电话。

林昭昭只能听得见声音或透过屏幕看到他的脸,但是亲不到也抱不到。

林昭昭每次挂断电话或者视频,都忍不住皱着脸叹气。

有人像她一样吗?刚在一起没几天就见不到男朋友,同城也过得像异地恋。

她只有他一个,无从比较。

林昭昭甚至都不知道和男朋友整天腻腻歪歪在一起是什么样的体验。

想念让喜欢变得深刻。

林昭昭虽然有几次到武警A城支队采访,但谢辰青不是在野外驻训,就是在执行各种涉密任务。

每次林昭昭开开心心地进营区大门想要给他一个惊喜,最后见不到人,都是失望而归。

这个同城"异地恋"的男朋友,微信备注已经被她改为"电子宠物"。

只不过这几个字后面还有一堆五颜六色闪瞎人眼的"小心心"。

秋夜寂静,听不见蝉鸣,月光温柔地落满一身,像他干净的眼神。

林昭昭坐在书桌前加班,而此时此刻谢辰青人在国外。

这一年的世界军警狙击手大赛在X国拉开帷幕,几十个国家的狙击手顶峰相见。

比赛项目,林昭昭只从前辈的新闻稿件里看过,比如用枪射断几十米外的细线,想想都觉得不可思议。

手机响起,显示"电子宠物"邀请她视频通话。

林昭昭的眼睛瞬间一亮,按下"同意",画面有几秒卡顿。

她把手机竖在书桌上,下巴抵在手臂上,笑眯眯地朝着镜头招手:"谢辰青,看到我了吗?"

某人那张比工笔画还要精致的俊脸,清晰地出现在视野里。

他又偷偷变帅了,绝对的,刚剪过的寸头干净清爽,乌黑清晰的眉形完全显现。

"看到了。"谢辰青看到林昭昭的瞬间,眼睛弯起来。

林昭昭笑着打量,谢辰青此刻是在哪儿呢?比赛场地?射击场?

谢辰青身上是武警部队的常服,军衬领口硬挺,一丝不苟,修长的脖颈上喉结线条惹眼,更别提还规规矩矩地打着领带,帅得让她招架不住。

她全身的细胞好像都在叫嚣：男朋友，我好想你啊。

看得到却抱不到，林昭昭手指无意识地有一下没一下地戳视频里他的脸。

"比赛什么时候开始呀？"

"还有一天的时间。"

林昭昭点点头，那点小孩心性全用在他身上了。

她在采访对象面前有多冷静多淡定多像个大人，在谢辰青面前就有多不设防多孩子气。

林昭昭将手臂搭在书桌上，下巴抵在手臂上，小小一团坐在高一些的椅子上，小腿够不到地，开心得晃晃悠悠。

她弯起的眼睛弧度很甜，声音也是，用采访的语气问："请问谢警官，你现在在干吗？是在认真筹备比赛吗？紧不紧张？"

"没有筹备比赛。"

谢辰青剑眉微扬，那双清澈透亮的眼睛凝视她，身边似乎还有战友，所以他微微凑近之后，压低声音说："在想女朋友。"

他远在国内的小女朋友，心里有个甜甜的泡泡猝不及防地炸开。

林昭昭嘴角勾起又飞快地垂下去："女朋友有什么好想的呀？X国不是出了名盛产美女？金发碧眼，长腿细腰。"

他笑了，清冷的声线听得她耳朵麻麻的："都比不上她。"

林昭昭害羞了，把脸埋进手臂，只露出一双月牙似的眼睛，这采访彻底进行不下去了。

"抬头，让我看看。"

林昭昭的脸还是红的，但还是乖乖地抬起来，谢辰青想看便给他看。

她有些懊恼自己熬夜写稿，头发乱糟糟，扎成歪歪扭扭的丸子头，身上是图案幼稚的睡衣。

"靠近一些。"

她戴着耳机，他好听的声线近在耳边，好似耳语。

林昭昭索性不再害羞，乖巧地把脑袋伸到屏幕面前，仰起脸问他："现在可以了吗？"

她嘟囔道："我都快亲到我的手机屏了……"

林昭昭的后半句话还在嗓子眼儿，谢辰青飞快地靠近屏幕，在她脸颊的位置亲了一口。

屏幕上那个小小的格子里,女孩的脸颊瞬间变得通红,呆呆地看着镜头,什么话都说不出来。

原来不止面对面亲亲会害羞,隔着屏幕和几千公里距离,她整个人都快傻掉了。

林昭昭脸红心跳,谢辰青清隽的眉眼微弯:"等男朋友给你拿个第一回来。"

翌日,世界军警狙击手锦标赛拉开帷幕。

在一众狙击手里,有一张格外年轻英俊的新面孔。

谢辰青一身武警部队的迷彩作训服,脚蹬黑色作战靴,拎着一把黑色狙击枪。冷淡的一双眼,漂亮到凛冽。

谢辰青将子弹上膛,眼睛瞄准五十米外的匕首刀刃。

在日光下,匕首刀刃晃眼凝聚为一点,子弹需正中刀刃并在匕首上留痕。

此时是本国时间下午五点,林昭昭记者哼着歌准备下班。

她刚骑上电动车,下一秒就接到紧急集合的命令。

林昭昭迅速前往A城市中A大厦,手里是她的相机。

A大厦发生特大火灾,火灾原因和人员伤亡情况一概不知。

隔着车窗,整片天空都被浓烟遮住变了颜色。

车门一打开,刺鼻的气味溢满鼻腔,大楼的一到五层已经被滔天火焰淹没。

哭泣的老人眼睛死死地盯着火焰里的废墟,抓着土地的手指上满是血痕:"我的老伴和儿子现在还全在里面,全在里面啊!"

刚从幼儿园放学的小朋友,胸前贴着鲜艳的小红花,站在哭喊的人群里,呆立着说不出话来。

居民正在紧急撤离,而一众消防官兵逆着求生的方向前往火焰中心,直到被烟雾淹没身影。

哪有什么神兵天降,不过是穿着制服的谁家儿子、丈夫以及孩子的父亲。

一个黝黑的年轻消防官兵急匆匆地走到林昭昭面前:"记者同志,手机麻烦您帮我保管一下。"

林昭昭点点头,接过手机放进自己的帆布包里。

年轻的消防官兵背着灭火器具擦肩而过时,林昭昭听见他低声自语:"我老婆进了产房还没出来……"

不知道是说给她听,还是说给自己听。

林昭昭猜是后者,他是说给自己听——你老婆刚进产房,所以你一定得活着出来,看看最需要你照顾的妻子,看看你马上要出生的孩子。

人在天灾人祸面前,渺小如尘埃。

可是消防服一旦穿在身上,他们就变得所向披靡,什么都不怕了。

没有人知道里面的情况,只能感受到滔天的热量一波一波地冲击而来。

一个小时后,林昭昭编辑好第一条信息发回单位,紧接着又是无数条。

突然,一群消防官兵抬着人跑出来:"救人!快点救人!快点救救他……"

被他们抬着的年轻男人,脸颊黝黑一片,尽是生前灭火留下的痕迹。

他的身上是和他们一样的消防服,直到牺牲前的最后一秒,手里还紧紧地攥着高压水泵组。

正是那个让林昭昭帮忙保管手机的消防官兵。

没有早一秒也没有晚一秒,她的帆布包里,他的手机在振动。

屏幕亮起,壁纸是温馨的全家福:"老公,我们的宝宝出生啦!出任务回来了就来看看他吧!"

一个刚刚离开人世,一个刚刚降临人间。

你们有没有短暂地见一面?你有没有告诉他,我是你的爸爸。

虽然你以后见不到我,但是直到生命的最后一刻,我都挂念你。

爸爸爱你,虽然我们都没来得及见一面。

镜头里,一众火场里出生入死的消防官兵面对战友泣不成声。

他们救了那么多人,唯独看着自己的战友死在自己面前,无能为力。

当他们穿着厚厚的消防服擦掉眼泪,脸上汗水、泪水、泥水混在一起……

你才会想起来,这群人,原来也不过还是孩子。

中队长眼含泪水下着命令:"他没灭完的火,我们来!大家跟着我冲!"

　　镜头外,林昭昭咬着嘴唇泪流满面。

　　我们走过的路,牺牲的战友曾经走过,所以我们一点儿都不害怕。

　　两天后,从X国飞往A城的航班,在A城国际机场缓缓降落。

　　谢辰青将手机开机,林昭昭的电话依旧无人接听。

　　他垂眸,静静地看着手里那条关于火灾的报道。

　　一扫而过的镜头边角,有一个清瘦的女孩儿背影,她手里拿着相机。

　　那是他第一次体会到,自己因为执行任务而失去联系时,林昭昭的心情。

　　火势得到控制,却控制不住居民楼的坍塌。

　　四十八小时里,那片废墟已经埋了三名消防官兵的尸体。

　　"武警A城消防支队刘明,去年年初刚和相恋多年的女友完婚。直到现在,他未解锁的手机屏幕上,还显示着妻子发来的信息——'老公,我们的宝宝出生啦!出任务回来了就来看看他吧!'"

　　"武警A城消防支队赵锋,今年刚刚二十岁,是一名刚入伍的新兵。生前他发给父母的最后一条消息,是——爸,妈,我今晚回家吃饭!"

　　"在这世界的某一个角落,刚出生的婴儿等不到他的爸爸,等孩子回家吃饭的老人望眼欲穿。"

　　"在这世界的这一个角落,三名消防官兵牺牲,无数消防官兵义无反顾地返回火场。"

　　林昭昭手臂环着膝盖,把头埋进去。

　　两天时间里,她不知道做了多少报道连线,也不知道掉了多少眼泪。

　　这是她当记者以来第一次直面牺牲,满脑子都是那个让她帮忙保管手机的消防战士。

　　他在牺牲的那一刻,成了一名父亲,而他永远无法知道了。

　　电话响起,是麦兜的铃声。

　　那个稚嫩的童声,在天灾人祸的背景下,像一束小小的明朗的光。

　　那束光轻轻地把乌云扒开了一道缝儿,而后缓缓落在她的发顶。

　　林昭昭吸了吸鼻子,这一刻接电话肯定会哭出来,她不想。

于是她深呼吸，可还是不受控制地打着哭嗝儿。她挂断电话，谢辰青又拨过来。

"林昭昭，是我，谢辰青。"

林昭昭哭到哽咽，完全没有办法控制自己说话的声音。她只能极力抑制着哭腔，话说得很慢。

"发生火灾了，谢辰青，很大很大的火灾，楼都塌了……

"你知道吗，跟我一样年纪的小战士，手机交给我保管……人冲进去了，是被战友抬出来的……

"他都不知道，在他牺牲的这一天，他的儿子出生了……"

林昭昭说着，把头埋进膝盖，又哭起来。

活生生的人，怎么说没就没了……

所有人都在往外撤离，就只有他们，佩戴着灭火的器具，背影孤独又坚定。

一个倒下了，会有千千万万个冲上去。

谢辰青声线缓和，语气放到最轻："你还好吗？"

林昭昭想说，我一点儿都不好。她想说，谢辰青……我真的好想你啊……

"谢辰青。"

"嗯。"

林昭昭哭得肩膀颤抖，声音抽抽搭搭，断断续续："我好想……好想你抱抱我啊……"

这句话说完，她已经彻底说不出话来，听筒里只剩下她捂着嘴忍着哭的哽咽声。

林昭昭的眼泪止不住，极力抑制着哭腔，又说："你不用担心我……好好比赛，我没……没事，真的……"

她可怜兮兮地擦着眼泪，像是攒了很多很多委屈："我就是有点想你，所以才会……会哭……"

电话那边，谢辰青清冷的声线此时此刻温柔得不像话："回头。"

泪眼婆娑中，林昭昭还举着电话。

那个身影高高大大，连军装都没来得及换，刚下飞机，还没来得及回一趟支队。

林昭昭站起身,谢辰青走近,在如血残阳里朝她张开双臂。

谢辰青把她搂在怀里,带着她从天灾人祸的世界里短暂逃离,下巴轻抵在她的头顶。

"过来,男朋友抱抱。"

"嗯。"

第六章
我是不是很乖

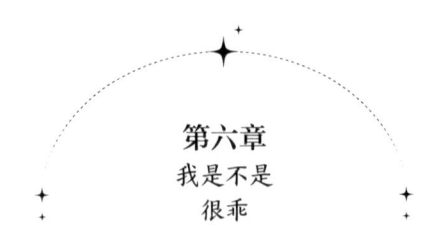

军衬硬挺,他怀里的气息干净清冽。

她的脸埋在他的胸口,全然不顾自己脸上、身上都是尘土。

那些灰尘落在脸颊上,一哭脸就更脏了,全蹭在他没有褶皱的军装上。

隔着那层淡绿的颜色,是他的心跳声和体温。而他把她圈在怀里,一下又一下拍着她的背,低头在耳边轻声哄着。

谢辰青垂眸,怀里的人马尾松散,没了在电视新闻上的半分冷静。

她紧紧抱着他的腰,衬衫胸口的位置一点一点地湿透。

"你别……别看我哭鼻子……昨天火那么大,我一点……点都没……没慌……"情绪平复一些,她在他怀里抹眼泪。

"我知道,我都看见了。"他清冷的声线软得不像话。

林昭昭只会在谢辰青的面前哭得像个小孩子,他不在的时候,她比任何人都冷静。

"是……是吗?"林昭昭两眼通红地盯着他。

他的林昭昭,绝对不会想在此时听一句:"辞职吧,我养你。"

谢辰青点头,乌黑的剑眉微扬:"嗯,我们林昭昭记者最勇敢了。"

林昭昭吸吸鼻子,情绪慢慢平复下来。

"也没有很厉害吧,跟消防官兵比起来差远了……"

她说完,眼圈又红了。谢辰青低头,下巴轻轻地蹭蹭她的额头,环在她后背的手臂收紧。

"作为战友,我以你为荣。"

人都哭傻了的林昭昭记者,迷迷瞪瞪地跟着谢辰青上了他的车。

她脑袋发昏,坐在副驾驶座上用笔记本打字,当写到消防战士的牺牲,眼泪又仿佛断了线的珠子……

谢辰青单手开车,另外一只手递纸巾过来,林昭昭乖乖地擦眼泪,然后继续敲字。

直到稿件发出去,压在她胸口的乌云依旧没有消散,心脏像一朵吸饱水的海绵,又沉又重,闷得透不过气来。

车窗外街景变化,既不是回家的路,也不是回单位的路,更不是回武警A城支队的路。

林昭昭这才想起问一句:"你不用回支队吗?"

驾驶座上穿军装的谢辰青,扣子规整地扣到喉结下方,领带没有一丝褶皱。

他的衬衫袖口折了两折,露出一截白皙的腕骨,双手闲散地搭在越野车的方向盘上,青筋明显。

闻言,他淡声回答:"休假。"

谢辰青不笑的时候嘴角平直,当真冷峻到让人不敢靠近。

林昭昭眨了眨眼睛:"休假的理由呢?"

前方是红灯,越野车缓缓停住。他伸手过来在她脸上捏了一下:"哄哭鼻子的女朋友。"

"哦……"哭鼻子的女朋友擦干不断溢出来的眼泪,慢慢地止住了哭。

在天灾人祸之后,她好像终于看到了一点点光,温柔而缓慢地蒸发掉她所有的悲伤。

她突然就有一点饿了,这才想起自己今天早上只吃了半块昨天剩下的干面包。

她还有些小小的懊恼,谢辰青军衬的胸口位置,有深一道浅一道的泪痕和来自火灾现场的污渍,全是她亲自蹭上去的……

林昭昭用手机屏幕照了照自己此时的样子,乱糟糟的头发、脏兮兮的脸、哭红的眼睛,不知道回家见到奶奶以后该怎么解释。

要不然她晚上住单位宿舍好了,吃完晚饭就让谢辰青送自己过去。

谢辰青看着她哭过的脸。如果林昭昭就这样回家,蒋奶奶肯定会担心,奶奶一担心,林昭昭肯定会反过来安慰奶奶。

"告诉奶奶,你今晚不回家。"

林昭昭没有多想,发微信语音给奶奶报了平安。

晚饭两个人吃得简单,是清淡的海鲜粥和蟹黄包。胃里温热,林昭昭终于有种活过来的感觉。

酒足饭饱,上车之后,她终于扛不住困意闭上眼睛,睡了两天以来的第一觉。

直到越野车停下,谢辰青轻轻地碰了碰她的脑袋:"林昭昭,到了。"

她迷迷糊糊地揉了揉眼睛,慢慢地睁开眼睛,眼前是从没来过的小区。

环境清幽满是花草,还没有很多人。

林昭昭没睡醒,鼻音很软:"这是哪儿?"

谢辰青回答:"我家。"

"什么时候买的呀?"

"从K国回来的那天。"

他在A城支队两年,都是以部队为家,从未有过在此安家的想法,直到林昭昭的到来。

谢辰青刚买的房子十分空旷,没有什么颜色,也没添置什么家具。只有简简单单的桌椅、沙发、床,刚刚能够住人。但是阳台上养了很多花,像一个精巧布置过的玻璃花房。

她认识的、不认识的花,白、浅绿、明黄色调和谐,热热闹闹地在月光下开了一片,清幽的香气很治愈。

林昭昭十分惊喜,竖起大拇指到谢辰青眼皮子底下:"谢警官好厉害呀,维和一趟回来,不光会种菜,还会养花啦?"

谢辰青顺势低头在她手背上亲了一下,眉眼间有清晰的笑意:"省得吃没文化的亏,连向日葵的花语是什么都不知道。"

他的话音很轻,淡淡地落在她的心上。

她压着巨石的心底,无边悲伤沉痛之下,慢慢开出一朵小小的向日葵。

已经是晚上十点了。

"先去洗个澡,早些休息。"

林昭昭嘴上答应着,嘴角弯弯地勾起来,蹲在那一盆盆的花朵中间。

她的指尖碰了碰向日葵,再探着身子闻一闻洋桔梗,完全没有动身的意思。

谢辰青无奈，笑着弯下腰。

林昭昭手环膝盖蹲着，谢辰青直接就着这个姿势把她抱起来。

他像端着一盆小小的盆栽，软软糯糯地抱了满怀，一直端到浴室门口，才把她放下来。

"可是我没有换洗的衣服……"林昭昭挠挠头，不敢看他的眼睛，脸突然就红了。

贴身衣物她带了，面对时不时的出差情况，她习惯有所准备。可就是外面的衣服，她没有多带一身。

谢辰青身上的军衬有了细微的褶皱，是林昭昭在他怀里蹭出来的。他的领带不知道去了哪儿，领口开了两颗扣子……就更让人浮想联翩了。

林昭昭那哭到傻了的小脑袋瓜里，突然浮现以前看过的韩剧场景——

女主角和男主角因为意外共处一室，如果没带衣服，女主穿的都是男主角的白衬衫，长度很危险。

等女主擦着头发从浴室出来，和男主眼睛一对上，电光石火的下一个瞬间，就是这样亲亲那样抱抱。

谢辰青转身进了卧室，出来时怀里抱着简单干净的衣服。

保守如这位武警叔叔，光给她拿一件白色短袖还不算完，还有一条黑色运动短裤，势必要把她裹得严丝合缝。

林昭昭抿抿嘴唇，有些想笑，心里满是被人珍视的甜："那我去洗澡啦。"

谢辰青摸摸她的头："去吧。"

浴室里有他买好的女士拖鞋，除了沐浴露，其他的都是一式两份。

水汽弥漫，熏得脸颊通红，林昭昭擦干净脸，镜子里的女孩慢慢变得清晰。

谢辰青穿着不过膝盖的短裤，她穿着像裙子，白色短袖也是，都快到膝盖了。

总体而言，不仅不迷人，还非常好笑。

林昭昭洗完澡，谢辰青已经把身上的军装换下来了。

简单的白色T恤配浅灰运动裤，衬得人干干净净，少年感十足。

他手里是一本战斗机封面的军事杂志，漫不经心地翻着。窗外月光温柔地落在他的眼角眉梢，令他更显清绝。

她走近，他抬起眼皮，浴室氤氲的水汽都好像被她带出来了。

他们身上有同款沐浴露的味道，薄荷青柠的香气浅浅萦绕，他故意没有买两种。

林昭昭黑色的长发半干，缱绻地落在脖颈、胸前、后背，脸上是刚洗完澡才会有的红晕，唇瓣颜色更深。

谢辰青眸光暗了暗，不动声色地移开视线，手里的杂志一个字都看不进去，索性倒扣在手边。

"把头发吹干，早点睡。"

那清冷如常的俊脸，那冷冷淡淡的声线，和当教官的时候没有什么区别。

林昭昭皱眉，又是早睡，他已经和她说了两遍了。

就不能待一会儿吗？他真的好狠心。

她不吱声，他直接起身进了卧室，背影清瘦高挑。短袖宽宽大大的，肩胛线条清晰，腰看起来比穿军装的时候更窄，那一米八八的身高，自带的大长腿就更不用说，看起来便让人赏心悦目。

可是，再好看又有什么用呢？又不能让她多看一会儿？

谢辰青拿着吹风机出来，坐在沙发上的小姑娘垂着脑袋，撇着嘴角不说话。

"过来把头发吹干。"

吹风机连上插座，他坐在沙发的另一边。他放轻声音说话时，鼻音恰如其分，慵懒温和。

林昭昭看着手拿吹风机的谢辰青，眼睛眨了眨。

"林大小姐，"谢辰青漫不经心地说，"再不过来就自己吹。"

林昭昭便从沙发的一端挪到谢辰青的身边，两个人面对面坐着。

他偏着身子，两条长腿敞着，林昭昭曲起膝盖，手环着膝盖坐在他的对面。

她下巴抵在膝盖上，整个人快要缩成小小的一团，眼睛亮亮的，眼里是不加掩饰的喜欢："来吧！"

谢辰青忍着笑，嘴角弯了弯："微臣领旨。"

他修长的手指没入她乌黑的长发，发丝软软地缠绕，旖旎缱绻。

吹风机的暖风温柔，干净清冽的薄荷味弥漫开来，分不清是两个人谁身上的味道。

空荡荡的大房子里,空气开始慢慢升温。

林昭昭一动不敢动,尤其是谢辰青帮她吹后脑勺的头发时,手环过来,像是把她圈在了怀里。他有些微凉的指尖,会不经意地触碰到她的耳朵和脖颈,窸窣的电流让人忍不住瑟缩。

她的脸一点点变红,看到自己的头发被暖风吹起落在他的锁骨、怀里、脖颈,暧昧到了极致。

她的肩侧,他薄而清晰的嘴唇近在咫尺,下巴清瘦紧绷,喉结轻轻地滚动。

谢辰青察觉到她的目光,又不带情绪地移开视线。

他帮她把头发吹干,关掉吹风机后站起身,把电线一丝不苟地整理好,再哄小朋友:"现在可以去睡觉了吗?"

林昭昭不说可以,也不说不可以,还维持着刚才的坐姿,小脸慢慢地皱起来。

谢辰青转过身面对她站着,俯身看她的表情。

对上他的视线,她抿着嘴唇,然后缓缓张开双臂,眼睛一眨不眨地看他。

"真是长不大了,"他弯腰伸手去接她,她整个人扑到他的怀里,"还会撒娇了。"

教科书版本的公主抱,他一只手垫在她身后,一只手穿过她的膝窝。

林昭昭手搂着他的脖颈,有些发热的脸颊贴在他的颈窝,偷偷弯着眼睛笑了。

谢辰青个高腿长,抱着她用膝盖推开次卧的门,把她放到床上。

他低头给她盖被子,被子盖到下巴尖儿,低头对上她亮亮的眼睛。

他手指蹭蹭她还没消肿的眼睛,顺势撑在她的身侧,轻轻地吻上她的额头。

"晚安。"献完吻的大帅哥温温柔柔地看着她。

这完全就是,他马上要离开她旁边的信号。

林昭昭撇了撇嘴角,床又软又宽,她整个人陷进去,显得更小。

她穿着他的短袖,领口有些大,脖颈锁骨的皮肤白皙,和黑色长发形成鲜明的对比。

"闭上眼睛,我给你关灯。"

谢辰青喉结轻滚,温热的掌心落在林昭昭的眼睛上,她睫毛的触感清晰。

林昭昭的眼睛被挡住,只露出一点哭红的鼻尖。她饱满漂亮的唇瓣,色泽嫣红更加分明。

有根神经在慢慢地紧绷。

林昭昭用牙齿咬住下嘴唇,嘴角有往下撇的弧线。

都不跟她多待一会儿吗?都不等她睡着了再走吗?算起来已经很久没见过面,就算见面也都是急匆匆的。

好不容易能在一块,不亲亲抱抱也就算了,竟然只知道催她睡觉。

谢辰青起身去关灯,挡住她眼睛上的手被她攥住。

她指尖有细小的伤疤,不知道是什么时候擦破的,他都没发现。

他的手被拉着往下,林昭昭露出一双小动物般可怜兮兮的眼,委屈巴巴又小心翼翼地看着他:"不可以男朋友抱着睡吗?"

她的声音小小的,几乎听不见,目光清澈无辜,没有一丝杂质,是真的对他很放心。

谢辰青无奈,林昭昭攥着他骨节分明而干净的手指。

他没答应,薄唇不带任何情绪地抿成一条线,她在他的沉默里没了力气。

好吧。林昭昭自己安慰自己。

谢辰青浅眠又容易醒,她如果睡在他旁边会吵到他。

他刚从国外回来,时差都还没有倒利索,得让他好好休息。

她松开手,乖巧地闭上眼睛:"你关灯吧。"

长久没有声音,林昭昭悄悄地观察谢辰青走了没有,没想到刚好撞进他温柔的视线。

"我能拿你怎么办?"

谢辰青从柜子里拿出新的被子和枕头,重新走到床边。

睡在正中间的她被谢辰青抱到里边靠墙的位置,而后身边软软地陷下去,他躺了下来。

林昭昭往被子里缩,挡住自己的脸,没出息地笑起来,却忘了挡住嘴巴,弯弯的眼睛无所遁形。

她蹬鼻子上脸，面对躺在自己身边的大帅哥，张开手："抱。"

谢辰青叹气，只好靠近一些，隔着被子把她搂进自己怀里。

林昭昭白皙的小脸上，阴霾终于一扫而光，伸手抱住他的腰。

林昭昭脑袋上方是谢辰青帅气的一张脸，此时眉眼微弯，乖巧地给她当人形抱枕。

"现在可以了吗？"他没好气地问她，依稀能分辨带有淡淡的笑意。

怀里的人在他胸口的位置蹭了蹭，点了点头。

"那睡……"

谢辰青话还没说完，怀里的人蹭的方向换了，从上下蹭的点头，变成左右蹭的摇头。

"我的大小姐，您还有什么要吩咐的吗？"

林昭昭毛茸茸的小脑袋从他胸口的位置探出来，弯着眼睛说道："还要亲亲。"

谢辰青低下头。

林昭昭觉得自己仰着脸等着未免太不矜持，于是乖巧地闭上眼睛。

他伸手搂着她的腰，往自己身前带了带，软得不像话的嘴唇落在她哭肿的眼皮上。

他们的视线一触即分，他漂亮的眼睛清澈，长睫毛落下浅浅的阴影，嘴唇很软，是绯红的色泽，嘴角弯起一点弧度。

等了半天，就只是亲亲眼睛吗？被美色所惑的林昭昭，脑袋里有两个小人在激烈地争吵。

一个小人满脸鄙夷地说："好啊，林昭昭，你天天扛着相机，看起来一本正经挺像个记者，其实脑子里全是想占大帅哥的便宜！"

另一个被人戳到痛处，恼羞成怒："我就是想和他亲亲抱抱贴贴！怎么样？！"

"谢辰青，我不要这样的亲亲……"

谢辰青微愣，似乎是始料未及，表情瞬间空白。而后他从林昭昭越来越红的脸上，读懂了她没说完的后半句话。

喜欢了那么多年的女孩子，穿着自己的衣服，躺在自己身边，就连沐浴露的味道都一样。

被子不敢盖一床，抱也只隔着被子抱，连手指都不敢碰一下。

她倒好，要抱，还要亲，是真的对他很放心。

谢辰青不再催她睡觉，脑袋枕着手臂，手指闲散地钩着她的长发，在指尖绕了绕。

"那你想要？"

林昭昭抿唇，她说不出口。

她睫毛颤抖着，小声说："不是亲亲额头，也不是亲亲眼睛……"

她话说到这里，希望谢辰青能明白，然后好好地亲亲他哭到快傻掉的女朋友。

她抬头一看，谢辰青似乎是被气笑了，又或者是无奈，逗小孩似的逗她："那要亲哪儿？"

谢辰青弯着眼睛，坦然又耀眼，小说里古代那些爱调戏小姑娘的公子哥，八成不及他此时风流。

林昭昭说不出话，耳朵的热度快把她蒸熟了。

"不亲了，不亲了。"她把脸往他怀里藏，嘴里嘟嘟囔囔，"睡觉，睡觉！"

谢辰青坏笑着向后躲，让她抱了个空。

在她表情凝滞的那一秒，谢辰青翻了个身，手攥着她的手腕，压在她柔软的枕头里。

林昭昭感到压迫感铺天盖地落下来，瞬间瞪大了眼睛。

他骨节分明的手指在她手腕上摩挲了一下，指腹的枪茧触感分明。

眼前陷入一片黑暗，谢辰青低头吻她的发顶："那是要亲这儿吗？"

被亲到的地方瞬间热起来，林昭昭忘了吱声，他从她发顶一点一点地往下，薄唇轻轻地压在她的眼尾："这儿？"

林昭昭瞬间什么都说不出来，想要躲开，被他完全禁锢在怀里。

偏偏她不说话，他还要低头问她，自己亲的位置正不正确。

谢辰青俊美无俦的一张脸，睫毛无辜乖巧地垂着，语气又与说正事无异："还是这儿？"

挺秀的鼻梁抵着她的脸颊下滑，薄唇有一下没一下，温柔又磨人地啄吻。

"你不说我怎么知道？"

他低头看她，浓密的眼睫下，引人下坠的一双眼睛，就连眼尾的泪痣都带着蛊惑人心的意味。

林昭昭羞得快要哭出来，手指攥成拳头，被他掰开，修长的手指错进她的指缝。她的紧张和她不受控制的脉搏，没有任何遮挡，全在他的掌心。

而他弓起身，手指扣住她的下巴往上抬。林昭昭不得不和他对视，对上那双漆黑澄净十分危险的眼睛。

下一秒，她就什么也看不到了。

只有清冽干净的气息席卷而来，带着强烈的占有欲和攻击性。

唇瓣被轻含着，谢辰青冷淡的声线含混不清："那就是要亲这儿了。"

他偏过头，鼻尖亲昵相抵，从有一下没一下的碰触，变成轻轻浅浅的吻。

林昭昭脑袋发昏，眼前从模糊一片变成什么都看不见，憋气憋到不敢呼吸，心在他能把人溺毙的温柔里颤抖。

不知道过了多久，谢辰青微微分开，她羞红了一张脸，埋头在他怀里小口小口地喘气。

她脑袋上方，漆黑的一双眼睛锁着她，手撑在她的身侧。

居高临下的姿势，他眼尾有清晰的薄红像是喝醉酒，而下睫毛处的泪痣潋滟，勾人却不自知。

林昭昭清晰地看到他滚动的喉结，线条凌厉。

她好奇那个位置的触感，想要伸手摸一摸，但是不敢。

谢辰青低头对上她无辜清澈的双眼。

怀里的女孩子脸颊滚烫，她无意识地抿着嘴唇，正自欺欺人地往棉被里缩，好像这样他就看不到她害羞一样。

"挑三拣四，"他清冷的声线喑哑，嘴角却很好看地弯着，最后亲亲她的额头，"林大小姐这脾气是谁惯的？"

要抱，要睡一张床，要亲，还不要亲额头和眼睛。

林昭昭的睫毛轻轻颤抖，可是眼睛亮亮的，尾音骄傲地上扬："谢辰青惯的！"

林昭昭被亲到害羞，心里甜甜地冒泡，又或者说不敢再瞎折腾。她乖乖地盖着自己的小薄被，在谢辰青怀里找了个舒服的位置窝着，心满意足地闭上眼睛。

她太困了,在火灾现场的两天没有任何办法睡觉。

她一闭上眼,就是牺牲的消防官兵在走进火场前低声喃喃,挂念在产房还没有出来的妻子。

林昭昭第一次直面牺牲,那种悲伤渗入骨髓。

秋夜静谧,偶尔有风吹过,吹得树叶沙沙作响。

眼前一片黑暗,窗外火光四起,浓烟密布。

场景转换,她扛着相机,热浪一波一波地落在脸颊,空气里满是烧焦的味道。

她看到一个逆行的身影,高大清瘦,在他回头时,看到了他的脸。

清冷出尘,只应见画,不是年轻的消防官兵,是谢辰青。

她扔下相机跑进火场,他人已经不见了。

她站在火焰中心,任由大火烧在身上无知无觉,绝望地大哭……

"昭昭。醒醒。"

怀里的小姑娘在抽泣,谢辰青伸手打开灯。

林昭昭是小婴儿那种睡姿,身体蜷着侧躺,手乖巧地放在脸侧,只是闭着眼睛,哭得停不下来。

"昭昭。"

林昭昭从睡梦中被叫醒,蒙眬的泪眼无法聚焦,泪水打湿了枕头。

下一秒,她不管不顾地扑在他身上,手紧紧地抱着他的脖颈,颈窝湿了一大片,低声的啜泣就在耳边。

他轻轻地拍她的背:"做噩梦了吗?"

谢辰青进入火场前,回头冲着她笑,笑容清晰温柔可见,转瞬就看不见了。

失去的痛苦有如实质过于清晰,林昭昭在梦里只觉得自己难过得快要死掉了。

她的眼泪止不住,哭得像个小孩子。

谢辰青低头亲了亲她的头发:"梦见白天的事情了吗?"

"嗯……"林昭昭的鼻音和哭腔都很重。

"梦见牺牲?"

"嗯……"

怀里的人抬起头,眼睛里全是泪水:"但是,那个人是你……你在梦里，把我一个人丢下了……"

只是说完这句话，都让她难过得不行。谢辰青像哄小孩子一样哄她："我不是在这儿吗？"

失去的感觉令人窒息。

林昭昭忍不住去想，那个刚生完宝宝的年轻母亲，还有没等到儿子回家吃饭的年迈父母，此时有多绝望。

这样的绝望她不是没有经历过，父亲牺牲那年，她每天都躲起来偷偷哭。

泪湿于睫，久久不能平静。

她所经历的一切，无一不在提醒她——珍惜眼前人。

翌日，周六，阳光轻盈地落在眼皮上。

林昭昭睁开眼睛，窗外天光大亮。

意识模糊一瞬，浅灰色的房顶和墙壁映入眼帘，不是她自己的家，是谢辰青的家。

而身侧，谢辰青不知什么时候已经醒来了，头枕着手臂朝她看过来。

昨天她无知无畏，挑三拣四地要人亲，做噩梦醒来时还哭着扑到人家身上。

这一刻，她睡醒后的小脑袋瓜十分清晰，后知后觉的不好意思来势汹汹。

他不抱她，她便自己一寸一寸地挪到他身边，直到下巴能碰到他胸口的位置，才小声说了句"早上好"。

"是不是没睡好？"他摸摸她的头，微哑的声线紧贴着耳郭，在醒来的清晨显得格外亲昵。

"没有，就只是哭的那一小会儿，然后你拍拍我马上就睡着了……你呢？"

她从他怀里探出脑袋，头发散落在他怀里和他抱她的手臂上，很软。

谢辰青笑着，用下巴上的胡楂蹭她的额头，刺刺的、痒痒的："睁开眼看见你睡在我床上，以为在做梦。"

林昭昭嘴角勾起甜甜的弧度："你休假几天？"

谢辰青看着她的眼睛："一天。"

她刚才还弯弯勾起的嘴角一点一点地耷拉回去,像是要哭鼻子:"那今天归队吗?今天下午四点之前?"

"嗯,"谢辰青温和地看着她,"要不要起床?"

林昭昭说道:"嗯,那我们快点起来吧,时间太短了……"

就只有一天,这时是早上七点,谢辰青需要留出一个小时开车,那就还有八个小时。

虽然谢姓帅哥真的好抱,但她实在不舍得把时间浪费在被窝里。

她坐起来,谢辰青个高腿长地站在床边,低头看她。

"看我干吗?"林昭昭对于自己刚睡醒的样子十分有数,脸肿,眼睛肯定也是,头发乱糟糟的,"别看我啦!"

谢辰青就没有这种烦恼,无论骨相还是皮相,都得了造物主独一份的偏爱。

他的眼尾轻轻地弯下去,温声问她:"今天不要男朋友抱了吗?"

昨天全是她主动,包括早上,刚刚林昭昭还在反省,自己是不是太黏人,两个人这进度是不是有点快。

亲亲抱抱,还睡一张床。

于是她小动物似的小心翼翼乖巧地问他:"你还抱吗?"

谢辰青没有丝毫犹豫,弯腰把她捞到怀里,转身抱进浴室:"多抱一会儿都是我赚了。"

他们好像又回到大学时,每一次简短的见面,时间都进入倒计时状态。

只是那个时候,她不敢而他不能往前迈出一步,即使喜欢也喜欢得小心翼翼,浅尝辄止。

这个时候他们一起刷牙,一起洗漱,她涂完水乳,坐在洗手池上,小腿悠悠荡荡地看他怎样把胡子刮干净。

谢辰青见她眼睛一眨不眨地盯着自己看,挑眉问道:"好奇?"

林昭昭点头如小鸡啄米,他便坏笑着用胡楂去蹭她软软白白的小脸。

"不要了,不要了……"

她笑着想躲,却被他禁锢在身体和洗手池中间。

最后林昭昭只能脸红心跳地看他刮胡子,看他慢慢露出清秀白皙的下巴。

大帅哥任何时候都帅气,赏心悦目,看着很养眼。

刮胡刀停止运作，谢辰青弯腰笑着靠近："你再试试，现在刮干净了。"

脸颊相贴，他重新蹭过来，偶尔的孩子气，快把她的心萌化。

他做饭，她倒背着手站在他身后，从他的腰和手臂中间探出可爱的小脑袋："放醋放醋！还要辣椒！我喜欢辣的！"

谢辰青无奈地说："林大小姐，我在炒西红柿鸡蛋。"

"哦，好吧，"林昭昭不好意思地蹭蹭鼻尖，"有什么小的可以帮忙的吗？"

谢辰青做饭做得专心又认真，那背影肩宽腰窄，美貌惊人。

"抱我。"清冷的声线，在此时此刻听起来，就像个小男孩在撒娇。

林昭昭在他背后偷笑，心说，黏人的不止她。

她慢慢地伸手环过他的腰，脸贴在他的后背上，从他身后抱住他。

一整天，她都亦步亦趋地跟在他身后，像个乖巧的人形挂件，甜得快要冒泡泡。

下午，谢辰青归队。

林昭昭从来不问谢辰青什么时候回来。

如果知道，恐怕就要用全部的时间来做一件事——等他。

九月，退伍季，征兵季，临近国庆节。

林昭昭接到一个特殊的拍摄任务，拍摄地点——帅哥最多的武警A城支队。

上次见谢辰青是什么时候来着？她数学不好，对数字更谈不上敏感，但是从大学开始，她能准确地记得每一年每次见他的日期。

拍摄那天，林昭昭起了个大早。

她把长发扎成马尾，干净利落，有浪漫卷曲的弧度，身上是部队统一配发的迷彩作训服。

跟谢辰青不一样的是，他是现役军人，她是非现役文职。

宣传文化中心离A城支队不远，林昭昭到时，天刚蒙蒙亮。

她从车上下来，入目便是支队门口哨位，那个堪称门面的极品帅哥。

一身橄榄绿春秋常服笔挺，没有一丝褶皱，肩背俊秀利落如剑脊。

他们已经快一个月没见过了。

这一个月里，她认真工作，履行一名军事记者的职责，随部队跑各种新闻现场。

镜头里,是武警部队的魔鬼周、边关演练、一线缉毒,甚至是军民共建军地联谊。

唯独没有谢辰青。

当他猝不及防出现在自己面前,林昭昭拼命压制的想念来势汹汹。

熹微的晨光里,他眉眼好看得像是画出来的。

谢辰青看到她,微微一愣,深黑的眼底有了干净温柔的笑,抿起的嘴唇竟然有些甜。

哨兵神圣不可侵犯,她不可以上前,乖巧安静地站在他对面。

不知道过了多久,路过的蒋沈前来换哨。

他在支队门口被一把狗粮塞得趔趄,脑子发蒙,深吸一口气才走到这对小情侣身边。

蒋沈敬礼,那张嫉妒到扭曲的脸上写着:垃圾小情侣!

谢辰青回礼,面无表情,眼里的鄙夷不加掩饰:单身狗。

年轻英俊的武警警官从哨位上走下来,一步一步走到林昭昭面前,表情清冷如常,眼睛却温柔地弯着。

"军事记者,林昭昭。"林昭昭笑眼弯弯地伸手。

谢辰青回握:"武警边防,谢辰青。"

那个瞬间,林昭昭突然想起高考结束那年,谢辰青军校开学,背影在视野里渐行渐远,再也看不见。

她一个人回到家,哭着坐在书桌前看他亲笔写下的话:"他日高处相见。"

那个时候,是军校生谢辰青,新闻专业林昭昭。

而这一刻,是武警边防谢辰青,军事记者林昭昭。

她好想穿过时空隧道,抱抱那个哭鼻子的小女孩儿,告诉她:六年后,你们真的高处相见啦,所以,你不要哭。

林昭昭参加工作后,去过那么多营区、拍摄过那么多军人,来武警A城支队是第二次。

第一次来的时候,她还是电视台记者林昭昭,拍摄的是父亲的宣传片。

她笑得温柔安静,看起来非常淡定,迷彩服穿在她身上平添一抹英气。

实际上,在没有人看见的地方,她走路的时候忍不住一颠一颠的,见到男朋友就像有条件反射一样，想要蹦蹦跳跳。

谢辰青揉揉她的脑袋，笑着说："我先去换衣服跑步。"

哨声响起，五公里开始，A城支队的武警战士们步伐整齐地踏上跑道。

他们身穿军绿短袖，黑色运动短裤，额头上的汗水在阳光下发亮。

得亏是她心理素质过硬，小时候看父亲和叔叔们跑步，长大后身边又有个谢辰青那样的极品帅哥，不然肯定得犯花痴了。

林昭昭将相机的三脚架架起来，满镜头都是荷尔蒙和大长腿。

耳边口号声响彻营区上空，近距离震得耳膜生疼，热血随之沸腾。

"一！二！三！四！"

"一二三四！"

林昭昭拿出百分之一百二十的认真，调整画面和角度，势必要展现战士们最好的精神风貌。

只是猝不及防，画风一变，林昭昭听到他们的口号——

"五公里呀！我爱你呀！一天不跑！想死你呀！"

这是一群什么样的大可爱啊！

林昭昭远远地对上谢辰青的目光，忍不住笑出声。

而跑步的他干净清冽一如少年时，嘴角漂亮的弧度异常让人心动。

五公里并不是林昭昭此次的重点拍摄任务，她真正的任务是——

"今天我们不拍魔鬼周，也不拍反恐演练，我们拍的视频主题是舞蹈《你笑起来真好看》。"

"现在网上已经有海军的、陆军的、空军的，所以队里决定也拍一次我们武警的。"

她笑眯眯地说："展现一下，我们最可爱的人，他们最可爱的一面。"

今明两天是正式拍摄前的排练，舞蹈动作简单，两天时间足够了。

《你笑起来真好看》的欢快调子在武警A城支队的营区上方响起来。

音乐可爱，舞蹈的画风更是，基本就是挥挥手，比画比画，加蹦蹦跳跳。

一个支队的武警战士，绿色军装，个高腿长。

音乐响起，林昭昭还是忍不住笑起来。被迫营业，即使心里百般不愿，但是身体很诚实，还是整齐划一。

"好可爱啊,蒋沈,你的动作太到位了!"

蒋沈嘿嘿一乐。

"蒋沈前面那位不要再摸鱼啦,再摸鱼给你个特写!"

蒋沈前面的赵延一不想出名,立马变得规规矩矩。

至于支队门面某个不愿意上镜的谢姓帅哥——谢姓帅哥偶像包袱比装甲车重,想让他跳是不可能的。

他不光不跳,还冷眼站在林昭昭身边看自己的战友跳。

林昭昭夸谁或者看谁,他那双自带瞄准镜的眼睛就冷冷地扫过去,眼里那十字线几乎就是瞄准的架势。

短短几分钟里,他的目光不动声色地从"动作到位"的蒋沈,落到摸鱼的赵延一身上。

他垂眸看到林昭昭在笑。

林昭昭在看着别的男生笑,还笑得眼睛弯弯……小兔牙都笑出来了。

都……不看他了。

他抿了抿嘴唇,女朋友在身边,不能亲、不能抱、不能牵手也就算了,连看都不看他一眼。

第一天排练效果很棒,这群年轻军人平时走起队列整齐划一,跳个只需要蹦蹦跳跳的舞更是比吃饭还简单。

听了一天的歌,简直有洗脑的效果,为了保证武警部队的视频不输给海陆空的兄弟,晚上他们还主动要求加练。

看完《新闻联播》,谢辰青叫住蒋沈。

蒋沈一边吊儿郎当回了句"干啥",嘴里一边小声地哼歌。

谢辰青薄唇抿成一条线:"教我。"

"你说啥玩意儿,我没听清。"蒋沈不光唱,还用作战靴踩着打拍子,样子特别欠揍。

谢辰青低声说:"就你们白天跳的那个。"

蒋沈:"行呗,谢排长,都是战友,你有啥好扭捏的。"

他转过身往外走,抿起的嘴唇疯了一样地颤抖,憋笑到差点憋出内伤,才没当着谢辰青的面笑出来。

时间紧任务重,蒋沈叫上了赵延一。

这小赵是谢辰青的"脑残粉",一听自己的人生偶像要学跳舞,立刻风风火火地跑来了。

武警边防谢辰青，速射扫毒不在话下，是犯罪分子眼里的尖兵利刃。但是所有人都没有想到，这哥们儿跳舞的时候竟然同手同脚。

他不但僵硬还顺拐，冷着一张让通缉犯闻风丧胆的冰山脸，不像是去跳舞，倒像是要去把犯罪分子的窝点给端掉。

如果送去出道，大概海选就要因为表情管理负分被刷掉。不，在去海选的路上就会因为表情过于恐怖被人拦下来。

赵延一小心翼翼地说："偶像，笑一笑，smile（笑）……"

谢辰青没好气地扯了扯嘴角。

蒋沈脊背一凉："还是别笑了！你不笑就挺帅！"

这样的冷笑，别说暴徒了，他们这些战友都觉得毛骨悚然。

赵延一和蒋沈差点憋笑憋出内伤，但是他们经过严格训练，他们俩嘴角差点咬出深深的牙印，硬生生地憋住了。

那天晚上去集合，被洗脑的谢辰青嘴里不自觉地哼出《你笑起来真好看》的调子。

他闭了闭眼，绝望到怀疑人生。

第二天排练，林昭昭照样起了个大早，天刚蒙蒙亮就到达A城支队营区。

她那个帅哥男朋友昨天亦步亦趋地跟在自己身后，自己完全没有顾上……今天怎么不见人影了？难道是被忽视不高兴了？

相机架起，武警战士们排练的场景可以当彩蛋或者花絮。

林昭昭对这支队伍感情深厚，不管他们怎样蹦蹦跳跳，她都觉得过分可爱，一帧都不想落下。

湛蓝的天空下，穿橄榄绿常服的武警官兵整齐列队，当音乐响起，每个人脸上都露出被迫营业的开心笑容。

林昭昭眼睛对准镜头，似看到了谁，眼睛微微睁大，满是不可思议。

她抬起头，揉了揉眼睛，果然见队伍最后面一排多了一个极品大帅哥。

他穿着制服，瘦高挺拔，冷着脸一言不发，表情管理应该给负分，但是胜在人好看，腰细腿长，顶着一张人间绝色脸，只在那儿一比画就是颜值担当。

经过昨天一整个晚上的奋斗，顺拐选手谢辰青，终于用他那拿IMO

167

金牌的脑子记住了所有动作。

奈何谢辰青那给步枪上膛的手，那跑四百米障碍的大长腿，完全应付不了这多多少少带点儿卖萌性质的大型广场舞。

谢辰青板着脸，一本正经，人生二十四年从来没有过这样的时刻。

林昭昭笑眼弯弯，隔着人群高高地举了个大拇指给他。

他勾起嘴角，脸上总算带了一点可爱的表情。

林昭昭都要被萌化了，如果不是有工作任务在身，简直想给这哥们儿整一个粉丝视角的直拍。

跟海陆空兄弟争奇斗艳的决胜关键，就是这位冷面帅哥了！

武警边防谢辰青"一笑倾人城"，他要是在镜头面前笑一笑，肯定能以压倒性的优势夺走所有人的眼球！

林昭昭倒背着手，踱着步子走到自家男朋友面前："这位警官，注意一下表情管理呀！大家都笑得好开心！"

她趁人不注意，迅速调动面部表情做了个鬼脸给他：腮帮子鼓着，眼睛瞪得滚圆，甚至还斗眼。吓人不足，可爱有余。

谢辰青微愣，片刻后，终于忍不住低头笑了。

林昭昭也笑起来，弯着眼睛盈满清晨的阳光："笑一笑多可爱呀，谢警官。"

这一天终于引起女朋友的重视，并且被女朋友夸奖的谢辰青心花怒放。

他抿着嘴唇，耳朵尖还有点红，笨拙营业的样子和武警狙击手谢辰青判若两人。

等他再抬头，拜林昭昭所赐，他又回归昨天同手同脚的状态，彻底跟不上动作了……

林昭昭倒背着手站在谢辰青身边，哪里都不去，看他高高帅帅被迫营业，可爱到要爆炸。

休息的间隙，林昭昭在看录像，谢辰青走到她身边。

一张清冷禁欲的冰山脸，看向她的眼睛却湿漉漉的，像只大狗狗。

全支队那么多人，林昭昭有些害羞，还有些紧张。

"林昭昭记者。"

他高大清瘦的影子完全笼着她，林昭昭的心跳突然加快，仰起头。

谢辰青一双眼睛清澈,长睫低垂的样子乖巧无辜,让人心软又心动。

而他俯身,每个字音都咬得慢条斯理且清晰,和呼吸一起落在她耳边:"我是不是很乖?"

"你想看,我就跳了。"

他刚才蹦蹦跳跳就够可爱了,可爱到她想要私藏不上传网络。而这一刻他眼尾微弯,瞳孔明亮地藏着光,简直就是在撒娇。

林昭昭莫名想起军犬基地温顺的德牧。

看起来威风凛凛一大只,在外人面前又冷又跩,可是在自己的训导员面前,乖巧纯良得要命,简直就是只大兔子。

林昭昭抿起的嘴唇压不住,踮起脚在他脑袋上飞快地摸了摸。

原来寸头是这种触感呀?落在掌心,刺刺的、痒痒的,还有些软。

林昭昭觉得新奇,意犹未尽,于是又大着胆子揉了一把。

她眼睛清透,几绺发丝在阳光下显出深褐的色泽,笑时唇瓣微张,小兔牙若隐若现。

谢辰青的眸光暗了暗。

林昭昭无知无觉,踮起的脚落回去,笑眯眯地说道:"我男朋友最乖了……啊,不对,是最可爱了!"

林昭昭的视线越过谢辰青肩侧,能看到武警战士们正在休息,或者纠正彼此的动作,这群人真是做什么像什么。

"整个支队能看的也就我了,"谢辰青把她的脸扳过来,让她不得不只看着他一个人,"不准看别人。"

他俊脸清冷,一如当年的谢教官,只不过这一刻他在用冷淡的语气撒娇。

他高而清瘦的影子完全挡住她,浅浅的阴影似乎也带着压迫感和占有欲,身上浅淡的味道侵占她的鼻尖。

看别人一眼都不可以,是不是太霸道了呀?

她抿着嘴唇,对上他深黑漂亮的瞳孔,眼睛甜甜地笑弯了:"好,不看他们。"

她的声音软糯,喜欢不加掩饰。

谢辰青显然没有想到小女朋友一个直球就打过来,他微微愣住,薄唇抿起,似乎不知该怎么接下一句话。

小女朋友倒背着手，认认真真地哄他开心："只看谢辰青，也只亲谢辰青。"

谢辰青眼睛明亮，眼尾倏然下弯，弧度漂亮极了。

这一天的营区氛围活泼又热闹，而在这无人关注的一角，他们年轻英俊的狙击手，此时不过是个猝不及防被心上人表白的少年。

阳光落满身，他低垂着眼睫看她，目光很软很温柔，终于忍不住笑了。

第七章
我们私奔

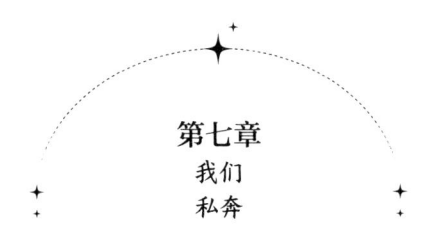

"十一"之前,武警Ａ城支队的《你笑起来真好看》在官方账号上传。

这个视频和维和时期的视频风格完全不一样,维和视频里他们站在维护世界和平最前沿,个个都是尖兵利刃。而在这个视频里,昔日全副武装荷枪实弹的武警战士身着春秋常服,整齐列队,神圣不可侵犯。

可是当欢快的音乐声响起,这群英俊严肃的武警穿着军装蹦蹦跳跳,个顶个的个高腿长,动作整齐划一,完美诠释了"严肃活泼"。

视频一经上传,弹幕就密密麻麻地挡住那些橄榄绿的身影——

"国家什么时候给我分配对象?"

"啊啊啊——这就是最可爱的人!是我心中的最帅天团啊!"

"被迫营业的样子笑死我了,哈哈哈!生无可恋。"

"太可爱了,呜呜呜——好想抱一个回家!"

"报告!有人在摸鱼!不情不愿的样子太好笑了,哈哈哈!"

"最后一排最白最高的那个!我的天呀,这个颜值是真实存在的吗?我已经来来回回看了好多遍了……"

"致敬我们最可爱的人,愿你们一直笑得这么好看,远离危险远离牺牲,岁岁平安。"

武警Ａ城支队谢辰青,缉毒维和抗震救灾,枪林弹雨里摸爬滚打的狙击手。

没想到,又因为一个广场舞镜头火了。

他在视频里只占一个非常不起眼的边角,薄唇抿成一线,耳朵自始至终都是红的。

年轻英俊的冷面武警，不知是看到了谁，下一个瞬间，眼睛漂漂亮亮地弯了下去，嘴角勾起的弧度甚至有些甜。

"笑得好好看，呜呜呜。"

"大帅哥笑起来心都化了……"

"眼睛弯弯的、亮亮的，睫毛长长的，那么问题来了，他为什么突然笑了呢？"

"联系方式！"

"求联系方式的建议去看看前几期视频和微博，他亲口说自己有主了。"

而全网不知道的是，这个有主的武警，此时此刻正在休假，陪他的女朋友。

林昭昭窝在谢辰青怀里看视频，脑袋枕在他的肩膀上。

她忍不住在心里感叹，大帅哥身上的味道香香的好好闻，她好喜欢，就是肩膀有点硬……靠着有些不舒服。

可是让她自己规规矩矩地靠在沙发上吧，她又不情愿。好不容易见个面，当然要腻歪在一起了。

谢辰青就看着林昭昭在自己怀里蹭来蹭去，手里的军事杂志翻了页，轻声问："怎么了？"

林昭昭拍拍他的肩，皱着眉头真情实感道："硬，不舒服。"

他们魔鬼周又或者野外驻训的时候，遇到草丛就睡在草丛，遇到树林便枕着树根。如果都没有，那就幕天席地，黄沙也能睡，戈壁也能睡，雪地也能睡。

但林昭昭不是他。

谢辰青嘴角轻勾："挑三拣四。"

上次听他说这个词，还是要亲亲嘴唇不要亲额头眼睛的时候。

他问她，挑三拣四是谁惯的。她没心没肺开开心心地告诉他：是谢辰青惯的。

当真是明知故问，不是他惯的还能是谁？她以前是多么温柔体贴、乖巧懂事的林昭昭呀。

不过谢辰青也只是嘴上这么说，最后还不是要星星给星星，要月亮给月亮，温柔体贴还乖巧。

谢辰青轻叹一口气，最后左手直接揽过她的左肩轻轻地往下一按。

林昭昭眼前的视野变化，下一个瞬间，她的脑袋就枕在了谢辰青的腿上……

虽然帅哥两条大长腿常年五公里、十公里、四百米障碍地跑，覆着一层清晰分明的肌肉，但还是比肩膀软多了。

"现在可以了吗，我的大小姐？"

我的大小姐，她可真喜欢"我的"这两个字。

林昭昭看着他长而柔软的睫毛，嘴角忍不住翘起来。

她有些害羞，小兔牙咬着下嘴唇，点点头，刚才按下暂停的视频继续播放。

"弹幕也太好笑了吧？！"

"群众的眼睛是雪亮的，大家都发现你不情不愿被迫营业啦……"

谢辰青将手里的军事杂志倒扣在一旁，手指在她鼻子上捏了一下："我是因为谁被迫营业的？"

林昭昭笑眯眯不回答，又念弹幕给他听："第1分17秒，大家问你为什么突然笑了，你笑了吗？"

林昭昭举着手机的细白手指按下暂停，仔细去看谢辰青所在的那一个角，看他眉眼清俊的轮廓，果然是笑着的。

林昭昭仔细想了想，正式拍摄的时候，她可没故意做鬼脸逗他。

"大家都在纳闷你为什么突然笑了，明明刚才还一副不情不愿的样子。"

谢辰青垂眸看了一眼，眉梢微抬。

林昭昭仰起头看他，眼睛一眨不眨："为什么突然笑了呀？"

谢辰青云淡风轻，就连说情话都显得漫不经心："因为看到我女朋友了。"

林昭昭被冷不丁地喂了颗糖，伸手挠挠他的下巴，他微微低头就在手背上亲了一口。

两个人一个看视频，一个看书，互不干扰。间隙，林昭昭会读好玩的弹幕给他听。

好半晌没听见她的声音，谢辰青垂眸，林昭昭一双眼睛瞬间睁得滚圆，举高手机飞快地打字。

"你在干吗?"

林昭昭忙得几乎没空看他一眼,声音脆生生的:"吵架呢。"

"在吵什么?"谢辰青一片茫然。

"她们在弹幕里花痴你,我说我的弹幕是在你怀里发的,她们嘲笑我'梦里什么都有'。"林昭昭脸颊鼓得像小金鱼,"我觉得好气呀!明明我说的是真的……"

"我说'我说的是真的',她们还建议我去看看前面几期视频,说你都说自己有主了,说我痴心妄想厚脸皮。"

她的脸真情实感地皱成一小团,在谢辰青面前哪还有半点平日里的冷静淡定,简直像个幼稚的小学生,手指打字飞快,甚至还在疯狂地摁感叹号。

谢辰青失笑,眼尾弯下去的弧度充满无奈。

他刚才落在她鼻尖的手指好像开始觉得不满足,慢慢地落在她的长发上,修长的手指玩着她散开的长发,和黑色长发形成强烈的视觉冲击,而后到脸颊。

谢辰青的手指指腹枪茧触感分明,轻轻地描摹她的眉眼,带着珍而重之的宠溺意味。

林昭昭打字的手指慢慢就没有了力气,脸颊的痒意没有阻碍地顺着血管直达心脏。

她清晰地感受到他的手,从眼角眉梢顺着鼻梁下落再到她嘴角,有一下没一下地摩挲着,温柔缱绻,磨人到心痒……

她的脸颊开始发烫,更别提他的手指在她的脸颊不规矩还不算完,那双眼睛比泉水还要透亮几分,甚至有些波光潋滟,此时此刻正在看她。

谢辰青这一天穿得好好看。

很奇怪的是,每次看他穿军装都会被惊艳,不管是迷彩还是常服。可当军装换成材质柔软的便装,又觉得清隽居家,怎么看也看不够。

眼前的他穿着宽大的白色长袖T恤,没有图案,一尘不染。

他的浅色长裤露出嶙峋的脚踝,和她情侣款式的拖鞋,身上有少年时的干净温柔。

她躺在帅哥的腿上,被帅哥当小动物一样摸摸脸,还被帅哥温柔地看着，这谁扛得住呢？

林昭昭感觉血液往脑袋上冲，觉得自己下个瞬间可能就要拽住他的T恤领口吻上去。

在付诸行动以前，她手里的手机被谢辰青抽走，扔到沙发一角，锁屏发出声响。

她的心一点一点地往上提，胸腔的空气倏然不见，在他的注视下几乎快忘记呼吸。

等他吻下来，或者自己先吻上去。

"手机有男朋友好看吗？"他清澈无辜的一双眼直直地看着她，手指最后落在她的嘴角，轻轻地划着。

她想说没有，只是此情此景下思维意识都被灼烧，渐渐化成一团。

而他微垂着头看她，还是那副清心寡欲的样子，后背靠在沙发上，若有似无一下一下在她绷紧得快要断掉的神经上撩拨着。

空气比她的脸颊还要滚烫，变得稀薄而暧昧，难以流通。

林昭昭坐起来，手臂慢慢地环过他的腰，下巴轻抵在他胸口的位置。

谢辰青无辜地扬眉问道："大小姐，你要干吗？"

他那副漫不经心的漂亮样子，温柔又坏，瞳孔清澈柔和，看上去十分无辜。

林昭昭害羞得不行，本来她都搂住他的腰了，谢辰青应该能明白，却不想他不光没明白，还把手臂枕在脑后，姿态闲散地看着她，一副悉听尊便但就是不主动的态度。

最后没出息如她，红着脸憋了个字出来："抱。"

害羞的小女朋友又尿又可爱。谢辰青忍着笑，"哦"了一声，手一提把人抱到自己腿上。

"然后呢？"他云淡风轻地问她，嘴角弯着，饶有兴味地欣赏她脸红的样子。

林昭昭气都喘不顺了，手指紧紧地攥着他短袖的后腰位置，仰起可爱的一张脸。

额头相抵，他长而密的睫毛快要扫到脸颊，清浅的呼吸落在她的唇缝。

"亲。"

谢辰青漂亮的眉眼近在咫尺，她听见他压低了声音，像说悄悄话一样，用气音问她:"这次要我亲哪儿?"

她面红耳赤,他清风明月一般坦然,甚至是听之任之的乖巧语气。

她又想起上次,可是无论如何说不出口……

最后林昭昭见他笑着仰起头,骨节分明的手指钩着她的后脖颈往下压,让她无路可退。

猝不及防的吻,她还没来得及闭眼。

她能清清楚楚地看到他亲她时,乌黑浓密的剑眉狼毫一般,睫毛鸦羽一般软软地垂着,眼尾的泪痣带着说不出的蛊惑意味。挺直的鼻梁下,他薄而漂亮的嘴唇轻轻地吻在她的脸颊,漫不经心到极致。

谢辰青察觉到她的注视,懒懒地一抬眼皮,好看的眼尾弯起来。他笑着看她的那一眼,差一点就要把她的魂都给勾走了。

谢辰青笑着亲人就够致命的了,偏偏还要在这样的时候开口说话:"喜欢?"

林昭昭的声音融化在嗓子眼:"嗯……"

他得到答案依旧不放过她,又继续问:"喜欢什么?"

她不说话,他微微停下,高挺的鼻尖抵着她。

林昭昭脸红心跳到不敢看人,小声说:"喜欢你亲。"

谢辰青得到自己满意的答案,这才偏头,笑着吻上来。

谢辰青休假的时间不多,林昭昭不能常见到他,但是总有下部队的机会,能短暂地见个面。

后来的时间里,她在能见到、不能见到他的时间里飞快地成长,一如她朝他慢慢靠近的那六年。

林昭昭以军事记者的身份跟着他们去过拉练的深山老林,见识了深山老林还要炒糖色的炊事班,闻着饭菜的香气给他们竖起大拇指。

她跟着他们拍过魔鬼周的训练,看谢辰青双手被捆着扔进冷水里,赤裸着上身在冰天雪地练习卧倒,眼圈倏然一红,心疼得难以复加。

她甚至跟拍过他们一线缉毒,近距离感受过毒贩黑洞洞的枪口以及千奇百怪的藏毒手法。

她在采访时问谢警官,如何能一眼看出他们是毒贩的。

谢警官漫不经心地回答:"道高一尺魔高一丈,我们永远都走在毒贩的前面。"

他云淡风轻的语气,像高中时给她讲他最擅长的数学题。

她喜欢私底下温温柔柔的谢辰青,也喜欢意气风发的狙击手谢辰青。

当他持枪行走边关,当他幕天席地,当他和穷凶极恶的亡命徒近身搏斗……她何其有幸,可以用镜头记录每一帧画面。

作为女朋友,林昭昭心疼,但作为一名军事记者,林昭昭只觉得与有荣焉。

11月8日,这一年的记者节,武警A省总队的官微更新了一组九宫格照片。

这次负责拍摄的人,成为镜头里的人,正是武警部队的军事记者们。

前三张照片里,武警战士在哪里、危险在哪里、灾难在哪里,他们的镜头就对准哪里。

武警野外驻训,为寻找最佳角度,炎炎烈日下,他们在草地荒野匍匐。

抗震救灾前线,面对天灾人祸,他们专业淡定,却也忍不住背对相机抹眼泪。

战火频发的异国他乡,他们全副武装"嵌入式采访",相机架在维护和平的最前沿、距离炮火最近的位置。

中间的三张照片里,是一个面对灾难扛着相机逆行的身影,是一张张年轻坚毅的脸庞,是一双双提笔当武器的手。

而最后的三张照片,是他们的内心独白:为什么选择成为一名军事记者?

"我父亲就是维和警察里的新闻官,小时候听他讲维和见闻,就想着长大以后一定得自己去看一看。"

"我从小就想当兵,当兵没成,就考了文职。"

右下角,最后一张,是一个女孩的照片。

K国深夜,子弹擦着集装箱铁皮而过,爆炸一般的响声近在耳边。而她置若罔闻,手里的笔没停,一点一点记下在K国的点点滴滴。

"我想让世界看到我们的军人。

"除此之外,我还有一点小小的私心,我男朋友在武警部队呢。"

那天下班以后,林昭昭回到家,门铃被按响。

她打开门,入目便是好大一束花,淡绿奶白明黄颜色温馨,最中间是鲜活耀眼的向日葵。

林昭昭脑袋蒙蒙的,签字签收,手忙脚乱地把花接过来。等她看到并拿起花束里那张小小的卡片,低着头笑弯了眼睛。

他永远最懂她,知道她想与他并肩,以战友的身份。

"作为战友,我以你为荣。谢辰青。"

"这么开心?"

"因为是我男朋友……"

林昭昭后面的话还没说完,猛地抬头,撞入一双清澈如水的眼睛里。

谢辰青眉眼弯弯,目光清澈,缓缓张开手臂。林昭昭毫不犹豫地抱着花扑进他怀里。

他下巴轻轻地抵在她的肩侧,温柔地笑着开口:"我的林昭昭记者,节日快乐。"

当秋意渐凉,寒冬到来,元旦之后便是新年。

在一个稀松平常的工作日,谢辰青打来电话时,林昭昭正在跑新闻现场,没有接到。

等忙完,手机里静静地躺着他留的短信:"执行任务,勿念。"

林昭昭再打过去手机已经关机了,听不到他干干净净的嗓音,说"林昭昭,是我,谢辰青"。

勿念,怎么可能不念?她已经不是以前的她了。

以前的她只能靠着谢辰青的只字片语,自己在脑海里还原他的日常。而他总是报喜不报忧,对于危险更是只字不提。

即使是到鬼门关里走了一遭,在父亲墓碑前和她重逢,他也只有简简单单一个"到"字。

让她以为成为一名军人,只是纪律严格了些,训练多了些,其他没有什么不一样。

和平年代,哪有那么多危险呢?而这一刻,了解越多越知道这支队伍时时刻刻面对着什么。

我们生活在太平盛世,对于危险浑然不觉,是因为他们用血肉之躯将危险挡在了身后。

林昭昭吸了吸鼻子,说不清担心、难过、心疼、舍不得,到底哪一样情绪更多。可最深的，是恐惧。

当父亲牺牲、母亲离世，这样的恐惧就已经刻在她的骨子里。

她每天都在心里祈求他平安，也每天对着没有回音的对话框碎碎念，奢望某个瞬间提示音响起，消息来自他。

"今天圣诞节啦！还记得两年前的圣诞节，你写的许愿卡片吗？如果你现在回我，我就告诉你我写了什么……"

"元旦啦！新的一年和初雪一起来了，我的谢警官不回来吗？"

"熬夜写稿，你在干吗？你还好吗？不要受伤，要平平安安！"

"谢辰青，又下雪了，给你看我堆的迷你小雪人，高的是你，旁边的是我。"

"我以后不挑三拣四了，我保证很乖很乖……你能不能快点回来？"

小年夜，窗外鞭炮声响起，预示着新年马上就要到来。

天边朗月清冷无言。

林昭昭屈膝坐在她的小床上，双手环过膝盖，低头打字："谢辰青，我害怕……"

怕他看到担心，又删掉，把脸埋进手臂，湿了一片。

她哭湿枕头，第二天又跟没事人一样起床上班，跟着部队去边关、到高原、再到冰天雪地。

腊月二十九，春节放七天假，林昭昭买了机票，和奶奶回C市老家过年。

除夕夜，明明暗暗的烟花映在老房子的玻璃上，空气里满是熟悉的奶奶牌饭菜的香气，温馨又治愈。

只是当她趴在阳台上看烟花的时候，会忍不住想，如果谢辰青在身边有多好。

当她和奶奶一起包饺子的时候，会忍不住想起大一的寒假，说要包饺子给他尝尝。

当年夜饭上桌，她会忍不住想他这一刻在哪儿，是在犯罪分子窝点蹲守，还是在和亡命徒肉搏，有没有和战友一起过年吃口热饭？

林昭昭趁着转身去开电视机的时候，深吸一口气收拾情绪。无论如何，她要陪奶奶过一个开开心心的新年。

春晚的背景音乐热热闹闹，对于笑点低的她来说，相声小品都精彩，她努力勾起嘴角不让奶奶看出异样。

可蒋念慈怎么可能看不出来。当初知道她喜欢的谢辰青在军校,她就担心过会有这样的情景。

语言苍白,蒋念慈只能紧紧握住林昭昭的手,坚定地告诉她:"不会有事的。"

林昭昭点点头,将马上就要掉下来的眼泪强忍回去。

电视机里画面切换,她一愣,某根神经被深深地触动,拼命压制的情绪势不可挡全部涌到胸口。

屏幕上是蓝白色营区,带"UN"字样的白色装甲车,国旗迎风招展。

是那片他们曾经执行维和任务的异国他乡。

当目光落在"第十一支驻K国维和警察防暴队"时,林昭昭没有掉眼泪,心里的酸涩已然决堤。

恍惚之间,她好像又看到那位年轻英俊的谢警官,一双漂亮的眼睛直视镜头,声音带笑地说"我也想你"。

一年前的今天,她在电视里看到他。

一年后的今天,她和他失去所有联系。

泪湿于睫,她低头给他发信息:"谢辰青,快点回来吧,我都想你了。"

林昭昭的眼泪快要忍不住,拿起玄关的外套:"奶奶,我出去一趟,很快回来。"

除夕夜,花灯节,C市湖畔。

湖水映着灿烂星河,明明暗暗的烟花和祈福的孔明灯一起升上夜空,夜幕被镶嵌上星星点点的暖色。

林昭昭无法凭借自己实现的心愿,只能祈求上苍,愿得上天垂怜,让她如愿以偿。

身边的人成双成对,只有林昭昭是一个人,眼睛红着,鼻尖也是,心里还有大片的酸涩兜头而来。

她提笔蘸墨,笔尖落在孔明灯上,被冻得没有知觉的手握不住笔,一笔一画晕染开,眼前俱是他清朗的眉目。

她忍不住想,那年的谢辰青是以怎样的心情,顶着一个充满枪林弹雨的不确定的未来,写下的"年年有今日,岁岁有今昭"?

那是他最大的心愿吗?

可为什么老天允了他的愿望,林昭昭还在,他却不在?

墨汁被眼泪晕染到斑驳,暖黄色的孔明灯,成为这个冬夜最后一点热量。

身边有少男少女,羞涩又腼腆地看着对方,一起放飞手里的灯,那灯上赫然写着"金榜题名"。

一如高三那年的他和她,如果能回到那年该多好。

她会告诉他:谢辰青,我只要你长命百岁,一生顺遂。

她从来不知道,原来孔明灯这么大,凭借一个人的力气没有办法放飞。

细小的委屈像滚雪球一样越来越大,快要成为压垮骆驼的最后一根稻草……

就在林昭昭尝试时,站在她对面的人接过孔明灯的另一边,原本摇摇欲坠的孔明灯稳稳当当地拿在了手里。

那个人一身黑衣,几乎融入夜色中,缓缓举高的灯挡住了他,只有一双手修长白皙。

林昭昭仰起头。

孔明灯上的字,从锋利如刀刃的瘦金体,变成娟秀小巧的女孩子的楷书。

灯上,却是从不曾变过的"年年有今日,岁岁有今昭"。

孔明灯带着他和她的心愿缓缓升空。

林昭昭目送它飞出很远,那亲手写上去的字在视野里也只剩一个渺小的点。

她在热热闹闹的人群中,在漫天繁星的尽头,一个人站着,泪流满面。

等她收回视线,猝不及防对上对面那人清绝漂亮的眼睛。

目光很软,清澈如水,一如她十七岁时初初遇见的谢辰青。

他微微笑着,她的眼睛里有泪水。

他朝着她张开双臂,一如之前的无数次。

林昭昭怎么也没想到,当她忍着哭在这儿放孔明灯,站在她对面帮她的人,会是她的谢辰青。

漫天繁星和暖色灯光影影绰绰,只他一人分明,像从古代的水墨画里走出一个清绝公子哥。

林昭昭什么都不管了,也什么都顾不上,扑进他的怀里,手环过他的腰紧紧地抱着。

她的脸侧，他的黑色冲锋衣很硬很凉，在此刻却是她所有依赖的归处。

"许愿见你，就见到了，老天待我不薄。"

女孩的声音闷闷的，从胸口位置传来。谢辰青压低视线，只看到一个毛茸茸的发顶。

他哄小孩似的揉揉她的脑袋，想到自己的冲锋衣沾了雨雪，实在算不上干净，伸手拉开拉链，把她整个人搂进衣服里。

怀里的人好像又瘦了，肩背削薄，他宽松的外套竟然能在她身后合上。

昨天还是枪林弹雨，生死一线，顶着毒贩布下的天罗地网乔装侦查多次进出，没日没夜地埋伏在制毒据点，架起他的狙击枪，视线一刻不敢离开瞄准镜，而今天就抱到了他喜欢的小姑娘。

谢辰青低头凑近林昭昭的耳朵："也待我不薄。"

极致的想念之后是猝不及防的重逢，林昭昭只觉脑袋发蒙。

她的鼻尖都是他身上干净熟悉的味道，耳边是他强有力的心跳声，一点一点把她从无边的绝望拉回到烟火人间。

她在他的怀里仰起头："你怎么知道我在这儿呀？"

"奶奶告诉我的，"谢辰青压低视线看她，"一来就看到一个小姑娘自己在放孔明灯。"

他捏捏她的脸："怎么这么可怜？"

林昭昭得意地笑起来："现在不可怜了，我男朋友来接我啦。"

她从他怀里钻出来，顺带帮他把拉开的冲锋衣拉链拉到下巴处。

谢辰青想必是怕冰凉的衣服凉到她，所以直接敞开衣服给她抱，他怎么闷声不吭温柔成这样？

林昭昭心里甜得不像话，再看他漂亮的眉眼，更是怎么看怎么喜欢。

她主动把自己的手塞进谢辰青的掌心，十指相扣，牵着他往自己家的方向走。

十几分钟后，两个人到达林昭昭家，已经是晚上九点。

蒋念慈开门的时候，眉眼间都是慈爱的笑："找回来啦？"

谢辰青轻轻点头，抱歉地说道："给奶奶添麻烦了。"

"这么说可就见外了，奶奶巴不得你天天住在家里才好。"蒋念慈把自己又乖又好看的孙女婿领进屋,看了一眼桌上的饭菜,"刚才热了一遍,现在又凉了,奶奶再去给你热一热。"

"奶奶,"林昭昭把奶白的面包服外套递给谢辰青,"您去看春晚吧,饭菜我热就好。"

蒋念慈看着她哭红的眼睛,很是心疼,伸手把她乱糟糟的长发顺了顺:"你也没吃多少,热好了自己也再吃一点,奶奶先回房间歇着了。"

林昭昭纳闷地问:"您不看电视了吗?"

蒋念慈笑着看了谢辰青一眼,老小孩似的跟林昭昭说悄悄话:"不当电灯泡。"

林昭昭摸摸鼻尖,红着小脸咕哝道:"那您早点休息。"

锅里热水沸腾,谢辰青把饺子下进去。

他的侧脸好看得像是画出来的,不应该出现在厨房,应该被好好珍藏。

林昭昭站在他身边,个子小小一点儿,歪着脑袋看他:"如果奶奶看到肯定得说我没礼貌,小谢来家里你怎么让人小谢自己动手,你这样以后会嫁不出去的……"

谢辰青失笑,摸摸她的头:"不会的。"

她真的好喜欢被他揉脑袋,眼睛弯弯地看着他,好像又变回了小朋友。

"你记不记得大一的寒假,我拍我包的饺子给你看。"

"嗯,"谢姓帅哥拿IMO金牌的智商摆在那儿,轻声补充,"还说以后要包给我吃。"

这一刻,说起以前的暗恋心境,林昭昭有些难为情,又有些想笑。

于是她走到他身后,手臂环住他窄瘦的腰,脸埋在他的后背,声音闷闷的:"那个时候暗恋你,发完就觉得不好意思了……心想都包饺子给你吃了,那得是什么关系……"

谢辰青轻轻握住她的手,偏头问:"饺子还需要煮多久?"

"三五分钟吧?"林昭昭的眼神清透无辜,"应该够了。"

谢辰青低头看了一眼手表,他穿一身黑,皮肤冷白,依旧是冷淡严肃。

只是下一秒他便转过身,铺天盖地的干净味道带着压迫感,随着头顶的阴影一起落下来,将她抵在门上。

太久没见面,也太久没亲过了。林昭昭偏过头,小兔牙忍不住去咬下嘴唇,耳朵烧起来。

似乎所有的热气都冲着她一个人来，谢辰青一派云淡风轻又漫不经心，肩背弓起，手扣住她的脸，让她不得不直视他。

她最喜欢他的眼睛，笑时温柔干净，不笑时冷淡至极，配合眼尾的泪痣，绝了。

他抬起眼皮看她，深黑的瞳孔像明亮的玻璃球，映着她小小的影子，清澈又剔透。

林昭昭的心尖跟着发颤，脸颊不断升温，他的手指从她的脸颊划到嘴角，热意扩散。

"别咬。"他低沉微哑的声线没有平时那般清冷，落在耳边亲昵缱绻。

林昭昭的脸已经红得不像话，在他的注视下，牙齿松开自己的下嘴唇。而就在那一秒，他的薄唇覆了下来。

"给我亲一会儿。"

林昭昭没有守岁的习惯，她的老年人作息完全无法支撑她熬夜到十二点。

谢辰青出任务刚回来，林昭昭不舍得他熬夜，可是又很矛盾地想和他多待一会儿。

只是她一整个晚上心情大落大起，这会儿困得眼泪都流出来了。

谢辰青亲亲她的脸，用气音说话："奶奶睡了，我们早些休息。"

林昭昭脑袋在他怀里蹭，半晌才依依不舍地起身："那明天见。"

谢辰青弯着眼睛，"嗯"了一声。

林昭昭困得混沌的小脑袋瓜里，此时又有两个小人在吵架。

其中一个愁肠百结肝肠寸断，蹲在墙角画圈圈："如此美色在前，好想抱着他睡觉哦……身上香香的，怀里暖暖的，腰又细又没有赘肉可能还有腹肌……"

另一个双手抱胸，居高临下地睥睨她："好啊你个林昭昭！你居心叵测！你图谋不轨！你色令智昏！"

林昭昭回到房间带上门，洗完澡，浴室雾蒙蒙的满是水汽。

她擦干脸颊照镜子时，才发现自己的嘴唇好像有些肿，红得像是要滴血。她忍不住伸手碰了碰，又想到谢辰青说"别咬"，冷淡的声线，像是命令。

不让她咬，他倒是毫不客气……林昭昭裹紧自己的小被子，把脸埋进枕头里。

她好像还能回想起他亲自己时清冽的气息和力道,和微微分开时他看自己的眼神,湿漉漉的眼睛,浓到化不开的占有欲。

谢辰青浅眠,当门把转动发出清脆声响时,人就已经完全清醒了。

林昭昭大概是没有穿鞋子,踩在地板上声音轻微,慢慢地靠近他的床。

他的枕头旁边被放下一个更小的抱枕,带着清甜的牛奶味,薄被被掀开,小姑娘顺势钻进来。

似乎是怕吵醒他,她帮他掖好被子边角,又掖好自己这边,便规规矩矩地躺好,没有抱过来。

林昭昭做噩梦了,梦见她在灯会遇到谢辰青只是个梦,醒来是一场空。

身体先于意识做出反应,她顾不上穿鞋子,怀里还抱着睡觉时的抱枕,立刻跑来隔壁房间。

她看到谢辰青在,月亮的清辉落在他的眉眼,酸软的心落进温暖的怀抱。

她怕吵醒他,最后只敢把他白色短袖的一点边角攥在手里,呼吸不再酸涩,沉沉地睡去。

谢辰青借着月色看她紧闭的眉眼,她的长发散在他脸侧的枕头上,发丝很软。

窗外明明暗暗的烟花升上夜空,鞭炮声此起彼伏,是新的一年到来。

他把不敢抱他的小姑娘搂进自己怀里。

下一秒,睡着的她条件反射一般在他怀里找了个舒服的位置,手抱着他的腰,脑袋蹭了蹭。

他笑着亲了亲她的额头:"昭昭,新年快乐。"

翌日,天光大亮。

林昭昭睁开眼睛,谢辰青不知道什么时候已经醒了。

他的头枕着左手手臂,安安静静地看着她,眼神温柔如月色。

她脑袋还混沌着,他骨节分明的手指落在她的脸颊,有一下没一下地轻轻碰触:"睡得好吗?"

大清早的,美色在前,大帅哥衣衫不整,从领口能看到平直的锁骨,简直让人招架不住。

林昭昭的意识渐渐回笼，这才想起自己昨晚的"作战计划"。

　　她有些害羞，不动声色地把下巴往薄被里埋了埋，只露出黑白分明的眼睛。

　　"你怎么不问问我，为什么会在这儿呀？"

　　谢辰青把玩着她的头发，看起来无辜又乖巧，配合地问道："你为什么会在这儿？梦游还是走错房间了？"

　　林昭昭老实巴交地笑了，刚醒来声音很软："我梦见你回来是假的，本来是想来偷偷看你一眼。"

　　谢辰青的心被针戳了一下，她是有多害怕，才会日有所思夜有所梦，潜意识里都觉得他不会回来。

　　"看到你之后吧，我也不知道为什么……"林昭昭红着小脸看他一眼，给自己蹬鼻子上脸的恶劣行径找理由，"可能是因为我混混沌沌又不清醒吧，就直接钻了你的被窝……"

　　她绷着的小脸可爱极了，不动声色地把被子往脸上又盖了盖，只露出毛茸茸的发顶和弯弯的眼睛。

　　"睡着的前一刻还在想，早上早一点醒，神不知鬼不觉地溜回自己的房间……结果睡得太舒服，睡过头了……"

　　说到最后，她的声音越来越小，不好意思里还有些做坏事的得意。

　　谢辰青注视着她，一副被人轻薄还心情很好的样子，唇红齿白，眼睛弯弯的，漂亮极了。

　　林昭昭被那笑容晃了眼，结果听他在耳边低声笑道："要是在古代，清白都被你给毁了。"

　　她忍不住顺着他话里的意思往下想，脸瞬间就热起来，磕磕绊绊地说道："那还不是你不锁门吗？你要是锁门我怎么可能进来？！"

　　谢辰青说："嗯，猜到你会来，故意没锁。"

　　林昭昭一愣，嘴角无可救药地翘起来："那早上睁眼看到我，你有没有被吓到？"

　　谢辰青落在她脸侧的手收回，作势起身，手臂撑在她的耳边。

　　"早上睁开眼，看到你睡在我怀里，又可怜又可爱。"

　　他低头亲她的发顶、眉心，顺着鼻梁往下，她的脸颊有濡湿的触感，软得不像话。

微微分开时,他高挺的鼻梁抵着她的蹭了蹭,薄唇压在她的唇瓣上,温柔得近乎虔诚。

无形之中像是有个旋涡,拉着她神思坠落,近乎被溺毙。

她主动搂住他的脖颈,发茬儿刺在她的手背上,心跟着发痒。

她听见谢辰青在耳边说:"好想把你偷回家。"

林昭昭周身都被他的气息笼罩,他低头贴着她的耳朵说话,每个字音都咬得清晰。

林昭昭忍不住瑟缩,想要躲进他怀里。

她买了和他一样的沐浴露,不知道谢辰青昨晚洗澡的时候有没有发现。

她闭着眼睛,视野里一片黑暗,却好像能看到他亲吻自己时浓密垂落的眼睫、冷白皮氤氲的薄红,以及微微偏头时流畅紧绷的下颌线。

林昭昭感觉呼吸不畅,有种在温泉中溺水的感觉,心脏被泡得软了,搂着他脖颈的手慢慢地没了力气。

谢辰青修长的手指放在她脑后,和她的黑发缠绕在一起,扣住她的后脑勺。

亲她的人,射击场上子弹喂出来的狙击手,霸道起来的时候,当真不给任何躲闪机会。

林昭昭一直没有告诉谢辰青,其实每次见面想到他已经是自己的男朋友,都会觉得惊喜。

两个人微微分开,目光不似平时清明。

他的泪痣落在泛红的眼尾,潋滟夺目,像是醉了酒,显出某种引人犯罪的蛊惑。

林昭昭见他目光直白地盯着自己,视线似乎都带着热度顺着鼻梁寸寸下移。林昭昭屏住呼吸,手指不自觉地揪紧他T恤的领口位置,声音像融掉的冰激凌:"你看我干吗?"

她早上起来,脸会有些肿,头发也蹭得乱糟糟的。不像他,得了造物主独一份的偏爱,白净帅气,怎样都好看。

林昭昭忍不住像条鱼,松开抱他的手,慢悠悠地滑进被子里,自欺欺人地告诉自己这样他就看不到了。

这次,谢辰青只是贴上来,亲亲她滚烫泛红的脸,轻轻地笑了:"每次想起林昭昭是我女朋友,都很想笑。"

经年累月的喜欢,背负得太多,不敢轻易靠近,所以当心愿成真,总觉得有些不真实。

窗外鞭炮声不断,是新的一年到来,隐约能听见楼下小孩子的嬉闹声。

他们大概是在堆雪人、分糖果,又或者是分享新年愿望。而温暖的室内,林昭昭只觉心脏酸软。

她忍不住伸手抱他,撒娇地把头埋进谢辰青怀里,小声和他说真心话:"你刚才说,想把我偷回家……"

林昭昭说到后面,声音含混,嘴唇发麻,心里十分甜:"其实也不用偷,可能你动动手指,我就会跟你走了。"

谢辰青低头,下巴轻轻地蹭过她的额头。

新闻报道里冷静淡定的林昭昭记者,此刻脸紧紧地贴在他胸口,耳朵已经红透。长发散在她的肩膀和他抱她的手臂上,整个人小小的一团,完全窝在他怀里,像抱了一朵棉花糖。

好像不止想要偷回家。

林昭昭没有听到他的回话,慢悠悠地从他怀里探出一个头发乱糟糟的小脑袋。

谢辰青嘴角轻轻地弯起,弧度好漂亮。她又摁着他的肩膀凑上去,亲亲那道上扬的弧线。

"我们起床吧?不然待会儿奶奶醒了。"

林昭昭的话说出口,才觉出有歧义,甚至暧昧得有些过分,刚才褪去的热度又来势汹汹。

"奶奶醒了怎样?"谢辰青目光很软,清澈干净。

林昭昭慢吞吞地说道:"如果奶奶看到我从你的房间出来,可能就会误会……误会就不好了……"

谢辰青平时冷淡得抿成一条线的薄唇,因为刚才的亲吻颜色格外深,一笑就越发显得唇红齿白:"有道理。"

他起身下床,个高腿长,瘦瘦白白,朝着她张开双臂。

林昭昭眨眨眼睛,在他弯下腰时搂住他的脖颈,像是生活不能自理一样,被他抱到卫生间。

两个人一起站在卫生间的镜子前。

她冬天穿的睡裙是某种毛茸茸的材质，白雪公主配色，显得人圆滚滚的。

谢辰青穿着黑色运动裤和宽松的白色长袖T恤，清俊不减，她怎么看都看不够。

他洗漱很快，干净利落，是在部队养成的习惯。

林昭昭还在刷牙，谢辰青就已经结束了洗漱，那速度让她目瞪口呆。

"你洗完了吗？要不要先出去？"

谢辰青从身后抱住她，手臂环在她的肩膀上，脸埋在她的颈窝。

他高挺的鼻梁抵住她的脖颈，呼吸悉数落下，林昭昭嘴里都是牙膏泡沫，话音含糊不清："怎么啦？"

缉毒的时候、训练的时候、维和的时候，谢辰青是如假包换的冰山帅哥一个。

他在外面又冷又飒的，可是在自己面前，却像个撒娇的小男孩……

他的脸在她的颈窝蹭蹭，水汽和发茬儿都落在她的脖颈，抱着她不放手。

他的声音有些闷，近在耳边："趁奶奶没起床，偷偷抱抱她的昭昭。"

蒋念慈又想给孙女孙女婿留出独处时间，又怕饿着这俩孩子，百般纠结之下，七点半才从房间里出来。

"小谢想吃什么呀？"她系上围裙，准备做早饭。

谢辰青乖得不行："我都行。"

蒋念慈笑得皱纹舒展："昭昭呢？"

林昭昭正蹲在茶几旁边准备迎接客人的果盘，没心没肺地说道："我要吃红糖小圆子，奶奶！"

林昭昭不是没有想过奶奶年纪大了，不让她再做饭。

有几次，林昭昭在奶奶起床前做好所有的饭菜，奶奶吃得开心，但是也有失落，那种失落来自老人家自以为的不被需要。

蒋念慈开开心心地走进厨房，家里多了一个小辈，她满足得不得了。

她把糯米粉加水搅拌，谢辰青站在一旁安静地看着："奶奶，和面加的是热水吗？"

蒋念慈边加水边告诉他："热水和面，面团到这种程度就可以了。"

哪有孙女婿来家里却待在厨房的道理，蒋念慈觉得自己失了礼数，笑着赶人:"你去客厅和昭昭玩,饭奶奶来做。"

谢辰青嘴角勾起,弧度很乖:"昭昭喜欢,我想学。"

原来如此,蒋念慈笑得皱纹都舒展开来。

林昭昭走进厨房,听见的就是这句话。她上前一步,抱着谢辰青的手臂,无声地笑起来。

谢辰青那双拿惯了狙击步枪的手跟有强迫症似的,小圆子做得大小完全一致,令人叹为观止。

只是这其中,还有几个是奇奇怪怪看不出来形状的,林昭昭皱着眉头嫌弃:"这是个什么?"

"狙击枪,看不出来吗?"他笑道,"这个我自己吃。"

谢辰青做饭,林昭昭就在一旁探头探脑,笑眯眯的像个被宠坏的小包工头。

"谢辰青,我要小一点的。"

"谢辰青,我要多一点红糖。"

"谢辰青,糖桂花,不要忘记放!"

半个小时后,红糖小圆子上桌,林昭昭盛饭。

这时,蒋念慈看过来,目光关切:"昭昭,你的嘴怎么了?是偷吃枇杷果过敏了吗?"

"没有啊,"林昭昭茫然地眨了眨眼睛,"我没有吃枇杷。"

蒋念慈指了指她的嘴唇:"那是怎么回事,怎么肿了?"

坐在她对面的谢辰青闻言抬头,四目相对。

大帅哥一副心情很好的样子,低头吃饭时眼睛都是弯的,浓密的眼睫带笑。

林昭昭这才反应过来,脸比碗里的糯米圆子还要红还要软,整顿饭都不敢再抬头。

大年初一,走动的街坊邻里很多。

林昭昭怕谢辰青不自在,主动问他:"我们要不要出去走走?"

谢辰青点点头。

刚下过雪的新年,老旧的小区银装素裹。孩童欢笑玩闹,走几步就能看到几个歪歪扭扭的小雪人。

林昭昭抬头,看到谢辰青嘴角轻弯,雪光映衬下,一张俊脸冷白如玉。

她忍不住举高手臂，在他脸上捏了一下："你在笑什么？"

谢辰青垂着漂亮的睫毛，微微弯腰笑着看她："你嘴唇怎么了，是吃杧果过敏了吗？"

距离太近，他的呼吸都落在她的脸颊，明明是在故意逗她，坏得要命，可是笑得特别好看。

林昭昭又羞又恼，小孩子脾气一秒上来，没好气地说道："被谢辰青亲的！"

谢辰青听了，好像听到什么正经事，直起身微微颔首："原来如此。"

他的嘴角勾起，看起来还特别骄傲，比他缉拿毒枭归案、奥数拿到满分金牌还要得意。

林昭昭低垂着脑袋缩成小鹌鹑，他干净的声线落在耳边："我可以给你亲回来。"

她脸红心跳，谢辰青表情认真。

最后，她决定让他长长记性，清了清嗓子，脸板起来，伸出食指在谢辰青面前晃了晃。

谢辰青垂眸。

林昭昭昂着下巴尖儿，敛起所有表情，震慑不足，可爱有余，偏偏还自以为严肃得不行。

"一个星期不准亲我，从大年初一上午九点开始，记住了吗？"

谢辰青微愣，乖巧无害地看着她，像是完全被她吓住了。

林昭昭瞬间就有些得意，听见他压低声音问："一个星期是不是有点狠？"

"有点狠吗？"

谢辰青俯身和她平视，近距离看着她，认真地点头。

林昭昭简直怀疑他在用美人计让自己心软，他眉目清朗，薄唇绯红漂亮又软，让人看着就想揪住领口亲一口。

她别开眼睛，做出一副勉为其难的样子，小声纠正："那就三天，三天不准亲亲。"

谢辰青手指轻轻地抚摸她的脸颊，眼睛清澈又无辜："这里也不可以亲了吗？"

讨论这样的问题，林昭昭脸皮的厚度完全承受不住："就……不准亲嘴巴！好了，你不要再问啦！"

说完，她就一个人闷头往前走，小短腿向前，把脸埋进围巾里。

奶黄色的面包服，米白的毛衣裙，让她看起来如同一朵蓬松绵软的棉花糖。

像个小男孩撒娇抱着她不放的谢辰青，不声不响地跟她抗议不要一个星期才可以亲的谢辰青，还有认认真真学做小圆子的谢辰青，都让她觉得喜欢，很喜欢，很喜欢。

"林昭昭。"

她转过身，嘴角往上翘，语气却拿捏得四平八稳："干吗？"

她都害羞成这样了，谢辰青这个罪魁祸首却如此云淡风轻，太不公平了。

谢辰青将手伸到她面前，冷白的肤色，手指瘦直骨感，漂亮修长。

林昭昭莫名觉得，那张清冷的俊脸上写着"你不牵我我就不走啦"。

她歪着小脑袋，假装看不懂："这是什么意思呀？"

谢辰青长睫微垂，轻声说："要女朋友牵。"

女朋友已经快被甜得傻掉了。

林昭昭攥住他的手指，轻轻地塞到自己的羽绒服口袋里，与他十指相扣。

在冬天的街上，温暖的日光下，她偏过头，忍不住笑起来。

难得可以在一起，林昭昭没有问谢辰青休假几天。

他们像任何一对普通情侣那样，在放假能见面的日子，看电影、去游乐场，手牵手走在街上。

不一样的是，每一分每一秒，林昭昭都在心里祈求，时间可不可以慢一点。

不管是亲亲抱抱，还是小朋友一样手牵手漫无目地走，她都好喜欢，不想和他分开。

冬天天黑得早，六点不到昏黄的路灯就亮起，一阵熟悉的音乐在耳边响起，是附中晚自习的上课铃声。

"我们回去看看好不好？"林昭昭抱着谢辰青的手臂晃了晃。

不管她说什么，谢辰青都听之任之。

大过年的，附中的门卫大爷还坚守在工作岗位上，正戴着老花镜看书。

谢辰青个子太高，弯腰走进传达室："大爷，我们可以进去吗？"

门卫大爷扶了扶眼镜："我怎么看你这么眼熟？"

林昭昭仰起头看谢辰青，心说，帅成她男朋友这样的可不常见。

片刻后，大爷回想起来："你的照片在学校宣传栏挂了好多年！进去吧，进去吧！"

林昭昭没想到，跟着男朋友还能刷脸进校园，得意极了。

"上次走在这条路上，还是高中毕业典礼那天。你头一次剪寸头，好多女生都在说你帅，寸头更帅了，你有没有听到？"

她面朝他，背着手倒退着走路，鲜活明朗，和高中时的区别大概只有那身校服。

谢辰青扬眉回答："只记得你剪短发。"

谢辰青如愿以偿地看到林昭昭的笑容，眼角眉梢都是喜欢，不加掩饰。

昏黄的路灯下，篮球场空荡荡的，几个篮球散落在地上。林昭昭拉着谢辰青的手往里走："来，我跟你过过招。"

高中时，她总是坐在球场边，抱着谢辰青的校服和纯净水等他，都没有机会和他打球。

大学时体育选修，林昭昭个子矮，却毫不犹豫地选了篮球，因为篮球总让她想起谢辰青。

她也会奢望，等放假回家，和他打一次篮球，但从没想过是以女朋友的身份。

谢辰青抱着篮球，随手在地上拍了几下，嘴角有很浅的笑容，干净明朗一如少年时。

林昭昭大学时学过的动作要点早就抛到脑后，更别提面对的是她喜欢了一整个青春的人。

输什么都不能输气势，她大言不惭地说："让你三个球！"

谢辰青忍着笑，垂眼看她。

林昭昭绷着小脸，不带一点表情，嘴唇抿得认真严肃。

她的双臂张开，眼睛一眨不眨，不像是在防守，倒像是在撒娇求抱抱。

逗小孩似的，谢辰青带着她绕了几个来回。

他作势要投篮，林昭昭举高手去拦，只是她反应迟钝，篮球先一步划出漂亮的抛物线进了篮圈。

林昭昭有些气馁，就在这时，谢辰青笑着弯腰抱过来，半个人的重量轻轻地压在她身上。

猝不及防的拥抱，她听见篮球在身后落地，砸在地上发出声响，跟她心跳的频率几乎同步。

"不想抱篮球了，"谢辰青将下巴抵在她的头顶，身高差刚刚好，"篮球哪有女朋友可爱。"

从篮球场往西边走，就是教学楼。

高三（七）班的教室门被推开，旧时光扑面而来，不染一点尘埃。

从教室东北角到东南靠窗位置，她和他当了一年的同桌。那是在读大学、参加工作以后，她最怀念的一段时间。

因为那个时候，她每天到学校就能看见他，每次离别只有短短一个周末的时间，每次想起上学都觉得充满期待。

她不用担心见不到他，也不用担心他会不会遇到危险。

教室在放假前被仔细地打扫过，没有什么灰尘。

谢辰青还是拿消毒湿巾认认真真地把桌椅擦了三遍，才让她坐下。

猝不及防，教室后门突然被推开，林昭昭回过头去看。

是和他们一样来母校走走的高中生，推开门，见是一对情侣，又红着脸退出去。

林昭昭摸摸鼻尖失笑，明明她和谢辰青除了坐在一起，没有半点逾矩。

"我大学的时候也这样。"

谢辰青的视线从窗外收回，对上她清澈的眼睛："哪样？"

"期末图书馆爆满，只能去没有课的教室上自习。偶尔找到一间很空很大的教室，就很高兴。"林昭昭的嘴角弯起很浅的弧度，"再定睛一看，角落里坐着一对情侣呢，正在……"

接下来的话林昭昭说不出口，谢辰青应该能听明白吧？

"正在做什么？"他睫毛长，月光落在上面，更显柔软。

"在……"林昭昭想了想，耳朵尖儿红了。

"这样？"他牵起她的手，修长的手指缓缓错进她的指缝，十指相扣。

林昭昭摇摇头："不是。"

谢辰青扬眉，微微施力，顺着那不轻不重的力道，她整个人扑到他的怀里。

距离太近，他温热的呼吸扫在她的脸颊，瞳孔干净清澈："那就是这样？"

林昭昭红了脸，声音更小："也不是。"

下一秒，谢辰青手指轻轻地捏住她的下巴，对上他视线的那一秒，他轻轻地贴上她的脸颊。

林昭昭来不及闭眼，刚好就看见他嘴角有很浅的笑意，轻轻地化开："那就是这样了。"

晚饭前，谢辰青把林昭昭送到家门口。

林昭昭依依不舍地抱着他不松手："你不上去吃饭吗？"

谢辰青低头说："太给奶奶添麻烦了，我回自己家。"

"那不是就你一个人？"林昭昭想想就觉得可怜。

她忘了，谢辰青幕天席地的时候有，枪林弹雨的时候有，九死一生的时候有。

对于一个在战场上摸爬滚打的军人来说，自己一个人在家，并不是什么不能接受的事。

"没关系，"他揉揉她的脑袋，"走了。"

从林昭昭家出来，谢辰青叫了一辆车，出租车开往的方向并不是谢家。

城郊墓园，像是被这个世界遗忘了，无形中有一道屏障，把它和外面的世界隔开。

谢辰青在弟弟的墓碑前蹲下来。

墓碑前有刚刚放下的马蹄莲，有他生前最喜欢的手办，大概是父母来过。

他在冰冷的墓碑旁边坐下来，一瓶酒、两个杯子，倒满。

一杯洒在地上，一杯一饮而尽，他整个人陷入良久的沉默和令人窒息的黑暗之中。

"自己一个人会害怕吗？"

凛冬寒风呼啸，没有回音。谢辰青给自己倒酒，酒入喉咙，和着情绪悉数咽下。

不知道坐了多久，指尖温度骤降，不远处的天空新年烟花绽放烂漫。

所有人都在开心地迎接新年。

"哥哥很想你。"

谢辰青站起身,手指轻轻地带过墓碑上弟弟的名字,声音微哑:"新年快乐。"

冷风吹在额头上,带来几分清醒。谢辰青没有再叫车,以脚步丈量从墓地到家的距离。

白天热热闹闹的小区此刻寂静一片,居民楼里只有几格暖调灯光,已经是深夜十一点。

几个行色匆匆经过他身边的人拖着行李箱,下一个瞬间就有家里人迎出来,一家人热热闹闹地往家走。

他以前会羡慕,后来有了林昭昭,谁都不羡慕。

谢辰青上楼,站到家门口,视线顿住。

穿奶黄羽绒服的小姑娘,怀里抱着饭盒蹲在门口,垂着脑袋睡得香甜。

谢辰青蹲下来,指尖冰凉不敢碰她:"昭昭,醒醒。"

林昭昭睁开眼,眼睛对不上焦,有些迷茫地盯着他看。

"怎么不给我打电话?"

林昭昭撇了撇嘴角,委屈巴巴地回道:"你电话关机了!"

谢辰青内疚得不行,开门让人进来,林昭昭把怀里的饭盒放到餐桌上:"你去哪儿了?"

谢辰青把她的外套和自己的挂在一起。

"见了个人。"

"那你吃晚饭了吗?"她仰起头,鼻尖和耳朵都红,是在楼道里冻的。

谢辰青"嗯"了一声,伸手捂住她的耳朵帮她暖热:"这么晚不回家,奶奶会不会担心?"

林昭昭笑得得意:"我跟奶奶说来找你,她答应啦。"

林昭昭的鼻尖有淡淡的酒气,混在清冽的薄荷香里,她踮起脚,靠近谢辰青轻轻嗅了一下。

"你喝酒了吗?"

谢辰青说:"就一点。"

谢辰青在C市没有亲人,朋友只有韩杨,韩杨会在家陪家人过年。

林昭昭看着他,忽然猜到了什么。她的鼻子一酸,心疼到想哭。

"你现在去好好地洗个热水澡,"她知道安慰没有用,"洗完澡我们早点睡觉。"

谢辰青低头问道:"真的不走了吗?"

他认真看她的眼神,好像是怕她消失。林昭昭大力地点头:"不走。"

"好。"谢辰青本就话少,喝酒之后更是,抱着衣服走进卧室的独立卫生间。

林昭昭在床边坐下,上次来这个房间,是大一那年的寒假。

他送她裙子,她在这里换上,迫不及待地跑出去给他看。所以她没有注意到,书桌上放着一张合影,是谢辰青和他的弟弟。

弟弟笑得开心,他一脸不情愿,手却是轻轻地搭在弟弟肩上的,嘴角微勾。

没有任何预兆,林昭昭的眼泪吧嗒吧嗒地掉下来。

不知道过了多久,浴室的水声停下,谢辰青带着一身水气出来,穿白色短袖配浅灰运动裤,温柔又居家。

林昭昭问道:"这么快吗?"

他站在她面前:"想快点看到你。"

"我又不会跑。"林昭昭让他坐下,自己到浴室拿毛巾出来,给他擦头发。

两个人面对面坐着,谢辰青温柔无害地任由她摆弄。他这次是真的喝了酒,冷白如玉的眼尾晕染开薄红。

他平日里军人职业特征明显,冷淡严肃,此时此刻全然放松,泪痣显出原本就有的蛊惑的意味。水汽好像氤氲在他的眼底,黑亮的眼睛湿漉漉的,自始至终看着她。

林昭昭心疼,帮他擦头发的动作很轻:"谢辰青,你还有我呢。"她努力弯起嘴角笑,可是鼻子已经酸了。

谢辰青怎么会看不出来,小姑娘已经快要哭了,因为心疼他。

他心软得一塌糊涂,笑着揉她的脑袋,认真地回答:"是我的荣幸。"

他越好,她就越是难过。

林昭昭一想到自己放在心尖上的人,一个人经历了那么多,就心酸到发疼。

她深吸一口气,压下所有酸涩:"那我们睡觉吧。"

她想也没想便脱口而出,话说出口才发现如此引人遐想。

在两个人视线对上的那一刻,温度悄然升高,月光变得温柔如水。

谢辰青"嗯"了一声,俯身把她抱到床上。

非常教科书版本的公主抱,失重的那一刻,她的心脏好像也跟着悬空,久久无法回落。

直到整个人陷入柔软蓬松的棉被,她闻到薄被和枕头上有和他身上一样的味道。

谢辰青在她身边躺下,他骨感清瘦的手指轻轻扣住她的手腕,好像要握在手里,才能相信她真的在自己身边。

她跟心跳同频率的脉搏,就在他的指腹之下,脸上可以装淡定,但是跳动的脉搏不会说谎。

喜欢的人近在咫尺,就躺在自己身边,呼吸清晰可闻,林昭昭的心跳不受控制,变得越来越快。

寂静的冬夜,他的声音低沉而温柔,轻声问她:"在想什么,脉搏跳得这么快?"

他修长的手指在她的手腕上摩挲,林昭昭的脸更是红得要命:"才没有想什么……"

刚才是在想,他会不会在睡觉前亲亲自己……说不让他亲就不亲了,她竟然有些不习惯。

谢辰青帮她掖好被子边角,照顾小朋友一样耐心,好像真的没有再亲亲她的意思了。

林昭昭突然就有些后悔,早知道不说三天了,说三个小时好了。

她的小脸热乎乎:"我们关灯睡觉吗?"

谢辰青把她抱进怀里,薄唇轻轻地抿起,片刻后才低声说:"昭昭,你亲亲我。"

他的语气很软,眼神柔和干净,带着让人心动的无辜和乖巧,像只温柔撒娇的大狗狗。

此刻,不管谢辰青说什么,她都会乖乖地照做。林昭昭揪住他的衣领,凑上前亲了亲他的嘴角。

他嘴角弯起,乖得不像话。林昭昭又亲了亲他的额头,下巴蹭过他浓密的眼睫。

谢辰青闭上眼睛,声音很轻:"晚安。"

"晚安。"林昭昭把手伸到他的后背位置，哄幼儿园小朋友一般，一下一下拍着。

他便把清甜的味道抱了个满怀。

难过的事情，谢辰青从不会说。不管是关于她的父亲林振，关于射杀毒枭K，关于他后背中弹，还是出国维和或是那场让他差点死掉的地震。

谢辰青糊弄人的本事一绝。他可以把那场震惊全国的联合扫毒行动说成是一次普普通通的军事演习，也可以把战火连天到处都是枪支弹药的K国说成是风景优美的小岛，还可以毫不顾忌自己最深重的阴影，在抗震救灾时冲在最前线。

他喜欢上课撑着脑袋打瞌睡，每天都是一副睡不醒的样子。那个时候，她猜学神的作息肯定和他们凡人不一样，谢辰青同学肯定是熬夜刷题了。

事实上，他确实是晚上熬夜刷题白天补觉。因为他一闭上眼睛就是那场地震，在很多很多年里根本没有办法安然入睡。

他不说，她不问，心疼却更多。每一件他经历的事情，都变成一根刺，直直地刺入心脏。

过了好久，林昭昭依然睡不着，被他轻易地发现了。

他的手指落在她的脸颊："睡不着吗？"

"谢辰青。"

"嗯。"

冷淡的月光落在他的眉眼，清绝又孤独。

"如果你很难过，你可以告诉我，虽然说出来也没有什么用，但是……"她紧紧地抱住他，"但是不说出来，你怎么知道会不会好一些呢？"

他的下巴轻轻地贴在她的额头，过了好久，林昭昭才听见他开口："地震那天……"

地震那天，母亲从外地出差回来。

母亲很忙，父亲也是，忙到这个家里没有一个人记得，那天是母亲的生日。

谢辰青喊弟弟一起去买蛋糕，他不喜欢吃甜的，想让弟弟挑一个自己喜欢的。

临近晚饭时间，母亲温声劝他："吃完晚饭再去买蛋糕好不好？妈妈陪你一起去。"

他不同意,执意和弟弟一起出门。

谢家在城郊的别墅区,地震发生的时候他们都跑到了院子里,爸爸妈妈和爷爷奶奶无一受伤。

但是他和弟弟去买蛋糕的蛋糕店不一样,蛋糕店在地震来临的瞬间变成一片废墟。

他把弟弟护在怀里,可是于事无补。如果他没有执意给妈妈过生日,弟弟就不会死。

后来,母亲看他的眼神就变了,满是痛苦。

父亲酒后吐真言:"我看见你就想起辰希,我看到他满身是血地站在我面前,说爸爸我疼……"

谢辰青理解,他们看到他就会想起自己的小儿子,他们本来就更喜欢辰希。

谢辰希比他小,还很爱笑,正是最讨人喜欢的时候。

林昭昭的眼睫湿润了:"明明就不是你的错,明明跟你一点关系都没有……你也差点死掉啊……"

她忍不住想起谢辰青去维和时,在武警A城支队看到的照片:C市7.0级地震中遇难的谢辰青和他死去的弟弟。

"可是如果不是我带他出去,他现在已经在念大学了。"

谢辰青的语气平静,像是在说别人的故事,指腹轻轻地带过她的眼角眉梢。

"不要哭了。"

"以前我有爷爷奶奶,现在还有你。"

林昭昭自己伸手擦眼泪,擦得干干净净:"反正以后我会对你好的,对你天下第一好,谁都不能让我的小谢难过。"

他笑了,笑得特别好看,瞳孔似有温柔的月色。

"是谁说的来着,等我当了大将军再谈恋爱,作为共和国军人,现在正是为国效力的时候。"

林昭昭一愣,眼睛迷迷瞪瞪地眨了眨,睫毛像小刷子似的。

她想起来了,谢辰青带他们军训的时候,狂热的小姑娘实在太多了。

她每天都提心吊胆、紧张兮兮,生怕谁家小猪把她的"谢小白菜"拱走了。

她不说话,他抵着她的鼻尖轻轻地蹭,气息亲昵纠缠:"是谁说的啊?"

她在他的怀里嘀咕:"我那个时候暗恋你,又不能说你不要谈恋爱等着我,就只能扯些虚的了呗……"

林昭昭想起什么,手指落在他的俊脸上,捏了捏:"你是什么时候喜欢我的?带我们军训的时候,你是不是就喜欢我啦?"

她的尾音甜甜的,像个恃宠而骄的宝宝。如果没有足够的安全感和把握,脸皮薄如林昭昭,万万不可能说出这么没脸没皮的话来。

谢辰青偏过头,亲了亲她在他脸上作乱的手:"嗯,一见到就喜欢了。"

林昭昭被猝不及防喂了好大一颗糖,整个人都被粉红色的泡泡笼罩着,如飘浮在云端一般。

她的嘴角轻轻弯起的弧度慢慢变大,到最后笑出可爱的小兔牙。

她的呼吸之间都是他身上的味道,林昭昭的声音甜甜的,带着笑:"我也是,当时就在想,我的小竹马怎么长得这么好看啦!"

林昭昭的作息完全是个乖宝宝,到这个时间眼皮已经开始打架。她絮絮叨叨地说了好多话,直到迷迷糊糊睡着。

林昭昭把脸埋在谢辰青的颈窝,他的下巴轻轻地抵在她的发顶,是完全契合的姿势。

林昭昭在心里悄悄许下这一年的新年愿望:我想和他有一个自己的小家。

林昭昭想要嫁给谢辰青。

谢辰青闭上眼睛。

人世间满是热闹,这样的热闹好像把他孤立在外。直到她伸手抱他,说要对他天下第一好。

翌日一早,林昭昭睁开眼睛的时候,身边已经没有人了。

她闭着眼睛坐起来,整个人头脑混沌,抱着被子缩成一团。

"谢辰青——

"谢辰青?

"谢辰青……"

林昭昭的声音越来越小,越来越委屈。

谢辰青闻声推门进来，在她身边坐下。他右手拿着手机在接电话，左手揉揉她的脑袋给她顺毛。

林昭昭平时不怎么撒娇，但刚睡醒的时候迷迷糊糊完全遵从本心，男朋友一靠近，她就跟没长骨头似的闭着眼睛抱上去。

小谢的腰可真细，抱着真舒服。

谢辰青一边跟电话那头的人说着什么，一边低头看她，几分钟后挂断电话。

"奶奶邀请你去南方玩。"

林昭昭眨眨眼睛，目光渐渐恢复清明："奶奶，南方？"

谢辰青点点头。

"那不就是见家长吗？"林昭昭不敢相信地看着他，那种紧张兮兮的架势，跟她高中上数学课的时候很像。

谢辰青失笑道："紧张？"

林昭昭在他怀里蹭，有多害怕就蹭了多少下。她皱着眉头，慢慢地，巴掌大的小脸都皱成一团了。

她只要一想到是以谢辰青女朋友的身份，而不是小青梅的身份，去见谢辰青的爷爷奶奶，就感觉呼吸不畅，紧张得想打地洞。

谢辰青摸摸她的头发，轻声哄着："不想去就不去，我今天去，明天回来。"

"不是不想去，我就是有一点点紧张……哪有人见家长不紧张的？"

她抬头看他，圆眼睛湿漉漉的，像可怜兮兮的小动物。

"万一爷爷奶奶不喜欢我怎么办？"

谢辰青笑着低头，亲亲她软软白白的小脸："我们私奔。"

带林昭昭去南方之前，他需要先去见林昭昭的奶奶。

如果他不声不响地带人家的宝贝孙女去自己家，不合礼数。

谢辰青想着这些大人的事，林昭昭已经跟他完全不在一个频道，像个要去游乐场的小学生，满心激动。

她还没去过 D 市，只知道那儿的风景很美，气温一年四季都舒适。而且是和谢辰青一起去，她还没有跟他一起出去玩过。

听见门铃声，蒋念慈已经猜到是谁，笑着打开门。

门口站着她又乖又好看的孙女婿和活泼可爱的小孙女，金童玉女站在一起可真登对。

她把人迎进来，见自己家昭昭怀里还抱了满满一捧花。

蒋念慈心里暖得不行，小谢这孩子是真有心，每次来家里总会带花，总是两束。一束给她，一束给昭昭，从来不会少。

虽然小孙女在她眼里是最好的，但现在看来，自己家昭昭是真的有福气。

谢辰青把洗干净的饭盒递给奶奶："谢谢奶奶的晚饭。"

蒋念慈："客气什么，以后都来家里吃，奶奶高兴都来不及。"

谢辰青笑了，嘴角弯起的弧度乖巧无害。

他轻声开口："奶奶，我可以带林昭昭去一趟我家吗？"

他很少有紧张的时候，端着枪出国维和的时候心跳都四平八稳，这一刻，和林昭昭十指相扣的手指微动。

蒋念慈一时半会儿没反应过来，等反应过来的时候已经喜上眉梢："当然可以啦，我还有东西想让你带给你爷爷奶奶。你等着，我这就去拿。"

武警边防谢辰青，个高腿长白净帅气，肩背利剑一般笔直。只是在长辈面前，昔日那双漂亮到凛冽的眼睛，此刻看着莫名无辜，甚至有些可爱的小心翼翼。

林昭昭从来没有见过这样的谢辰青，心痒得不行又喜欢得要命，忍不住想逗他。

奶奶去了厨房，林昭昭把他摁到沙发上坐好。她跑到冰箱旁边，把自己的零食存货抱过来，像是一只过冬的小松鼠满心欢喜地捧着自己的存粮，和另一只小松鼠分享。

谢辰青抿唇，觉得好笑，而后就见小姑娘神秘兮兮地钩了钩手指："小谢，过来。"

她把声音压得很低，呼吸扫在他的脸侧，还有她身上橘子蜂蜜的清甜香气。

谢辰青靠近的瞬间，林昭昭笑弯了眼睛，大着胆子捧着那张俊脸亲了一口："我男朋友怎么这么可爱？！"

谢辰青无辜地眨了眨眼睛，一副被人调戏的少年模样。

林昭昭第一次看到谢辰青紧张成这样，乐不可支，亲完就跑："我

203

回房间收拾行李啦！"

谢辰青在客厅的沙发上坐下，修长的手指蹭过被林昭昭亲的位置，心跳特别不正常。

蒋念慈收拾了好多家乡特产让谢辰青带给爷爷奶奶，对于老人家的心意，他认真道了谢。

"昭昭那孩子敏感，去到那儿以后，你帮奶奶多照顾着点儿。"

见家长之后的流程蒋念慈明白，她开心也不无担心，更多的是舍不得。

谢辰青颔首："奶奶，我记住了。"

飞机在下午一点于 C 市机场起飞，在傍晚四点到达 D 市。

落地之后，林昭昭那种小学生出游的心情荡然无存。

她紧抿唇瓣，手指紧紧地攥着谢辰青，把待会儿跟爷爷奶奶问好的吉祥话，在小脑袋瓜里过了好多遍。

"不用紧张，"谢辰青很认真地看着她，"没有人会不喜欢你。"

林昭昭紧张兮兮地将嘴唇抿成一条线，脸上总算有了很浅的笑容。她小声反驳："我可爱什么呀？是因为你喜欢我，才觉得我可爱。"

谢辰青说："我说的是真的。"

没有什么比被他喜欢更开心了，林昭昭不在乎任何人的看法，只在乎奶奶和他。

她弯起眉眼，得意地勾着嘴角："是你男朋友滤镜太厚了。"

谢辰青笑着看她，最后也只是摸摸她的头。

车在别墅区停下，林昭昭表情紧绷，四肢僵硬，没有半点上班时的冷静淡定，和新闻报道里的军事记者林昭昭判若两人。

"我们的行李不用拿下来吗？"

谢辰青说："我们不住家里。"

林昭昭刚松了口气，谢家爷爷奶奶就一起迎了出来。谢辰青不动声色地牵过她的手："爷爷、奶奶。"

林昭昭跟着他叫爷爷奶奶，神经瞬间紧紧地抻直。

谢辰青的爷爷很高，肩背挺直，白衬衫搭配浅灰西装裤，气质儒雅，笑容温和。奶奶则是穿简单的针织衫和米白休闲裤，她满头银发，眉眼间依旧有年轻时的神采。

"我们昭昭长大了，"奶奶亲昵地拉起她的手，"比高中的时候更好看了。"

"没有，没有……"含蓄的美好品德，在此时此刻的林昭昭同学身上得到淋漓尽致的体现，遇到夸奖，第一反应就是否认。

"我在来的路上说她可爱，"谢辰青像个跟长辈告状的小男孩，"她说是我男朋友滤镜太厚了。"

"那肯定是你夸少了呗！"奶奶被逗笑，"在部队还好吗？"

谢辰青"嗯"了一声。

"去年在春晚看维和连线，你奶奶一晚上没睡着。"谢爷爷开口，"凌晨三点把我晃醒，问我去 K 国旅行怎么样？"

谢奶奶无奈地说："害得昭昭也跑过去，一个小姑娘，跟着你吃苦。"

"奶奶，您是怎么知道的呀？"林昭昭迷糊地问。

谢奶奶笑着说："我关注了你们的官方微博，每个视频都翻来覆去看了好多遍。"

大年初一的晚饭，除了谢辰青和爷爷奶奶，还有好多长辈。这其中，还有林昭昭的老熟人——谢辰青堂姐家的小外甥。

小外甥已经从幼儿园宝宝长成了小学生，但他和自己未过门的小舅妈依旧投缘。见到林昭昭的第一个瞬间，他就跑到她面前问："昭昭姐姐，你现在是我的小舅妈了吧？"

林昭昭的脸有些热："可能、也许、大概快了吧？"毕竟，都见家长了……

晚饭前和晚饭后，林昭昭都被小男孩拉着，天南海北地胡扯。

小外甥从数学满分说到英语不及格，从班里本来他最帅说到来了个转校生，他的小青梅最近都不和他玩了。

林昭昭笑意盈盈地陪小孩子，目光却总是不自觉地往谢辰青那里看，要看到他才安心。

谢辰青难得回家过年，在旁边陪着爷爷奶奶以及叔叔伯伯说话。

他本来个子就高，肩宽腰细衣架子一个，这一天见长辈穿得又格外正式，白色衬衫扎进西装裤，比穿军装的时候多了几分斯文，少了几分禁欲。

两个人目光相撞，他的眼睛弯下去，满是温柔纵容。

他起身走过来,手撑着膝盖弯腰,和小男孩平视:"你应该把昭昭姐姐还给舅舅了。"

小男孩撇了撇嘴角,到底没有办法反抗,只能不情不愿地说:"好吧。"

谢辰青直起身,拎起林昭昭的外套递给她:"我们和爷爷奶奶说一声,先走。"

林昭昭踮起脚,凑到他耳边:"会不会太不礼貌了?叔叔伯伯们都还在。"

谢辰青温声道:"没关系。"

林昭昭没想到的是,爷爷奶奶给她准备了好厚好厚的红包。

她有些不知所措,老实巴交地说道:"爷爷奶奶,我有钱,我工资好多的……"

老人家忍俊不禁,被未过门的孙媳妇萌得肝颤。

谢辰青接过来,放到她的口袋里:"跟爷爷奶奶再见。"

林昭昭小媳妇似的站在谢辰青身边,认认真真地道别:"谢谢爷爷奶奶,爷爷奶奶再见。"

明明已经是深冬,这里好像还在过春天,目光所及之处绿意盎然。

他们住的是民宿,鹅卵石铺成小径,大扇大扇的落地窗,折射着暖调灯光和灿烂星河。夜空触手可及,让人无比期待天色亮起时的蓝天白云。

林昭昭走路的时候忍不住蹦蹦跳跳:"是海景房!海景房!好漂亮啊!"

谢辰青拎着两个人的行李,跟在她身后,脸上自始至终都有笑意。

走到民宿前台,林昭昭从她的斜挎包里翻出自己的身份证,又要谢辰青的:"身份证给我呀。"

谢辰青从外套口袋里拿出一本武警警官证,轻声告诉她:"我们用这个。"

"哦!"林昭昭忍不住翻开看,军装笔挺的谢辰青,神情冷淡,英气逼人。

证件照后面还有另外一张照片露出一角,她忍不住抽出来。是他们的合影,少男少女穿着蓝白校服。

高中毕业典礼,他提前去剃了寸头,只因为她说好奇他寸头的样子。而她剪了短发,没有什么原因,就只是想要陪着他一起。

林昭昭的心变得软乎乎，抬头去看谢辰青。谢辰青笑着催促道："该给工作人员了。"

林昭昭这才回过神："好的！"

前台小姐姐见过无数小情侣，颜值高成这样的还是头一次见。

帅哥帅得她想尖叫，甜妹又甜得她想捂胸口，尤其是小姑娘说话软软糯糯的，她男朋友看她的眼神干净又温柔，说话声音也轻。

最后，她竟然不知道应该嫉妒哪一个，维持着职业笑容问道："您好，您二位要几间房？"

谢辰青修长的手里是一张银行卡："两间。"

林昭昭那句"一间"连个字音都没发出来，就被这位少爷抢先发言了。

要两间干吗呀？她家小谢是钱太多没有地方花吗？

她看到那张高中毕业照，还想跟他盖着棉被聊一聊过去的高中生活呢！

工作人员登记好信息，谢辰青就要刷卡。这时，从他身边探出一个可爱的小脑袋。

小脑袋的主人板着脸，郑重其事地说道："别听他瞎说！我们就要一间！"

林昭昭怕前台小姐姐误会，又红着小脸认真地补充："我是他的女朋友，当然要住一间……"

前台小姑娘抬头，目光扫过大帅哥的脸，大帅哥那张冷而英俊的脸上神情微动。

他不说话，他的小女朋友瞪圆眼睛，没什么威慑力，奶凶奶凶可爱得不行。

最后，还是他先败下阵来，眉眼间满是无奈："那就一间。"

林昭昭得逞，主动推着自己的行李箱，乖得不行。

往房间走的时候，谢辰青那张俊脸上依旧没什么情绪。

林昭昭歪着脑袋想了想，一下子就笑了："你不会是害羞吧？"

清澈无辜的双眼，干净得不行，像一只小鹿。

谢辰青轻叹一口气，林昭昭误会了，以为他是默认了。

他一不好意思，她就觉得自己可厉害了，谁让他平时总是把她逗得面红耳赤，自己还云淡风轻呢？这可不就是风水轮流转吗？

她把他那漫不经心的样子学了个九成，那骄傲的小眼神里甚至还带有些鄙视："有什么好害羞的，都一起睡过那么多次了。"

　　谢辰青没好气，曲起手指关节敲她的脑袋，让她清醒过来："小朋友，我是怕你害羞。"

　　林昭昭瞅了他一眼，心说：谢辰青可真是个纯情少年。

　　她干脆利落地刷门卡进房间，得意得不行："我才不害羞呢！"

　　谢辰青跟在她身后，带上门，淡声说道："你可不要哭。"

第八章
谢辰青的妻子，林昭昭

"我哭什么？"林昭昭倒背着手转过身，歪着脑袋看他。

谢辰青剑眉微挑，看她蹦蹦跳跳，从晚饭时如假包换的小小淑女，一键切换出游的小学生。

他无奈极了，打开行李箱收拾东西，所以没注意到自己背过身后，林昭昭的脸一点一点地红了。

她都已经这么大了，肯定不是什么都不知道。

她就是很难把某些事情和谢辰青联系在一起。这么一个清心寡欲的武警中尉，怎么可能？

林昭昭转过头，谢辰青正把他的衬衫和她的长裙挂到衣柜里，背影清瘦挺拔，白色衬衫扎进裤腰里，长腿赏心悦目。

这个人怎么能好看成这样？

她忍不住想，下一次一起出来玩，会不会是新婚蜜月呢？

这个想法让她的脸迅速发热，也让她心里甜得像是浮在云端。

海景民宿，有很大很大的落地窗，阳台外面就是海。

林昭昭没心没肺地在床上扑腾了两下，又忍不住拉开阳台的门。

海风扑面而来，暖色的灯光下，海上的漂浮床晃晃悠悠。

这里的冬天气温依旧有十几摄氏度，她见长辈穿得淑女，淡色长裙搭浅米色开衫。

她当即把开衫脱下来，长发绾起，拎起裙摆光着脚，小心翼翼地坐到漂浮床上。

她一张开双臂,海风和夜色瞬间抱了满怀。

谢辰青像个带小朋友出游的家长,忍俊不禁问:"带你出去吃还是在酒店吃?"

林昭昭终于分了一点注意力给他,仰起脑袋问:"你怎么知道我没吃饱?"

在爷爷奶奶家,谢辰青怕她不自在,视线全程没有离开她。

除了他给她夹的菜,她全程不好意思动筷,小口小口地吃着,看起来可怜极了。

林昭昭想都不用想,一下就猜到他没少看她。她趴在晃晃悠悠的漂浮床上:"在酒店吃吧!"

当地各种特色小吃,没一会儿就被送到房间。

林昭昭吃东西口味重,喜欢咸的、辣的,但是吃完辣的,又会想吃甜的。

石板烤肉、香辣卷粉、卤饵丝令人食指大动,乳扇小汤圆、手工麻糬、鲜花饼香气馥郁。

她餍足地眯起眼睛,谢辰青笑着捏她的脸:"给点好吃的就能骗走。"

"如果是小谢,不用骗我也走。"林昭昭咬了一口手工麻糬,字音含糊,"嗯!这个好好吃!"

她当即递到谢辰青嘴边,谢辰青低头,在她咬过的地方咬了一口:"还不错。"

"是吧!"林昭昭美滋滋地吃完小半个麻薯,又对谢辰青手里的酒产生了浓厚的兴趣。

"酒里泡的是什么呀?"她双手托腮,好奇极了。

"雕梅,青梅做的。"

酒精度数不高,味道她应该会喜欢。谢辰青倒了一小杯给她,叮嘱小朋友:"只可以喝这些。"

林昭昭笑眼弯弯,小口小口地浅酌。雕梅酒酸酸甜甜带一点刺激的辛辣味,比她喝过的所有奶茶都好喝。

她手撑在身侧,小腿晃晃悠悠地踩水,如果时间能永远停留在这一刻就好了。

天边是灿烂的星河,眼前是心上人。

谢辰青修长的手指握着玻璃杯,染着酒气的薄唇绯红,眉眼比冷月还要清绝。像是从画里走出的世家公子，远比他杯中的酒醉人。

林昭昭轻声喊他："谢辰青，我还要一点那个梅子酒。"

谢辰青："白酒泡的，不准喝了。"

"青梅竹马，就应该喝青梅酿的酒！"她皱眉，"我酒量很好的，你相信我！我有时候赶新闻稿写不出来，也会喝一点点酒，灵感瞬间爆棚！"

慢慢地，海上起了风。

林昭昭的脑袋有一点发昏，谢辰青扶着她从漂浮床上下来，她没踩稳，直接跌到他怀里。

她在他怀里蹭，碰瓷似的黏着他不放，脸颊贴在他的颈窝又软又烫，是醉酒一样的红。

"去洗澡好不好？"他低头看她，"时间不早了。"

小姑娘跟没长骨头似的窝在他怀里，呼吸温热地贴在他的颈侧，他的嗓子有些发干。

林昭昭搂着谢辰青的腰不松手，片刻后，她揪了揪又捏了捏："谢辰青，你有没有腹肌呀？"

她湿漉漉的眼里氤氲着酒气，满是好奇地看着他，是真的醉了。

"有没有？"

谢辰青低声道："有。"

林昭昭眼睛一亮，发现新大陆一般："真的？"

"你平时脑袋里都在想些什么？"他牵过她的手，隔着衣服放在自己的腹肌位置。

林昭昭伸出一根手指，低头戳戳碰碰，一块一块的，摸起来手感特好。

礼尚往来，她也拉过谢辰青的手，放在自己的肚子上，仰着醉醺醺的小脑袋瓜，热情地邀请他："你也捏捏看。"

谢辰青耳根微红，修长白皙的手指被林昭昭抓着，女孩子的体温透过单薄的长裙，落在他的掌心，没有动。

林昭昭摁着他的手，贴在自己肚子上："捏到了吗？"

她眉眼弯弯，像一只亮出肚皮晒太阳的猫，等着他摸摸肚皮。

谢辰青听见她得意地说道："我没有腹肌，只有一肚子肉肉！"

语气骄傲，尾音拉长，声音软得不像话。

"真是长不大了。"

谢辰青的眼睛无可奈何地弯下去,好奇林昭昭记者看起来一本正经的小脑瓜里,悄悄藏了多少可爱的想法。

林昭昭像个生活不能自理的小朋友,安心地被他抱起来往浴室走,听他温柔地在耳边说:"早点洗澡睡觉,明天带你出去玩。"

"行吧。"她勉为其难。

谢辰青弯腰把她放在浴缸边沿坐着,身上的长袖衬衫袖子折了两折,去试水温。

林昭昭双手撑在身侧,小腿晃悠:"谢辰青,你得帮我拿睡衣。"

谢辰青拉开行李箱,女孩子东西收拾得细致,贴身衣物折叠整齐装在透明袋子里。他又去找睡衣,棉质吊带款式的睡裙。

谢辰青耳根发烫,把衣服放在置物架上,带上浴室的门,射击时端得四平八稳的心跳,突然开始不规律起来。

他打开窗,冷风拂面,热意在水声之中难以消散。

林昭昭穿着吊带睡裙从浴室出来,长发半干散在前胸后背,湿气蒸得脸颊绯红,皮肤在暖调光线下呈牛奶色泽,眼睛湿润,像在水里浸过一样。

她对上他的视线,抿着嘴唇笑笑,坐到床边把长发挽到肩侧,乖乖地自己吹头发。

她皮肤白,长发显出绸缎般的质地,随着动作被黑发遮住的蝴蝶骨显现半截,肩颈线条清瘦又脆弱。

谢辰青移开眼:"我去洗澡。"

"那你快点,"林昭昭将手里的吹风机关了,"我等你一起睡觉!"

林昭昭太喜欢谢辰青选的这家民宿了,从拱形的落地窗看出去,星空触手可及。

她忍不住在大床上滚来滚去,一个不小心就从床上滚了下去……她揉揉脑袋自己爬起来,想起谢辰青,又乖巧地只睡床的小半边,把另一大块位置留给她家小谢。

她把薄被盖过肩膀,小脑袋瓜慢慢变得迷糊,脸颊也烫。她猜这就是醉酒,醉酒是大人才会有的体验,和男朋友睡在一起也是。

谢辰青洗完澡,看到林昭昭在棉被里窝成小小的一团,呼吸均匀绵长,睫毛乖顺地垂着，已经睡着了。

谢辰青的心一下子就软得不像话。

"你是真不知道跟男朋友一起睡会发生什么吗？"他在床边的地毯上坐下来，温柔地俯身。

女孩眉眼柔软，白皙的脸颊微微泛红，他伸手把她脸侧的长发顺到耳朵后面。

睡梦中的小姑娘忍不住皱了皱眉，攥住他的手指压在脸颊一边，可爱得不行。

谢辰青难得像个小男孩起了玩心，在她脸颊亲了一口，轻声呢喃："好喜欢你。"

他们自幼相识，小学分开，高中重逢。

之后的每次见面都意味着分别，异地、异国到这一刻，能看到她的每分每秒都珍贵无比。

月光落在谢辰青的眼角眉梢，他深黑的眼睛干净到冷淡。

他安静地看了林昭昭不知道多久，最后俯身亲她的额头："昭昭晚安。"

冬夜寂静，隐隐能听见海风拂过，谢辰青从柜子里拿出备用枕头放到沙发上。

谢辰青自认算不上正人君子，在面对林昭昭的时刻，但他并不想在婚前乘人之危发生点什么。

他认识她这么多年，从来没有过这样朝夕相处的时刻。

食髓知味。

他想结婚，想把她据为己有。

林昭昭喝了酒，半夜被渴醒。

她借着小夜灯昏黄的光，能看到床边的小柜子上放着酸甜可口的酸梅汤。

肯定是谢辰青放的，他怎么能温柔细心成这样。

她一口气喝完，才发现谢辰青睡在床边的沙发上，用手挡住眼睛。

背景是深蓝夜幕星河万里，他皮肤冷白，像月光下的睡美人。

她轻手轻脚地下床。

谢辰青浅眠，还没睁开眼，就察觉自己身上压下软绵绵的重量。

林昭昭手脚并用地从他身上爬过去,爬到他和沙发靠背中间那一小处缝隙,一下砸在他怀里,脑袋还碰在他的肩上。

那个地方实在太窄,她一过来,两个人的身体紧紧地贴在一起。

他一条手臂给她枕着,另一只手给她揉脑袋:"疼不疼?"

林昭昭撇着嘴角:"当然疼了,都怪你,要不是你睡沙发,我就不会半夜爬过来找你,也不会碰到脑袋……"

说着说着,她就委屈起来:"你不抱着女朋友睡觉,一个人窝在小沙发上干吗?"

女孩眼神幽怨,睫毛扑闪扑闪,仰头望着他。

"我的大小姐,你到底知不知道自己在做什么?"谢辰青没睡醒,声线微哑,恰如其分的一点鼻音和温热的呼吸一起,撩拨得她耳朵发麻。

"知道啊,找男朋友抱着睡呗。"林昭昭侧躺着,手还在他身后拍了拍,哄小孩似的,"好啦,睡吧睡吧。"

怎么醉酒可爱成这样?

谢辰青皱着眉笑道:"还没醒酒?"

林昭昭不服气地冷哼了一声:"本来就没醉。"

她的眼睛明亮,在无边的夜色下依旧黑白分明,目光越过谢辰青的肩侧,去看阳台风拂过的纱帘和朦胧的月光,和月光下映着星辰的深海,小声感叹道:"好好看……"

吊带款式的睡裙经不起她一晚上小孩子似的爬上爬下,好在有长发遮挡。

谢辰青移开视线,可怀里的人依旧温软,触感无法忽视。

他到膝盖位置的黑色运动短裤,她的睡衣裙摆盖到小腿,不经意的肌肤相贴,电流顺着神经而上。

他索性闭上眼,不敢再看她。

"外面再好看也没有我们家小谢好看。"怀里人又出声,不知道是不是酒精作祟,这一晚的林昭昭话特多,还格外有精神。

她起身趴在他的肩上,摸摸他浓密乌黑的剑眉,蹭蹭他长长的睫毛:"谢辰青,你的眼睛生得真漂亮。"

他睁开眼,嘴角轻勾:"比不上昭昭。"

林昭昭嘿嘿一乐,又遗憾道:"可惜我是长不出这样的眼睛啦。"

林昭昭软软的手指一下一下在他的眼角摩挲，谢辰青只觉得心尖发痒，小姑娘突然甜甜地喊了一声："但是我的宝宝可以！"

　　"你的宝宝？"谢辰青低头，鼻尖轻轻蹭她的额头，声音低而含笑，"你的宝宝在哪儿呢？"

　　"等咱们俩生一个呗，都说女孩随爸爸，男孩随妈妈，那我要生个女孩，像我们家小谢，可就太棒了！"

　　"你说对不对？"她笑了，小兔牙都透着得意，完全不知道自己是什么处境。

　　像窝在狼身边的兔子，酒精麻痹神经，让她失去面对危险的感知能力。

　　自己喜欢了好多年的小姑娘，衣衫不整地睡在自己怀里，开开心心地畅想和自己的宝宝。

　　谢辰青垂眸看她，喉结滚动，某些一直坚持的想法轻而易举被她撬开，全线崩坍。

　　酒壮怂人胆，林昭昭以前也就犯犯花痴，或者厚着脸皮要亲亲。而这一刻，她搂着他的肩膀，低头时长发散在他的脖颈、胸口，嘴唇轻轻地印上他的，带着淡淡的酒气和青梅的酸甜。

　　林昭昭见他没有动作，心想他是被自己亲蒙了，于是扯住他T恤的领口又凑上去。

　　谢辰青没有闭眼，瞳孔黑得深不见底，微扬的眼尾弧度锋利。

　　他安静地看她亲他时的细微表情，看她因为他不主动微微皱起的眉头和嫣红的唇瓣。

　　"你怎么不亲亲我……

　　"不亲我的话，我就睡了。"

　　林昭昭刚要躺回去，在他怀里睡个舒舒服服的回笼觉，这个时候谢辰青搂住她的腰，一瞬间天旋地转。

　　谢辰青认命一般垂下眼睫，动作快得林昭昭都来不及闭眼，低头覆上来。

　　无法忽视的攻击性似乎有重量，席卷而来，压在她身上，心不可抑制地发颤。

　　林昭昭的黑发散开，落在肩颈上，和白皙柔软的皮肤形成强烈的视觉冲击。

空气变得旖旎滚烫,今天的谢辰青好像并不温柔,呼吸变得不规律且重,纠缠在一起分不出彼此。

视线变得模糊,窗外的月色融入深海,随着风起涟漪层层漾开。

林昭昭一抱,真真实实地抱到他的腰,掌心之下的皮肤温热,还有粗粝的触感。

手指落在那儿,她轻声问:"这里怎么了?"

"营救人质的时候被犯罪分子划伤。"

她的手指往上,落在他的脊背:"这道……"

谢辰青低头看她,长睫浓密,眼尾泛红:"军警扫毒,射杀毒枭。"

林昭昭心里酸涩,耳朵却在发烫,意识快被灼烧到融化,开口声音已经软得不像话。

"怎么这里还有……"

谢辰青声音不清润,低沉微哑,在她耳边说道:"被毒贩匕首划伤的。"

她的心被一点点揪起,大脑不受控制地自动还原谢辰青受伤时的场景。

她莫名想起大二那年他带军训。

十九岁少年的声音冷而干净,脸上不带一丝笑容,说:谢辰青,你们今年的军训教官。

想起她顺拐时谢教官淡淡看过来的那一眼,规整的军装领口,腰带扎出的窄瘦腰线,还有制式长裤下的长腿……不管从哪个方面看,都是极品。

那是她第一次见他穿军装,和这一刻的他很不一样。

短短几天假,谢辰青的作息依旧维持着在部队时的样子。

他让奶奶帮忙推荐的早餐,只在当地早市有,去晚了就吃不到了。

翌日早上七点,林昭昭睁开眼睛,盖着薄被舒服地躺在大床上。

她的身边已经没有人,但是微微凹陷的枕头说明昨天谢辰青是在她身边睡的。

某些画面,似梦境又似现实,蓦地在脑海里回放。

她花费了一点点时间,确认那是真实发生过的……

就在这时,刷房卡的声音响起,谢辰青买早饭回来了。

加了丰富食材的烧饵块、饵丝、油粉，不知道她喜欢什么，他每样都买了一些，还有昨天她吃得最多的手工麻糍和不泡酒的雕梅。

早饭放到阳台的木质餐桌上，谢辰青低头去看熟睡的小姑娘。

林昭昭闭着眼睛装睡，所有神经都敏感。她察觉他俯身，手轻轻地摩挲她的脸颊，小男孩似的开口："怎么可爱成这样，好想抱回我自己家。"

清冽的薄荷味靠近，他低头亲了亲她，她的嘴角忍不住勾起来，弯着的明亮眼睛里满是笑。

"行呀，我准啦！"

谢辰青挑眉："醒酒了？"

林昭昭心虚得不行，干脆装失忆："我喝醉了？什么都不记得啦！有没有吵到你？"

她的睫毛轻轻地颤动，眼睛不敢看他。谢辰青挑了挑眉，似笑非笑地说："又主动又可爱。"

林昭昭笑得又可怜又狗腿："可爱我勉强算吧，但是主动什么了呀？"

谢辰青佯装思考，漫不经心地说道："抱着我不松手？"

林昭昭当即将被子一掀，鲤鱼打挺地坐起来："我是看你身上好多伤！"

"哦，"谢辰青嘴角勾了勾，"没断片。"

她圆圆的眼睛瞪着他，因为脸红而毫无气势："我去洗漱了！拜拜！"

小姑娘气鼓鼓的，走出了一往无前的架势，卫生间的门一下被带上。

浴室水汽弥漫，林昭昭看着镜子里的自己，脸更红了。

等她磨磨叽叽从浴室出来，谢辰青正在书桌边写字，侧脸看过去鼻梁挺直。

林昭昭悄悄把带来的相机打开，声音甜软："现在是2月14日早上7点，我现在呢是在D市，托谢警官的福，本人住上了海景房。"

镜头对准阳台外，林昭昭自己配音"当当当"："是不是特别美？"

她说完，又小声补充："但是比不上我们家小谢。"

拍完清晨第一缕阳光和海面，林昭昭镜头一转，对准正在写字的人："我们学神大清早的在写什么呢？"

谢辰青弯着眼睛，温柔地说："不告诉你。"

上次不告诉她，是那张卡片。

如果那个时候她看到,一定会跟他在一起,不让他一个人承受所有。

林昭昭倒背着手,在谢辰青身后探头探脑。

这次谢辰青没有不让她看,映入眼帘的是四个字:恋爱报告。

部队恋爱、结婚都是要打报告的,恋爱报告是在结婚半年前打。

她曾经在家里的抽屉里看到过爸爸妈妈的。

他写字,她从他身后抱过去,下巴抵在他的肩上,看他清绝的侧脸。

谢辰青握笔的手指修长漂亮,很郑重地用钢笔写,每一个字都有漂亮凛冽的笔锋,字如其人。

她的心变得软乎乎的,在甜甜的棉花糖堆里跳动着。

好像高中毕业以后,她就没见过他写字的样子,恍惚之间,仿佛又看到跟她同桌的少年。

林昭昭搂着谢辰青的脖颈,圆眼睛笑成月牙:"谢辰青,你要不要写上'谢辰青与林昭昭自幼相识,青梅竹马,两小无猜,长大后一见钟情'?"

谢辰青笑着捏她的脸:"领导,别闹。"

林昭昭见他笔尖停顿,似乎在措辞,抱着他晃了晃,自己都没意识到自己在撒娇:"写上吧,写上吧。"

谢辰青低声应了,语气与说正事无异:"好,连你小学转学哭鼻子、扯着我袖子擦鼻涕一起写上。"

谢辰青偶尔在她面前会像个小男孩,比如故意用胡楂蹭她,搓糯米小圆子搓出个狙击枪形状;又比如这一刻逗她,都让她觉得很可爱很喜欢。

"要不要再写上你特别特别喜欢我,喜欢到我没睡醒都要偷偷亲我?还老在我睡着的时候偷偷表白……"林昭昭厚着脸皮说完,声音又软又甜。

她如愿以偿地看到谢辰青的耳朵红起来,伸手捏了捏,听见他云淡风轻地说了一句:"待会儿收拾你。"

还能怎么收拾?林昭昭被他惯得无法无天了。

她的下巴抵在他的肩上,闻着他身上干净好闻的味道,看他因为被自己打扰、直到这一刻都没写完的恋爱报告。

"我与林昭昭相识于199×年7月,恋爱八个月。"

林昭昭笑出声:"你是不是有点夸张,那年七月我才刚出生,还是个小婴儿。"

谢辰青笑着偏过头,亲亲她的脸:"早知道应该让奶奶订娃娃亲的。"

他最后签上自己的名字,写上今天的日期,林昭昭满心欢喜地拿起来。

她被谢辰青拉到腿上坐着,窝在他的怀里,把恋爱报告一个字一个字从头到尾看了一遍。

林昭昭问:"打了恋爱报告之后呢?"

谢辰青微微抿了抿嘴唇:"结婚报告。"

结婚报告。

林昭昭的心扑通扑通地跳快,看完之后,把报告认认真真地放回去。

她一低头,就对上谢辰青温柔干净的眼睛,弯弯的、亮亮的,清澈如水。

她忍不住捏捏他的脸:"我以前也没发现,我们小谢这么爱笑。"

他穿白色跟穿军装的时候是不一样的好看,干干净净,像初冬新落下的第一场雪。

闻言,谢辰青轻笑一声:"那你有没有想过,我到底是喜欢笑,还是喜欢你呢?"

他的嘴唇薄,唇线清晰,勾起的弧度漂亮,林昭昭忍不住搂着他的脖颈亲上去。

她坐在他的腿上,她所有的表情都尽收他的眼底。

谢辰青看见她抿着嘴唇笑,欢喜和羞涩都含蓄,眼里的喜欢不加掩饰。

面前的场景和昨天夜里一点一点地重合,林昭昭的脸后知后觉地热起来,亲完想跑,奈何被他搂着腰。

"还以为你有多大本事,"谢辰青搂着她的腰面向自己,仰头时喉结轻滚,线条清晰,笑着反客为主,"原来是只纸老虎。"

两个人鼻尖相抵,他低垂的睫毛长而分明,软而湿润的触感落在嘴唇。

林昭昭手臂环着谢辰青的脖子,在熹微晨光里眼睛变成弯弯的月牙。

"笑什么?"他清澈的眼底全是纵容。

林昭昭的下巴抵在他的颈窝,将自己发烫的小脸藏起来,呼吸间都是大帅哥身上干净的冷香。

她用撒娇的语气,小声地说真心话:"谢辰青,我真的好喜欢你呀。"

他偏过头,笑着亲亲她的耳朵,清冷的声线温柔:"荣幸之至。"

"我再抱你一会儿,还是现在吃早饭?"谢辰青轻声问。

林昭昭的脸在他的脖颈蹭蹭,一刻都不想松手,心里纠结成一团。

想吃饭,也想他抱。原来她这么黏人的吗?以前怎么没发现?

可能是因为以前想黏也没有机会,因为他们总是在不断地面对分别。

就在她踌躇时,谢辰青将手垫在她的膝窝把人抱起,走向阳台的餐桌。

她以为他要把她放到凳子上,可是坐下来时,还是坐在他的腿上。

林昭昭眨眨眼,看他修长漂亮的手指把食物拆封,被封印的食物香气瞬间扑面而来。

"想吃哪个?"

他穿着白色上衣,整个人柔软干净,看起来像个还没毕业的军校生。

林昭昭抿起嘴唇笑道:"都想吃!"

他便每样都喂到她嘴边。

"谢辰青!饵块!饵块好吃!"

"咸的吃太多了,我要一颗雕梅……"

"吃不完了,你怎么买这么多?"

他拿湿纸巾帮她擦嘴角:"没关系,剩下的我吃。"

"不要浪费,浪费不好。"林昭昭小脸鼓鼓囊囊如小仓鼠一般,谢辰青忍不住笑着亲了一口。

她餍足地眯起眼,害羞和矜持都放到一旁。谢辰青个高腿长,坐着的时候也是。

她垂着的小腿够不到地,晃晃悠悠的,安心接受大帅哥的投喂。

吃过早饭后,林昭昭把睡衣换下来,换了谢辰青送她的裙子。

简简单单的白色长裙,材质柔软微垂,没有任何多余的装饰,长袖,腰线微收,裙摆到脚踝上面。

她换好衣服从卫生间出来,谢辰青剑眉微扬。

林昭昭笑着抬起下巴:"看我干吗?"

谢姓帅哥闲散地倚着墙,伸手揉她的脑袋:"怎么就从小朋友长这么大了?"

"走吧!"林昭昭的嘴角收不回去,伸手去抱他的胳膊,"我们出发!"

难得在一起,他们没有跟团,走哪儿算哪儿。

林昭昭牵着谢辰青的手蹦蹦跳跳,叽叽喳喳,走在冬日的街上,裙摆随着步子微微浮动,像湖面起了涟漪。

眼前的每一帧画面不用构图，随手一拍就能当壁纸。林昭昭看什么都新奇，也看什么都喜欢。

而她身边的人，目光自始至终落在她身上，也只落在她身上。

林昭昭拎起裙摆跑到海边："好美啊，我要在这里拍张照片。"

谢辰青笑着接过相机，轻声喊："三、二、一。"

林昭昭弯着眼睛笑得毫无形象又发自真心，想起谢辰青在 K 国的直男摄影水平，内心有一点忐忑。

她从远处跑回来，接过相机看镜头里的自己，忍不住赞叹道："拍照技术见长啊，谢警官。"

谢辰青在她身后弯腰，冷白如玉的脸就在她肩侧，声音落在耳边："是我们家林昭昭好看。"

林昭昭嘴角的笑意藏不住，抱住他的脖子踮起脚飞快地在他脸上亲了一口。

谢辰青的眼睛弯下去，浓密的睫毛带笑："这是干吗？"

林昭昭倒背着手，面朝着他走路："报酬呗！"

谢辰青扬眉："赚了。"

一天走走逛逛，回到酒店已经是晚上九点。

虽然军队文职也会组织体能训练，但林昭昭的体力完全不能和谢辰青比。

她家谢辰青全副武装几十公斤照样能跑十公里越野，她不行，她蹦蹦跳跳一天腿都要断了。

就连坐车到民宿门口，从门口到房间不到一百米的距离，她都是被男朋友公主抱下来的。

夜幕降临，院子里依旧星光点点，有玩闹的小孩子和聊天的大人。

虽然他们不认识她也看不清楚她的脸，但是她和谢辰青从不会在大庭广众之下如此亲密。

林昭昭把脸往谢辰青怀里藏了藏，耳朵通红。

"妈妈，你不是说长大了就不能让爸爸抱吗？"小朋友童言无忌，"为什么这个姐姐这么大了还让大哥哥抱？"

小朋友的妈妈笑着看了林昭昭一眼："哥哥姐姐不一样，你不要乱讲话哦。"

林昭昭脸皮还是薄，谢辰青察觉贴在自己颈侧的脸瞬间热起来，小姑娘声音轻轻的："小朋友都笑话我了。"

　　他低头凑到她的耳边，用气音说悄悄话："等你变成满头白发的小老太太，我也会抱你。"

　　林昭昭软乎乎的小脸贴在谢辰青的颈窝，偷偷地笑了。

　　如果时间可以永远停留，如果神明可以听见我此时的心愿。

　　我想和他岁岁年年，永远不分开。

　　我真的真的好喜欢他。

　　到了房间，林昭昭把外套一脱，呈大字形扑到床上。

　　"好累啊……"她的小脸被挤压得变形，偏过头去看谢辰青。

　　谢辰青从行李箱里拿出干净的短袖和运动裤，折叠整齐，放在她身边："洗完澡穿我的。"

　　林昭昭一脸茫然："为什么呀？"

　　"你的睡衣……"谢辰青微微抿唇，没有继续说下去，"不为什么。"

　　林昭昭眨了眨眼睛，脸慢慢红起来，含含糊糊地"哦"了一声。

　　谢辰青的衣服对她来说真的太大了。

　　她看过小说里女主角穿男主角衣服的桥段，她们都是只穿衬衣或者短袖。

　　从没见过哪个男主保守如谢辰青，给了短袖还要加一条运动裤，务必把她裹得严严实实的。

　　林昭昭皱着眉头，不满地晃了晃袖子："跟小孩穿大人衣服似的，一点儿也不好看。"

　　原本对她听之任之的她家小谢，这次只是揉揉她的脑袋："我去洗澡。"

　　就在这时，谢辰青的手机振动起来。

　　等他挂断电话，林昭昭的心已经提到嗓子眼儿："怎么了？"

　　谢辰青垂眼，似乎有些不忍："明天下午归队。"

　　"这么快吗？"林昭昭的嘴角想要往下撇，可看到他温柔地看她的眼神，又努力把嘴角弯起，"没关系的，我们都在一起好久了，我等你下次休假回来……"

　　谢辰青揉揉她的脑袋，转身进了浴室。她深吸一口气，鼻子却一点一点地酸了。

她原本还想问问这一晚怎么睡,可是她没有醉酒,在头脑清醒的情况下根本问不出口。

浴室里的水声清晰,林昭昭伸手蹭蹭鼻尖儿,看看床又看看小沙发,脑袋里有两个小人在打架。

一个小人硬着头皮说道:"我就想抱着他睡!大帅哥香香的、白白的,还有腹肌!"

另一个小人的鄙视溢于言表:"林昭昭!你就是美色当前色令智昏,你不要不承认!"

谢辰青从浴室出来的时候,床上没有人,而沙发上并排放着两个枕头。小姑娘已经乖巧地躺好,薄被盖过鼻尖,只露出一双亮亮的眼。

"既然你喜欢睡沙发,那我就陪你一起睡沙发吧!"林昭昭勉为其难宽容大度地拍拍身边的位置,"过来。"

谢辰青擦头发的手一顿,走到沙发边坐下,林昭昭顺势就把脑袋枕到他的腿上。

他身上带着干净的沐浴露味道,清冽的香气湿漉漉地拂过鼻尖,连带着低头看她的那双眼睛都变得黑而沉,让人忍不住心跳加速。

谢辰青的手指落在她的脸侧,带着珍而重之的宠溺:"你睡床上,我睡沙发。"

她的脸在他的掌心慢慢升温,害羞到无法招架他的视线,忍不住侧过脸朝向他,然后抱住他的腰,声音很小,被海风轻易掩过:"我不要……"

武警A城支队和其他地区的武警部队不一样,作为一支边防部队,这支部队守护着祖国的边境线。

A城位于国土西南,与多国接壤,来往的商人和国人一样是黑头发黄皮肤,但他可能来自任何一个接壤的异国国度。

比起抗震救灾、抗洪抢险,比起担任维和警察防暴队的狙击手,缉毒扫毒才是谢辰青的工作日常。

每次他云淡风轻地发信息告诉她"出任务勿念",背后都是真实的枪林弹雨,每分每秒她都面对失去他的可能。

"等你回部队,又要好久好久见不到了。"林昭昭的声音闷闷的。

不是没有见面的机会,只是军令如山,见面的时候,他可能在魔鬼周,在武装越野，在训练场上摸爬滚打。

她跟拍过他们的魔鬼周，几天的时间里没有说上一句话。

那次谢辰青本就受了伤，五公里奔袭之后射击，五发子弹，五个十环，旧伤口撕裂，血渗透了纱布。

她听见一声"验枪"指令，看他拉栓的动作没有丝毫犹豫，干净又利落，可是额角却有冷汗，心疼得都快哭了，却也只能远远地看着他，强忍着眼泪。

两个人认识这么久，第一次可以不用担心枪林弹雨，可以每天满怀期待地睁开眼睛、每天满心欢喜地沉沉入睡，所以她才会这么黏人。只要看见谢辰青，就想像块狗皮膏药一样贴上去，让他扒都扒不下来。

林昭昭蜷着身体，小小一团，想到弗朗索瓦·里卡尔的那句话：当你还在我身边，我就开始怀念，因为我知道你即将离去。

没有谁比她更能体会这句话的意思，因为自从那年高考过后，她每次见到谢辰青，都是这样的心情。

林昭昭越想越委屈，尤其是谢辰青都不让她抱着睡，她都这么主动了，可他就是不肯。他一米八八的个子，非要蜷在沙发上，想着想着，眼圈就红了。

"昭昭。"

见总是叽叽喳喳的小姑娘不说话，谢辰青轻声喊她。

他垂眼，枕在他腿上的林昭昭把脸埋进掌心，不说话。

他握住她的手腕往下拉，看到她的眼睛都是红的。

"哭了？"谢辰青微愣。

林昭昭带着鼻音"嗯"了一声，手指指着眼睛给他看："对，哭了，你快看我的眼睛，红了吧？"

"我做错什么了吗？"他目光清澈，像个少年，因为惹心上人哭了所以茫然无措。

林昭昭委屈巴巴地说："你不抱着我睡！你还要自己睡沙发！我说陪你一起睡沙发，你还赶我走！"

谢辰青无奈地叹气，弯腰把人抱起来，非常教科书版本的公主抱。

把她放到床上时，林昭昭的手还紧紧抱着他的脖子不松手："要睡一起，不要分开，等假期结束分开的时间长着呢……"

马上就是分别,她胆子比醉酒的时候还要大,搂着他的脖颈往下压,仰起头主动亲上去。

女孩子青涩的亲吻,柔软又没有章法,谢辰青轻轻地把手垫在她的脑后,怕她的脖子不舒服。

他怕她委屈,温柔地回应,主动亲她。

窗帘被海风拂过,意识变成融化的棉花糖,迷糊而绵软,空气滚烫炙烤着彼此,体温不受控制地升高。

林昭昭忘了呼吸,有种鱼脱水般的窒息感。

谢辰青退开,睫毛浓密如鸦羽,手指轻轻地抚摸她的眉眼。

林昭昭脸颊滚烫,软软地贴在他的掌心。

他穿一身白色,整个人干干净净,因为俯身,喉结滚动的线条她看得一清二楚,锁骨从领口露出一截,冷白皮在灯下泛着象牙般的光泽。

林昭昭脑袋迷糊,眼睛因为刚才的亲吻迷离而没有聚焦,湿漉漉的叫人心软。

谢辰青抿了抿嘴唇,冰冷的声音放得很轻,用哄小朋友的温柔语气,跟她说大人之间才会说的事:"昭昭,你知不知道跟男朋友睡在一起意味着什么?"

他眼角皮肤冷白,以至于氤氲的薄红如此明显。一双眼睛清澈剔透,情绪直白浓重如墨,更加摄人心神。

他轻轻地帮她顺好散乱的长发,温声哄人:"睡吧。"

从除夕夜到大年初三,不过短短三天,却像是过了一辈子。

窗外,海面落了深蓝的星光,光点跳跃星辰璀璨,却远不及他黑白分明的一双眼睛。

明天的这个时候他就已经在部队了。

他会在做什么呢?紧急集合,五公里越野,射击训练?又或者有什么紧急任务突然出动,义无反顾迎向全然未知的危险。

她不想他走,也不想看不到他,更不想他不分昼夜行走在刀尖之上。

"怎么了?"谢辰青见她一直看着自己,低声问。

他的怀抱松散,林昭昭小蜗牛似的慢慢往他身边挪动,直到他的呼吸落在她的额头。

她的脸贴在他怀里轻轻地蹭:"不想分开。"

谢辰青亲亲她的额头，手在她后背一下一下拍着，没有说话。

林昭昭心酸，也骄傲。

翌日清晨，林昭昭睁开眼睛的时候，谢辰青正在收拾行李。

见她醒来，他站在床边微微弯腰，朝着她张开双臂："来。"

时间是不是会变魔术。

高三那年她坐在双杠上看月亮，他也是这样朝她伸出手。那个时候的她，无论如何也不敢想象两个人会像眼下这般亲密。

林昭昭笑了，抱住他的脖子借力起身，被他抱到浴室去洗漱。她坐在洗手池上，牙膏都是他挤好放到手里的。

倒计时的沙漏突然开始加速，对于时间的流逝让人无可奈何，林昭昭有了更深的体会。

机场广播响起。她的机票是回 C 市老家，而他的机票是回部队驻地。

无论面对多少次分别，她总是无法坦然，皱了皱眉，鼻头通红。

谢辰青清瘦挺拔的背影走向登机口。

如果时间可以拨回去多好，就回到除夕最初见到他的那一分钟。

谢辰青将机票和武警警官证交给工作人员查验，走进廊桥前最后回过头来看她。

冬日浅薄的阳光落了他一身，他目光清澈一如少年时，温柔地落在她的身上。

隔着人群，他只用嘴型说："昭昭，好想带你一起走。"

她的眼泪瞬间就下来了。

大年初三，林昭昭回到 C 市。

大年初六，林昭昭和奶奶一起坐上返回 A 城的飞机。

蒋念慈年纪已经很大了，满头银发。

飞机起飞时，她一直看着窗外，她生活了一辈子的 C 市。

林昭昭握住奶奶的手："奶奶，让你跟着我一起走，对不起……"

对于奶奶，林昭昭总是心怀愧疚。她不能让谢辰青一个人承担所有，而自己当一个被宠坏的小朋友，也不能丢下相依为命的奶奶，独自奔向他。

蒋念慈慢慢告诉她："奶奶就只有你了，你在哪里，哪里就是奶奶的家。奶奶要看着我们昭昭嫁人,还要听我们昭昭的宝宝叫我外曾祖母。"

林昭昭想哭,但还是笑了。奶奶对她这么好,她要对奶奶更好,更更好才行。

元宵节这天,帅哥最多、单身男青年最多的武警A城支队决定组织一次军地联谊。

这群誓死保卫祖国边境线的年轻战士,平时几乎没有外出机会,更没有认识女孩子的可能。

支队长李锐跟个老父亲似的为此操碎了心,终于在这一年的年初找到机会,和驻地单位开展联谊。

"排长,联谊你去吗?"训练结束,队里几个年轻小伙子问谢辰青。

武警边防谢辰青,荷枪实弹例行边防检查都能被一票小姑娘要联系方式。

那谁家女儿来探亲,看上他就赖着不想走,家属院还有一群适龄女青年成天虎视眈眈。

这要是他出现在联谊现场,他们可就彻底没有活路了!

"排长,你是不是不去?你不是最怕小姑娘缠着你吗?"

谢辰青一身迷彩,拿下钢盔放下步枪,在众人满怀期待的目光中淡声开口:"去。"

有女朋友竟然还要去联谊!蒋沈无语且气急败坏,他为"顺拐同学"感到不值:"渣男!"

谢辰青看傻瓜似的看了他一眼,拿出常服:"因为昭昭会来。"

已经有个大宝贝男朋友的林昭昭记者当然不是来联谊的,林昭昭记者穿一身迷彩,是作为军事记者来拍摄视频,展现武警官兵新年新气象的。

营区的大红灯笼高高挂,新年氛围尚且浓厚,又铺上红地毯,架起拱形门,虽然有些直男审美,但胜在朴实可爱。

九点一到,前来参加联谊的女生手牵手迈上红毯走进神秘营区,而在训练场上摸爬滚打的武警战士换了最帅的那身常服,军衬挺括没有一丝褶皱,领带一扎,大檐帽一戴,个顶个的英俊挺拔。

看到谁,蒋沈的目光猛然一顿,那一瞬间时间仿佛停滞了。

女孩除了头发长了些,眉眼五官好像和七年前没有任何变化。

别的小姑娘含羞带怯，就她径直走到他面前，抬起小巧的下巴问道："这位警官，你有女朋友了吗？"

蒋沈不敢相信地看她，半天没说出一个字，就听女孩没心没肺地问了一句："如果没有，那我从今天开始追你啦？"

她声音是甜的，眼睛已经红得不像话，垂在身侧的手指紧紧地攥住裙子，指关节泛白。

在她的眼泪掉下来晕掉妆容之前，她听见蒋沈说了个"好"字，立马破涕为笑。

蒋沈却偏过头去红了眼。

联谊环节充分考虑到这群单身直男不会说话，一说话就脸红的可爱特质，所以设计得非常精巧。比如参观军营、观看训练，午饭时间一起做饭、一起露天烧烤，这样一来，姑娘和小伙子们自然而然就能搭上话了。

联谊场地从室内转移到室外再到炊事班的地盘，肉类、蔬菜、海鲜、菌类被切成形状标准的块，被炊事班的战士们用长长的竹签串起来，特制的烧烤酱料刷上去，味道令人食指大动。

林昭昭的肚子很不争气地咕噜了一声，炊事班的小战士热情地招呼她："林昭昭记者，饿了没？过来跟我们一起吧！"

她一上午跑来跑去，自始至终都是笑着的，这会儿是真的饿了。她拍完最后几个镜头，洗干净手，目光自然而然地追着那道军装笔挺的背影。

"那个人是谁呀？"

"刚才没有见过……"

"我们谢排长。"

"好帅！"

"射击的时候才绝呢！"

谢辰青察觉到她的目光，转过身来，看到她的瞬间嘴角弯起来，却在这时被一个半道冲出来的姑娘给拦住了。

距离太远，林昭昭什么都听不到。谢辰青冷若霜雪，微微颔首。

林昭昭忍不住皱了皱眉，竖起她的小耳朵，奈何现场吵吵嚷嚷的，什么都听不到。

等人走过来，林昭昭凑近了些，小声问："你跟人姑娘说什么了？"

谢辰青扬眉问道："这也是林昭昭记者的采访内容？"

林昭昭的小脾气上来:"对,关心一下谢排长的终身大事不可以吗?"
　　她吃醋的样子特别可爱,脸颊气鼓鼓的,故意不看他,看起来云淡风轻,但眼角的余光不经意间瞟过来,就差在脸上写上:快点哄我啊,你这个浑蛋!
　　谢辰青忍着笑道:"林昭昭记者滥用职权。"
　　"是我自己想知道。"她最终憋不住,仰起头,眼睛一眨不眨地看着他,"你刚才和人家姑娘说什么了?"
　　"我说……"
　　谢辰青手手背在身后,面对她微微欠身,眼睛弯弯的。
　　他就这样凑到她耳边,轻笑着开口:"我有心上人了。"
　　湛湛青空下,联谊的官兵们没有训练场上的冷静淡定,说话之前脸先红。
　　前来参加活动的小姑娘们暂时抛开矜持含蓄,主动出击。
　　这片昔日严肃神秘的营区展现它的人情味和烟火气。
　　而在不为人知的时间、地点,谢辰青的目光落在林昭昭身上,自始至终都没有移开。

　　四月,武警Ａ城支队接到线人来报,一批来自Ｍ国的毒品将由Ａ城边陲小镇入境。
　　虽然时间、地点、人物不明,毒贩是否有非法武装力量,又是否有非法枪支都是未知数,但这显然是一起跨国贩毒大案。
　　参与执行此次任务的一百余名武警边防官兵,年长的上有老下有小,年近不惑,年轻的不满二十岁,是家里最受宠爱的小孙子。
　　每个人都面色凝重,坐在书桌前叩开笔盖,落笔是"遗书"二字。
　　谢辰青一身军装笔挺,坐在书桌前,肩背挺直,依旧有少年时的利落。
　　他叩开笔盖,笔尖落在信纸上,一笔一画地写下"结婚申请"四个字。
　　"结婚申请?"
　　蒋沈因旧伤复发无法参与此次行动,看着自己兄弟打结婚报告,无论如何也高兴不起来,更多的是心酸。
　　寻常人家的宝贝儿子结婚娶媳妇儿一片热闹,可他的战友谢辰青结婚没有热闹,只有生死未卜和枪林弹雨。

谢辰青在落款处签上自己的名字。

他将军装换成便服,黑色冲锋衣的领口遮住下巴,漆黑明亮的一双眼,如同融了碎冰。

他迎上蒋沈的目光,淡淡地回复:"留个念想,让自己记得回来。"

集合哨声响起,他云淡风轻地把枪放进口袋里:"走了。"

蒋沈声音干涩:"平安回来!你家'顺拐'等着你呢!"

谢辰青最后回头,笑着看他一眼:"记住了。"

那天,林昭昭收到谢辰青的微信:"执行任务。"

高中时,她每次和他发消息,心跳都会乱了节拍。她发出去的每个字、每个表情图都要深思熟虑,那个时候最怕他说"翻开你的数学作业"。

大学时,她周一到周五的所有时间都在期待他周六发手机,等他问一句"在干吗"。林昭昭每次收到谢辰青的信息,都会开心得在小床上翻滚,偏偏最后还要佯装淡定不带感情地回一句"没干吗"。那个时候,她最怕他说"集合了""训练了""交手机了"。

大学毕业以后,林昭昭最怕听他说"执行任务"。

她回"平安回来",那边已经没有了回音。

A城的春日温柔,满城的樱花绽放,风一吹,细碎花瓣如初雪,落在恋人的肩侧或者发顶,被轻柔地拂过。

小孩子们排着队在老师的带领下去春游,中学生们穿着校服背着书包往学校走,急着上班的小姑娘脚蹬运动鞋、高跟鞋放在帆布包里,如风的少年踩着滑板从身侧一闪而过。

没穿军装的他们,在街角、巷子口、路边,是顾客、小商小贩、过路人,还是坐在路边排椅上看报纸的无业游民。

你看不到他们,他们却真真实实一直都在,在不为人知的时间和地点守护一方安宁。

经过夜以继日的侦查与蹲守,武警官兵最终锁定了犯罪嫌疑人吴某。

吴某原本在一家工厂打工,工厂倒闭后无任何正当收入来源,却在近一年时间里频繁添置房产、豪车,且多次出入境、与境外人员交往密切。

缉拿贩毒人员归案强调"人赃俱获",武警官兵隐匿在吴某周围,密切地关注他的一举一动。

林昭昭不知道谢辰青在哪儿、在做什么、什么时候回来。

她不敢当着蒋念慈的面难过，她有一把谢辰青家里的钥匙。

门一开，清新的花香拂面而来。阳台上是谢辰青亲手给她养的花，如今花热热闹闹地开了一片，养花的人却不见了。

视线模糊，他清绝的五官却在眼前逐渐清晰。

好像能看到那个时候的他，眉眼低垂又干净，亲手把花苗或者是种子放进花盆里。

他每天温柔地给它们浇水，盼着它们长大，好送给他的心上人。

天边冷月无言，和她遥遥相对，像他看她的目光。

随着时间的推移，武警侦查员抽丝剥茧，一个以吴某为首、与境外贩毒势力勾结的贩毒团伙浮出水面。

武警官兵密切监视贩毒分子的一举一动，然而无数次行动无数次落空。

吴某为人诡谲，在经过边防检查站时，武警官兵仔细搜过他的车辆，没有任何毒品的迹象。

六月一日，临近征兵季，武警A省总队要拍摄一部征兵宣传片。

林昭昭再次扛着"长枪短炮"来到武警A城支队，这次在门口站岗的人是蒋沈。

那一瞬间，林昭昭突然特别想谢辰青。

她第一次来支队的时候，他也是在这里站岗，不能言语，却温柔地弯了眼睛。

去年的这一天，林昭昭刚到K国，和他一起去孤儿院看小朋友。回来的路上，她问他要儿童节礼物，他第一次和她十指相扣，好像是在说礼物是他。

而这一刻，她在他的营区，身边来往的武警官兵是他的战友。

他们每天一起出早操，一起在训练场摸爬滚打，一起在生死一线并肩作战。

可是，谢辰青现在不在。

林昭昭手头有丰富的视频影像资料。

从盛夏到寒冬，从维和、救灾、反恐、缉毒、戍边到最日常的演练，从支队营区、抗震现场再到野外拉练的深山老林，都是工作一年以来她亲自拍摄的。

这些第一手的资料用来剪一部宣传片绰绰有余,但是她一直坚持"严肃活泼"的原则,她想呈现出来的宣传片,不仅有让人热血沸腾的家国情怀,还要有人情味和烟火气。

林昭昭简单和李锐说明自己的想法,在工作场合,她规规矩矩地喊"李队",一个温柔冷静的记者模样。

"我想拍摄武警官兵的一天日常。"

相机架起,起床号角吹响,林昭昭第一次踏入武警官兵的宿舍区域。

他们起床,整理内务,紧接着是早操,步伐整齐,年轻的面庞坚毅。

拍摄间隙,林昭昭被书桌上一沓整齐的信纸吸引了视线:"这是什么?"

蒋沈因为旧伤复发,暂时无法参与常规训练,李锐便让他全程陪同林昭昭摄像。

他向林昭昭介绍道:"这是我们战士执行任务前的遗书。"

林昭昭礼貌地问道:"我可以看吗?"

蒋沈点点头。

"他们之中年纪最大的不到四十岁,家里还有卧床的父亲和读小学的孩子。最小的才十九岁,自己还是个没长大的小孩儿。

"我们和毒贩打交道,随时都做好了牺牲的准备,所以执行任务前,如果时间来得及,大家都会提前写好遗书。"

林昭昭蓦地想起了父亲。

如今,他的后辈又像当年的他一样,或许比当年的他更加勇敢。

林昭昭一个字一个字读下去,心像是被针密密麻麻地扎过。

"亲爱的爸爸妈妈,这是我第七个没有回家过年的年,如果你们看到这封遗书,我希望你们能以我为荣,不要为我流泪!爸、妈,再见,我爱你们!"

"妈,您身体不好,之前落下的病根也没有好利索,就不要再想着去打工了。我这些年来在部队攒了些钱,如果我不在了,您盖一个宽敞明亮的房子,要是觉得孤单,就再养一只可爱的狗呗,肯定比我听话,起码不会好多年不回家……妈,下辈子还可以当您儿子吗?我保证哪儿都不去,就陪您到老。"

"媳妇儿，又要执行任务了，这次可能稍微有点危险。如果我回不来，就别再记着我了，我就一穷当兵的，真不值得。以后如果遇到合适的人，记得让咱爸咱妈帮你好好看看，不要像当初被我骗走一样，再被别人骗走了。没让你过几天好日子，真的对不起了。"

泪凝于睫，林昭昭看向最后一张。

视线蓦然凝固于某一处，再也无法言语，只有眼泪无声地顺着脸颊滑落。

这一封封遗书的最下面，是一纸结婚申请。

一笔一画，认认真真，极尽他不为人知的温柔。

申请末尾落款：报告人，谢辰青。

蒋沈打开林昭昭身后的一处柜门。

柜子里的东西整齐简洁，主人大概既有强迫症又有洁癖。

入目便是一张少男少女的合影，一块军警联合扫毒的二等功奖章，和一个小小的盒子。

林昭昭颤抖着手指，打开那个盒子，切割讲究的钻石折射出一整个盛夏的灿烂日光。

林昭昭红着眼睛："他什么时候买的？"

蒋沈："射杀毒枭K之后，维和之前，和你道过别就去买了戒指。戒指旁边那块二等功的奖章，是他打算给你当聘礼的。"

林昭昭努力笑着，可嘴角弯不上去，深吸一口气问："结婚申请呢？"

"执行任务的前一天深夜，说是结婚申请打了，就不敢回来。

"但是他也跟我说，如果回不来，就销毁了，一定不能让你看见。"

林昭昭打开那个装戒指的小盒子，哭着把戒指戴到左手的无名指上。

谢辰青，我答应嫁给你，你快点回来好不好？

林昭昭结束了一天的拍摄任务，来到烈士陵园。

影视剧里的缉毒警察总有"金手指"、有"复活甲"，总能最危急时刻等来救援化险为夷。

而现实生活中的缉毒警察行走在刀尖之上九死一生，以血肉之躯筑起长城，换祖国寸寸山河干干净净，一尘不染。

那个时候的她不懂事，在父亲执行任务之前和他发脾气，抱怨他不管重病的妈妈，离开家就杳无音信。

现在她知道了，却永永远远地晚了。

林昭昭抱着膝盖蹲在父亲的墓碑前，眼泪不停地掉下来。

"爸爸，我错了，我真的知道我错了……我不该那样和你说话，我真的好想你和妈妈……

"我很害怕，请你保佑他，我就只有他和奶奶了……爸爸，我该怎么办啊……"

林昭昭从烈士陵园回到宣传文化中心，深夜静谧。

这部武警部队宣传片，背景音乐为 Liquid Cinema（液体电影院）的 *Into The Sun*（《向往阳光》）。

画面里，是维和，是缉毒，是排爆，是反恐，是戍边。

是入伍之初的授衔仪式，是抗震救灾背着民众深一脚浅一脚地走，是魔鬼周、军事演习咬牙负重奔袭与战友并肩作战没有一人掉队，是军营开放日、武警官兵温柔坚定地告诉祖国的花朵——

"欢迎加入我们的队伍。"

视频至此，正式拉开帷幕。

明明没有一个画面里有谢辰青，却好像每一个人都是他。

四点，人睡得最熟的时刻，几百公里外的深山，对讲机传来命令。

"各小组注意！各小组注意！目标已出现！"

此时的边境已然进入雨季，一场大雨过后湿气绵延，那一身绿色迷彩早就湿透了。

子弹上膛，一众武警官兵神情冷淡严肃，利剑出鞘，所向披靡。

静谧的村落之中，汽车的引擎声划破寂静，车灯犹如暗夜中潜伏的幽灵。

武警官兵拦截毒贩车辆例行检查，贩毒量刑重，毒贩自知难逃重刑，猛然踩下油门。

两名武警官兵当即被钢铁巨兽撞到山崖之下，无数武警官兵没有丝毫犹豫，毅然决然地迎着毒贩黑洞洞的枪口冲上去。

这不是第一次，更不是最后一次。他们不是第一个，也绝不是最后一个。

林昭昭的视频剪辑到最后,背景音乐切换为大气磅礴的武警誓词:"我是人民武装警察,我宣誓!"

暗下去的画面里,只剩下一行一行的字——

"你们即将成为的这群人,就在你我身边,就和你我一样。"

"你们即将到来的地方,有枪林弹雨亦有人间烟火,有离别亦有新生,热血和热泪同样滚烫。"

"欢迎你,欢迎你们。"

"加入我,加入我们。"

"人民武装警察部队。"

翌日,一辆辆军车驶入 A 城支队营区。

一众武警官兵跳下军车,整齐地列队。

李锐严肃地站在他们面前,其实在他们报数之前,就已经把人来回回数了三遍。

他亲历过牺牲,亲眼看着战友死在自己面前,所以从那以后,他对自己手底下的兵,最高要求就是"一个都不能少"。

天光大亮,人人面庞坚毅。

李锐充分肯定他们此次的行动:"我以你们为荣,武警 A 城支队以你们为荣。"

他右手抬高到太阳穴向着他的兵敬礼,一众武警官兵回礼。

最后,他开口说道:"谢辰青出列,其他人解散。"

谢辰青清瘦且白,全副武装,头上是钢盔,怀里是步枪,脚上是黑色作战靴。

刚才还严肃得不行的支队长李锐,没忍住笑了。

"谢辰青。"女孩儿的声音清甜,和刺破云层的熹微晨光一起落下来。

谢辰青回头,林昭昭穿着他十八岁那年送她的第一条裙子,站在身后不远处。

谢辰青看到她的瞬间,蹙起的眉舒展,目光变得柔软,不像武警中尉谢辰青,像少年时的谢辰青。

林昭昭怀里抱着向日葵,眼睛里含着泪,努力地笑着。

简简单单的一句话,在心底重复了无数遍的那句话,她深吸一口气,最后还是带了微微颤意。

"谢辰青,"她轻声喊他,眉眼弯弯地说道,"我们结婚吧。"

谢辰青微愣,他瘦瘦高高逆光站着,迷彩作训服外套着冷硬的防弹背心,荷枪实弹,拒人千里。

鲜活明朗的向日葵朝着他的方向热烈地绽放。

林昭昭的心跳得很快,震得胸口发颤发疼,直到看见他将手里的步枪放下。

谢辰青缓缓朝着她张开双臂,浓密的眼睫下,只剩干净温柔的笑。

林昭昭扑到他的怀里,眼泪就在这个瞬间掉下来,终于抱到她的他了。

谢辰青下巴轻抵在她的肩侧,笑道:"好啊,我们结婚吧,昭昭。"

从四月到六月,六十多个日日夜夜,他们幕天席地埋伏在深山,精神不敢有片刻松懈。

而在这一刻,枪林弹雨全部远去,只有心上人眉眼柔软如画。

又一次死里逃生,又一次天光大亮。

谢辰青休假两天,离队前他填写了《申请结婚报告表》,递交支队。

他坐在书桌前写字,林昭昭自己搬了张小凳子,乖巧安静地坐在他的身边,她写的是《结婚函调报告表》。

一高一矮坐在一起,一个清冷,一个软糯;一个沉默寡言,一个叽叽喳喳;一个字迹锋利,一个小学生字体。

"谢辰青,你看我们现在坐一块儿写字,像不像高三同桌的时候?"

林昭昭写字写得手酸,间隙开起了小差。

她完全就是老师最头疼的那种小学生,自己不学习还要拐带着同桌说话。

李锐无语,凑热闹加经验值的蒋沈同样觉得没眼看。

谢辰青却抿了抿嘴唇,笑了。原本冷若霜雪的人,此时清澈的眼里满是纵容,弯着眼睛看他的女朋友:"像。"

林昭昭得到满意的答案,嘿嘿一乐,继续写字。

李锐见过的打结婚报告申请结婚的小伙子多了去了,但是女朋友在一旁陪着的,谢辰青还是头一个。

他看看自己手下的兵,再看看自己战友的女儿,只觉得不能更登对了。

李锐忍不住得意地说道:"林昭昭,叔叔眼光不错吧?"

林昭昭笑眯眯地点头，竖起大拇指："叔叔的眼光是这个！"
　　谢姓帅哥表情空白一瞬，不知道他们俩在说什么。
　　李锐笑道："之前不知道你们认识，还想撮合你们俩，那会儿我就奇怪了，你小子怎么答应得那么痛快。巧的是林昭昭听说是你，立马就答应了。"
　　谢辰青突然想起维和那年冬天，林昭昭在电话里说，父亲的朋友给她介绍男朋友，个子高腿也长，她特别喜欢。
　　林昭昭不好意思地揉了揉鼻尖，想起自己那个时候故意吓唬他，吓唬他又不忍心，告诉他："谢辰青，他比不上你。"
　　什么比得上比不上的，都是林昭昭为了哄他开心睁着眼睛说瞎话。
　　本来就是一个人，自始至终，她喜欢的就只有他一个。
　　谢辰青看着她，弯了弯眼睛，突然就笑了。
　　他笑起来可真好看，如果不是有长辈在，林昭昭简直想抱住他亲一口。
　　自己是从什么时候开始这么色令智昏？
　　不对，这不是她的原因。谢辰青这种级别的长相，任何人都把持不住，要怪就怪他自己长得太好看了。
　　填好《申请结婚报告表》，谢辰青扣上笔盖交给支队长，林昭昭的《结婚函调报告表》则需要带回工作单位盖章。
　　李锐看了一眼，仔细收好："之后还需要体检、支队出具证明，等你休假回来再说。"
　　林昭昭笑眯眯地挽住谢辰青的手臂："那叔叔，我带着我家小谢走啦！拜拜！"
　　眼前这小孩眼睛都笑得眯成一条缝儿了，李锐既高兴也心酸。
　　李锐笑得像个慈祥的老父亲："好好玩两天，叔叔等着你们的喜糖。"
　　等人走远了，他忍不住看向湛湛青空下那一片远山。
　　林振，你看见了吗？
　　你最放心不下的女儿现在笑得比谁都开心，马上就要成为新娘子了。
　　如果你和嫂子还在，你们该有多高兴，她该有多高兴。
　　直到走出营区，林昭昭都还有点不真实的感觉。
　　她来的时候还满心忐忑，走的时候就把全支队最好看的一起拐走了！
　　今天她超级勇敢的！她竟然跟谢辰青求婚了，还成功了！

237

"你在笑什么?"谢辰青的手指捏上她软软白白的小脸。

"我开心呀,"林昭昭抱着他的手臂走路,蹦蹦跳跳像个小孩子,"小谢是我的了!"

他摸摸她的脑袋,嘴角弯起的弧度漂亮极了:"一直是你的。"

林昭昭仰起小脸,笑得像朵太阳花。

是跟爸爸许愿生效了吗?昨天她还在爸爸的墓碑前哭鼻子,今天就见到心上人了。

"昭昭。"

"嗯?"

"结婚之前,我们去看看叔叔阿姨吧。"

白色的马蹄莲沾着新鲜的露水,被谢辰青放在爸爸妈妈的墓碑前。

谢辰青白衣黑裤,瘦瘦高高,温柔干净的一双眼里不含任何杂质。

她无数次在爸爸妈妈的墓碑前,把脸埋在手臂里,哭得像个无人认领的小孩子,在无边的绝望伤痛中深一脚浅一脚地走着,跌跌撞撞,没有人扶她一把。

今天,谢辰青和她并肩站立,悄然牵住她的手,十指相扣。

寂静空气里,林昭昭听见谢辰青向他们介绍自己,轻而冷静地说道:"叔叔阿姨好,我是昭昭的男朋友谢辰青。"

"我们要结婚了。"

从支队到墓园,再到谢辰青家,正是日落时分。

天边晕染开大片明亮的色彩,像是谁的颜料不小心被打翻,就这样泼在天边。

太长时间没见,林昭昭的嘴巴喋喋不休,停不下来。

谢辰青走到哪儿,她就亦步亦趋地跟在身后,恨不能一口气把这两个月来的所有见闻都说完。

"你知道吗?冬天还没过去的时候,我去过一次高原,拍边防军人……他们特别苦,冒着生命危险在冰天雪地里巡逻,新闻稿我都是哭着写完的。

"五一那会儿,军营开放日那天,支队营区来了一群祖国的花朵,小学生可真可爱,见到真枪的时候眼睛都在放光!

"对了,对了,我现在可厉害了,能自己做出来四菜一汤,下次你来我家我掌勺，本大厨给你露那么一小手！"

谢辰青松开衬衫领口的两颗扣子，身形颀长清瘦，背靠着墙壁看她。

他个子太高，她仰起头看他："谢辰青，你的话真的好少啊……你都不想我吗？"

却见他安静地看着自己，轻轻一笑，把她搂进怀里。

"抱歉，"他鼻尖轻抵着她的蹭了蹭，而后微微偏头，薄唇压下来，温柔又磨人地掠夺所有空气，"我现在只想亲你。"

好吧，这没什么可抱歉的，她好像也有一点点想亲他，在支队的时候就想，但是有贼心没有贼胆。

她站在他和墙壁的中间，没有任何着力点，只能紧紧搂着他的脖颈。

两个人额头相抵，短暂分开的间隙，她的睫毛因为害羞轻轻地颤抖："结婚以后，也要这么久才能见一次吗？"

谢辰青有一下没一下地亲吻她，闻言嘴角轻轻上扬："没有特殊情况，周末或许可以轮流回家。"

周末回家，那就是一个星期或者几个星期可以见一次面。

太过磨人又太过让人脸热的亲吻，她呼吸间都是他身上清冽的气息。

林昭昭脑袋缺氧，想到什么也就说什么："那你为什么不早点告诉我？"

"告诉你什么？"

谢辰青修长的手指轻轻地摩挲她的脸，微微抬高她的下巴，长发被撩到身后。

痒意蔓延，林昭昭快要站不稳，被他搂住腰，更近地贴到他的怀里。

她像是变成阳光下慢慢融化的冰激凌。

窒息的感觉慢慢变得强烈，她轻轻推他的肩膀却完全没有力气，直到相贴的脸庞微微分开。

"告诉我……结了婚就可以经常见面……"

林昭昭脸红心跳，谢姓帅哥白净帅气，笑着问："告诉你你会怎样？"

她真心实意悔不当初，皱着眉说："当然是一毕业就结婚啊！"

林昭昭一副自然而然的语气，谢辰青挑了挑眉，又想亲她，被林昭昭偏开小脑袋躲开。

"你别用美人计。"她越想越觉得可惜，气得去捏他的脸，"你说，我说得对不对？你算算，我们大学毕业以后才见过几次面？如果早点结婚，就可以多见好多好多次了！"

怀里的小姑娘，唇瓣因为亲吻变得嫣红，小脸纠结成一团。

谢辰青睫毛垂着，乖巧地点头："那是我错了。"

"错得可真离谱！"林昭昭语气有些凶，却见他眼底的笑意越发明显，最喜欢看他眼睛笑得弯起来了。

那么冷的一双眼睛，笑的时候怎么显得如此温柔多情，配合眼尾的泪痣更是一绝。

"我要去洗澡，"谢辰青见她还抱着自己不放，云淡风轻地凑到她耳边，问她，"和我一起吗？"

明明谢辰青在说这么不要脸的话，可他一笑便嘴角上扬，牙齿洁白，眼睛弯弯的，像个干净纯情的大男孩，白净帅气，还特别无辜，特别乖巧。

林昭昭瞬间就顾不上生气，几乎是把人推进浴室，还非常周到地带上门。

最后，她脸红心跳地背靠着墙壁，自己一个人笑起来。她快要结婚了，快要嫁给自己喜欢的人了。

谢辰青洗完澡出来，林昭昭正坐在阳台的秋千上晃晃悠悠。

她穿着白色的裙子，身边是大片大片的花，淡绿奶白明黄，开满整个阳台。

林昭昭见他走过来，弯着眼睛甜甜地说道："你不在的时候，我就在这里看看花。"

谢辰青垂眼，想象她一个人蹲成小小一团，掉眼泪都没有人帮她擦。

他的视线下移，她细白的手指上有什么折射了月光，晃眼睛。

他在她身边蹲下来，看着她："戒指是怎么回事？"

林昭昭轻声说："你不在我就自己戴上了。"

因为不知道你什么时候回来，但是从看到戒指的那一刻，我就已经答应你了。

万一你没有回来，我也会戴一辈子。

而此时此刻，林昭昭当机立断把戒指从手上摘下来，放到谢辰青的手里："我想要你给我戴。"

没有吵吵嚷嚷的人群，没有大片大片的气球和蜡烛。

初夏的微风轻轻地吹过，见证他们的只有满阳台向日葵和漫天繁星。

眼前的每一分每一秒都珍贵到想要收藏，林昭昭几乎忘了呼吸。

谢辰青笑着看她，眉眼清绝，单膝跪地："林昭昭，你愿意嫁给我吗？"

林昭昭笑眼弯弯，点点头："嫁！"没有一秒犹豫。

戒指套上无名指的那一刻，她的眼底有了泪光。

日历翻到七月的第一天。

一年前的今天，当从K国返程的飞机在祖国机场落地，谢辰青说"林昭昭，我喜欢你"。

一年后的今天，林昭昭起了个大早。她今天出门的目的地不是文化宣传中心，而是民政局。

林昭昭平时素面朝天，今天涂了浅色的唇膏，明眸皓齿。

她拉开衣柜的门，她的裙子不知什么时候变得很多，除了妈妈买的那条，都是谢辰青买的。

每一条她都很喜欢，但最喜欢的还是谢辰青上军校大一那年送她的那条。

简简单单的白色，款式漂亮复古，裙摆轻轻地展开，微风吹过的时候最美。

那是谢辰青用他攒了一个学期的津贴、他人生中第一笔工资，买给她的。

他告诉她——裙子不好看，是林昭昭好看。

林昭昭出门前，蒋念慈握住她的手，感慨道："我们昭昭真的长成大姑娘了，要嫁人了。"

奶奶的眼圈一点一点地红了，林昭昭抱着奶奶，下巴抵在奶奶的肩上："谢谢奶奶把我养到这么大，您辛苦啦。"

蒋念慈的眼泪快要掉下来，她不想在这么开心的日子里哭，便催促她的宝贝孙女儿："快去吧，别让小谢等你。"

小谢同志在部队，他们约定上午九点民政局门口见面。

林昭昭到的时候，谢辰青已经到了，一身军装笔挺，眉眼好看得像是画出来的。

他站在那里，肤色冷白，干干净净，像初冬落下的第一场雪，让人心动得不行。

部队有规定,不能随意穿军装外出,然而今天日子特殊。

她第一次在营区之外看他穿军装,还是最帅的那身常服,心想,还好他是她的,不然可能会嫉妒他女朋友到疯掉。

好多来领证的小姑娘当着自己未来老公的面偷偷地看他,而他曲起手臂,眼睛温柔地弯下去,等着她挎上他的胳膊。

他们自幼相识,十七岁的夏末阔别重逢,十八岁的夏末再次分开。在这之后,是一次又一次的分别,是不会停歇的倒计时沙漏。

如今她二十四岁,终于要嫁给谢辰青,倒计时沙漏再也不会响起。

小红本本被工作人员拿过去盖章,昔日面对毒枭都不会心跳快一拍的谢辰青,这一刻,眼睛一眨不眨地盯着人家,生怕小红本本被人半路挟持消失了。

林昭昭看他一副没见过世面的样子,觉得可爱,凑过去小声安抚他:"谢辰青,你不要紧张,你看我都不紧张……"

她话虽然说得漂亮,但是冷静淡定的林昭昭记者此时此刻声音都是颤抖的。

结婚证到手的那一刻,谢辰青终于忍不住低头笑了。

他浓密的眼睫下,弯起的眼睛里满是笑意,像一个得到宝物的小男孩。

林昭昭笑了笑着就有点想哭,伸手去抱他,听他在耳边说:"昭昭终于是我的了。"

初夏的日光清朗,午饭在奶奶家吃。

林昭昭一进门,就迫不及待地把结婚证给奶奶看:"奶奶,我们结婚啦!"

蒋念慈的眼睛瞬间湿润:"不容易,真是不容易,奶奶真高兴!奶奶去给你们做好吃的!"

她背过身去,眼泪掉下来,有不舍,但更多的是开心。

林昭昭拉着谢辰青到自己房间,嘴唇轻轻地抿起:"谢辰青,我有东西要给你。"

谢辰青剑眉微扬:"是什么?"

小姑娘拉开她的衣柜,入目便是他这些年来送她的裙子、GoPro、录音笔,甚至是军校之初第一次射击的子弹壳,都被她当成宝贝好好地保存着。

她从这其中拿出一个笔记本,笔记本里夹着两张彼此偎依的卡片。

林昭昭把那两张卡片放到谢辰青的手里,谢辰青垂眼,睫毛鸦羽一般落下来。

旧时光扑面而来。

是大四那年他和林昭昭圣诞节写下的许愿卡片,其中一张是他的。

"不要让林昭昭愿望成真,如果那个人不是谢辰青。"

只不过这句话刚写好,就被他划掉,取而代之的是另外一句:"可是,如果她喜欢他,那祝她和他白头到老。"

另一张是林昭昭的。

"愿林昭昭嫁给谢辰青。"

林昭昭鼻子泛酸,清澈的眼底似有水光,轻声告诉他:"谢辰青,这是嫁妆。"

谢辰青笑了,一双眼睛清澈如水,乖巧又无辜,像个不知所措的少年。

他把军装口袋的军功章放到她手里:"这是聘礼。"

军警联合扫毒、射杀毒枭K,九死一生换来的二等功奖章。

林昭昭深吸一口气,扯住他的领带,微微施力,便让他心甘情愿地弯下腰。

她的脸有些红,清甜的柑橘气息落在他的耳边:"谢警官穿军装真好看,想亲。"

他便温柔地朝着她的方向欠身,低头时高挺的鼻梁轻抵着她的,却又不主动亲她,弯弯的眼睛漂亮极了。

林昭昭红着脸,声音软糯又羞涩:"你笑什么呀?"

谢辰青说:"之前执行任务,想过你未来老公会是什么样子。"

林昭昭抬头,他勾起的嘴角弧度漂亮,让人忍不住想吻上去。只是在她鼓足勇气之前,他微微偏头覆了上来。

她听见谢辰青轻声笑道:"原来是我。"

月光温柔,落在从不曾分开过的两张许愿卡片上,而谢辰青终于如愿娶到他的林昭昭。

"新婚快乐,谢先生。"

"新婚快乐,谢太太。"

第九章
林昭昭的丈夫，谢辰青

进门之后，谢辰青将常服挂在玄关，身上只有一件淡绿色军衬，领口挺括，弯折下来的线条利落，领带平添禁欲。

他本就肩宽腰窄，穿宽大T恤和运动裤的时候就可见一斑，一身军装直接把优势发挥到极致。

是又瘦了吗？怎么她手臂环着的他的腰更窄了？

她软软烫烫的小脸贴在他胸口的位置，耳边的心跳声有力又清晰，等呼吸慢慢平复，林昭昭仰起头说："我们出去吧……"

"好。"

她的手搭在门把手上，突然又紧张兮兮地退回来，谢辰青垂眼看她。

林昭昭想起上次被奶奶问是不是杧果过敏，耳朵一点一点地热起来。

谢辰青问："怎么了？"

"明显吗？"林昭昭的声音小得要融化在嗓子眼儿。

"嗯？"

林昭昭手指在自己嘴唇上比画了一下："会有点肿吗？"说完，她故作不经意，努力抬起白皙的下巴。

谢辰青挑了挑眉，弯下腰来认认真真地看她，看她紧张到睫毛扑闪扑闪的，像只缩着脖子的小动物，让人心软。

她屏住呼吸，他不忍心再捉弄她，嘴唇微抿："没有，这次我很轻。"

林昭昭如释重负，慢悠悠地呼了口气，那样子成功把她家小谢给逗笑。

小谢笑得眼睛弯弯，瞬间变成干净明朗的大男孩。

林昭昭低垂着小脑袋，看自己奶白色的玛丽珍小皮鞋，和他部队配发的黑色皮鞋，鞋尖相抵。

他们是什么时候变得这么亲密的，亲密到可以讨论接吻的力道……

不对，已经是夫妻了，新婚夫妻。

林昭昭还不是很能接受这个充满惊喜的事实，想起来，就像猝不及防被人喂了一颗糖，心里甜得要命。

谢辰青捏捏她的耳朵，以为她在害羞。可当她仰起头，才发现小姑娘在偷笑。

她的睫毛卷翘，眼睛变成弯弯的缝，如果说跟小时候比起来有什么区别，那就是更可爱了。

他俯下身，把她抱进怀里，在她耳边轻声说："昭昭，抱一会儿。"

一身军装冷硬，此时此刻也不过是个抱着心上人撒娇的少年。

林昭昭的手指轻轻地揪着他的军装下摆，心跳得特别快。

"今天晚上住哪儿呀？"

"我们家。"他一字一字地说。

真好。她多了一个家人，也多了一个小小的属于他和她的家。

林昭昭忍不住踮起脚，亲亲谢辰青漂亮的嘴角，在他怀里笑得像个得了奖状的小学生。

下午，林昭昭偎依在蒋念慈身边闲聊，蒋念慈却开始赶人了。

她知道小两口平时见一面特别难，不想当一个碍事的电灯泡。

每次昭昭下部队见到她的孙女婿，回家的时候话都特别多，喋喋不休，停不下来——

"奶奶，小谢野外驻训回来又瘦了，我要给他寄好吃的！"

"奶奶，小谢受伤了，好大一道口子在小腿，还是他战友说我才知道……"

"奶奶！你知道吗？小谢刚剃了个寸头！虽然还是很帅，但是他不好意思见我，偶像包袱一吨重，扭扭扭的样子特可爱……"

事无巨细，百说不厌，说起孙女婿，小孙女的眼睛自始至终都是弯着的。

她也需要一点自己的时间，来慢慢消化自己小孙女嫁人了的事实。

开心有，激动有，舍不得也有，她想笑，可鼻子是酸的，不想让她的宝贝昭昭发现。

她想去看看自己的儿子，和他慢慢地聊一聊，还需要去一趟银行，看看能为孙女添置些什么。

短短一个月时间，谢辰青的家跟之前比起来已经很不一样。

准确地说，上次来是谢辰青的家，这次来，是他和她的家。

谢辰青换下军装，林昭昭像个好奇宝宝，这里摸摸那里看看。

原本空旷冷淡的客厅多了温馨的色调，能看到阳台上大片大片的绿植和鲜花。

原本没有开火迹象的厨房添了好多可可爱爱的锅碗瓢盆，原本只有纯净水的冰箱里多了各种口味的酸奶、甜食，谢辰青甚至已经帮她囤好入夏所需的各种口味的冰激凌和雪糕。

衣帽间里整整齐齐地挂着他的军装长袖、短袖、军裤，而更多的位置是一排漂漂亮亮的仙女裙。林昭昭的眼睛亮亮的，装着小星星一般，指尖轻轻地落在上面，生怕碰坏了。

"什么时候买的呀？"她的尾音甜甜地上扬，满是惊喜。

谢辰青从身后抱过来，气息清洌，问她："喜欢吗？"

林昭昭重重地点头，像个掉进礼物堆的小朋友。

她平时上班穿文职的孔雀蓝制服，在家的时候就丸子头一扎，T恤、运动裤随便一穿，有时候去超市还会被当成中学生。

"每一条都好好看，小谢选衣服的眼光可真好，比我强太多了。"

谢辰青的下巴抵在她的肩窝，她的后背完全贴在他的怀里。他偏过头亲她的脸颊，薄唇和温热的呼吸一起刺激着皮肤。

有些痒还有些麻，她忍不住瑟缩，被他环住腰，无处可躲。

他在林昭昭的耳边说："看人的眼光最好。"

她转过身，手圈住他的脖颈，谢辰青真的太高了……以后如果生个男孩，身高一定要随他才好。

小姑娘的眼睛一眨不眨，谢辰青不知道她在想什么。

对上他疑惑的目光，林昭昭笑着跳了一下，下一秒就像树袋熊一样挂到他的身上。

他托住她，她身体的重量全在他的手臂和腰上，林昭昭露出得逞的笑，如愿以偿地与他平视。

谢辰青后背靠墙，长睫低垂，云淡风轻地问道："是想干吗？"

"亲你。"

她嘴角弯起的弧度很甜，他温柔地看她的眼神中充满纵容。

在她靠近的那一秒，他眼睛乖巧地闭上，浓密的睫毛垂落。

林昭昭轻轻地吻过他的泪痣、眉心，谢辰青睁开眼，瞳孔润泽比冷月皎洁。

他笑着，主动把自己送上去。

晚饭时，林昭昭并没有机会给谢辰青表演她的四菜一汤。

她不知道谢辰青是什么时候学会做饭的，那双拿惯了枪的手握起菜刀来依然有模有样。

"谢辰青，你不能这样，"林昭昭在他身边探头探脑，"我会变成生活不能自理的废物。"

谢辰青剑眉微扬，盛了一勺南瓜浓汤喂到她嘴边："尝尝味道。"

甜而不腻，简直上瘾，林昭昭脆生生地说道："还要一口！"

她餍足地眯起眼睛，抻长脖子等着大帅哥投喂。这次喂到嘴边的触感不太对，软软的、凉凉的。

林昭昭缓缓睁开眼，发现自己亲在谢辰青的侧脸，让他喂饭，他竟然把自己的脸送了过来。

她目瞪口呆没回过神，却见他笑得特别好看："一顿饭换林大小姐亲一口，赚了。"

晚饭后，两个人坐在阳台的木质秋千上，有一句没一句地聊天。

林昭昭忍不住想，谢辰青每次休假都短暂，是从哪里挤出来的时间，把阳台慢慢变成一个小花房的呢？

夏夜微风清朗，把花香送到鼻尖，头顶是星空，眼前是心上人。

林昭昭甜得快要化开。

"我告诉你一个秘密吧。"她靠在他肩上看星星，呼吸之间都是他身上的味道和花香。

"好。"

"我上大学的时候跟你发微信，每次都特别淡定，对吧？其实我每个周一到周五，都在等你的消息。

"有一次，看到你问'在干吗'，我一激动差点从床上掉下来……

这样想想真的已经过去好久了……"

她的声音软软糯糯的，却轻易听得他心疼。

她喜欢他不加掩饰，可难过和心酸的时候很少主动和他提起。

异地恋本来就苦，异地军恋就更不用说。

谢辰青低头亲亲她的发顶，林昭昭已经有些困了，打了个哈欠，眼睛里满是水光。

"困了吗？我们去睡觉。"

我们，睡觉。谢姓帅哥总是漫不经心，云淡风轻。

如此清冷出尘的一张俊脸，如此自然而然的语气。

林昭昭的手指轻轻地揪着他T恤的下摆，她紧张的时候，手里总习惯攥着点什么。

上次来他家，谢辰青让她睡次卧，最后是她自己跑到主卧非要抱着人家睡，那现在呢？

去次卧吗？都领证了，不睡一起岂不是很奇怪？

可是，她要直接去主卧吗？会不会显得她不矜持，不含蓄，对人有所图谋？

林昭昭的小脸纠结成一团，越来越像皱出褶的奶黄包。

她问不出口，又想不出答案，最后抱着自己的睡衣闪身进了洗手间。

浴室里水汽氤氲，谢辰青的主卧，她不是第一次进，却是第一次在这里洗澡。

镜子里的女孩，吹干长发，蓬松柔软，微微卷曲的发尾长度快要到胸部以下。

奶白色的睡衣衬得她皮肤雪白，宽松的长袖，方领的宫廷风，长度及脚踝，刺绣复古，系在身后的腰带束出细腰。

林昭昭落在浴室门把的手轻轻地蜷着，走不出去。

她磨蹭了很长时间，谢辰青因为担心叩响浴室的门，轻声喊她的名字。

门把就在这个瞬间按下去，浴室外的冷风和他身上的气息铺天盖地席卷而来。

林昭昭对上谢辰青的视线，短短几秒，眼睑便垂下去，右手轻轻地攥着自己左手手指，身体僵直。

直到他含笑的声音从头顶落下来："哪儿来的小公主啊。"

紧张的情绪慢慢消退，林昭昭倒背着手抿着唇笑，害羞和喜欢都变得含蓄："谢辰青家的。"

他弯腰抱起她，公主抱，从浴室往外走。

她的心跳太快，胸口起伏，完全不可抑制，把脸埋在他的颈窝："我睡哪儿？"

谢辰青眉梢微抬，低声问她："公主大人想睡哪儿？"

近距离的美颜暴击，谢姓帅哥唇红齿白，看起来甚至有几分乖巧，语气简直就像是在说正事。

林昭昭那口气在嗓子眼上不去也下不来，张了张嘴什么都没说出来，脸先红了个彻底。

谢辰青看着她因为忐忑轻轻颤抖的睫毛和绯红的脸颊，温柔地笑了。

"我的人，当然跟我睡一间。"

窗外，风吹得树叶沙沙作响，阵阵蝉鸣让她仿佛回到和他阔别重逢又分开的夏天。

睡衣轻薄，他比她低一些的体温越来越清晰，鼻尖都是他颈窝干净清冽的味道，他们用了一样的沐浴露。

细微的晚风轻抚过她的睡裙下摆，像湖面起了涟漪，心里也是。

紧张、不安、羞涩，还有喜欢，波纹一样一圈一圈地慢慢漾开，挤占胸腔所有的空气，让她不敢呼吸。

她的后背陷入柔软蓬松的棉被，阳光晒过的馨香混着清新的薄荷气息。

谢辰青温柔地垂眼看着她。

暖调灯光下，他的女孩皮肤雪白，长发散开，清瘦纤细，如同一株脆弱的植物，目光氤氲着水汽，紧张到不敢与他直视。

他看着她，她迎着他的目光，所有的光晕敛在他的身后，谢辰青黑亮的一双眼睛越发深不可测。

她的头顶落下浅浅的影子，眼前慢慢地暗下去。她看不到他的五官，只能看到乌黑浓密的长眉，狼毫一般，锋利如剑刃。

他亲吻她的眉心、鼻尖，林昭昭因为紧张手指紧紧地揪住床单，他掌心之下，她的肌肤不受控制地升温。

她好像能听见时间流逝的声音，每一分每一秒都黏稠,大脑变得空白，就只剩下他，就只剩下一个念头：他们结婚了。

谢辰青的鼻尖蹭过她的脸颊，问她："脸怎么这么红？"

林昭昭气息不稳，看见他嘴角扬起漂亮的弧线，在他温柔深入的亲吻里，灯光变得模糊。

长发散开，墨色绸缎一般落在雪白肌肤上，全部映在谢辰青的瞳孔深处。

第一次看这样的她，看她忍着害羞与他对视，看她的睫毛轻轻地颤抖。

明眸皓齿，是他的昭昭。

谢辰青的眼睛里露出只在射击场上才会有的占有欲。

林昭昭这一觉睡得舒服，却很浅，因为潜意识里有开心的事情，所以每个细胞每个因子都在欢呼雀跃。

她半梦半醒时，身边好像有书页翻过的声音，眼皮很重，她费力地睁开。

谢辰青半靠在床边，不知道正在看什么，嘴角有微微上扬的弧度。

"你在看什么呀？"林昭昭困得睁不开眼，呓语一般，软乎乎地问他，"大半夜的不抱着老婆睡觉，自己在那儿干吗？"

谢辰青微微一愣，将手里的东西合上，看迷迷糊糊地抱着自己的小姑娘，眼睛漂漂亮亮地弯下去。

"你刚才说自己是谁？"

"谢辰青的老婆啊，怎么啦？"

"那我是谁？"

林昭昭眨了眨眼睛，视线慢慢聚焦，才发现谢辰青手里拿着两本结婚证。

"你大半夜的看这个干吗？"

"以为是假的，起来看一眼。"谢辰青笑了，宝贝一样把两个小红本本放回去，"我要关灯了。"

他一躺下，小姑娘就钻进他的怀里，条件反射一样。

"你怎么跟个小孩儿似的，非得我说你才知道。"她半埋怨半撒娇的语气落在耳边。

他转过身朝向她，身上的味道干净又好闻，手臂一伸把她圈在怀里。

林昭昭的心脏软绵绵，浮在云朵一般。

好好一个冷面酷哥，私底下怎么可可爱爱的……她又觉得心酸。

这几年，他朝着她走近的每一步，背后都是真实的枪林弹雨，九死一生。

他是怎样没有安全感，又是怎样在意她，才会以为结婚是假的，半夜起来看结婚证，自己一个人在那儿偷笑。

"刚才你问我，你是谁，"林昭昭抱着他，把脸埋在他的颈窝，语气轻得像在哄小朋友，"是林昭昭的老公呗，要不然还能是谁？"

谢辰青忍不住，这次是真的笑了。

五点，谢辰青起床。

他领证休的年假，只休了两天，又临时接到支队的通知，早上归队。

林昭昭已经条件反射一般，看到他要离开嘴角就往下撇，迷迷瞪瞪地坐起来："又要走了吗？"

"嗯。"谢辰青当着她的面，双手扯过短袖下摆，脱了短袖。

昏暗的光影，把眼前的场景切割成老旧的电影画面。

谢辰青冷白皮，清瘦挺拔，腹肌、人鱼线，还有那一截凹陷进去的侧腰，线条干净禁欲。

林昭昭爬起来，下巴抵在曲起来的膝盖上，眼睛一眨不眨。

她沉迷腹肌无法自拔，心说，原来之前隔着衣服摸过的腹肌长这个样子！

谢辰青无奈地笑着挑眉："林昭昭，你看哪儿呢？闭眼。"

他的语气很像高中那会儿赶她去写数学题的时候。

闻言，林昭昭昂着小脑袋："我看看怎么了？"

"你你穿军装真好看，"她眼睛一眨不眨，是认认真真的语气，"穿白色短袖和运动裤也好看，不一样的好看。"

谢辰青穿军装的时候禁欲，穿便服的时候温柔干净。

林昭昭像个小迷妹，从没对任何人这样喜欢，满心甜甜蜜蜜的味道想要和他分享。

她不受控制地要变成一个"谢辰青专属彩虹屁机"，如果不考虑矜持含蓄，她一天能给他吹千八百字的"彩虹屁"的小论文。不对，她就是一个"夸夸群"，面对谢辰青永远都不会词穷。

表达喜欢需要身份，在一起之前压抑太久，她每往前走一小步都要深思熟虑。

　　结婚之后，她可以想什么说什么，这让她发自内心地开心。

　　她可以坦坦荡荡地告诉她的谢辰青：我喜欢你的眼睛、泪痣，你的睫毛和手指都好漂亮。我还喜欢你亲，喜欢你抱着睡，喜欢看你穿军装的样子……我真的超级、超级、超级喜欢你。

　　"比不上昭昭，"谢辰青将领带拎在冷白的指尖，垂眼看她，笑着说道，"昭昭最好看。"

　　林昭昭弯着眼睛笑了，看他手里的领带绕过军衬弯折的衣领。

　　她自告奋勇说："我会打领带的！"

　　谢辰青手指一顿："那你帮我。"

　　林昭昭从被子里钻出来，她没穿鞋子，光着脚踩在木质地板上。谢辰青便乖巧地弯下腰，照顾她的高度。

　　呼吸之间都是她身上清甜的味道，阳光还来不及落进来，暖黄的灯光让她的眉眼越发显得柔软。

　　一起醒来的早上，她在认认真真地帮他打领带，这样看着，真的是他的新婚妻子了。

　　小姑娘的眼睛和嘴角都是弯着的："我妈妈以前也这样帮我爸爸打领带。"

　　谢辰青剑眉微扬，看她的耳朵微微红了一些，似乎和自己想到了一起去。

　　"昭昭。"

　　"嗯？"

　　谢辰青睫毛微垂，靠近一些亲亲她的额头，一双漂亮的眼睛干净得不行。

　　"等我回来娶你。"

　　领带结推上去，林昭昭笑眼弯弯地答应："好。"

　　这大概是第一次没有难过的分别，她竟然已经可以坦然地面对谢辰青的离开。

　　大抵是那张结婚证让他们拥有了法律缔结的夫妻关系，让她觉得不管他在哪儿都是她的。也可能是因为他说"等我回来娶你"，让她对下一次见面充满期待。

婚礼定在阴历七月初七,七夕这一天。

婚礼前,温宁和邹瑜千里迢迢地赶来。

林昭昭没有什么好筹备的,因为想把"First Look(第一面)"留在婚礼当天,所以结婚前就带着自己的好朋友还有奶奶在 A 城吃吃喝喝游山玩水。

在她们的陪同下,林昭昭选了心仪的婚纱,给奶奶准备了新衣服,结婚前三天开始布置家里,气球、彩带、大红喜字,热热闹闹地贴起来。

结婚前一晚,林昭昭缠着奶奶一起睡。

夏夜静谧,仅有风声和蝉鸣,像是回到老家的小小庭院。

奶奶身上有独特的味道,格外让人安心,她忍不住想要靠近。

林昭昭有好多好多话想说给奶奶听,可是不知道为什么,开口之前,鼻子先酸了,只剩下浓浓的舍不得。

她伸手去抱奶奶:"奶奶,就算结婚了,我也会住在咱们家陪您的,谢辰青只有周末偶尔可以休息,那我就周末再回自己家。"

蒋念慈的声音很慈祥很暖,带着宽慰小孩子的笑容:"我的傻昭昭,结婚之后就是成家了,你有你的丈夫,还会有你的孩子,哪能天天往奶奶身边跑呢?"

奶奶总有一天会走的,奶奶希望那一天晚点到来。可是如果那一天真的来了,你也不要哭。

你有陪你走完一生的人,奶奶就放心啦。奶奶不难过,你也不要难过。虽然奶奶真的很舍不得。

"我就要往我奶奶身边跑,我还要赖着不走啃老呢。"林昭昭的语气固执得不行,像个小孩子,又低声说,"奶奶,你一定要长命百岁,我真的离不开你。"

"好,"黑暗里,蒋念慈的眼睛湿润了,"奶奶知道了。"

林昭昭跟奶奶絮絮叨叨说了好多,直到眼皮打架,迷迷糊糊地睡过去。

梦里,她见到了她的爸爸妈妈。

高中和大学的时候,她总是梦见爸爸,梦见和爸爸见的最后一面。

梦里,她什么都知道,仿佛以第三人的视角看着自己字字锥心,咄咄逼人。她想要告诉自己不要再说了,这是你见爸爸的最后一面,可是完全不受控制。最后她急得眼泪都流出来,崩溃地大哭。

她看着父亲离开,打开门就是疾风暴雨。

她明明没有见过他牺牲时的画面,可是在梦里,她所见过的新闻报道影像资料,一点一点地还原了当时的场景。

父亲一身弹孔,母亲重病垂危。

她每次哭着醒来,喘不过气,眼泪湿了枕头。

后来毒枭缉拿归案,她再也没梦见过他们。

她想,是不是父亲的英魂得以告慰,在她看不到的时间和空间里,跟妈妈生活在一起了。

可是,在她结婚的这一天,她梦见了他们。

她睡眼惺忪地起床,换了洁白的婚纱,转头看见爸爸妈妈坐在阳光里,淡黄色的光圈,让他们看起来特别暖。

"爸爸妈妈!"她跑过去,紧紧地抱住他们,"你们去哪儿了呀?怎么才回来……"

妈妈轻轻地拍着她的背,像记忆里无数个夏天,她躺在老家的小床上,耳边是蝉鸣阵阵,妈妈一只手替她扇着扇子,一只手轻轻拍着她的背,给她讲爸爸的故事。

"我们的昭昭变成新娘子啦,真美。"

"爸爸妈妈放心啦,爸爸妈妈该走啦。"

爸爸一身军装,胸前挂着无数军功章。

妈妈穿着简单的白色连衣裙,胸口别着父亲亲手做的胸针,那是他们在一起那天的定情信物。

林昭昭醒过来,眼角有泪。

是不是这些年来爸爸妈妈一直陪着她,看到她嫁人,终于可以放心地离开了?

她知道不可能,知道这是她日有所思,夜有所梦,但还是忍不住这样想。

"昭昭?"温宁轻轻地敲门喊她起床化妆。

温宁的化妆技术了得,大学那会儿就已经开始在微博发明星仿妆。

邹瑜已经调试好镜头,作为一个自媒体博主,帮自己的好朋友拍婚礼视频,全程没有任何问题。

林昭昭的婚礼没有任何不相干的人。

她洗完澡、不施粉黛的时候,简直就是个白皙精致的小瓷娃娃,现在正乖乖地坐在化妆凳上。

"我们新娘子好美啊!"温宁真挚地感叹道。

邹瑜从相机后面露出脸:"好奇谢辰青那面瘫看到昭昭眼睛会不会直。"

林昭昭眉形细长,浓淡正好,只需要稍微修整。温宁帮她画完眉毛,和邹瑜闲聊:"你知道吗?谢教官大二的时候带我们军训了!他们俩一直这么腻歪吗?"

邹瑜点头:"谢辰青在外人面前又冷又跩,在林昭昭面前又乖又甜。不知道为什么,每次谢辰青喊'林昭昭',我都觉得他在撒娇!"

林昭昭咬着下嘴唇笑,邹瑜看人可真准。

谢辰青的确是这样子,而且他们在一起之后越发明显了。

林昭昭及腰的长发被温宁一双巧手绾起,然后换上婚纱。

婚纱是轻复古的风格,缎面材质的裙摆微微蓬起,优雅的方领显出完美的肩颈。

蒋念慈换上林昭昭买给她的一身新衣服:"要不要吃点东西?"

林昭昭笑着说:"不吃了,奶奶。"

万一吃了东西,冒个小肚子出来,穿婚纱就不美了。

蒋念慈觉得开心也心酸,别人家嫁女儿,都是热热闹闹的一大家子人,最起码有爸妈在。

而她的儿子儿媳,甚至都看不到自己的女儿今天有多美,这是多大的遗憾。

就在这时,门铃响起。

接亲的队伍七点才会来,这会儿刚刚六点半。

蒋念慈手指擦过眼角,走去开门。

满目的橄榄绿,林振生前的战友在门口站了一排,个个不怒而威。

李锐笑着说:"伯母,我们今天替林振来送我们的女儿出嫁。"

蒋念慈忍了一个早上的眼泪,一下子就掉下来了。

她红着眼圈笑了,开口还是带了颤音:"好多年不见你们了啊……"

上次见，还是林振的葬礼上，他们忍着眼泪抬棺，送她儿子此生最后一程。

林昭昭记者没有伴郎伴娘团，但是有一个叔叔团。

最最最严肃的谢排长结婚，武警A城支队的小伙子可想凑一次热闹了。

同为新郎官，蒋沈只好托"虎头虎脑"和"呆头呆脑"留下谢辰青的搞笑影像。他们甚至都已经想好，是让排长唱歌，还是再跳一次《你笑起来真好看》。可当他们热热闹闹地冲进门后，一个两个的全愣住了。

谢排长他老婆旁边，除了他们的支队长李锐，还有一群领导。他们肩章上的小星星一闪一闪亮晶晶，差点晃瞎他们的眼睛。

嬉皮笑脸的小伙子们神情瞬间收敛，稍息立正列队站好，笑都不敢笑，只能一个劲儿地敬礼。

林昭昭的"叔叔团"就一个劲儿地回礼。

林昭昭笑得乐不可支，直到看见那个清瘦挺拔的身影，还是军装，却是军装礼服。白衬衫衬得人极为清俊，他的眼神明亮剔透，隔着战战兢兢的小战士和领导前辈，笑着看她。

是她的新郎谢辰青。

视线一对上，他的嘴角就开始上扬。

一个多月没见，再见就是穿婚纱的她，真的变成他的了。

那次军警联合扫毒前，谢辰青不知道自己是否能回来，只敢把有白色头纱的发卡戴到她的头上，想象她嫁人的样子。

如今他终于得偿所愿了。

谢辰青一身军装笔挺，眉眼清绝，隔着人群用嘴型说："谢太太真美。"

林昭昭歪着脑袋笑，羞涩和喜欢蔓至眼角眉梢，明眸皓齿。

林昭昭对求婚、婚礼其实没有什么仪式感，只觉得这是两个人的事情。

只要在白发苍苍的时候，自己想起来觉得幸福就好，并不需要很多人见证。

可是这次七夕，武警部队举办集体婚礼，一生一次，她心动得不行。

谢辰青问她要不要报名，她当时就眼睛一亮，点头如小鸡啄米。

婚礼在武警A城支队集中举办。

穿军装礼服的新郎整齐地列队，穿婚纱的新娘站在一起。

林昭昭的同事扛着长枪短炮,笑嘻嘻地喊她"新娘子",跟她挥手打招呼。

她从记录者变成镜头里的人。

林昭昭深吸一口气,鼓着腮慢慢地呼出来,突然就有些紧张。

新娘的父亲入场,走向自己的女儿。女儿们挎着自己的爸爸,等待爸爸们把她们的手交到新郎的手里。

如果爸爸在该多好。

好在婚礼是在他奋斗了一辈子的部队举行,他和妈妈都会看见的。

这时,蒋念慈笑眯眯地出现了,阳光落了奶奶满身。

当她努力地把腰杆挺直,缓慢走到林昭昭的身边时,林昭昭的鼻子一下子就酸了。

奶奶是什么时候头发全白了,甚至走路还有些佝偻的呢?

奶奶已经没有她高,在《结婚进行曲》响起的那一刻,她曲起手臂,笑起时皱纹舒展开来,目光温软而慈祥。

林昭昭笑着挎住奶奶的胳膊,拼命忍着鼻子里的酸涩。

蒋念慈穿了新衣服,银白的头发梳得整齐又精神,眼睛湿润,正在拼命地把情绪咽下去。

林昭昭看到什么,目光一下子顿住,手背挡住脸,眼泪先于意识顺着脸颊流下来。

奶奶新衣服的胸前别着一枚武警胸章,还有一枚钻石胸针。

是她的爸爸,和她的妈妈,在今天一起,送她出嫁。

仿佛在说——昭昭不哭,爸爸妈妈看着你呢。

这一年的七夕,武警A省总队官微悄无声息地上传一支视频:《我们结婚了》。

视频一开始的他们,荷枪实弹全副武装,在训练场上摸爬滚打,在缉毒一线置个人生死于不顾,流血流汗从不流泪,阳光下的面孔年轻而坚毅,站在哨位上神圣不可侵犯。

而画面一转,是记者突袭拍摄的他们训练间隙任务归来的日常。他们身上的作训服都没来得及换,军裤裤腿乃至作战靴上都是淤泥。

有人受伤闷声不吭,有人走路一瘸一拐忍着疼拿着手机到阳台,额角都是细细密密的汗。

当他们手里的电话拨出去,电话接通的那一秒,他们从武警边防支队的战士,变回面对心上人手足无措的小伙子。

喜欢的人的声音透过听筒落在耳边,他们嘴角的弧度压不住,耳朵都是红的。

屏幕上出现一行字——

"你是在和谁打电话?"

"女朋友。"

"媳妇儿!"

"嘿嘿,是未婚妻。"

"嗯……高中同学。"

"我喜欢的女孩子。"

"你们多久联系一次?"

"几天吧。"

"训练不忙的时候。"

"不好说,有时候隔几天,有时候隔几个星期。"

"出任务失联几个月也是常有的事情。"

"只要发手机。"

"距离上次见面已经多久了?"

"在视频里见面算见面吗?"

"快有半年了,过年的时候我没有回家,她来看我。"

"三个月……上次执行安保任务,我站岗,她就一直站在我身边看着我,也不敢上前。"

"一年多了,但是明天她的飞机就到了!"

"一个月,上次见是领证。"

"想她吗?"

"想啊,怎么可能不想?"

"想。"

"很想见她,但是见不着。"
"比起想,还怕她身边出现什么别的小男孩。"
"嗯。"

"你们是怎么认识的?"
"家里介绍的……"
"相亲认识。"
"休假回家的路上被要微信。"
"高中同学。"
"青梅竹马。"

"印象最深刻的一件事是什么?"
"入伍那天,她在火车站哭着送我。"
"她自己一个人生病住院,不让我知道,每次见面都活蹦乱跳的,等我走了继续回去住院。"
"过年的时候给我寄了好多好吃的,说吃完就可以见面了,每一份上都贴着小字条,是见面的倒计时。"
"上次军地联谊见到她。"
"她说,我们结婚吧。"

"她是一个怎样的人?"
"漂亮独立,在自己的领域非常厉害。"
"特别体谅我的工作,所以我真的很感谢她。"
"胆子很大。"
"特别可爱,特别爱闹腾。"
"我不在身边的时候,她比任何人都坚强。"

"你想对她说什么?"
"虽然我很少跟你说,但我真的爱你。"
"媳妇儿!爱你!"
"我爱你。"

"想你了。"

镜头里的冷面警官,嘴角有微微笑意,星辰不可比拟的一双眼睛看向镜头。

"能被你喜欢,是谢某此生最大的荣幸。"

镜头转换,主人公从他们变成她们,是我们的"准军嫂",是我们最可爱的新娘子。

"成为军嫂,是一种怎样的体验呢?"

"平时最怕他说'交手机了''集合了''点名了'……"

"经常联系不到,那些时候总是提心吊胆,哭都哭不出来。"

"有时候一件事要分好多次才能说完。"

"大概就是自己能解决所有生活中的难题。"

"荣幸之至。"

背景音乐响起,是 Christina Perri(克里斯蒂娜·佩里)的 A Thousand Years(《一千年》)。

一张张照片拼凑出他们和她们的故事。

照片里的他们尚未走进军营,笑容青涩,身边的女孩子或害羞或活泼。

是入伍时离别的车站,他最后看向车窗外一个人默默哭着的她;是假期归来的那一刻,他突然出现在眼前她热泪盈眶;是前来探亲的她默默地看着营区门口站岗的他,不敢上前;是蓝白校服的他和她,猝不及防被相机定格,她看向镜头,他看向她。

是抗震救灾的第一线,他顶着余震背着伤员往外走,她扛着相机泪湿于睫;是他几天几夜没有任何休息时间,最后坐在抗洪的堤坝上垂着头睡着,她轻轻为他擦去脸庞的淤泥;是战火连天的异国他乡,远道而来的她风尘仆仆,脖子上挂着相机,落落大方的手伸向他,他回握。

是珍藏的一封封书信,是不舍得删掉的一条条信息,是隔着千万里距离接通的那几分钟视频。

是九死一生换来的军功章,是放在柜子里许多年的木质相框,是那一枚要定下终身的戒指。

时间拨到这一年的七夕,画面跳转,镜头里不再是离别,而是被定格的永恒。

她们一袭白纱,他们军装笔挺。她们在亲朋好友的见证下,一步步走向各自的新郎。

在音乐声中，捧花和气球一起飞上天。

这一天，武警A城支队除了橄榄绿的军装，还有洁白的婚纱。

视频最后，只剩一行字："我们结婚啦！"

视频在七夕的晚上悄无声息地上传，弹幕瞬间密密麻麻地遮挡所有的画面。

"呜呜呜——如果我有罪请用法律制裁我！"

"这狗粮……哦不，是军粮，这军粮真香，今天我们都是军犬！"

"好好啊，是我们最可爱的人，和我们最可爱的军嫂们。"

"请问在哪儿能领到武警对象？国家分配吗？"

"这是我见过的最帅的新郎礼服！军装和婚纱就是最般配的！"

"青梅竹马的那一对我酸了。"

"那个新郎又白又瘦又高，身边的妹子甜得我一个女生都要捂胸口了！"

"那是前年除夕夜的维和警察啊！说'我也想你'的那一个！"

"楼上一说我想起来了，是不是维和视频里被全网要联系方式，然后他说'他已经有主了'的那一个？"

"啊啊啊——他的新娘就是那个兔牙甜妹！维和视频最后的那个军事记者！"

"高中同学悄悄来发个言，他们还是高中同桌。"

"所以说他们是青梅竹马，一个去武警边防，一个就成为军事记者；一个去维和，另一个不远万里追随而来？"

"然后他们结婚了！还是女生主动提出，我们结婚吧！"

"我的天，起鸡皮疙瘩了，神仙爱情！"

在蒋念慈把林昭昭的手放到谢辰青手里的那一刻，林昭昭的眼泪一下子就掉下来了。

奶奶一个人站在原地，笑着说："去吧。"就仿佛在说，奶奶就只能陪你到这儿了。

从新娘走向新郎的红毯，再长也不过几十米。

可是这几十米的距离，他们跨越数年，跨越千万里的距离，跨越一次又一次的分别。

他曾许愿"年年有今日，岁岁有今昭"，如今终于得偿所愿。

除非有一天死亡将他们分离。

月光如流水，落了谢辰青一身，肃穆军装变得清冷温柔。

穿婚纱的林昭昭倒背着手看着他，笑得眉眼弯弯。

她想说，谢辰青你穿这身衣服真好看。

她想说，谢辰青我们终于结婚啦。

她想说，谢辰青你终于是我的了。

是他先走近，环过她吻上她的额头。

"昭昭，我爱你。"

翌日，耳边蝉鸣阵阵。

半梦半醒间，林昭昭恍若回到高三那年。

教室的淡蓝色窗帘被风吹起，夏天的风并不凉爽，午休的她睁开眼睛，谢辰青不知道什么时候已经睡着了。

少年平时挺拔的脊背微微弓起，困倦地趴在桌子上。他的睫毛密密地垂下来，形成弯弯的弧度，睡着时就连泪痣都显得乖巧。

她的手臂搭在桌子上，下巴轻轻地抵着手臂，歪着脑袋，默默地看他清绝的眉眼。

而就在这时，谢辰青睁开眼睛，黑亮的瞳孔比泉水还要清澈几分，她立刻坐直拿起课本，书都拿反了。

林昭昭醒过来，对上梦中人那双漂亮的眼睛，一时之间竟然分不清是现实还是她的幻想。

谢辰青枕着左手手臂，安安静静地垂着眼看她，眼神温柔如月色。

"睡得好吗？"他骨节分明的手指落在她的脸颊，轻轻地摩挲。

"嗯。"林昭昭有些害羞，不动声色地把脸往薄被里埋了埋，只露出黑白分明的眼。

谢辰青嘴角弯起很浅的弧度，不说话。

他落在她脸侧的手往下，作势起身手臂就撑在她的耳边，高挺的鼻尖轻轻抵着她的蹭了蹭。

谢辰青的薄唇落下来，温柔得近乎虔诚，像是有个旋涡，拉着她坠落，近乎要被溺毙。

林昭昭弯下眼睛,在他的注视下红了脸,扯过薄被盖过下巴和鼻梁。

邹瑜说得很对,谢辰青在别人面前又冷又贱,在她面前又乖又甜。

脸上一凉,盖在脸上的薄被他修长的手指钩下来。

"昭昭。"

"嗯……"

"别躲,让我看看我的谢太太。"

林昭昭忍着心动,对上一双温柔干净的眼,清澈透亮,映着熹微的晨光。

他骨节分明的手指轻轻抚摸她的脸颊,目光一寸一寸地从她的眼角眉梢下落。

她看到他嘴角微微翘起,听见他小男孩似的宣示主权:"是我的了。"

部队的婚假只有三天。

林昭昭对于出去玩并没有很大兴致,她只要能看到谢辰青就满心欢喜,在哪儿并不重要。

早上洗完澡,林昭昭坐在梳妆台前,眉笔落在眉梢。她从镜子里对上谢辰青的视线,他垂眼看着,似乎很好奇。

林昭昭坐在梳妆凳上,仰起头看他:"你想试试吗?"

他笑着说:"好。"

谢辰青弯下腰,冷白漂亮的手少年时握笔从军后握枪,这一刻,竟然是她的眉笔。

他轻抬起她的下巴,她看他长而浓密的睫毛,看他瞳孔深处那个小小的自己。

林昭昭抿起的嘴角压不住笑,甚至小腿还想晃悠,满心好奇他会给她画成什么样子,隔几秒就要问一次:"画好了吗?"

过了好一会儿,谢辰青"嗯"了一声。

她转过身去看梳妆镜,白皙精致的小脸在短暂凝滞后表情瞬息万变。

林昭昭缓缓抬头,温声问他:"谢辰青,你把你老婆化成蜡笔小新有什么好处吗?"

谢辰青喜欢听林昭昭说"你老婆"这三个字,忍不住抿着唇笑。

那笑声被林昭昭理解为嘲笑,她气鼓鼓地站起身想去捏他的脸。

年少时都没有这样的玩心，他们好像一起长大，又一起变回小朋友。

谢辰青个高腿长，对付她就跟逗小孩子玩一样轻而易举。

眼看他被她逼到床边，再也无路可退。林昭昭扑上去，谢辰青顺势搂着她的腰把她一起带倒，两个人一起陷入柔软的棉被里。

林昭昭笑眯眯地伸手在他脸上揪揪捏捏，大帅哥的脸摸起来舒服得简直上瘾。

她沉迷占人便宜无法自拔，一点儿没意识到谢辰青的眼神慢慢暗沉，嘴里还在嘟嘟囔囔："你还笑我，你是不是故意的呀？不过说真的，你的眉毛好好看，我的宝宝一定要像他的爸爸……"

谢辰青失笑，眉眼弯弯地看着她。

他修长的手指轻轻地按着她的脖颈往下压，再也没有多说一个字。

三天的婚假过得飞快。

他们每天一起睁开眼睛，一起洗漱。

他学会了怎么给她吹头发，她学会了怎么给他刮胡子。可是经常胡子没有刮干净，他脸上的泡沫就已经坏心眼地蹭她一脸。

最后，林昭昭笑着躲开："谢辰青，你是不是有些幼稚？！"

他们一起跑步。

谢辰青为了照顾林昭昭，一开始是把自己的速度放慢，最后直接走路。

林昭昭恃宠而骄，跑几步就喊累，再跑几步就喊"岔气了"，娇气得不行。

最后，谢辰青负重越野——只不过在部队的时候是背着枪，这次是自己的新婚妻子。

他们一起做饭。

林昭昭每次都领导视察一样倒背着手，笑眯眯地跑到谢辰青身边："我能帮你做点什么吗？"

谢辰青会把手递给她牵，又或者冷着一张俊脸撒娇："抱。"

最后，林昭昭就变成一只挂在他后背的树袋熊。

他们一起偎依在沙发上。

她看电影看阳台的花花草草，他看书。最后，都变成他看她。

他们一起逛超市。

食材、零食，小时候不舍得吃的通通放进购物车。林昭昭像个被宠爱的小朋友一般，笑眯眯地等谢辰青付钱。

所有购物袋都拎在谢辰青手里，林昭昭蹦蹦跳跳地跟在旁边，面朝他倒退着走路。

"谢辰青，我帮你拎点什么吧，这样下去真的要变成小废物了。"

她伸出手，掌心朝上。

他单手拎着东西，另外一只手覆在她的掌心，眼睛弯了弯："那牵你的老公。"

"好！"林昭昭笑眼弯弯地和他十指相扣。

月光把两个人的身影无限拉长。

原来结婚这么开心吗？

她走路的时候想要踮着脚走，每一分每一秒都甜得冒泡泡，还不能离开他，要一直看着才可以。

她嘴角的笑容一直压不下来，从早上睁开眼睛到临睡前。

谢辰青从浴室出来，就见林昭昭穿着白色睡裙，抱着膝盖坐在床上，一双眼睛亮亮地看着自己，喜欢不加掩饰，而且明目张胆。

婚假结束，谢辰青回部队前送林昭昭去奶奶家。

他知道林昭昭放心不下奶奶，他也不放心她自己住，祖孙俩住在一起，彼此都有人陪。

谢辰青买了很多好吃的，咸的辣的甜的各一堆，给林昭昭带着，像个送小朋友到幼儿园的家长。

林昭昭一见到零食就喜笑颜开，送他到门口。

"那我走了。"谢辰青垂眸看她。

结婚之后第一次分开，林昭昭眼角眉梢的不舍和眷恋都格外明显："好吧，那你周末回来吗？"

谢辰青说："不一定，要看队里的安排。"

"行吧，那我等你回来。"林昭昭嘴上这样说，乖巧懂事，实际上手揪着他的衬衫下摆不放。

谢辰青微微俯身，清澈漂亮的眉眼近在咫尺："老婆，要亲一口。"

他像个撒娇的小男孩，嘴唇抿起，睫毛密密地垂着，温柔无害。

林昭昭凑上前，在他冷白如玉的俊脸上亲了一口，眉眼甜甜地弯起："走吧，拜拜！"

他瘦瘦高高的身影消失在视野中，林昭昭趴在阳台窗口看了老半天，直到看不见。

就这样，林昭昭过上了她大学时幻想过的生活。

大学时她暗恋他，和奶奶说反正以后谢辰青在部队，还是要和奶奶住在一起。

现在果然是这样，她觉得很开心，每一天都在自己最亲近的人身边，奶奶和谢辰青都是她生命里最重要的人。

暖洋洋的午后，林昭昭趴在奶奶的膝盖旁边，看奶奶穿针引线。

"奶奶，你在做什么？花花绿绿的好漂亮。"

林昭昭坐在奶奶身边，看她戴着老花镜，一针一线地缝着，针脚虽然很密，但其实已经有些歪。

"小棉袄、虎头鞋，你出生前我就给你缝好了。"

林昭昭手指轻轻地摩挲那小老虎的耳朵："那这是？"

"等以后，给你的孩子，我的小重孙。"

林昭昭"啊"了一声，羞红着脸，蒋念慈只是笑着摸摸她的头发。

结婚之后和结婚前，好像也没有什么不一样。

她每天朝九晚五地蹬着自行车去上班，镜头对准的是那群最可爱的人。

他们边关演练、排爆缉毒、抗洪抢险，她架起来的相机镜头始终坚定追随，熬夜写稿、改稿都是寻常的事情，忙的时候快要飞起。

可是总有一个瞬间，她会想起谢辰青，想起他们已经结婚，想起谢辰青已经是她的合法丈夫。

她忍不住像个小孩子一样，把脸藏到掌心偷笑，而后敲键盘的速度明显加快，铿锵有力。

这大概是高中毕业之后，她最开心的时间。

秋夜渐凉，林昭昭加班回来，嘴里哼着麦兜的主题曲，影子蹦蹦跳跳。

当她走到楼下，突然看到一个瘦瘦高高的身影靠在越野车旁边，手机屏幕照亮他冷白的侧脸。

月光轻轻勾勒出他鼻梁和下颌的线条，察觉到她的目光，他转头看过来。

谢辰青没有说话，只是微笑着张开手臂。

林昭昭一呆，下一秒跑到他面前，扑进他的怀里："你怎么来啦？"

谢辰青摸摸她的头发，清冷声线里含笑："来接昭昭回家。"

晚上睡觉前，林昭昭突发奇想，从被窝里爬出来，手臂抵在谢辰青身上。

谢辰青搂着她的腰，棉被盖过她的后背。他觉得她很可爱，玩心大起，把棉被盖过林昭昭的头顶，在她脖颈位置一拢，只圈出一张可可爱爱的小脸，让林昭昭看起来很像个俄罗斯套娃。

"套娃昭昭"露出一个嫌弃的小眼神，只觉得谢辰青越来越幼稚，但是自己的老公也没办法，就宠着呗。

"谢辰青，你别闹，我要说正事。"

"好。"

林昭昭把下巴尖抵在他的胸口，小脸认认真真地绷着："谢辰青，我们生个宝宝吧！"

谢辰青闻言微愣，低头看着她柔软的眉眼。

小姑娘眉毛弯弯的，一双圆眼睛清透，鼻尖有一点恰如其分的肉，毫无攻击性的长相。因为她头发乱糟糟的，看起来好像更小了。

她的语气不像是在问他一件很重要的事，而是类似于发现了什么好玩的，问他想不想要，声音软甜，语气稀松平常。

他还没开口，林昭昭又说："前几天遇到邻居婶婶，她问我怎么还不要宝宝，说人家谁谁谁跟我一样大，现在都已经怀第二个了……"

她皱了皱眉，似乎还有些不服气。

谢辰青扬眉："你不要听，我们不管他们。"

林昭昭嘴角甜甜地弯起来，真的好喜欢谢辰青。

不管任何时刻，不管任何事情，他都只听她一个人的，无条件地站在她这边。

"不如，我们也要个宝宝？"

虽然他们已经结婚，虽然谢辰青已经是她的丈夫，但是这样大大方方地说出来，她还是有些不好意思。

谢辰青眉目清朗，低垂的睫毛鸦羽一般浓密。

他微微抿唇，认真地措辞，片刻后才开口："昭昭。"

"嗯？"

"我是因为喜欢你，才会想要和你有个宝宝。"他声音放轻的时候温柔又好听，"但是不会因为没有宝宝，就不喜欢你。"

他压低了视线看她："我说明白了吗？"

林昭昭眨了眨眼，把这句话在小脑瓜里过了两遍。

谢辰青的意思是，宝宝并不是别人生，你就要去生。我是因为喜欢你想要宝宝，但不会因为没有宝宝不喜欢你。

她不说话，他又轻声开口："于我而言，你是第一位。"

林昭昭原本没想这么多，就是看到别人家走路歪歪扭扭的人类幼崽，觉得好可爱好好玩，她也想有一个。

最好是个迷你的谢辰青，她看着他清冷如玉的俊脸，在脑海里把他五官缩小，想想就萌得肝颤。

她的脸在他掌心蹭了蹭："那……如果我说我想要个宝宝，你想不想要？"

宝宝，像林昭昭的。谢辰青目光清澈如水，眼睛明亮得没有任何杂质："想。"

林昭昭眼睛一亮，陷入对未来的憧憬："长相一定要像你，性格得像我。"

谢辰青失笑："为什么？"

林昭昭真挚得像个小迷妹，此时更是发动了她的彩虹屁技能："长得像你好看呀！"

她嘴上犯花痴还不算完，手还不老实，在谢辰青脸上占便宜占了个够。

"你眉毛长，形状也好看，睫毛如果能随你，那就是个睫毛精，不管男孩还是女孩都漂亮。

"我喜欢你眼睛的形状，是长的，不像我，圆乎乎的……泪痣是不是不能遗传？"

林昭昭撇了撇嘴角，似乎有些遗憾："你的鼻梁也比我的高，嘴巴也随你吧，好看。"

不光好看，颜色也漂亮，一个冷酷的武警，怎么唇红齿白的？

谢辰青忍俊不禁："是因为你喜欢我，所以才会觉得我好看。"

"不是，"林昭昭摇头，表情比高中写数学的时候还要严肃，"就是好看。"

谢辰青扬眉："那为什么性格要像你？"

"我不想让他以后什么事都不说，都自己解决。

"爸爸的案子是，维和的时候也是，你怎么能把K国说成风景优美的小岛呢？我看电视的时候差点都哭了。

"我希望我们家宝宝以后有任何难过的事情，都可以告诉我们，不要憋着。"

不管任何时候，林昭昭再想起他放弃竞赛保送；想起他大学时写的卡片；想起他一个人拿到学员旅考核第一，只为毕业去A城支队；想起他射杀毒枭后背中弹孤身一人住院几个月，自始至终没有跟她透露半个字，她都觉得心疼。

而她迟钝，直到一切尘埃落定，他出国维和，她才知道。

她何德何能，能在那么多人里遇到一个谢辰青。

林昭昭不知道说什么，低头在他眼尾泪痣上轻轻地亲了一口，还是觉得不够，亲到嘴角，还非常体贴地停留了好几秒。

谢辰青眼睛微微睁大，似是始料未及，眼底慢慢有干净纵容的笑意化开。

他像个撒娇的少年，清冷的声线很软："昭昭，还要。"

林昭昭的心瞬间化成冰激凌。

她还是害羞，但是假装听不懂，看着他微微泛红的耳朵，明知故问："要什么？"

谢辰青高挺的鼻梁抵着她的，呼吸纠缠，他轻笑着开口："要你亲。"

虽然只是把备孕这件事提上日程，但林昭昭还是激动得不得了。

孕育新生命，对她来说，是一件太过欣喜又太过新奇的事情。

她忍不住想了好多好多，开心到走路都忍不住蹦蹦跳跳。

谢辰青拖地，打扫卫生，收拾家里，她就从他身后抱他，亦步亦趋地跟着，嘴里嘟嘟囔囔地停不下来："我们是不是要收拾一间儿童房？是不是要注意饮食？是不是要准备好多好多新生儿的东西？"

"对了！以后再遇到喜欢的小孩子的东西，就可以光明正大地抱回家！屯满满一间屋子，宝宝一出生就有玩不完的玩具！"

谢辰青低头看她，分不清是她自己想玩，还是真的想要买给宝宝。

他没有说话，林昭昭仰起小脸，不知道为什么，她总觉得谢辰青并没有自己这么开心。

小小的酸涩从开心的情绪中萌芽，她把脸埋在他的后背，嘴角向下。

"谢辰青，你是不是不想要宝宝呀？是因为我说想要，你才说你也想，是不是只是为了哄我开心？"

她语气里有小小的委屈，谢辰青转过身，把她抱进怀里："不是。"

"那你为什么都不开心？"她不笑的时候，眼尾依旧下垂，很显无辜。

谢辰青牵着她的手到客厅："给你看部纪录片。"

投影仪放下来，林昭昭不明所以地坐在沙发上，膝盖曲起，手环过膝盖，把自己缩成小小的一团。

"是什么纪录片呀？"

谢辰青抿唇回答："关于怀孕分娩。"

怀孕分娩？林昭昭完全没想到这个，甚至是在决定备孕的今天早上，她也完全没想到要看一看科普。

她只是一门心思想那些生完宝宝之后美好的事情，自动忽略了怀胎十月和分娩的不美好。

纪录片缓缓开始，在纪录片开始播放前，林昭昭从没被科普过这方面的知识。

她根本不知道怀孕分娩会经历怎样的痛苦，又会带来多严重的身体损伤，而她又会面对怎样的危险。

她看着看着，从抱着拆开的薯片和肥宅快乐水，到薯片放进嘴里忘了咬，再到零食完全没有心思吃。

那些鲜血淋漓的画面太过残忍，到后面，她的手已经紧紧地攥住谢辰青的衬衫袖口。

遇到不敢看的画面，她就把头埋在谢辰青怀里，他伸手挡住她的眼睛，她就扒开一点缝隙去看。

她整个人缩成小小一团，可怜极了。

谢辰青把蜷在自己身边的小姑娘抱到自己怀里："怕不怕？"

林昭昭看过分娩的全过程，再说不害怕是假的，光是想想都忍不住要起鸡皮疙瘩。

除了害怕，她还突然很想念她的妈妈，妈妈把她生下来养大，真的太伟大了。

林昭昭淡淡地撇了撇嘴角，主动提出要宝宝的是她，现在想打退堂鼓的也是她。

她默默地给自己鼓劲："但是别人都不害怕。"

如果我说我害怕，你会不会觉得我很不勇敢？

"别人是别人，林昭昭是林昭昭。"

谢辰青目光很软，温声征求她的意见："我们先不要宝宝了，好不好？"

他自己可以枪林弹雨，生死不顾，枪伤、刀伤都是寻常，但是林昭昭不一样。

林昭昭贴个创可贴他都要心疼好久，他无法想象让她自己一个人经历那样鲜血淋漓的时刻。

无论如何都不舍得，光是想象，心疼都有如实质。

所以，先不要宝宝了，在他眼里，他们家林昭昭还没有长大呢。

"那就先不要了吗？"纪录片里的画面太让人震撼，恐惧和担心纠结成一团，林昭昭小声问。

"嗯。"

谢辰青修长的手指抚摸着她蹙起的眉心，眉眼深处尽是珍而重之的温柔。

"再给我一些时间，让我只对你一个人好。"

林昭昭生宝宝，是在结婚三年后的 10 月 17 日，谢辰青二十七岁生日那天。

宝宝是个男孩，和谢辰青小时候长得一模一样。

宝宝出生那天暴雨倾盆，取名谢霖。

这一年，谢霖小朋友刚刚三岁。

他的爸爸是武警边防谢辰青，妈妈是军事记者林昭昭，外曾祖母是蒋念慈。

爸爸经常不在家，妈妈经常要出差，对此谢霖表示，他已经习惯了。

这年春节前，林昭昭出差一周，拍摄边防军人的春节。

采访任务结束,她一回家推开家门,软萌萌的谢霖瞬间就扑了上来。
谢霖抱着她的脖颈,软乎乎的小脸贴着她的,林昭昭的心都要化了。
"有乖乖听爸爸和外曾祖母的话吗?"
"嗯,我很乖的!"
"谢霖。"谢辰青个高腿长坐在沙发上,淡声开口。
长年累月的军旅生涯,让他身上冷淡严肃的气场更重。
"到!"谢霖嗷呜一嗓子,条件反射一般应了。
林昭昭一蒙,听见亲儿子奶声奶气地说道:"妈妈你快放我下来!我要集合啦!"
林昭昭茫然,但还是弯腰把宝宝放下来,亲儿子噔噔噔地跑到谢辰青面前。
她不明所以,谢辰青对上她的视线,眼睛很好看地弯下来。
"立正。"
亲儿子小脚丫跺地,啪的一下站定,一不小心小鲨鱼拖鞋甩出去一只。
他皱了皱眉,然而军令如山,他一动不敢动:"报告!拖鞋飞啦!"
谢辰青揉揉鼻梁,挡住上扬的嘴角:"捡回来。"
"是!"谢霖伸出小脚丫穿好鞋子,重新立正站好,因为太过用力还稍稍晃悠了一下,像个圆滚滚的不倒翁,林昭昭彻底被逗笑。
"稍息。"
谢霖的小脸绷得超级严肃,胖乎乎的,趿拉着拖鞋的小脚丫分开。
很奇怪的是,虽然他的五官仿佛是和谢辰青一个模子刻出来的,但是小表情、小动作都像极了林昭昭,可爱又生动。
"立正。
"向后转。"
动作难度太大,谢霖小朋友差点把自己转倒。
"齐步走。"
谢霖反应了一下,是先伸左手还是先伸右手、先迈左脚还是先迈右脚,最后决定跟着感觉走。
跟着感觉走的结果就是,谢辰青的声音从身后飘过来:"谢霖,你顺拐了。"
谢霖皱了皱眉,眉眼细微之处的小表情,和她妈妈当年军训的时候一模一样。

只不过当年林昭昭同学在他的注视下羞红了脸,而谢霖小朋友一副"只要我走得够快,你就不会发现我顺拐"的自欺欺人的表情,小短腿唰唰唰地走到自己房间门口。

"打开门。"谢辰青温声说道。

"然后呢,爸爸?"

谢霖站在自己的儿童房门口,听见亲爹气定神闲地说道:"打开门,带上门,上床睡觉。"

谢霖一嗓子应了:"是!"

紧接着,他可可爱爱晃悠着小短胳膊,迈着小短腿回到房间,把叠成豆腐块的小被子展开盖到下巴尖,乖乖地闭上眼睛。

林昭昭忍俊不禁:"这是干吗呀?"

"老婆,我也很乖,"刚才还冷着脸给人当爸的谢辰青,这一刻却像个撒娇的少年,张开手臂,"抱。"

辞旧迎新日,烟花升上夜空。

林昭昭笑着扑进他怀里,一如之前的无数次。

他眉眼深处尽是温柔,轻轻地吻上她的额头。

谢辰青再也没有放过孔明灯。因为只要林昭昭在,他就没有任何心愿。

蒋念慈在厨房热好红糖小圆子,撒了一把糖桂花,推开门又赶忙带上。

她老脸一红,摇摇头,无可奈何地笑了。

我的儿子儿媳,放心吧。

孩子们好着呢。

翌年,八月末的某天。

蒋念慈坐在摇椅上晒太阳,林昭昭和谢霖穿着一样的恐龙睡衣,一大一小偎依在一起。

"奶奶!"

"外曾祖母!"

蒋念慈应了。

"我想我老公了!"

"我想我爸爸了!"

273

蒋念慈笑起来。

谢霖突然眼睛一亮:"领导,我有个办法!"

这个称呼,他是跟他亲爹学的,他觉得好玩,就跟着叫。

唯独有一次他跟着亲爹喊"昭昭",被亲爹罚了十道奥数题,不写完不准睡觉。

谢霖跑回自己的房间,拿出他的小朋友手机,手指不停地戳:"我给你听听你老公的声音,这样你会不会好一点?"

林昭昭微微讶异:"你手机里有吗?"

谢霖点点头:"有的!"

他胖乎乎的小手点开微信,林昭昭低头凑过去,看了一眼聊天记录。

亲儿子是什么时候和谢辰青聊天聊了这么多的?满屏幕的语音和表情图。

爷俩儿的聊天记录比他和她的都多,林昭昭不知道自己应该吃亲儿子的醋还是吃亲老公的醋,和奶奶对视一眼,忍不住笑起来。

谢霖点开一条,语音开始自动播放。

"爸爸!爸爸!爸爸!我想你啦!"

林昭昭被小朋友的语气萌得肝颤,而后就听见下一条语音,他的声音低沉清冷,温温柔柔的。

"爸爸也想你。

"今天在家帮爸爸保护妈妈了吗?"

"嗯!我还帮妈妈种花、浇水、洗菜,还从菜里捉到一只虫子……"

"这么厉害。"

"对的!"

"妈妈在做什么?"

"妈妈在写新闻稿。"

"妈妈今天有笑吗?"

"有!"

"妈妈今天吃到好吃的了吗?"

"嗯!"

"今天下雨,记得提醒妈妈带伞。"

后面还有很多,谢辰青的每一字每一句都是关于她。

他跟小孩子说话，语气本来就很轻，内容又是关于她的，温柔得让人心软。

林昭昭听着听着，只觉得自己更想他了。

"妈妈今天会想外公，替爸爸抱抱妈妈。"

"外公去哪里了呀？"

"外公保护世界去了，"谢辰青轻声开口，"妈妈已经没有爸爸妈妈，所以你要和爸爸一起好好保护妈妈，好好照顾外曾祖母。"

林昭昭的鼻子蓦地有些发酸，因为谢辰青发语音的那天是父亲的祭日。

他昨天打电话说，今天下午可以离队，她片刻都不想等，迫不及待想要见他。

"宝宝，我们去接爸爸下班吧！"

"好！"听到要见爸爸，谢霖特别兴奋，"那我们快一点走，就可以快一点见到爸爸了。"

武警A城支队营区，哨兵站岗，威严肃穆。

谢霖看着营区："妈妈的爸爸以前也在这里对不对？"

林昭昭笑着摸摸他的头："你怎么知道的？"

谢霖："是爸爸告诉我的，爸爸告诉我，外公是个超级大英雄。"

林昭昭温声说道："爸爸和外公一样，也是个超级大英雄。"

话音刚落，她远远地看到那道清瘦颀长的身影。

这个世界那么大，还不是只有一个谢辰青。

她何德何能，让他属于她。

晴空万里，他清瘦且白，眉眼清绝，好像是从长长的时空隧道另一端，一步一步走向她。

十七岁，他们阔别重逢。

"高三（7）班林昭昭。"

"高三（7）班谢辰青。"

十八岁，高中毕业，他们开始面对一次又一次的分别。

"传媒大学林昭昭。"

"武警××大学谢辰青。"

二十一岁，大学毕业，毕业那天她亲自送别，再见便是抗洪抢险一线。

"记者林昭昭。"

"武警谢辰青。"

二十二岁，他出国执行维和任务，她考上军队文职。

她不远万里追随他，在炮火连天的异国他乡向着他伸手。

"军事记者林昭昭。"

"维和警察防暴队谢辰青。"

二十三岁，维和归来，他们在武警A城支队相遇。

"军事记者林昭昭。"

"武警边防谢辰青。"

他曾在孔明灯上写下："年年有今日，岁岁有今昭。"

如今，她牵着他们的儿子来接他下班回家。

林昭昭笑眼弯弯地伸手，一如之前的无数次。

"谢辰青的妻子，林昭昭。"

谢辰青长身鹤立，回握她的手，目光清澈，笑意温柔。

"林昭昭的丈夫，谢辰青。"

7月7日，老林家小孙女出生的时候，对门老谢家的小孙子刚刚九个月。

两个话说不清楚路走不顺溜的人类幼崽一直没有机会见面，直到那一年的10月17日，谢辰青一周岁生日抓周。

谢家热热闹闹，满屋子的人都在说，这么漂亮的宝宝长大以后还得了？得多招小姑娘喜欢。

漂亮宝宝谢辰青皮肤白白的，眼睛大大的，睫毛长长的，看着满屋子的人，表情有些蒙。

桌子上放着笔墨纸砚和各类书籍，当他看到角落的玩具枪时，眼睛瞬间亮了。

他走路还不是特别稳，手刚伸出去一半，就被半路劫持。

去凑热闹的三个月的林昭昭抓住他的手指，眼睛眨巴眨巴，盯着他看。

他皱着眉挣开她，林昭昭也不闹，只是撇了撇嘴角，下一秒，眼泪吧嗒吧嗒地开始往下掉。

谢辰青抿了抿嘴唇，不想看她哭，于是又把手伸回去给她抓住，粉雕玉琢的小娃娃瞬间就笑了。

这一抓，就抓到了三岁。

林昭昭三岁的时候已经闲不住，可以娴熟地晃晃悠悠去串门，对门姓谢的哥哥唇红齿白，超级好看，超级符合她的审美。

只不过哥哥是个话少又高冷的儿童，她每次开开心心地捧着新买的糖果、蛋糕和花里胡哨的点心去找他，他都冷着一张脸，说话一个字一个字往外蹦。

林昭昭打小便招街坊邻里喜欢，谁见了她都要揉揉脑袋，摸摸脸。唯独谢辰青不是这样，他见了她，不会摸摸她的头，也不会捏捏她的脸。

林昭昭幼小的心灵受到一万吨伤害，模模糊糊有个认知：谢辰青不喜欢和自己玩。

就这样，日子慢慢悠悠地过着，两个人上了幼儿园。

幼儿园第一天，谢辰青擦完自己的桌子，想了想，又把旁边那张桌子擦得干干净净。

林妈妈牵着林昭昭的手出现在教室门口，林昭昭穿着淡绿色的娃娃裙，蹬着奶白色的小皮鞋。

林妈妈温声问她："你要和辰青一起坐吗？"

林昭昭看向谢辰青，谢辰青正低着头从书包里找东西，连头都没抬，根本不看她。

林昭昭委屈巴巴地皱了皱眉："不要，我不想和他坐同桌。"

因为他不喜欢我。

林妈妈牵着林昭昭，摸摸谢辰青的脑袋，从他身边走过去。

谢辰青垂着漂亮的睫毛。

他的手里攥着要拿给林昭昭的牛奶糖和一盒抹茶巧克力，又轻轻地放回书包里。

可是，我想你坐同桌。

四岁的谢辰青小声在心里说。

幼儿园毕业前夕，幼儿园排练简单的舞台剧，是白雪公主和七个小矮人。

白雪公主有黄蓝相间的漂亮裙子，有亮晶晶的小王冠，还有一个独

277

属于她的小王子。

在老师问谁想扮演白雪公主时,全班女孩都举起手,林昭昭也是,她的小手举得高高的,生怕老师看不见。

下课后,所有小朋友都围到白雪公主的小王冠旁边。

林昭昭想要摸一摸上面的小星星,啪的一下,被人把手打开。

打她的小胖墩是幼儿园的孩子王,小胖墩双手叉腰:"你不可以演白雪公主!"

林昭昭迷迷瞪瞪地问:"为什么?"

小胖墩比她高也比她壮,轻而易举就把她推了一个趔趄:"因为你没有爸爸!"

林昭昭愣了一下:"我有爸爸!"

小胖墩扒拉着眼睛做鬼脸:"你骗人!你是撒谎大王!你有爸爸为什么爸爸都不来接你!你也没有公主裙!"

小孩子还没有分辨是非的能力,只是跟着起哄人云亦云。

那是谢辰青第一次跟人打架,也是唯一一次和小胖墩一起被罚站,全程只死死地盯着小胖墩:"我要你和林昭昭道歉!"

放学时,他在滑梯旁边找到偷偷躲起来的林昭昭。

她蹲在角落里,委屈得小脸皱成一团,忍眼泪忍到眼眶通红。

她手里拿着小树枝,在地上一笔一画写"林zhen",写了无数个。

"林振是谁?"谢辰青问。

看到谢辰青,林昭昭吸吸鼻子,破涕为笑:"是我的爸爸!"

可是林昭昭说到爸爸,又想哭了,眼泪珍珠似的一颗一颗地砸下来。

"公主大人,不要哭了。"

他把手递给她,只说了一个字:"来。"

林昭昭乖乖地把眼泪擦干,手搭在谢辰青的手上,被他拉起来。

夕阳西下,不到五岁的谢辰青牵着四岁的林昭昭一步一步地往家走。

不就是裙子吗?我买给她不就好了。

五岁的谢辰青小声在心里说。

第一次看图写作文,题目是《我最喜欢的人》。

林昭昭下巴抵在课桌上,抓耳挠腮,因为好多字她都不会写。

她偏过头去看谢辰青的作文,谢辰青立刻用手捂住,不让她看。

"哼，小气鬼，你不给我看，我也不给你看。"

谢辰青说："好。"

林昭昭凑近了些："你真的不想看看我写的是谁吗？"

谢辰青说："不想。"

林昭昭："我写得超级好。"

谢辰青看了她一眼，那一眼被林昭昭理解为挑衅。

于是，她直接把自己的卷子放到谢辰青眼皮底下，得意扬扬地等他欣赏自己的大作。

谢辰青垂眼，只见上面用铅笔歪歪扭扭写着："我最喜欢的人，是幼儿园门口卖烤地瓜的老爷爷……"

她用了无数拼音和错别字，来形容老爷爷卖的烤地瓜有多香多甜多好吃，跑题跑到奶奶家了。

果不其然，等卷子发下来，林昭昭得了一个鲜红的大鸭蛋，而与之形成鲜明对比的是谢辰青。

谢辰青已经可以写得一手漂亮的正楷，通篇没有拼音，甚至能熟练运用修辞手法、用"弯弯的月牙"比喻眼睛，是全班唯一一个满分。

"谢辰青，我看看你写了什么呗。"林昭昭昂着白生生的下巴尖儿，冲着谢辰青伸出她的小手。

"不要。"谢辰青站起来收拾书包，把作文纸折了两折放进去。

"可是我想看看。"

"不给。"

林昭昭撇了撇嘴角，谢辰青已经背着他的麦兜书包出了教室门，竟然都不等她。

她慢吞吞地收拾好书包，鼓着小脸叹气。

小气鬼。

身后没有人跟上来，谢辰青无奈地蹲下来系鞋带。鞋带完好，他蹲得腿都快要麻了。

他听见身后小皮鞋踩在地板发出噔噔噔的响声，一抬头对上林昭昭幽怨的小眼神。

他面无表情地站起来，继续往前走，她冷哼一声，习惯性地去拉住他的书包带子。

谢辰青小小的嘴角忍不住弯起来。

小学一年级，林昭昭六岁，谢辰青不到七岁。

这天放学之后，谢辰青从自己的数学书里翻出一张字条：放学后，小区的秋千见，我有 zhòng 要的事 qíng 和你说。

谢辰青出门前，不忘从冰箱里翻出林昭昭最喜欢的草莓冰激凌。

夏日晚风轻轻地吹过，带来清淡的花香，穿着淡绿娃娃裙的小姑娘咬着冰激凌，坐在秋千上晃晃悠悠。

"谢辰青，你不是不喜欢和我玩吗？我要走啦！"

谢辰青当即愣住："你要去哪儿？"

林昭昭声音脆甜："我要去找我的爸爸！你没见过我爸吧？他在武警A城支队，是一名武警战士，戴大檐帽的！"

她很开心，再也不用被小朋友嘲笑没有爸爸。

谢辰青没有说话，只是在日历上标上：8月31日，林昭昭就要走了。

她一天比一天开心，他一天比一天沉默寡言，直到那一天真的到来。

林昭昭穿着新衣服，戴着明黄色太阳帽，背着小书包，被妈妈牵着手，身边竖着一个比她人还要高的行李箱。

"谢辰青！"

林昭昭明明是很高兴的，可是不知道为什么，她突然想到以后再也不能和他一起上学放学，一下子就哭了出来。

她长到六岁，第一次经历如此浓重的悲伤。她一只手扯着谢辰青的袖子，一只手给自己擦眼泪，哭到打小哭嗝儿。

"我没有不喜欢和你玩。"

谢辰青一双黑亮的眼睛看着她："我会好好和你玩的，果冻、草莓、牛奶糖都给你，你可以不走吗？"

谢辰青挑食，他家冰箱里有吃不完的她没见过的零食，他不喜欢，全部给她。

林昭昭想到谢辰青家的冰箱里还有那么多好吃的没来得及吃，瞬间哭得更大声了。

大人们摸摸谢辰青的脑袋，让他先回家，省得惹得林昭昭哭得更厉害。

她扯住他袖子的手不得不松开。

然而一松开，就是十年。

谢辰青回到家，从客厅窗户往外看。

小小的林昭昭上了出租车,在看到他的那一秒拼命地朝着窗户挥手。

他躲在房间，手里抱着一张地图，用尺子量她要去多远的地方。

大颗大颗的眼泪吧嗒吧嗒地落下来，顺着横亘东西的长河，从C市流到A城。

两座城市，在地图上不过十几厘米。

那个时候的谢辰青并不知道，那十几厘米是一千多公里。

走完这一千多公里，光是重逢他们就用了十年。

他只是用手指轻轻地触碰A城那个小点。

如果你再也不回来，那我会去A城找你。

七岁的谢辰青小声在心里说。

我又遇见了她。

十七岁的谢辰青小声在心里说。

第十章
年年有今日，岁岁有今"昭"

（一）

和谢辰青结婚后，军事记者林昭昭多了一个身份，那就是军嫂林昭昭。

当她的镜头再次对准武警A城支队的战士，他们会在私下里当着谢辰青的面笑嘻嘻地喊她"嫂子"。

林昭昭记者跟拍他们寒冬演练野外驻训缉毒反恐，尚且不会变一变脸色，此时此刻听到"嫂子"二字，她抬手蹭蹭发烫的脸颊，故作镇定地"哎"了一声。

她穿着和他们一样的迷彩服，看起来确实像个结了婚的大人。只是当她低下头去看镜头，从耳朵到脸颊慢慢地红透了。

这种感觉，像是学生时代被班里同学们起哄，她脸热得不行，很想钻进谢辰青怀里躲起来。

她调试好镜头，隔着人群对上谢辰青的眼睛。

谢辰青一身军装，清瘦挺拔，肩宽腰窄。可就是这样一个冷淡严肃的武警警官，正低着头咬着嘴唇笑，像个可可爱爱的大男孩儿。

那天正好是周五，谢辰青难得可以回家。

林昭昭问谢辰青："这位警官，你今天在笑什么？"

谢辰青眨了眨眼，伸手把她抱进怀里，一双漂亮眼睛安静又柔和，一如少年时。

他不说话，她小小声嘀咕："你手底下的新兵起哄你都不制止，竟然还跟着一起笑。"

林昭昭的小眼神幽幽怨怨的，还带了几分不好意思，那脸皮真的是薄得吹弹可破。

谢辰青低头，亲亲她软软白白的小脸。

他有时候会忘记他们已经结婚了，以至于每次想起来就觉得很惊喜。

林昭昭的手指捏上他的脸："不准用美人计！快点告诉我，你今天到底在笑什么？"

谢辰青微微俯身，下巴轻抵在她肩侧，语气很软，像是在撒娇："笑是因为想起，林昭昭已经是我一个人的了。"

（二）

上学的时候，谢辰青给林昭昭恶补数理化。结婚之后，谢辰青跟林昭昭一起学习所有的孕期常识。

一开始是林昭昭想要宝宝，可他不舍得让她经历分娩的痛。后来，林昭昭想要当妈妈的心战胜了所有已知未知的恐惧。

她太想有一个和谢辰青的宝宝了，儿子女儿都好，她想知道宝宝会是什么样子，又会像谁多一些。

林昭昭发现自己怀孕，是在结婚第二年的冬天，那个时候谢辰青正在执行涉密任务。

邹瑜陪她去医院检查回来，林昭昭轻轻地把手放在肚子上，这里面竟然有他们的宝宝了，真的好神奇。

她要做些什么呢？宝宝会是男孩还是女孩呢？需要买小朋友的衣服和玩具吗？

当然，她最想做的事情，是告诉谢辰青：谢警官，你要当爸爸啦！

林昭昭问邹瑜："韩杨知道你怀孕的时候是什么样子的？"

邹瑜笑道："那哥们儿直接原地跳起来，楼下邻居找上来，给他训了一顿。他也不生气，就站在那儿傻乐。然后楼下邻居以为他脑袋有点疾病，摇了摇头，特别无奈地回家了……"

林昭昭笑出声，忍不住想，谢辰青知道自己要当爸爸又会是什么样子呢？

老家C市的第一场雪和谢辰青一起到来。

谢辰青结束任务从部队回家，已经是除夕夜。他一推开门，林昭昭就抱了上来。

他揉揉她的头发："身上凉，等我换件衣服再抱好不好？"

"才不要，"林昭昭的脑袋在他怀里乱蹭，声音闷闷的，"你自己算算有多久没见啦？"

蒋念慈把饭菜热好，笑眯眯地看着自己的小孙女和孙女婿："奶奶困了，先睡啦！"

谢辰青身上挂着个林昭昭牌树袋熊，一边哄孩子似的哄老婆，一边笑着对奶奶说："奶奶，新年快乐。"

"新年快乐。"蒋念慈笑着回了房间。

真好啊，她又和他们一起过了一个新年。

"下雪了，我们出去走走？"谢辰青问。

林昭昭最喜欢雪了："真的吗？外面真的下雪了吗？"

她像个长不大的小朋友，一听见下雪眼睛就亮。

谢辰青笑着点头。

整个小区银装素裹，小孩子们奔跑欢笑，打雪仗、堆雪人，分享糖果。

谢辰青低头看着不远处的小姑娘。他的昭昭最喜欢雪了，却为他去到没有雪的A城。

想必，比起雪，她更喜欢他。谢辰青偷偷地想。

林昭昭一边玩雪一边拍照，玩得十分尽兴，最后跑回谢辰青身边。

她似想到什么，步子慢下来，以后可不能再这样蹦蹦跳跳了，要稳重，要小心。

谢辰青的目光触及她冻得有些红的脸颊，拉开羽绒服拉链，面对面把人抱进自己的外套里。

羽绒服里，他的身体很暖，林昭昭忍不住笑弯了眼睛："你在笑什么？"

在她面前的谢辰青和在部队的谢辰青简直判若两人。

在部队的谢辰青不苟言笑，一身军装不容侵犯，新兵战士们好像都很怕他。

可是眼前的这个人，一双眼睛漂亮柔和，垂着浓密的睫毛，安安静静地看着她,她的心都要化了。

"我在想,"他的鼻尖轻轻碰了一下她的,"林昭昭是不是很喜欢我?"

林昭昭眼睛亮亮地看着他:"那还用问吗?"

她有时候觉得谢辰青像个家长,陪着她一步一步长大,为她阻挡所有风雨和黑暗。

可有时候,就比如眼下,她又会觉得他像个长不大的小男孩。

她的心软得一塌糊涂。

"谢辰青。"

"嗯。"

"我有新年礼物送给你。"

他的手臂轻轻地收紧:"我有你就好了。"

林昭昭仰起头,轻轻拂去他眼睫上的雪:"真的不要吗?"

谢辰青说:"你送的,我都要。"

林昭昭踮起脚,谢辰青微微弯腰耳朵靠近她嘴边。

"我们有宝宝了,两个月大,预产期是你生日那天。"

每个字音都柔软,每个字音都温热,雪花一般落进心底最软的地方,悄然融化。

谢辰青愣住,乖巧无害地看着她,清澈的眼底慢慢有笑化开。那笑很软,让人为之心动。

烟花升上夜空,变成明明暗暗的璀璨光影。

身边有临近高考的小孩子在放飞孔明灯,许愿金榜题名,在夜空之下相视而笑,一如那年的她和他。

林昭昭仰起头,看着她的一整个青春。

看见漫天繁星的尽头,有她的谢辰青。

他笑着低头吻下来。

(三)

知道自己要当爸爸的谢警官很淡定。他并没有像邹瑜家韩杨激动到不行,以至于楼下的邻居都不乐意了。

对此,林昭昭毫不意外,毕竟谢辰青好像一直都这样,面对任何事情都云淡风轻。

想当初两个人刚在一起那会儿,她连偷偷亲他一下都不敢,他就敢直接说:"谢教官教你点别的。"

林昭昭从那张清冷好看的脸上看不到任何多余的表情。他是真的没什么感觉吗?还是他没有自己这么开心?

她想着想着,还是有一点点失落。毕竟她知道自己要当妈妈的时候,可是激动得一晚上没睡着呢!

除夕夜,林昭昭躺在谢辰青的身边,棉被盖到下巴尖,只露出一双弯弯的眼睛。

谢辰青低头亲亲她的额头:"我关灯了。"

"好。"

谢辰青关好灯一躺下,林昭昭就条件反射一样贴上来。

"谢辰青,你猜我上辈子是什么?"她枕在他的手臂上,问他。

谢辰青低头看她毛茸茸的发顶,声音含笑:"是什么?"

"是你身上的一块魔术贴,或者是狗皮膏药。"林昭昭上扬的小尾音里满是得意。

谢辰青失笑,揉揉她的脑袋:"睡吧。"

"嗯!"

他喜欢的女孩子窝在他怀里睡得香甜,谢辰青却失眠了。

他和林昭昭一起看过怀孕分娩的纪录片。

林昭昭的工作辛苦,每每跟着他们野外拉练回来,总会不小心添几道伤疤。

她贴块创可贴他都觉得难以忍受,怀孕,分娩,冒着生命危险去孕育一个新生命,他不敢想象她要独自承受多大的痛苦。

谢辰青的体温和身上的味道像是一剂安定,没多久林昭昭就睡着了。

迷迷糊糊,她察觉谢辰青的手轻轻覆在自己的肚子上,动作很轻,小心翼翼。

半梦半醒间,她听见他用气音说话,几不可闻,温热的呼吸扫在自己的脸颊上。

"宝宝你要乖。

"不准欺负你的妈妈,不准让她辛苦。"

他的掌心轻轻抚过，低声呢喃道："爸爸真的好喜欢你妈妈。"

第一次听到他自称爸爸，她的心变得软绵绵的，像是被他温温柔柔地护在掌心。

林昭昭把脸往薄被里埋了埋，弯弯的眼睛突然就有落泪的冲动。

他哪里是不喜欢宝宝，他是不想让自己辛苦。

他哪里是不开心，他是在心疼自己。

（四）

林昭昭怀孕时，孕期反应不算严重，甚至还在一线跑新闻。

她一身迷彩服干净利落，眉眼温柔又坚定，从不叫苦叫累。但是林昭昭自己不娇气，并不代表她家里那位不在乎。

谢辰青一直都把她当小朋友照顾，怀孕之后更是什么都不让她做。

他能回家的时间不多，在能见面的日子里，林昭昭记者一键切换生活不能自理的小孩子，安心地接受自家老公的照顾。

周六晚上，谢辰青跟她打报告："领导，战友退伍，晚上要一起吃个饭。"

他换了一身便服，简简单单的T恤和运动裤，外面套一件宽松的黑色外套。

这样看起来，不像武警谢辰青，倒像是他读军校时的样子，干净冷淡。

"准啦！"林昭昭点头，怀孕到这会儿，已经有些显怀了。

谢辰青手撑着膝盖，在她面前弯腰："爸爸很快就回来。"

他眉眼低垂的样子温柔得一塌糊涂，林昭昭忍不住想象谢辰青成为父亲的样子。

谢辰青站起身，轻轻吻上她的额头："我走了。"

林昭昭眉眼柔软："好，我和宝宝一起在家，等你回来。"

战友退伍，免不了喝酒，到最后，所有人的眼圈都红了。

他们曾经一起经历枪林弹雨，生死一线，此去一别，不知道下次见面会是什么时候。

谢辰青到家已经是晚上九点，林昭昭已经窝在沙发上睡着了。

他的外套沾了烟酒气，脱下来放在一旁，而后弯腰轻轻地把自己的老婆抱到卧室。

薄被盖好，边边角角都掖得仔细，他借着灯光看她乖巧安静的睡颜。

好像还是小，眉眼弯弯，嘴角微微勾起。

是做了很好的梦吗？梦里有没有我？

他轻轻抚摸她的脸颊："昭昭辛苦了。"

谢辰青关了灯，走出卧室。

林昭昭不喜欢浓重的酒气，闻到烟味会皱眉。

如果在大街上遇到有人抽烟，她会憋着气快步走过那个人的身边。

谢辰青洗了澡，然后洗衣服，身上清爽的沐浴液味道里，隐隐还有些酒的味道。

他忍不住皱眉。

林昭昭醒来，已经是十二点，身边没有人。

谢辰青是还没有回来吗？

不对，自己是睡在沙发上的，现在睡在床上，说明是被他抱过来的。

她迷迷瞪瞪地踩着拖鞋走出卧室，只见谢辰青在月光下打扫卫生。

她觉得好笑，心说：这是喝醉了？谢辰青的酒量明明不错。

她倒背着手走到他身边："大晚上的，你不抱着老婆睡觉，在这儿干吗呢？"

谢辰青放下手里的东西，把手洗干净，又擦干："身上有酒气，你不喜欢。"

林昭昭哭笑不得，牵着他的手往卧室走，给人安顿好："我关灯啦，闭上眼睛睡觉。"

"老婆，"他偏过头看她，目光干净柔软，低声问她，"我可以亲你一下再睡吗？"

林昭昭这下确定，谢辰青是真的喝醉了。

好好一个冷面武警，喝醉了竟然像个小男孩。喝醉了也还记得自己不喜欢酒气，都不敢睡在自己身边。

林昭昭觉得心里甜得冒泡泡，即使是结婚以后的这一刻，看着他，还是有年少时看心上人的怦然心动。

她轻轻攥住他白T恤的领口，贴上他的嘴唇。

相贴的脸庞分开，他一双漂亮的眼睛微微弯起，光亮柔和干净。

林昭昭手痒，摸摸他长而浓密的睫毛："好啦，现在可以睡觉了吗？"

她往他怀里钻，闻着他身上干干净净的沐浴露味道，心说：这个人怎么能可爱成这样？

"还想，"谢辰青很认真地看着她，片刻后，笑着低头覆下来，"再亲一下。"

（五）

林昭昭怀孕之后，不可避免地胖了一些。以前爱美爱漂亮的小姑娘，已经很少照镜子。

在又一条裙子穿不上之后，她站在衣柜面前，突然就有些郁闷。

谢辰青从后面抱住她："谁大清早惹我太太不高兴了？"

林昭昭皱着小脸："胖了，穿不上了。"

谢辰青"哦"了一声，一本正经地说道："原来是裙子的错。"

林昭昭被他逗笑，转过身，不无担忧地问道："你知道吗？我现在还是怀孕早期，我也不知道到怀孕晚期、到生完宝宝，会变成什么样子，但是肯定会变丑的……"

可是，她在他清澈明净的眼睛里，只看到温柔和心疼。

她的脸被谢辰青轻轻地捧起，谢辰青低头亲亲她蹙起的眉心："就算你变成白发苍苍的小老太太，也是我见过的最美的女孩子。"

生宝宝真的是一个很痛苦的过程。

林昭昭疼到恍惚，像是回到A城的老房子，看见了爸爸妈妈。

老房子光线充足，落在身上暖融融的，让她觉得自己是晒在太阳下的棉被，正在一点一点地变得柔软蓬松。

爸爸在看书，妈妈在阳台浇花，花是她最喜欢的洋桔梗。

"昭昭。"妈妈笑着回头叫她。

林昭昭的鼻子一下子就酸了，跑过去抱住妈妈："妈妈，我好想你和爸爸……"

妈妈笑着摸摸她的头，温柔得不像话："我的宝贝昭昭也要当妈妈了。"

"嗯！"林昭昭点点头，去看爸爸身上是不是有弹孔。

爸爸穿着淡绿色军衬和橄榄绿军裤,合上手里的军事杂志,笑眯眯地看着她。

即使是在梦里,林昭昭也知道,爸爸妈妈很快就会消失。于是她忍住想哭的冲动,把所有想说的话告诉爸爸妈妈——

"奶奶身体很好,我每年都带她体检。

"谢辰青对我也很好,我们还和小时候一样。"

"爸爸妈妈都知道。"

"我们的小外孙来了,我们的乖女婿来接你了。"

眼前的光影慢慢消失变成黑暗一片,林昭昭的眼角有泪。

她睁开眼睛,听见一声响亮的婴儿啼哭。

她和他的宝宝,跟这个世界打了第一声招呼。

护士给林昭昭看漂亮的小婴儿:"是个男孩儿。"

见到谢辰青,他们问他:"要不要看看你的儿子?"

谢辰青已经看不见任何人,只是俯身抱住他的太太。

颈窝有温热湿润的触感,林昭昭知道,那是男儿不轻弹的泪。

(六)

谢霖小朋友一周岁生日的时候抓周。

林昭昭拿谢辰青一周岁的照片和儿子对比,忍不住感叹,父子俩简直就是一个模子刻出来的。

谢霖的面前有笔墨纸砚,有谢辰青的大檐帽,也有林昭昭的GoPro。

小朋友眼睛亮亮的,毫不犹豫地抱住谢辰青的大檐帽。

林昭昭轻叹一口气,故作忧愁地说道:"你们一个两个的都要把我扔下?"

抱着大檐帽的谢霖,大眼睛扑闪扑闪,看自己的爸爸笑着去抱自己的妈妈。

手臂收紧,谢辰青的下巴轻轻地抵在林昭昭的发顶:"他会和我一起保护你。"

等谢霖小朋友再长大一点点,他已经可以自己拿小勺子吃饭。

粉雕玉琢的小团子，肉乎乎的小手攥着勺子，大口大口地吃饭，嘴巴里鼓鼓的，像只可可爱爱的小仓鼠。

每每这个时候，林昭昭记者就目不转睛地盯着宝宝看，怕他呛到，怕他吃不好，身为老母亲真的操碎了心。

"来，张嘴。"谢辰青把奶黄包喂到自己老婆嘴边。

他看着她就着自己的手咬下去，变成和谢霖同款的小仓鼠。

一家三口，她看宝宝，他看他的昭昭。

谢霖吃干净最后一口蔬菜糊糊，把小勺子放到干干净净的小碗里，黑葡萄似的大眼睛扑闪扑闪，看着林昭昭，就差在脸上写上"求夸奖"了。

林昭昭被萌得肝颤，帮宝宝擦掉嘴角的汤汁，低头在他软软糯糯的小脸上吧唧亲了一口："宝宝好棒！"

宝宝愣住，谢辰青也愣住，爷俩儿齐刷刷地转头看向她。

只不过下一秒，谢霖小朋友软软糯糯地笑起来，谢辰青抿了抿嘴唇，嘴角微微向下。

晚上，林昭昭看着睡着的谢霖小朋友，心软得一塌糊涂。

她帮他把薄被盖到下巴，低头亲亲他的额头："宝宝，做个有爸爸妈妈的好梦。"

暖调的灯光落了她一身，林昭昭的长发扎起，侧脸柔软安静，手臂搭在婴儿床的护栏上，下巴轻轻地抵在手臂上。

时间真的好神奇，好像她昨天还是那个怀揣暗恋心事的小姑娘。

她在大学的每个周一到周五都盼望军校的他发手机，见面是可遇不可求的事情，有时候是隔三个月，有时候是隔半年。

再之后，谢辰青去部队，她去电视台，他去缉毒，去维和，她考军事记者。

当时不觉得，这一刻想想，一路走来真的好难。

此刻晚风温柔，月光清亮，她在哄他们的宝宝睡觉。

林昭昭便觉得，一切都值了。

"在想什么？"谢辰青热了牛奶，递给她。

谢辰青穿简简单单的长袖白T恤和黑色运动裤，干干净净，一如少年时。

林昭昭笑眼弯弯，甜甜地说道："在想，我们的宝宝和你一模一样，真好啊。"

很久以前她醉酒,说宝宝一定要像他,看来是被上天听到了,让她得偿所愿。

林昭昭喝完牛奶,站起身,和谢辰青面对面。

谢辰青剑眉微扬,低声说:"我哪有他幸福啊。"

林昭昭:"嗯?"

谢辰青垂着漂亮的睫毛,用气音说话,亲昵又温柔:"谢霖自己吃饭还有林昭昭亲亲,谢辰青哪有?"

林昭昭蓦地笑起来:"谢辰青,你幼稚不幼稚呀?"

怎么越来越像个小男孩了。

她笑着去捏他的脸:"连儿子的醋都吃?"

谢辰青薄唇轻抿:"我没有吃醋。"

"还说没有?"

林昭昭伸长手臂搂住他的脖颈,近距离看他清俊不减的脸。

那张脸还是清冷禁欲拒人千里,可是眼下,就差写上"我吃醋了,要昭昭哄哄才能好"。

林昭昭笑着踮起脚,捧着他那张脸吻了上去。

她如愿以偿地看他嘴角上扬,眼睛弯弯的,亮亮的。

他高挺的鼻梁抵着她的轻轻蹭了一下,小男孩一样别别扭扭地开口:"还要。"

(七)

林昭昭从外地出差回来,她一推开门,软乎乎的人类幼崽就扑上来。

"妈妈,要抱抱!"谢霖小朋友张开小短胳膊等着。

林昭昭刚要把小朋友抱起来,谢辰青已经弯腰把谢霖抱在怀里:"爸爸抱。"

谢霖趴在谢辰青的肩上,皱着小鼻子冲她做了个小小的鬼脸。

林昭昭看着一个模子刻出来的父子俩,笑得眼睛弯弯,心软得一塌糊涂。

晚上,林昭昭困得不行,沾了枕头就睡着了,迷迷糊糊听见卧室门把手转动,睁开眼就看见谢辰青。

不是最常见的那身迷彩,也不是帅得掉渣的军装,谢辰青刚刚洗过澡,白色卫衣和灰色运动裤,擦着头发走进来。

像是一分钟都不能多等,他来到床边,俯身隔着被子抱住她。

林昭昭摸摸他还湿着的头发:"先去把头发擦干好不好?"

他摇头,下巴抵着被子,只露出乌黑的剑眉和睫毛浓密的漂亮眼睛,像只温柔撒娇的大型犬,说话都带了鼻音:"我现在只想抱你。"

林昭昭心软得不行:"不让儿子抱自己抱?"

他把脸埋在她的颈窝轻轻地蹭蹭,鼻音清晰:"不管。"

(八)

只要谢辰青在家,林昭昭就从大人一键切换小朋友。

"老公!"

"爸爸!"

谢辰青穿着简单的衬衫和长裤,系着围裙,正在做饭,看起来温柔又居家。

他看到一大一小齐刷刷地朝着他张开手臂,一时之间不知道应该先抱哪一个。

于是他单手抱起谢霖,低头吻了谢太太的额头:"饭马上就好。"

晚上,饭菜上桌,最中间的蛋糕可可爱爱,点起了胖乎乎的小蜡烛。

林昭昭坐下,奶奶在暖黄的灯光里笑得慈祥:"我们昭昭又长大一岁了。"

林昭昭笑了,谢霖捧着生日才会戴的小王冠,举高手臂戴到妈妈的脑袋上。

谢霖仰着小脸:"小公主,许个愿吧!"

林昭昭微微讶异:"小公主?"

谢霖学东西特别快,而且老喜欢跟着谢辰青学,除了喊她妈妈还会喊领导,这一刻又多了个"小公主"。

她笑着看了一眼谢辰青,又捏捏谢霖的小脸:"妈妈怎么又成了小公主了?"

"爸爸说,妈妈是爸爸的小公主,他不在家的时候,我要替他保护你。"

谢辰青剑眉微扬,眼神干净柔和,笑容很软,软得让人心动。

她几乎从出生就认识他,他们在一起这么多年。

可是为什么直到现在,她还是觉得好喜欢好喜欢他。

(九)

谢霖五岁那年暑假,谢辰青休假,全家一起回到 C 市老家。

这年的谢霖在同龄人里已经算个子高的,甚至已经是幼儿园篮球队的主力。

路过篮球场的时候,林昭昭突然想起高中时,自己坐在篮球场的树荫下,怀里抱着谢辰青的校服。

想到这里,林昭昭抬头看向谢辰青。

"看我干吗?"狙击手出身的谢辰青敏锐得不行,压低了视线问她。

林昭昭下巴朝着篮球场的方向点了点,眉眼弯弯地说道:"想起高中的时候,看你打篮球了。"

谢霖听见,瞬间兴奋起来:"打篮球!爸爸,我也想打篮球!"

作为全幼儿园身高最高、篮球打得最好的小朋友,谢霖摩拳擦掌,跃跃欲试。

谢辰青剑眉微扬:"好啊,爸爸带你试试。"

以前看谢辰青打篮球,林昭昭手里抱着的是谢辰青的校服。而现在时间和空间变化,她手里是他和他们儿子的外套。

林昭昭在篮球场旁边坐下来,微风清朗,发丝拂过脸颊,她迎着日光眯起眼睛。

谢辰青个高腿长,与其说是在带着儿子打篮球,倒不如说是在逗小朋友玩。

五岁的谢霖在小朋友里算高的,但是和谢辰青那一米八八的身高比起来,到底是个人类幼崽。

谢霖手里的球还没扔出去呢,就被谢辰青半路拦截。谢霖撇了撇嘴,看着篮球从亲爹的手里抛出去,划出一道漂亮的抛物线,下一个瞬间进了篮圈。

谢霖挠挠头,前五年的人生从未经历过如此巨大的挫折。他被自己亲爹虐得怀疑人生,小脸皱着,委委屈屈的样子像极了林昭昭。

终究还是个小朋友,谢霖下一秒就噔噔噔地跑向亲妈,扑到亲妈的怀里。

"谢霖。"谢辰青在他身后开口,手里的篮球拍在地上。

"到。"谢霖委屈巴巴的,从林昭昭怀里探出小脑袋。

"松开我老婆。"谢辰青嘴角微微勾起。

谢霖撇了撇嘴,看起来像是要哭。

林昭昭看不下去了,揉揉儿子的脑袋:"妈妈给你报仇!"

篮球场上,看着站在自己对面的老婆,谢辰青平直的嘴角慢慢有了清润的笑意。

他笑的时候特别容易让人心猿意马,被美色迷了眼的林昭昭强定心神,大言不惭地说道:"来吧,我代表谢霖跟你过过招!"

她张开手臂防守的样子十分认真,白皙柔软的小脸绷起,眼睛一眨不眨地看着他。

透过她柔软如画的眉眼,好像还能想起那个坐在篮球场旁边看自己打篮球的女孩。

"在想什么?"林昭昭问。

谢辰青轻而易举地带球上篮:"想你抱着校服等我的样子。"

谢辰青看她一眼,她手里的篮球就拿不稳。谢辰青笑一笑,她就想缴械投降。

只不过在她投降以前,谢辰青先举高了双手:"谢某投降。"

"为什么?"她迷迷瞪瞪地问。

他笑着说:"防守太可爱,打不下去了。"

"可是我一个球都没进呢!"林昭昭有些抱歉地看了一眼球场旁边的儿子,皱起了小眉毛。

她心道:不好意思啊儿子,我太喜欢你爸爸了,妈妈也赢不了他。

只是下一秒,谢辰青就圈住她,把她抱了起来,类似举高高的架势。

林昭昭心领神会,稳稳当当地把球放进篮框。

输了球的谢霖郁闷到快要自闭,紧接着,又被自己的亲爸亲妈喂了一把军粮。

唉，真是没眼看啊没眼看，早知道应该在家陪外曾祖母看电视的。

谢霖面壁一样面对着篮球场的铁栏，徒留一个圆滚滚的后脑勺给他爹妈。

只不过下一秒，他眼睛就亮了，冲着外面喊："江可！"

绑着半丸子头的小姑娘笑眼弯弯地捧着雪糕跑向他："谢霖！"

夕阳西下，又是一个清朗的初夏。

回忆里好像有很多个这样的夏天，都和他有关。

那是高考前，夕阳西下，少年站在暖调的光里，轻声喊她："林昭昭，回家。"

而今，场景变换，她已经是他的妻子。

谢辰青眉眼清朗，看向她的眼神很软，软得让人心动。

他抱着他们的儿子，另一只手递给她："昭昭，回家。"

风拂过脸颊，林昭昭看向头顶那片湛湛青空。在她像谢霖这么大的时候，她也曾经像他一样。

站在武警A城支队门口，等待休假的爸爸从营区迈着大步走出来，抱起她，牵起妈妈的手。

爸、妈，你们看见了吗？

我好好地长大啦。

（十）

这年的除夕夜，两家人聚在一起吃饭。

饭后，两家长辈有聊不完的天，谢辰青和亲儿子商量："今天把妈妈借给爸爸好不好？"

"好吧，"谢霖小朋友一副大人有大量的模样，"但是你要给我和外曾祖母带烤地瓜，两个！"

谢辰青笑着点头："爷爷、奶奶，我和昭昭出门了。"

长辈们笑眯眯地点头："好，快去吧。"

谢辰青取下玄关的羽绒服，林昭昭乖乖地张开手臂，问："去哪儿？"

他眉眼低垂帮她系好围巾，戴好手套，笑道："其实我也不知道。"

林昭昭笑得眉眼弯弯，听见他轻声开口："只要跟你一起，哪里都好。"

他们十指相扣，沿着年少时上学的路，又回到了附中。

那年她坐在操场一个人偷偷哭，当他出现在她身边，她希望上课铃声永远不要响起。

那年高三毕业，班里吃散伙饭，军校开学早，她希望他的通知书不要那么快就到来。

那年他军校毕业前夕送她返校，她轻轻地靠在他的肩上，希望公交车永远不要到站。

如今，她再也不怕时间流逝，再也不怕面对分别了。

因为她知道，不管谢辰青在哪儿，都是林昭昭的。

"谢辰青，其实我一点儿都不喜欢被摸头。"

林昭昭笑眼弯弯，知道谢辰青肯定明白自己的意思。

谢辰青剑眉微扬："其实我也不喜欢给人讲题。"

两个人心照不宣，唯独你是我所有的例外。

刚下过初雪，路灯暖黄，身侧的少年已经变成家人。

林昭昭穿着奶白色羽绒服，面朝着谢辰，倒背着手倒退着走路。

她的眉眼柔软，问他："如果有时光机，可以让你回到高中，你会做什么？"

谢辰青问："你会做什么？"

林昭昭看着他清俊的眉眼，好像又看到那个穿蓝白校服的少年。

她的鼻子突然有些泛酸，声音很小却很清晰："如果回到高中，我会告诉十七岁的谢辰青，去学你想学的数学，去念你想念的大学，不要为林昭昭改变人生轨迹。"

林昭昭把自己的手放到他的掌心，被他十指相扣。

竟然已经过去这么久了。

他们已经结婚，还有了一个更小的小朋友。

她的手被他牵着，十指相扣，放在他外套的口袋里。她偷偷地看他高高瘦瘦的背影，和清俊不减的侧脸。

心脏软软乎乎地跳动。

辞旧迎新的除夕夜,城东江畔，无数孔明灯携着人间的心愿升上夜空。

林昭昭仰起小脸问他："我们再放一次孔明灯？"

谢辰青点点头。

林昭昭的视线落在谢辰青手中的毛笔上，她扯着围巾往下，露出一整张可可爱爱的小脸。

"谢辰青，你记不记得我们第一次放孔明灯，是高三那年的中秋？"

"记得。"

那个时候写的是——金榜题名，长命百岁。

后来就变成——年年有今日，岁岁有今昭。

林昭昭的小手攥成拳，递到谢辰青嘴边："请问，我们谢辰青警官的新年愿望是什么呢？"

谢辰青微微俯身，下巴轻轻靠近她攥起的拳头位置，当真是纵容她纵容得无法无天。

"祖国寸寸河山干干净净。"

林昭昭眼睛亮亮地看着他，无比真挚的小迷妹一个。

她喜欢这样的谢辰青，完美契合她心目中关于军人的想象。

他的视线落在她冻得有些红的手上，敞开外套拉链，把她抱进自己怀里。

他的外套在她背后合上，周身都被他温暖的体温包围着，林昭昭嘴角的笑意更甜。

林昭昭仰起头："那谢辰青的新年愿望是什么？是当上大将军吗？"

谢辰青眉目清朗，笑看她："你们家谢辰青没那么大野心。"

漫天烟花，星河灿烂，天边的朗月为他们见证。

孔明灯飞上夜空，变成温暖的光点，与星辰比肩，映在他干净明亮的瞳孔里。

上面写着——年年有今日，岁岁有今昭。

谢辰青此生唯一野心，姓林名昭昭。是他的昭昭。

偶尔期待变老，幻想经年之后，两个人一起走在午后的街上。

有个又高又帅的小老头儿，牵着他满头银发的小老太太。

他一定很爱她，爱了一辈子。